이견지 夷堅志 을지 乙志

【二】

이견지夷堅志 을지乙志【二】

1판 1쇄 인쇄   2019년 7월 1일
1판 1쇄 발행   2019년 7월 10일
저　자┃ 洪　邁
역주자┃ 유원준 · 최해별
발행인┃ 이방원
발행처┃ 세창출판사
　　　　신고번호┃ 제300-1990-63호
　　　　주소┃ 서울 서대문구 경기대로 88 (냉천빌딩 4층)
　　　　전화┃ (02) 723-8660 팩스┃ (02) 720-4579
　　　　http://www.sechangpub.co.kr
　　　　e-mail: edit@sechangpub.co.kr
ISBN 978-89-8411-824-9 94820
ISBN 978-89-8411-820-1 (세트)

이 번역도서는 2014년 정부(교육부)의 재원으로 한국연구재단의 지원을 받아 수행된 연구임
(NRF-2014S1A5A7038165).

이 도서의 국립중앙도서관 출판시도서목록(CIP)은 서지정보유통지원시스템 홈페이지(http://
seoji.nl.go.kr)와 국가자료공동목록시스템(http://www.nl.go.kr/kolisnet)에서 이용하실 수 있
습니다.(CIP제어번호: CIP2019025371)

이견지夷堅志 을지乙志

An Annotated Translation of
Yijianzhi (Yizhi)

【二】

[송宋] 홍 매洪邁 저

유원준 · 최해별 역주

세창출판사

　　이 책은 송대宋代(960~1279)의 홍매洪邁(1123~1202)가 편찬한『이견지夷堅志』가운데 초지初志의 갑지甲志와 을지乙志 각 20권을 번역하고 독자들의 이해를 돕기 위해 상세한 주해를 더한 것이다.『이견지』는 송대 명문 사대부 가문에서 태어나 고위관료를 지낸 홍매가 중앙과 지방에서 재직하며 수집한 각종 일화를 모은 책으로서 대략 12세기 말경 편찬된 것으로 추정한다. '이견夷堅'이라는 제목은『열자列子·탕문湯問』에서『산해경山海經』을 가리켜 "우禹가 다니다 그것을 보고, 백익伯益이 확인한 후 이름 붙였으며, 이견夷堅이 이를 듣고 기록하였다"라고 한 데서 유래한 것으로, 홍매 스스로 박문다식博聞多識한 '이견'이라는 인물을 자처하며 지은 것이다.『이견지』는 편찬 당시 총 420권에 달하였지만 현재 전해지는 것은 그 절반에 불과하다.

　　저자 홍매는 자가 경로景盧, 호는 용재容齋·야처野處이며, 강남동로江南東路 요주饒州 파양현鄱陽縣(지금의 강서성 上饒市 鄱陽縣) 사람이다. 아버지 홍호洪皓는 금조金朝에 사신으로 파견되었다가 15년이나 억류되었음에도 불구하고 시종 충절을 지켰던 인물로 유명하다. 홍호는 금조에 대한 강경책을 주장하며 주화파인 진회秦檜와 대립하였기에 사회적 명망에 비해 정치적으로는 불우하였다. 이런 정치적 입지로 인해 홍매를 비롯한 그의 자식들도 한때 어려움에 처하였다. 홍매는 소흥紹興 15년(1145)에 진사가 되어 여러 관직에 올랐고, 부친에 이어 금조에 사신으로 다녀왔으며, 길주吉州지사, 감주贛州지사, 무주婺州지사 등을 역임하면서 지역 발전에 힘썼다. 순희淳熙 13년(1186) 한림학사翰林學士가 되었으며 그 후 영종寧宗 시기 단명전학사端明殿學士에 오른 후 관직에서 물러났다. 만년에는 향리에 머물면서 저술에만 전념했으며, 그가 남긴 저술로는 『이견지』 외에 『용재수필容齋隨筆』과 『야처유고野處類稿』 및 『사기법어史記法語』 등이 있다.

『이견지』는 홍매가 관리로서 도성을 비롯해 각 지방에 재직하며 전해 들은 민간의 이야기를 집록한 것이다. 그런 만큼 그 내용은 매우 다양하고 풍부하다. 정치와 행정, 전쟁과 군사, 범죄와 사법, 상업과 교통, 문학과 교육, 과거 응시와 당락, 음식과 술, 혼인과 애정, 질병과 의약, 죽음과 저승, 점복占卜과 민간신앙, 불교와 도교 등 당시 사람들의 삶을 총체적으로 보여 주는 다양한 주제들이 포함되어 있으며, 정사에서 보기 힘든 황제와 고위관료의 일화를 비롯해 금과의 외교관계까지 총망라되어 있다.

물론 수록된 일화 가운데 현재 우리의 상식으로는 이해하기 힘든 기이하고 괴상한 이야기奇談怪事가 상당수 포함되어 있다. 그래서 그동안 『이견지』는 당시 사회상을 잘 반영하는 기록이라기보다는 지괴소설의 하나로 더욱 주목받아 왔다. 하지만 『이견지』 속의 기이한 일화가 홍매 자신이 지어낸 것이 아니라 각지에서 사실로 인식되고 있었던 이야기를 집록했다는 점이 중요하다. 이는 당시 계층에 상관없이 대다수 사람들이 그러한 정신적·정서적 형태를 지니고 있었음을 말해 준다. 또한 어떤 일화이건 그것이 인구에 회자되기 위해서는 당시 현실을 반영한 측면이 있어야 한다. 이런 점에서 홍매의 『이견지』는 당시 사람들의 집체적인 심성을 우리에게 그대로 전해 주는 매우 귀중한 자료이다.

최근 송대 연구자들이 『이견지』의 가치에 대해 높이 평가하고 주목하는 것도 바로 이 때문이다. 기존 사서와 달리 필기소설이라는 문학적 특성에 힘입어 『이견지』는 일반 사료에서는 찾아볼 수 없는 그 시대의 호흡과 감정을 고스란히 담고 있다. 특히 성과 사랑, 질투와 욕망, 금기와 기복, 사후세계에 대한 상상 등 기존의 관찬사서나 사대부들의 문집에는 수록되지 않은 당시 사람들의 생생한 삶의 모습이 소설의 형태로 가감 없이 드러나 있다. 따라서 『이견지』는 일반 사료로는 접근하기 어려웠던 일상사·미시사·심성사 등에 대한 연구를 가능하게 해 준다는 점에서 각별한 의미를 지닌다.

또 그동안 『이견지』의 한계로 지적되어 온 '객관성' 문제 역시 새로운 이해와 접근이 필요하다. 저자 홍매는 그의 글에서 『이견지』의 사실성과 객관성을 확보하기 위해 매우 고심하였음을 밝힌 바 있다. 홍매는 『이견을지夷堅乙志』서문에서 이전의 대표적인 지괴문학인 간보干寶의 『수신기搜神記』와 서현徐鉉의 『계신록稽神錄』 등을 거론하며 그 내용이 허무환망虛無幻妄한 데 반해 자신의 기록은 분명한 사실에 근거하고 있음을 강조한 바 있다. 또 일화를 전한 사람의 이름을 명기함으로써 자신의 주장을 객관적으로 입증하고자 하였다. 또 홍매는 『이견지』에 기괴한 일화가 포함되어 있음을 인정하면서도 이는 『춘추』나 『사기』 같은 정통사서에도 포함된 것이라며 그 가치를 당당히 주장했다. 동시대를 살았던 육유陸游도 『이견지』를 '역사서의 보완史補' 이상의 것으로 평가하였다.

사실 객관성이라는 것 역시 시대적 한계를 지닌다는 점에서 현재의 관점으로 송대 사유방식의 객관성을 판단하는 것이 과연 타당한 일인지 다시 생각해 보게 된다. 무엇보다도 『이견지』의 일화를 덮고 있는 운명론적·신비주의적 베일을 걷어 내면 오히려 우리가 찾고 있던 송대의 사회상을 더욱 가까이 마주할 수 있게 될 것이다.

그럼에도 불구하고 『이견지』의 활용에는 적지 않은 제약이 따른다. 우선 그 내용이 매우 방대하고 편찬 체례가 체계적이지 않다. 주제별·인물별·지역별 범주 없이 2,600여 개의 짧막한 일화가 뒤섞여 있기 때문에 그 활용이 쉽지 않다. 문체도 상당히 난해한 편인데, 고위관료인 저자의 문어체와 설화의 특성인 구어체가 뒤섞여 있어 해석의 어려움이 크다. 더구나 수천 개의 짧은 일화 속에 당시의 정치·제도·법률·문물·지명·관습 등과 관련된 용어가 전후 맥락 없이 대거 등장한다.

따라서 『이견지』의 번역과 주석은 매우 필요한 작업이다. 그러나 『이견지』에 대한 전면적 번역 및 주석 작업은 아직 이루어지지 못했다. 중국학계에서도 부분적인 백화白話 번역만이 진행되어 현재 중주고적출판사본(中州古籍出版社, 1994)이 전해진다. 그러나 중주고적출판사본에는 적지 않은 문제점이 있다. 첫째, 원문을 간체자로 수록해서 판본에 대한 엄밀한 대조 작업이 어렵다. 둘째, 여러 사람이 나누어 표점과 번역을 진행하여 표점의 기준이 각기 다르고 번역의 질에서도 상당한 차이가 눈에 띈다. 셋째, 번역에 있어서 상당한 오역이 발견되고, 일부 난해한 부분은 전후 문맥만 살린 채 모호하게 해석하였으며, 시詩와 사詞는 번역하지 않은 채 원문을 그대로 수록하였다. 넷째, 독자를 위한 각주나 색인 작업이 되어 있지 않다.

『이견지』는 원래 초지初志, 지지支志, 삼지三志, 사지四志의 순서로 발행되었고, 모두 합해 420권으로 이루어져 있었다. 하지만 합본合本은 원대元代에 이미 산일되었던 것으로 추정된다. 지금까지 전하는 판본은 여러 종류가 있다. 우선 광서光緖 5년(1879)에 육심원陸心源이 송본宋本을 중각重刻한 육심원본陸心源本 80권(甲, 乙, 丙, 丁 각 20권)이 있다. 두 번째로는 완위별장본宛委別藏本 79권이 전하며, 세 번째로는 필기소설대관본筆記小說大觀本 50권이 있다. 네 번째로 현재 가장 많은 내용을 수록하고 있는 것으로, 함분루涵芬樓에서 인쇄한 『신교집보이견지新校輯補夷堅志』가 있는데, 초지·지지·삼지 중 남아 있는 부분에다 보유補遺를 더해 총 206권으로 편찬했다. 1981년 중화서국中華書局에서는 함분루본을 저본底本으로 삼아 표점을 찍고 교감한 뒤 『영락대전永樂大典』 등에서 집록해 낸 일문佚文 26개를 「삼보三補」 편으로 추가해 207권에 달하는 고체소설총간古體小說叢刊 『이견지』를 편찬해 냈다. 중화서국본은 현존하는 『이견지』 가운데 가장 완정한 내용을 담고 있다고 할 수 있다.

본 역주는 중화서국본 등 여러 판본을 참고하여 진행하였으며 또한 번역을 할 때는 중주고적출판사본도 참고하였다.

한편 전체 분량 가운데 상당한 부분을 차지하는 기담奇談이나 괴사怪事 등을 서사자료로 활용하기 위해서는 당시 사회에 대한 정보가 충분히 제공되어야 한다는 점을 고려하여 각주에서 관련 인물, 지명, 관직, 사건 등에 대한 배경지식을 가급적 상세히 담고자 하였다. 또한 중국사 연구자가 아닌 일반 독자들을 위해 중국의 역사·지리·문화와 관련된 다양한 정보를 제공하고자 하였다. 필기소설이기에 풍부하게 표현된 상상력과 송대인의 감정을 최대한 생동감 있는 문체로 재현해 내는 것도 번역자에게 주어진 과제였지만 번역의 정확성과 가독성 사이에서 만족스러운 해답을 찾기란 쉽지 않았다. 어찌되었든 이러한 작업이 독자들이 『이견지』를 좀 더 쉽게 이해하는 데 도움이 되기를 바라며 오류가 있는 부분에 대해서는 독자들의 거침 없는 질정도 부탁드린다.

　본 번역은 『이견지』의 사료적 가치에 주목한 송원사학회 연구자들의 윤독회를 계기로 시작되었으며 당시 김상범·김영관·김영제·나영남·박지훈·육정임·이근명·이석현·정일교·조복현·홍승태 선생님 등이 함께하였다. 이후 한국연구재단 2014년도 명저 번역지원사업의 지원을 받아 번역을 진행하였고, 초벌 번역이 끝난 뒤 박지훈·김영제 선생님의 정성 어린 교감이 이루어졌다. 출판을 앞두고 송원사학회 모든 연구자들의 격려와 질정에 다시 한 번 깊이 감사드린다.

　본서는 초지 가운데 갑지와 을지 각 20권을 번역한 것이니 분량으로는 현존 『이견지』의 1/5을 조금 넘는다. 이후 부분에 대해서도 역주 작업을 계속 추진할 예정이다. 아무쪼록 이번 역주 작업을 통해 『이견지』가 지괴소설을 넘어 송대 사회의 여러 복합적인 모습을 담고 있는 귀중한 사료로 자리매김하고, 『이견지』의 활용을 촉진시켜 송대 사회 더 나아가 전통시대 중국에 대한 우리의 이해가 더욱 깊어지길 고대한다.

2019년 6월 역주자 드림

범 례

❶ 본 문

- 한문 원문을 먼저 수록하고 번역문을 뒤에 수록한다.
- 한문 원문에서 [ ]로 표기된 것은 함분루본의 교감 내용으로 독자의 편의를 위해 꼭 필요한 부분만 선별하여 중화서국본을 참고해 해당 부분에 보충하였다.
- 가독성을 높이기 위해 필요한 내용은 별도의 ( ) 처리 없이 의역한다.
- 지명은 송대 행정명을 기준으로 주와 현을 명기하되 낙양·장안·하남 등 당시 관례로 사용되어 온 곳은 예외로 한다.
- 대화체 문장은 가급적 본래의 뉘앙스를 살려 번역하며, 신분제의 특성을 반영하기 위해 존칭과 비칭을 수용하였다.
- 직접 대화체 문장은 '말하길, 대답하길, 묻길' 등으로 표기한 뒤 줄을 바꿔서 " "로 처리하고, 간접 대화체 문장은 ' '로 표기한 뒤 줄을 바꾸지 않고 처리함을 원칙으로 한다.
- 기원전·후는 (전38~후10)으로 표기한다.

❷ 각 주

- 표제어는 검색의 편의성을 고려하여 설정하되 관명은 되도록 정식명칭을, 이름은 본명을 기준으로 한다.
- 관직과 행정명은 북송 말을 기준으로 하되 남송대 사건은 臨安·建康 등 당시 지명을 따른다.
- 지명은 각 권당 1회 표기하며, 현 지명은 치소보다 관할지역을 우선 고려한다.

❸ 이체자

- 이체자는 아래와 같이 통용자로 바꾸어 표기한다.

  舉→擧, 教→敎, 宫→宮, 玘→玘, 曁→暨, 裓→祓, 甯→寧, 凭→憑, 令→令
  吴→吳, 汚→汙, 卧→臥, 衞→衛, 飮→飲, 益→益, 剌→刺, 巓→巔, 癲→癲
  顚→顛, 蹰→躕, 直→直, 真→眞, 鎮→鎭, 厨→廚, 値→值, 鬭→鬪, 邺→卹

❹ 국호 및 호칭

● 漢文 사료에는 거란의 국호가 여러 차례 바뀌었지만 거란문자로 된 사료에는 시종 '하라치딴(哈喇契丹)'으로 표기하고 있기에 통상 거란으로, 특별한 경우에는 원문에 따라 번역한다.

● 遼·宋·金 등 국호가 모두 외자이므로 '거란·송조·금조'로 번역한다. 연호를 표시할 경우에는 거란·송·금 등으로 표기한다.

● 金에 대한 『이견지』 내의 국호 용례는 '金·金國·女眞' 등 다양하고, 문맥에 따라 어의가 다른 경우도 있다. 가급적 원문대로 번역하되 문맥에 무리가 없으면 '금조'로 번역한다.

● 金朝를 나타내는 蔑稱으로 쓴 '虜'는 문맥에 따라 단순한 호칭이기도 하다. 명확한 멸칭일 경우 직역을 하고 그렇지 않을 경우 전후 관계에 따라 '金朝·女眞·金軍' 등으로 번역한다.

● 오늘날의 漢族에 해당하는 송대 용어는 漢人·漢民·漢兒·漢家 등이며 뚜렷한 구분 없이 함께 사용되고 있다. 본서에서는 '한족'이라는 용어보다는 '한인'으로 번역하고, 거란족과 여진족은 가급적 '거란인'과 '여진인'으로 번역한다.

❺ 용 어

● 인물이 소개될 때는 字와 출신지역, 관직, 이름 순 표기를 원칙으로 한다.

● 생몰연도 모두가 불명확하거나 확인할 수 없는 경우 별도로 표기하지 않는다.

● '紹興 원년'은 '소흥 1년'으로, '소흥 무인년(1158)'은 '소흥 28년(1158)'으로 표기한다.

● 縣令: 知縣과 縣令을 구분하지 않고 모두 '현지사'로 번역한다.

● 陰府·冥府·幽府·地府·冥司·陰典·陰君·府·司·典·君 등의 관명이 있을 경우 '명계의 관부·관아·왕'으로 번역한다. 반면, 陰·西·地下는 '저승'으로 번역하되 앞뒤 관계를 보아 '명계'로도 번역한다.

이견지 夷堅志 을지 乙志

【二】

| 차 례 |

이견지夷堅志 을지乙志

【一】

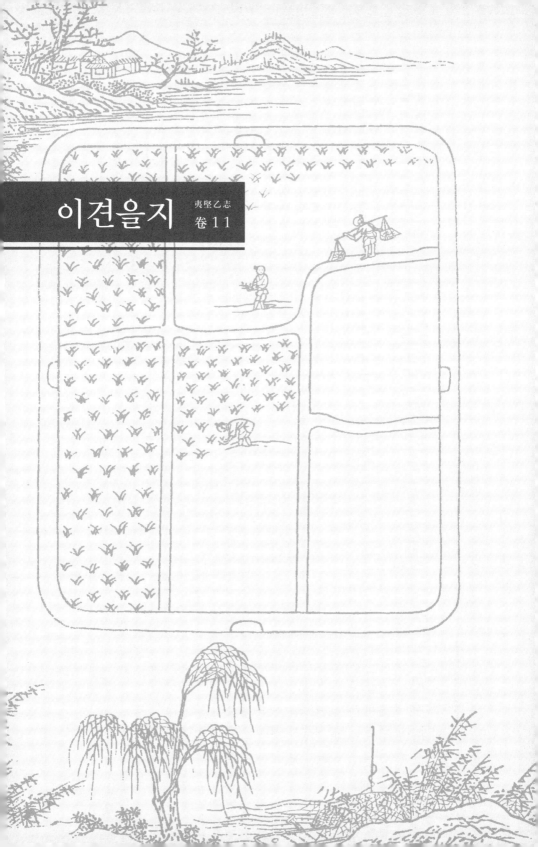

이견을지

夷堅乙志
卷 11

莆田人方朝散, 失其名. 政和初爲歙州婺源宰, 病熱困臥, 覺耳中鏘
鏘天樂聲, 少焉有女童二十四輩, 各執旌纛幢幡至前. 俄采雲從足起,
掩苒飛騰, 瞬息間到一城. 城中大樓明奐高潔, 金書其門曰 "太華之
宮". 正中設榻, 使就坐, 侍女列立. 長髯道士乘雲至, 碧冠霞衣, 執玉
簡, 直前再拜. 方驚起欲致答, 道士拱手言: "某於先生, 役隷也, 願端
坐受敬." 拜畢, 跽白曰: "碧落洞玉華宮莫眞君敬問先生. 瑤臺一別, 人
間甲子周矣. 嗣見有日, 欽遲好音."

方懵然不知所答. 道士曰: "下土溷濁, 能移人肺腸, 先生應已忘前
事, 今當縷陳之. 先生, 唐武后時人也. 生於冀州, 能屬文, 而嗜酒不
檢, 浮沉里中. 時河北大疫, 死者如亂麻. 先生書所得藥方揭于通衢間,
病者如方治之, 卽愈. 由此相傳益廣, 所活不可計. 夢中有人告曰: '子
陰德上通于天, 上帝嘉其功, 當以仙班相告.'

先生素落魄, 且自恃將爲天人, 愈益放誕, 竟以狂醉墮井死. 死後久
之, 乃用前功得召見于白玉樓, 蓋李長吉所作記處也. 時有四人同召,
當試文一首, 帝自書「大道無爲賦」爲題, 先生有警句曰: '帝鑿竅而喪
魄, 蛇畫足而失杯.' 帝覽之大喜, 擢列第一, 拜爲修文郎, 專以文字爲
職. 繼有玉華侍郎之命. 同寮十八人, 皆上清仙伯也, 每侍帝左右, 出
則陪從金輿.

嘗曉幸紫霞宮, 宮人不知輦至, 或晚起, 纔畫一眉, 卽趨出迎謁. 帝
顧之笑, 命諸侍郎賦詩. 先生卒章云: '曉粧不覺星輿至, 只畫人間一壁
眉.' 帝吟諷激賞. 卒以恃才怙寵, 爲衆所嫉, 下遷羣玉外監. 既陛辭,
帝曰: '羣玉殿乃吾圖書之府, 非卿文學出倫, 未易居此.' 是後宴見稍
疎.

一日, 帝與諸仙遊瑤圃, 思先生之材, 遣使來召. 先生辭以疾, 獨與
侍女宋道華泛舟池上, 執手眷眷, 有人間夫婦之想, 爲使者所劾. 帝批

其奏曰: '男爲東家男, 女爲西家女, 皆譎墮人世.' 道華生於蜀中, 而先生乃爲閩人. 先生旣登第, 爲邵武判官日, 帝命召還. 有不相樂者奏云: '邵武分野災氣方重, 須此人仙骨以鎭之.' 乃止.

近已有詔, 更一紀復故處. 莫眞君乃代先生爲侍郎者, 懼塵世易流, 又有他過, 則仙梯愈不可攀, 故遣弟子來, 鄭重達意." 宋道華者先已得歸正, 持寶幢立於側, 拜而言曰: "人世紛綸, 眞可厭苦. 若得再入碧落洞中, 望見金毛師子, 千秋萬歲永無閑思念也." 方君聞兩人語, 始瞿然如有所省. 道士及衆女皆謝去, 遍體汗流, 遂寤, 蓋已三日.

卽召會丞尉及子孫, 歷道所見, 遂申郡乞致仕, 時年六十有二. 後不知所終云. 先君頃於鄕人胡霖卿涓處得此事. 亦有人作記甚詳, 久而失去. 詢諸胡氏子及婺源人, 皆莫知, 但能道其梗槩如是. 今追書之, 復有遺忘處矣.

홍화군 포전현[1] 사람인 조산대부 방씨인데 그 이름은 잊어버렸다. 정화연간(1111~1117) 초, 섭주 무원현[2]의 지사였을 때 열병으로 고단하여 자리에 누워 쉬는데, 귀에 맑은 옥소리 같은 하늘의 음악 소리가 들리는 듯하였다. 잠시 뒤 어린 여자아이 24명이 온갖 깃발[3]을 들고 앞으로 나왔다. 잠시 후 발아래서 채색 구름이 피어오르니 몸이

---

1 莆田縣: 福建路 興化軍 莆田縣(현 복건성 莆田市).
2 婺源縣: 江南東路 歙州 婺源縣(현 강서성 景德鎭市 婺源縣).
3 旌纛幢幡: 旌은 깃대 봉에 천으로 만든 깃발 대신 용의 머리를 달고, 용의 입에 소꼬리와 새털로 장식한 작은 장식물을 물게 한 황제 전용 기다. 군대의 사기를 높이거나 표창용으로 쓴다. 纛은 군대의 큰 깃발이다. 幢은 지휘용 깃발 또는 불경을 쓴 승리와 和祥의 상징물인 원통형 깃발(經幢)이다. 幡는 위아래로 길게 늘어진 만장처럼 생긴 깃발이다. 旌纛은 모든 깃발의 통칭으로 쓰며, 幢幡은 불교와 도교에서 법회 등을 공지하는 깃발로 쓴다.

나부끼듯 날아올라 순식간에 어느 성 아래 이르렀다.

성 가운데는 큰 누각이 밝은 빛을 내며 고결하게 서 있었고, 그 대문에는 금빛으로 '태화지궁'이라고 쓰여 있었다. 방씨에게 정중앙에 놓여 있는 평상에 앉으라고 권하였고 시녀들이 줄지어 섰다. 긴 수염을 기른 도사가 구름을 타고 왔는데, 푸른 관에 하피[4]를 입고, 옥으로 된 문서를 들고 곧장 앞으로 와서 두 번 절하였다. 방씨가 깜짝 놀라 일어나 답례하려고 하자 도사는 두 손을 모으고 말하길,

"저는 선생께서 부려도 되는 사람입니다. 바라건대 바로 앉으셔서 예를 받아 주십시오."

절을 올리고 나더니 꿇어앉으며[5] 말하길,

"벽락동 옥화궁 막진군께서 선생께 안부를 전해 달라고 하셨습니다. 요대[6]에서 한 번 이별한 뒤 인간 세상의 시간으로 60년이 흘렀습니다. 다음 만남을 기약하며 공에게 좋은 소식이 있기를 삼가 기다린다고 하셨습니다."

방씨는 아무것도 몰라 어떻게 대답해야 할지 몰랐다. 도사는 "인간 세상은 혼탁하여 사람의 마음을 이리저리 바꿀 수 있습니다. 선생께서는 틀림없이 전생의 일을 다 잊으셨을 것이기에 제가 지금 상세하게 설명 드리겠습니다"라고 하였다. 도사는 다음과 같이 말하였다.

---

4 霞衣: 도가에서 귀중하게 생각하는 복식의 하나로서 구름과 노을 장식이 있는 옷이다.
5 跽: 무릎을 꿇고 앉되 엉덩이가 발에 닿지 않게 하고 몸을 반듯이 편다는 점에서 跪와 약간 다르다.
6 瑤臺: 주의 穆王이 西王母를 만났다는 瑤池에 있는 臺로서 신선이 사는 곳을 상징한다.

"선생은 당조 측천무후[7] 때의 사람입니다. 기주[8]에서 태어나셨고, 글을 잘 지었지만 술을 좋아하여 절제하지 못해 마을에서 떠돌 뿐이었습니다. 당시 하북에서 큰 역병이 돌았는데, 죽은 자가 길에 어지럽게 뒤엉켜 있을 정도였습니다. 선생께서는 구한 처방을 글로 써서 사방으로 통하는 거리 한가운데에 붙여 두었고, 병자들은 처방에 쓰인 대로 치료하여 곧 나았습니다. 이렇게 처방을 서로 전하여 널리 퍼지니 살아난 자가 그 수를 헤아릴 수 없을 정도였습니다. 꿈에 어떤 사람이 나타나 선생에게 고하길,

'그대의 음덕이 하늘에 전해져 상제께서는 그대의 공을 가상하다고 하시며 마땅히 그대를 신선의 반열에 올린다고 전하라 하였습니다.'

그러자 선생은 본래 곤궁해서 기를 펴지 못한 데다 또 장차 천상의 신선이 된다는 것만 믿고 갈수록 더욱 방자해져 결국 술에 취해 인사불성이 되어 우물에 빠져 죽었습니다. 죽은 지 한참 지나 비로소 전의 공덕으로 백옥루[9]에 불려 갈 수 있게 되었는데, 그곳은 바로 자가

---

7 則天武后(624~705): 당 태종의 후궁에서 고종의 황후가 된 뒤 고종과 동격의 二聖으로 군림하다가 고종 사후 황제에 즉위하여 周를 개창하였다. 공포정치를 폈지만 국가의 안정을 이루고 국세를 크게 향상시키는 정치적 능력을 발휘하였다. 황제 즉위 후 자신을 聖神황제라고 하였는데, 죽기 직전 당조가 다시 회복되어 則天大聖황제가 되었으나 사후 측천대성황후로 바뀌어 황후 자격으로 고종의 건릉에 합장되었다. 하지만 그 후 天后·大聖天后·聖后·則天皇后·則天順聖皇后 등 황후로서는 파격적인 시호를 통해 정치적 실체와 위상을 인정받았다. 한편 중국사상 유일의 여자황제였으며, 새로운 왕조를 개창하였다는 점, 그리고 두 아들에 뒤이어서 즉위했다는 점 등이 유가적 질서에 완전히 위배되었기에 후대 유가들은 '측천무후' 또는 '무측천'이라 불렀다.
8 冀州: 당 河北道 冀州(송의 河北東路 冀州, 현 하북성 衡水市 冀州區).
9 白玉樓: 당대 시인 李賀가 낮에 붉은색 누인 비단옷을 입은 사람을 만났는데, 그가

이견을지【二】

장길인 시인 이하[10]가 글로 쓴 바 있는 곳이었지요. 당시 네 명이 동시에 불려 왔는데, 글을 한 편 쓰는 시험을 당연히 치러야 했지요. 상제께서는 직접 「대도무위부」라는 문제를 내셨습니다.

　선생께서는 '상제께서는 인간을 만드셨지만[11] 혼을 빠뜨렸고, 뱀을 그리다 다리를 그려 술잔을 빼앗겼네.'라는 놀라운 구절을 쓰셨습니다. 상제는 그 글을 보시더니 크게 기뻐하시며 일등으로 뽑으셨고, 수문랑을 제수하셨습니다. 그 자리는 오로지 글을 다루는 직책이었습니다. 연이어 옥화시랑을 맡으라는 명이 있었습니다. 동료 18명은 모두 상청[12]의 선백[13]이었습니다. 매번 상제를 좌우에서 받들었고, 밖으로 나오면 곧 금으로 된 수레를 따라 수행하였습니다.

　한번은 새벽에 상제께서 자하궁[14]에 행차하였는데, 궁인들이 상제의 수레가 이른지도 모르고 있었습니다. 어떤 궁녀는 늦게 일어나 겨우 한쪽 눈썹만 그리고는 급히 나와 상제를 맞이하였는데, 상제가 그

　　말하길 "상제께서 백옥루를 낙성하시고 그대를 즉시 불러 그것을 기록하라고 하셨다"는 고사에서 나온 천상의 누각이다. 한편으로는 재능 있는 문인의 요절을 뜻하기도 한다. 『全唐文』 권780 「李商隱十・李賀小傳」에서 유래하였다.

10　李賀(791?~817?): 자는 長吉이며 당대 河南道 洛府 福昌縣(현 하남성 洛陽市 宜陽縣) 사람이다. 詩聖 杜甫, 詩仙 李白, 詩佛 王維와 함께 詩鬼로 불린 낭만주의 천재시인이었다. 당말의 혼란상에 대한 절절한 고심을 토로한 걸작을 남겼는데, 시대적・개인적 울분과 빈한한 생활로 27세에 요절하였다.

11　鑿竅: 『莊子』의 混沌 신화에서 유래한 것으로 본래는 인위적으로 자연스러운 상태를 파괴해서는 안 된다는 뜻이지만 혼돈에게 7개의 구멍을 뚫어 사람처럼 만들어 주겠다고 했다는 점에서 인간을 만든다고 해석하였다.

12　上清: 불교의 우주관인 三千大千世界 개념에 대응하기 위해 도교에서 설정한 천상계 가운데 하나로, 玉清・上清・太清 가운데 하나다.

13　仙伯: 신선 가운데 장로를 뜻한다.

14　紫霞宮: 자하는 자줏빛 구름과 노을인데, 도가에서는 신선들이 자줏빛 노을을 타고 다닌다고 한다. 자하궁은 불가의 대웅전과 같은 의미를 지닌다.

녀를 보더니 웃으며 여러 시랑들에게 시를 지으라고 명했습니다. 선생께서는 마침내 시를 지었는데, '새벽에 화장을 하느라고 별에서 온 수레가 도착한지도 모르고 있었으니 거우 한쪽 눈썹만 그리고 말았다네'라고 하였습니다. 상제께서는 이를 읊어 보시고 선생을 대단히 칭찬하셨습니다.

마침내 선생은 재주에 기대어 총애를 믿고 교만하게 굴다가 많은 이들의 질투를 받아 군옥외감으로 좌천되었습니다. 상제께 이별을 고하자 말씀하시길,

'군옥전은 내 도서를 관장하는 부서로 경처럼 출중한 문학적 자질이 없으면 그곳에 거하기가 쉽지 않을 것이오.'

이후로 연회나 알현의 기회가 조금씩 드물어졌습니다.

하루는 상제께서 여러 신선들과 요포[15]에서 노닐다가 선생의 재주가 생각이 나서 사람을 시켜 불러오라고 하였습니다. 그러나 선생은 병을 핑계로 가지 않았고, 오히려 시녀 송도화와 함께 연못에 배를 띄워 놓고 놀면서 서로 손을 잡고 연연해하며 인간 세상의 부부처럼 정을 나누다가 상제의 사자에 의해 탄핵당했습니다.

상제께서 탄핵 상주를 비준하며 말씀하시길,

'남자는 동쪽 집안의 아들로, 여자는 서쪽 집안의 딸로 하여 둘 다 인간 세상으로 귀양 보내라.'

송도화는 성도부로에서 태어났고 선생은 복건로에서 태어났습니다. 선생은 진사에 급제하여 소무군[16] 판관이 되었는데, 상제께서 돌

---

15 瑤圃: 옥이 나오는 밭이란 말로서 仙境을 뜻한다.
16 邵武軍: 福建路 邵武軍(현 복건성 南平市 邵武市, 三明市 建寧縣).

아오라고 명하셨습니다. 이때 선생을 별로 좋아하지 않는 자가 상주하길,

'소무군 쪽[17]에 재앙의 기운이 한참 중하니 반드시 이 사람처럼 선골이라야 그것을 진압할 수 있습니다.'

이에 부르지 않았습니다.

최근에 다시 조서가 내려지기를, 12년 후에 원래 있던 곳으로 다시 되돌아오게 하라고 하였습니다. 막진군은 선생을 대신하여 시랑을 맡았던 자로 인간 세상에 쉽게 휘말리게 될 것을 두려워하고, 또 다른 과오가 있으면 신계로 가는 사다리를 더 이상 오를 수 없게 되므로 이에 제자인 저를 보내 그 뜻을 정중하게 전하라 한 것입니다."

송도화는 그보다 먼저 제자리로 돌아가서 경당을 들고 옆에 서 있었다. 송도화가 방씨에게 절을 올리며 말하길,

"인간 세상의 어지러운 인연은 진실로 질리고 힘듭니다. 만약 다시 벽락동에 들어갈 수 있다면 금색 털의 사자[18]를 보며 천추 만세 영원히 공연한 생각을 하지 않아도 될 겁니다."

방씨는 두 사람의 말을 듣고 비로소 놀라면서도 깨달아지는 바가 있었다. 도사와 여러 여자아이들은 인사를 하고 떠났다. 온몸에 땀을 흘리며 마침내 깨어났는데, 대략 사흘이 지났다.

이에 현승과 현위 및 자손들을 불러 꿈에서 본 것을 세세히 말하고 곧 섭주에 보고하여 사직을 신청하였다. 당시 그는 62세였다. 이후

---

17 分野: 본래 하늘의 별자리에 상응하여 땅을 구획한 것을 뜻한다.
18 金毛師子: 지혜의 상징인 문수보살이 타고 다닌다는 사자로서 온몸에 금색 털이 났다고 한다.

그가 어떻게 되었는지는 알지 못한다. 선친께서는 예전에 고향 사람으로 자가 임경인 호연에게서 이 이야기를 들었다고 하셨다. 당시 또 어떤 사람이 이를 매우 상세하게 적었지만 오랜 시간이 지나 없어졌고, 호씨 자손들과 무원현 사람들에게 물어봐도 모두 모른다고 하였다. 다만 그 간추린 내용이 이와 같아서 지금 기억나는 대로 쓴 것인데, 그 정확한 위치도 잊어버렸다.

饒州永平監樓, 南臨番江. 紹興三十二年, 會稽陸瀛·毗陵張抑居
官舍, 晚飲微醉, 同登樓, 凭欄立, 傍無侍史. 方縱談呼笑, 有婦人不知
所從來, 立於兩人中間, 亦凭欄笑曰: "爾兩人在此說甚事?" 未及答, 已
無所睹, 皆大驚悸, 急下樓. 後不敢復往.(郭絜己說.)

요주 영평감¹⁹의 한 누각은 남쪽으로 파강에 임해 있었다. 소흥 32
년(1162), 월주²⁰ 사람 육영과 상주²¹ 사람 장억이 관사에 머물고 있었
는데, 저녁에 술을 마시고는 조금 취하여 함께 누각에 올라 난간에
기대어 섰다. 옆에는 따르는 시종들이 없었다. 마침 마음껏 떠들며
웃고 있는데 어디에서 왔는지 알 수 없는 한 여자가 두 사람 사이에
섰다. 그 여자 역시 난간에 기대어 웃으며 말하길,

"두 분께서는 여기에서 무슨 얘기를 하고 계신가요?"

그리고는 대답을 하기도 전에 이미 사라져 보이지 않았다. 두 사람
은 크게 놀라고 무서워 급히 누각에서 내려왔다. 그 뒤로 다시는 감
히 누각에 가지 못하였다.(곽결기가 한 이야기다.)

19　永平監: 江南東路 饒州 永平監(현 강서성 上饒市 鉛山縣).
20　會稽: 兩浙路 越州(현 절강성 紹興市).
21　毗陵: 兩浙路 常州(현 강소성 常州市).

　　唐信道於會稽所居治松棚, 畢, 俯見短枝出地二寸許, 以爲松也, 將
拾棄之, 其物蠢蠢有動態, 拔之不出. 呼童發土取之, 則漸大, 凡深數
尺, 蓋一異蛇也. 尾細如箸, 其身乃粗大與人臂等, 至頭復甚小, 與尾
相稱, 越人皆所不識. 予『前志』有融州蛇事, 與此相反云.(唐說.)

　　당신도는 월주²²의 집에서 소나무로 오두막을 짓고 있었다. 일을
마친 후 고개를 숙여 아래를 보니 짧은 나뭇가지가 땅 밖으로 2촌 정
도 나와 있어 소나무 가지라 여기고 그것을 주워 버리려고 하였다.
그런데 그것이 꿈틀꿈틀 움직이고 있었고, 뽑으려 해도 뽑아지지 않
았다. 어린 시종을 불러 땅을 파서 그것을 뽑고자 했지만 아래로 갈
수록 점점 커져서 모두 몇 척이나 팠다. 알고 보니 기이하게 생긴 뱀
이었다. 꼬리는 젓가락처럼 가늘었지만 그 몸은 굵어 사람의 팔뚝만
했다. 대가리는 다시 아주 작아 꼬리와 비슷했다. 월주 사람 누구도
무슨 뱀인지 알지 못했다. 나는 『이견갑지』에서 융주²³의 뱀을 이야
기한 바 있는데, 그 모양이 이 뱀과 완전히 반대였다.(당신도가 한 이야
기다.)

22　會稽: 兩浙路 越州(현 절강성 紹興市).
23　融州: 廣南西路 融州(현 광서자치구 柳州市 融安縣).

方城人鞏固者, 以機數治生. 其鄰周氏素富, 一旦, 男子相繼死, 但
餘一老嫗并十歲孫. 固置酒延嫗, 以善言誘誑之, 開以利害曰: "嫗與孫
介處, 而挾田宅貨財自衛, 是開門揖盜之說也. 曷若及身强健時, 盡貨
於我? 我當資給嫗終老, 育而孫使成人, 若何?" 嫗大喜, 以賤價求售,
其直不能什二. 固繾得之, 卽逐使離業, 而盡室徙居之. 徙之日, 命數
僧具道場慶謝. 至夜半, 大聲從井中出, 旋繞滿宅, 到曉乃止. 固竟居
之. 甫一歲, 虜人犯唐州, 鞏氏數十口皆死其處, 無一得免者.

당주 방성현²⁴ 사람 공고는 사기를 쳐서 먹고살 길을 찾고 있었다.
그 이웃인 주씨 집은 본래 부자였는데 하루아침에 집안 남자들이 연
이어 죽었고 오직 한 노파와 열 살 된 손자만 남았다. 공고는 술상을
차리고 노파를 초대하여 듣기 좋은 말로 그녀를 꼬드기면서 이해득
실을 열거하며 말하길,

"할머니와 손자가 외로이 살면, 땅과 집과 재물을 끼고 스스로 지
켜야 하는데, 이는 문을 열고 도둑보고 어서 오라고 절하는 꼴이오.
아직 건강할 때 재산을 나에게 다 파는 것이 낫지 않겠소? 나에게 팔
면 내가 당신 노후를 편히 보내도록 도와줄 것이고 손자가 성인이 될
때까지 키워 줄 것이니 어떠하오?"

24　方城縣: 京西南路 唐州 方城縣(현 하남성 南陽市 方城縣).

노파는 매우 기뻐하며 아주 싼값으로 팔고자 했고 그 값은 원래 값의 십의 둘도 안 되었다. 공고는 그 재산을 얻자마자 곧 그들을 쫓아내 땅과 집에서 떠나게 하였다. 그리고 온 식구를 데리고 그 집으로 이사 들어가 살았다. 이사하는 날 승려 몇 명을 불러 도량을 열게 하여 축하와 감사를 드렸다. 한밤중에 우물에서 큰소리가 울리더니 온 집안에 가득했다. 새벽이 되어서야 멈추었다. 공고는 결국 그 집에서 살았는데 겨우 1년 지났을 때 여진이 당주를 침범했고 공고의 가족 수십 명이 모두 그 집에서 죽었다. 죽음을 면한 이가 하나도 없었다.

劉延慶少保少孤, 後喪其祖, 卜葬於保安軍. 有告之曰:"君家所卜宅
兆, 山甚美而不値正穴, 蓋墓師以爲不利己, 故隱而不言. 若啓墳時,
但取其所立處, 則世世富貴矣." 如其言. 墓師汪然出涕曰:"誰爲君言
之? 業已爾, 無可奈何! 葬後不百日, 吾當死, 君善視我家, 當更爲君擇
吉日良時以爲報. 某日, 可昇柩至此, 俟見一驢騎人卽下窆, 無問何時
也."

劉氏聞其說, 亦惻然, 但疑驢騎人之說. 及葬日, 遷延至午, 乃山下
小民家驢生駒, 毛色甚異, 民負於背, 將以示其主, 遂以此時葬焉. 越
三月, 墓師果死. 延慶位至節度使, 子光世至太傅揚國公.(劉堯仁山甫
說. 山甫, 揚公子也.)

소보 유연경²⁵은 어릴 때 고아가 되었는데, 후에 조부상을 치르면
서 고향인 보안군²⁶에 장사를 지냈다. 어떤 사람이 그에게 알려 주길,
"그대 집안에서 정한 묏자리는 산이 매우 아름답지만 딱 정혈이라

---

25 劉延慶(1068~1127): 永興軍路 保安軍(현 섬서성 延安市 志丹縣) 사람이다. 서하
와의 전쟁에서 공을 세워 鄜延路總管・馬軍副都指揮使가 되었다. 宣和 2년(1120)
에 양절로에서 발생한 方臘의 반란을 진압하고 宣和 4년(1122)에 금군과 연합해
연운16주를 공략하는 데 宣撫都統制로 군을 지휘하였다. 그러나 현 북경 노구교
일대에서 거란군과 대치하던 중 전투를 하기도 전에 거란이 기습한다는 헛소문에
놀라 전군이 도망하느라 스스로 궤멸하였고, 군수품 일체를 거란군에 빼앗겼다.
筠州에서 귀양 생활하다 정강의 변 때 개봉성 수비 책임을 맡았으나 함락되면서
살해되었다. 아들 劉光世는 남송의 '中興四將' 가운데 하나다.

26 保安軍: 永興軍路 保安軍(현 섬서성 延安市 志丹縣).

고 할 수는 없습니다. 대개 지관이란 자기에게 불리하면 숨기고 말을 하지 않는 법입니다. 만약 봉분을 만들 때, 그저 지관이 서 있는 곳을 택하면 그대 집안은 대대로 부귀를 누릴 것입니다."

그의 말대로 하였다. 지관은 눈물이 그렁그렁하더니 울면서 말하길,

"누가 이것을 그대에게 말해 주었소? 일이 이미 이렇게 되었으니 나로서는 어찌할 방법이 없구려! 장례를 치른 후 백 일이 되지 않아 나는 죽게 될 것이오.

그대가 우리 집안을 잘 돌봐 준다면 그대를 위해 다시 길한 날짜와 시간을 택해 보답하겠소. 모일에 영구를 들고 이곳에 이를 때 나귀를 이고 지나가는 한 사람이 보일 텐데 그때를 기다려 즉시 하관하시오. 어느 시인지는 묻지 마시오."

유연경은 지관의 이야기를 듣고 그가 가여웠다. 하지만 나귀를 이고 가는 사람에 관한 이야기는 믿기지 않았다. 장례를 치르는 날 일이 정오까지 늦어졌다.

그때 산 아래 사는 한 농민의 집에서 나귀가 새끼를 낳았는데, 털색깔이 매우 기이하여 농민은 주인에게 보여 주려고 새끼를 등에 이고 왔다. 그때 즉시 하관하였다.

3개월이 지나자 지관이 정말로 죽었다. 유연경은 관직이 절도사에 이르렀고, 아들 유광세[27]는 태부까지 올라 양국공에 봉해졌다.

---

27 劉光世(1089~1142): 자는 平叔이며 永興軍路 保安軍(현 섬서성 延安市 志丹縣) 사람이다. 유명한 무장 劉延慶의 아들이어서 빨리 승진하였고 적지 않은 공도 세웠지만 연경 공략 시 선봉대의 전공을 시기해 지원하지 않음으로써 결정적인 패착을 범하였다. 이후 각지 반란을 진압하고 금조의 공세를 막기는 하였지만 금군을

(자가 요인인 유산보가 한 이야기다. 산보는 양국공의 아들이다.)

두려워하여 매우 수동적이었고 전과도 좋지 못하였다. 그럼에도 유광세 휘하의 병력 수가 많아 송조는 계속 무마하다가 마침내 병권을 해제하려고 하였지만 酈瓊의 반란이 발생하여 그의 병력 대다수가 大齊에 투항하였고, 금과 화의가 맺어지면서 군권을 상실하였다. 남송 중흥4장으로 꼽히고 높은 관직을 받았지만 평가는 좋지 못하다.

京師修內司兵士闞喜, 以年老解軍籍爲販夫, 賣果實自給. 其妻湯氏, 舊給事掖廷, 晚乃嫁喜. 宣和二年六月, 喜賣瓜於東水門外汴堤叢柳間, 所坐處去人居百許步, 柳陰尤密. 午暑方盛, 行人不至. 聞木杪呼小鬼, 繼有應之者. 呼者曰: "物在否?" 應者曰: "在." 如是再三. 仰頭周視, 無所睹, 懼不自安, 欲歸, 而妻饋食適至, 具以事語之. 妻曰: "老人腹虛耳聵, 妄聞之, 無懼也." 明日, 復如前, 又以語妻. 妻曰: "然則翼日我於此代汝, 汝當爲我饋."

湯氏, 慧人也. 伺其時至, 聞應答聲畢, 遽曰: "旣在, 何不出示?" 卽於樹間擲金數十顆, 銀十餘鋌, 黃白爛然. 妻四顧無人, 亟收置瓜籃中. 未畢而喜至, 驚笑曰: "吾不暇食矣." 喜見黃物形製甚異, 疑不曉. 妻曰: "此裏蹠金也." 盡拾瓜皮與所坐敗簟覆籃, 共舁以歸. 僅能行百步, 重不能勝, 暫寄於張家茶肆中, 出募有力者挈取. 張氏訝其蒼黃如許, 發簟見物, 悉以瓦礫易之. 喜夫婦不復閱視, 及家始覺.

妻曰: "姑忍勿言, 明當復用前策, 尙可得也." 洎坐樹下, 過時無所聞, 乃效其呼小鬼, 亦應曰: "諾." 妻曰: "再以昨日之物來." 曰: "亡矣." 問: "何故?" 曰: "已煩賣瓜人送與張氏矣." 喜將訟于官, 妻曰: "鬼神不我與, 雖訴何益? 不若謀諸張氏." 張曰: "物已歸我, 又無證驗, 安得取? 且爾夫婦皆老而無子, 多貲亦奚爲? 幸館于吾門, 隨所用錢相給, 畢此一世, 可也." 喜乃止. 張氏由此益富, 徙居城北, 俗呼爲"米張家"云. (魯時說.)

도성 수내사[28]의 병사 중에 감희라는 자가 있었는데, 나이가 들어 군적에서 풀리자 장사를 시작했는데 과일을 팔아서 생계를 유지하였다. 그 아내 탕씨는 예전에 후궁에서 윗사람을 모셨는데, 늘그막에 감희와 결혼하였다.

선화 2년(1114) 6월, 감희는 동수문 밖 변하의 둑가 버드나무 숲 아래에서 참외 등을 팔고 있었다. 자리 잡은 곳은 인가로부터 100여 보 떨어진 곳으로 버드나무 그늘이 빈틈없이 잘 드리워져 있었다. 정오의 더위가 한창 기승을 부리고 있어 오가는 이가 없었다. 그런데 나뭇가지 사이로 도깨비를 부르는 소리가 들렸고 이어서 대답하는 소리도 들렸다. 부르는 자가 말하길,

"물건이 있지?"

대답하는 자가 말하길,

"있다."

이처럼 두세 번을 반복하였다. 고개를 들어 주변을 보니 아무것도 보이지 않았다. 무서워 불안해하다가 집으로 돌아가려고 하는데, 마침 아내 탕씨가 점심을 가지고 왔기에 있었던 일을 모두 말해 주었다. 아내가 말하길,

"노인네가 배도 고프고 귀도 어두워서 잘못 들은 것이겠지요. 무서워할 것 없어요."

다음 날 똑같은 일이 거듭되자 아내에게 다시 말하였다. 탕씨가 대답하길,

"정 그렇다면 내일은 내가 여기서 당신 대신 있어 볼게요. 대신 당

---

28 修內司: 황성 내 궁전·성벽·태묘의 영선 업무를 담당한 將作監 소속의 기관이다. 책임자는 내시로 보임된 3명의 勾當公事(후에 幹辦公事)였고 병력은 1천 명이었다. 약칭은 內司다.

신이 점심을 갖다 주세요.”

탕씨는 총명한 사람이었다. 그 시간이 오기를 기다려 응답하는 소리가 들리자마자 급히 말하길,

“물건이 있다면 어찌 꺼내 보여 주지 않느냐?”

그러자 즉시 버드나무 사이로 금덩이 수십 개와 은괴 십여 개를 던졌다. 금색과 은색이 찬란하게 빛났다. 탕씨는 사방으로 사람이 없는지 살펴보고 급히 그것을 거두어 과일 광주리에 넣었다. 다 챙기기도 전에 감희가 왔는데 탕씨는 놀라면서도 웃으며 말하길,

“지금 밥 먹을 시간이 없어요.”

감희는 누런색 물건을 보더니 모양이 매우 기이해서 의아했지만 무엇인지 몰랐다. 탕씨가 말하길,

“이것은 요제금[29]이라는 것입니다.”

참외 껍질을 다 줍고 앉아 있던 해진 돗자리로 광주리를 덮어서 함께 들고 집으로 돌아갔다. 겨우 백 보쯤 걸었을 때 견딜 수 없이 무거워 잠시 장가네 다관에 맡겨 두고는 나가서 힘 잘 쓰는 자를 데려와 가져가려 했다. 장씨는 감희 부부가 저렇게 다급해하며 허둥대는 것을 의아하게 여기고 광주리를 열어 물건을 보았다. 그러고는 모두 깨진 기와 조각과 자갈로 바꿔 놓았다. 감희 부부는 다시 그것을 자세히 보지 않고 집으로 와서야 비로소 바뀐 것을 알았다.

아내가 말하길,

---

29 裹蹏金: 한무제 太始 2년(전95)에 화폐 형태에 대해 개혁하면서 기린 발굽(麟趾)과 말 발굽(裹蹏) 형태로 주조하도록 하였다. 가운데가 빈 발굽 형태와 똑같이 생겨서 현재의 관념으로는 매우 특이해 보인다. 송대 沈括도 『夢溪筆談』「異事」에서 요제금은 말린 감처럼 생겨서 '柿子金'이라고 칭하기도 한다고 기록하였다.

"잠시 참고 아무 말 말고 있다가 내일 다시 앞전에 했던 계책대로 해 봅시다. 또다시 얻을 수 있을지도 모르잖아요."

이에 나무 아래 앉아 있었지만 시간이 지나도 들리는 소리가 없었다. 그들이 누군가의 목소리를 흉내 내어 도깨비를 부르자 역시 대답하길,

"있다."

아내가 말하길,

"어제의 물건을 다시 가져와라."

대답하길,

"없다."

"무슨 일 있어?"

"이미 참외 파는 사람에게 부탁하여 장씨에게 보냈거든."

감희는 관아에 소송을 하려고 했지만 아내가 말하길,

"귀신이 우리에게 준 것도 아닌데 소송을 한들 무슨 이득이 있겠어요? 장씨에게 가서 말해 보는 것이 낫겠어요."

장씨가 말하길,

"물건이 이미 나에게 있고 또 달리 증거도 없는데 어찌 그것을 가져가겠다는 것인가? 게다가 너희 부부는 이미 늙었고 자식들도 없는데 재산이 많은들 또 무엇 하겠는가? 차라리 우리 집에 살면서 돈이 필요하면 그때그때 줄 것이니 그렇게 죽을 때까지 살아도 괜찮지 않은가."

감희는 이에 소송을 하지 않기로 하였다. 장씨는 이렇게 해서 더욱 부자가 되었고 성 북쪽으로 이사 갔는데, 사람들은 그를 '미곡상 장씨'라고 불렀다.(노치가 한 이야기다.)

　　京師人魯時, 紹興十一年, 在臨安送所親于北關下, 忘攜錢行, 解衣
質于庫, 見主人如舊熟識者, 思之而未得. 退訪北關稅官朱子文, 言及
之, 蓋數年前所常見丐者也. 其人本豪民, 遭亂家破, 與妻行乞于市,
使三子拾楊梅核, 椎取其實以賣. 少子嘗見一白鼠在聚核下, 歸語父.
父戒曰: "明日往捕之, 得而貨于禽戱者, 必直數百錢, 勿失也."

　　追旦, 母與偕至故處, 果見鼠, 逐之, 及湧金門牆下, 入穴中而滅. 母
立不去, 遣子歸取鋪劚地, 深可二尺, 望鼠尾猶可見. 俄得一青石, 揭
去之, 下有大甕, 白金滿中, 遽奔告其父. 父至, 不敢啓, 亟詣府自列,
願以半與官, 而乞廂吏護取. 府主從其言, 得銀凡五千兩. 持所得, 卽
日鬻之, 買屋以居, 而用其錢爲子本, 遂成富家, 卽質庫主人也. (時說.)

　　소흥 11년(1141), 도성 사람 노치는 임안부[30]의 북수문 아래서 친구
를 배웅하였는데, 깜빡 잊고 돈을 들고 나오지 않았다. 옷을 벗어서
전당포에 맡기고 돈을 빌리려는데, 그 전당포 주인을 보니 옛날에 잘
알던 사람 같았다.

　　누군지 생각해 보았지만 기억이 나지 않았다. 돌아오는 길에 북쪽
관문의 세무관리인 주자문에게 들러 그에 대해 말하니 비로소 몇 년
전에 자주 보았던 거지임을 알게 되었다.

　　그 사람은 본래 부자였는데 전란으로 집안이 망하였다. 그는 아내

30　臨安府: 남송 兩浙路 臨安府(현 절강성 杭州市).

와 함께 저잣거리에서 구걸을 다니고 세 아들들에게는 양매 열매를 주워 그 열매를 으깨 즙을 팔게 하였다.

하루는 흰쥐 한 마리가 양매 열매를 모아 둔 곳 아래에 있는 것을 어린 아들이 보고는 집에 가서 아버지에게 말하였다. 아버지는 주의를 주길,

"내일 가서 그놈을 잡아 와라. 잡아서 동물을 놀이 삼는 자에게 팔면 반드시 수백 전은 얻을 수 있을 것이다. 놓치지 말거라."

아침이 되기를 기다렸다가 어머니와 아들 모두 어제 그곳으로 가 보니 과연 쥐가 있었다. 쥐를 쫓으니 용금문[31] 성벽 아래로 가서 구멍 속으로 들어가더니 없어졌다.

어머니는 바로 떠나지 않고 아들을 보내 가래를 가져오라 시켜서 땅을 팠다. 2척 정도 깊이가 되자 쥐의 꼬리가 그런대로 보였다. 잠시 후 푸른 돌이 나와 그것을 치우니 그 아래 큰 항아리가 있었고 은이 안에 가득하였다.

급히 아버지에게 달려가 알렸다. 아버지가 왔으나 감히 손대지 못했다. 바로 관아로 가지고 가서 진술을 하며 청하기를 그 반을 관에게 줄 것이니 주관성상공사[32]의 서리를 보내서 그것을 가져갈 수 있

---

31 涌金門: 항주 서쪽 성문의 하나로 936년 吳越이 涌金池를 파서 서호의 물을 끌어 들이면서 축조하였다. 항주와 서호를 잇는 성문이어서 유람객이 많이 출입하였 다. 紹興 28년(1158)에 성벽을 증축하고 豐豫門으로 개칭하였다.

32 主管城南 · 北廂公事: 개봉부는 소속 현(赤縣) 외에도 좌 · 우 廂公事所, 또 8개의 廂坊이라는 조직을 설치 운영하였다. 방의 책임자는 坊正이다. 臨安府 역시 紹興 11년(1141)에 남 · 북 廂公事를 설치 운영하면서 북송과 마찬가지로 京朝官 출신 을 주관성남 · 북상공사로 임명하였다. 杖 60대 이하의 사안에 대한 전결권을 갖 고 있었다. 단 8개의 상방 조직은 紹興 11년에 설치하였다가 곧 철폐하고 운영하 지 않았다. 약칭은 廂吏이다.

도록 보호해 달라고 하였다.

주관성상공사는 그 제안에 따랐고, 그는 은 5천 량을 차지하게 되었다. 얻은 은을 갖고 당일 바로 팔아서 집을 사서 거주했고, 또 그 돈을 밑천으로 삼아 집안을 크게 일으키니 바로 전당포의 주인이다. (노치가 한 이야기다.)

平江傳法尼寺何大師, 本章子厚家青衣也, 其徒曰金師, 亦故章妾. 嘗晝臥室中, 道人叩門入乞食, 金師曰:"院中冷落, 殊乏好供." 曰:"隨緣足矣. 吾適到妙湛院, 欲少留, 而屍氣觸人不可入, 故捨而至此." 乃設飯延之. 食畢將去, 金師夙苦瘵疾, 常奄奄短氣, 漫言曰:"我久抱病, 先生還有藥見療乎?" 曰:"適有一粒, 正可服." 卽同往佛殿, 命汲水東向吞之. 詢其鄕里, 曰:"我河東人, 骨肉甚多." 不肯言姓名. 臨去時囑曰:"旣服我藥, 用兩事爲戒, 切不可臨喪及送葬. 更十二年, 吾當復來." 遂出.

金師歸舍, 便聞食氣逆鼻, 兩日不食. 何師怒罵之曰:"汝從野道人喫毒草藥, 損汚腸胃, 當卽死矣." 强之使食, 纔下咽, 卽嘔, 自是竟不食. 久之, 髭髯皆生, 鬖黑光潤如男子. 後因赴親戚家喪齋, 遂思食, 距服藥時正十二年, 道人亦絶不至. 金師遭虜寇之難, 死於兵間.(何德獻說, 何及見金師生髯時.)

평강부[33]에 있는 비구니 사찰인 전법사의 대사 하씨는 본래 자가 자후인 장돈[34] 집안의 시종이었다. 그 제자인 김씨 승려 역시 본래는

33　平江府: 兩浙路 平江府(현 강소성 蘇州市).

34　章惇(1035~1105): 자는 子厚이며 福建路 建寧軍 浦城縣(현 복건성 南平市 浦城縣) 사람이다. 관료 생활을 시작하면서 탁월한 실적을 올렸고, 荊湖北路의 반란 진압 등에도 공을 세웠다. 신법 추진의 핵심 부서인 制置三司條例司에서 신법을 적극 추진하였다. 구법당 집권기 고초를 겪다가 元祐 8년(1093)에 재상이 되어 신법을 부활시켰으며 구법당을 적극 배척하여 후에 구법당으로부터 蔡京・蔡卞・安惇과 함께 '2蔡・2惇'으로 지탄을 받았다. 서하와 呻廝囉에 대한 강경책을 추진

장돈의 첩이었다. 일찍이 김씨 승려가 낮에 방안에서 낮잠을 자고 있는데, 한 도인이 문을 두드리며 들어와 먹을 것을 찾았다. 김씨 승려가 말하길,

"절이 적막하고 쓸쓸하여 접대할 만한 것이 매우 부족합니다."

대답하길,

"그냥 인연에 따라 아무거나 주시면 좋소이다. 내가 마침 묘잠원에 가서 잠시 머무르고자 하였는데, 시체 냄새가 진동을 하여 들어갈 수가 없어 그곳을 떠나 이곳으로 온 것이라오."

이에 음식을 장만하여 그를 대접하였다. 다 먹고 나서 떠나려는 참인데, 김씨 승려는 본래부터 폐병을 앓고 있어서 늘 숨을 끊어질 듯 짧게 내쉬며, 별 생각 없이 도인에게 말하길,

"저는 오랫동안 병을 지니고 있습니다. 선생께서는 혹 치료할 수 있는 약을 가지고 계신지요?"

도인이 답하길,

"마침 약 한 알이 있으니 먹으면 될 것이오."

곧 같이 불전으로 갔고 그는 물을 가져오라고 한 후 동쪽을 바라보고 그것을 삼키라고 하였다. 고향이 어디냐고 물어보니 대답하길,

"나는 하동로 사람입니다. 그곳에 친척들이 매우 많지요."

그러나 성과 이름은 말하려고 하지 않았다. 떠날 때가 되자 그는 당부하길,

하여 상당한 성공을 거두었다. 7년간 재상으로 있으면서 능력 위주 인사를 단행하는 반면 정적에 대한 배척, 휘종이 경박하여 제왕의 자격이 없다고 직언하는 등 호불호가 분명하였다. 휘종 즉위 후 실각하였다.

"이미 내가 준 약을 먹었으니 두 가지 일을 꼭 경계해야 할 것이외다. 절대 상가에 가서는 안 되고 또 장례를 치러도 안 됩니다. 12년 뒤에 내가 다시 올 겁니다."

그리고 마침내 떠났다.

김씨 승려는 요사채로 돌아온 뒤 음식 냄새를 맡자마자 냄새가 역하게 느껴졌고 이틀 동안 음식을 먹지 못했다. 하 대사는 화가 나서 혼내길,

"너는 돌팔이 같은 도인의 말을 듣고 독초로 된 약을 먹은 것이다. 그래서 위와 장이 탈이 난 것이니 곧 죽을 것이다."

그리고는 그녀에게 강제로 먹으라고 하였다. 그녀는 할 수 없이 먹었지만 겨우 목구멍으로 넘기자마자 토하였고 이때부터 더욱 아무것도 먹을 수 없었다. 한참 후에 콧수염과 구레나룻이 나더니 검게 윤기까지 나서 꼭 남자 같아졌다. 후에 친척의 상가에 다녀오니 비로소 음식이 먹고 싶어졌다. 약을 먹은 때로부터 꼭 12년 만이었다. 도인 역시 그 뒤로 오지 않았다. 김씨 승려는 금군의 침략이 있었을 때 전란 중에 죽었다.(하덕헌이 한 이야기다. 하덕헌은 김씨 승려가 수염이 났을 때 직접 만난 일이 있다.)

平江府二十里間陽山龍母祠, 相傳其子每歲四月必一至祠下, 皆取
道野外, 吳中人多見之, 唯紹興二十年, 獨入城. 章幾道僅宅後有廨院,
曹雲借居之. 是日, 雷電旋繞其室, 曹在堂上, 有物擁之向壁, 揭庭下
松棚, 從空起, 室中箱篋, 皆挈徙它處. 幾道與其甥何德輔俑仰望, 見
雲中火光, 巨鱗赫然, 或僧, 或道士, 或尼, 或倡女, 雜遝其前, 履空躡
雲, 爲捧迎狀, 越城一角而去.(何德獻說.)

평강부에서 20리 떨어진 양산[35]에 용모사가 있다. 전하는 말에 의
하면 용모의 아들인 용왕이 매년 4월 반드시 사당 아래를 들른다고
하며, 그때마다 들에 길을 만들어 지나가니 평강부 오현[36] 사람들 가
운데 많은 이들이 이를 보았다고 한다. 오직 소흥 20년(1150)에만 조
용히 성 안으로 들어갔다. 자가 기도인 장근의 집 뒤에 관아가 있는
데, 조운이 잠시 그곳에 머물렀다. 이날 천둥과 번개가 관아 주위를
감싸며 쳤다. 조운은 대청 위에 있었는데, 어떤 물건이 그를 안고 벽
을 향해 갔고, 관아 아래 소나무 오두막을 들어 허공을 향해 들어 올

35　陽山: 현 蘇州市 서북쪽 虎丘區 중앙에 있는 높이 338m의 산으로 소주시에서 두
　　번째로 높다.
36　吳中: 兩浙路 平江府 吳縣(현 절강성 蘇州市 吳中區). 현 소주시의 명칭은 吳縣·
　　吳州·吳郡·蘇州·中吳府·中吳軍·平江府 등 여러 차례 바뀌었고 관할지역도
　　변동이 있었지만 치소는 시종 변함없이 吳縣에 위치하였다. 吳中이 소주의 별칭
　　으로 쓰인 사례는 찾아볼 수 없어 본문에 따라 오현으로 번역하였다.

렸으며, 집안의 궤짝을 모두 가지고 다른 곳으로 옮겼다. 장근의 조카로 자가 덕보인 하보와 함께 올려다보니 구름 안에 불빛이 보였고, 커다란 비늘이 환하게 빛났다. 승려·도사·비구니·창녀 등이 옴짝달싹 못할 정도로 많이 모여서 그 앞으로 지나갔고,[37] 허공을 걸어 구름으로 올라가 그를 환영하는 듯한 형상이 되었다. 성 모퉁이를 지나자 없어졌다.(하덕헌이 한 이야기다.)

---

37 雜遝: 행인이 아주 많아서 옴짝달싹 못하고 혼란스럽다는 뜻이다.

　　信州弋陽人吳滂, 字潤甫, 所居曰結竹村. 幼子大同, 生而不能言, 手亦攣縮. 紹興十七年, 年十一歲, 方秋時, 與里中兒戲山下. 有道人過, 問吳潤甫家所在, 旁兒指曰:"在彼." 曰:"此子何不答我?" 曰:"不能言." 道人曰:"然則我先爲治此疾而後往." 乃摘茅一莖, 取其葳, 鍼大同兩耳下, 應時呼號. 又連鍼其肘, 遽伸手執道人衣曰:"何爲刺我?" 羣兒皆驚異, 與俱還滂家.

　　道人入門曰:"君家又有一人廢疾, 可舁至縣中, 尋吾治之." 且約以某日. 蓋滂兄濬長子不能行, 四十五歲矣. 過期數日, 乃入邑訪之, 無所見. 後滂與大同至縣, 見丐者骭瘍藍縷, 大同指曰:"此是也." 滂以錢遺之, 不受, 曰:"沽酒飲我足矣." 至酒肆, 方具杯, 擲去之曰:"此不足一醉." 自入庫中, 取巨甕兩人不能勝者, 獨挈之出, 其直千錢, 擧甕盡飲之, 乃去.

　　又曰:"君家麻車源木甚多, 可伐之, 爲我建一樓於所居竹間." 麻源者, 去結竹七里, 産大木. 滂如其言立樓, 命曰"遇仙", 常烹羊醲酒爲慶會, 自此道人不復至. 大同獨時有所適, 或經日乃返, 不告家人以其處. 始時身絶短小, 今形容偉然, 氣韻落落. 又數年, 復來告曰:"俟爾父母捐館, 妻子亦謝世, 當訪我於貴溪紫竹巖." 今滂夫婦皆死, 大同妻子[此下宋本闕一葉.]

　　"華宮瑤館遊畢, 却返絳節回鸞翼. 荷殷勤三聖香醪, 供養我上眞仙客. 赤靄浮空, 祥雲遠布, 是我來仙跡. 且頻脩, 同泛舸上雲秋碧." 書畢, 人問曰:"先生降臨, 何以爲驗?" 曰:"赤雲滿空, 則吾至矣." 異日復至, 果然, 故詞中及之.

자가 윤보인 신주 익양현[38] 사람 오방은 결죽촌이라고 하는 마을에서 살았다. 그의 어린 아들 대동은 태어나면서부터 말을 할 수 없었고 손도 오그라져 있었다. 소흥 17년(1147), 11세가 되던 해 가을에 대동은 산 아래서 마을 아이들과 놀고 있었다. 한 도인이 지나면서 오방의 집이 어디냐고 묻자 옆에 있던 아이가 대신 가리키며 말하길,

"저기입니다."

도인이 말하길,

"이 아이는 어찌하여 내가 묻는 말에 대답하지 않는가?"

말하길,

"말을 못합니다."

도인이 말하길,

"그렇다면 내가 먼저 이 아이의 병을 고쳐 주고 나서 가야겠다."

그는 띠풀 한 줄기를 꺾고 꽈리[39]를 따서 대동의 두 귀 밑에 침을 놓았다. 대동은 즉시 소리를 지르며 반응을 보였다. 또 연이어 그 팔꿈치에 침을 놓으니 급히 손을 뻗으며 도인의 옷을 잡고 말하길,

"왜 나를 찌르세요?"

옆에 있던 아이들 모두 놀라며 기이하게 여겼고, 다 같이 오방의

---

38 弋陽縣: 江南東路 信州 弋陽縣(현 강서성 上饒市 弋陽縣).

39 葴: 침에는 酸漿과 馬藍 두 가지 뜻이 있다. 산장은 익은 꽈리 열매로서 가을에 따서 말려서 쓴다. 해열·해독 기능이 있으며, 熱淋·황달·瘡瘍·습진 등에 쓴다. 痰熱로 기침하는 데, 목이 붓고 아픈 데도 좋다. 마람은 쪽의 이칭 가운데 하나로 염색용 외에도 해열·해독·소종의 효능이 있어 감기·황달·이질·토혈 등의 증상과 각종 염증에 약재로 이용한다. 본문의 내용으로는 둘 가운데 구체적으로 어느 것인지 그리고 어떻게 침과 연관된 것인지 확정할 수 없어 우선 꽈리로 번역하였다.

집으로 갔다.

도인이 문을 들어서며 말하길,

"그대 집안에 또 한 사람 병으로 일을 할 수 없는 이가 있을 것이다. 현성으로 데리고 와서 나를 찾으면 고쳐 줄 것이다."

그리고는 날을 잡아 약속을 정했다. 오방의 형인 오준의 큰아들이 보행 장애가 있었는데, 당시 나이가 이미 45세였다. 약속한 날로부터 며칠이 지나 현성으로 들어가서 그를 찾았으나 만날 수가 없었다. 후에 오방은 오대동과 함께 현성에 이르렀는데, 머리가 헝클어지고 옷이 남루한 한 거지를 보았다. 오대동은 그를 가리키며 말하길,

"이 사람이 바로 그 도인입니다."

오방은 돈을 주었으나 그는 받지 않고 말하길,

"나에게 술과 음식을 사 주면 그것으로 족하오."

술집에 이르러 막 술잔을 갖다 놓자 그는 술잔을 집어 던지고 말하길,

"이것으로는 한 번 취하기도 힘들겠소이다."

스스로 창고로 들어가 두 사람이 들 수 없을 정도의 커다란 독을 혼자 들고 나왔다. 그 값이 1관에 달하였다. 독째 다 마시고는 돌아가면서 또 말하길,

"공의 집이 있는 마거원[40]에는 나무가 아주 많으니 그것을 베어다 지금 사는 곳 대나무 숲 사이에 나를 위해 누각을 하나 지어 주면 좋겠소."

---

40 麻車源: 江南東路 信州 上饒縣(현 강서성 上饒市 上饒縣 董團鄕).

마거원이라는 곳은 결죽촌에서 7리 정도 떨어진 곳으로 큰 목재가 많이 생산된다.[41] 오방은 그의 말대로 누각을 지어 주었고 이름을 '우선루(신선을 만나는 누각)'라 지어 주었다. 매일 양을 삶고 술을 담가 연회를 열어 주자 그때부터 도인이 다시 오지 않았다. 오대동은 가끔 혼자 어디론가 가거나 때로는 다음 날이 돼서야 돌아오곤 했는데 가족들 누구에게도 어디에 갔었는지 말해 주지 않았다. 오대동은 처음에 키가 몹시 작았는데, 지금은 외모가 출중하였고 기품도 활달하고 대범하다. 다시 몇 년이 흘러 도인이 또 와서 말하길,

"너의 부모가 돌아가시고, 아내 역시 세상을 뜨고 나면 마땅히 귀계현[42]의 자죽암으로 나를 찾아오너라."

지금은 오방 부부가 모두 죽었고, 오대동의 아내 역시 [송대 판본은 이 뒤의 1엽이 결락되어 있다.]

화궁의 요관[43]에서 놀기를 마치고,
의장을 물리고[44] 난새가 있는 곳으로 돌아왔네.
깊은 정을 담은 세 개의 술잔에 술 향기 가득하니,
나에게 바치고 진정한 선객에게 올리네.
붉은 아지랑이가 허공을 향해 피어오르고,
상서로운 구름이 멀리 퍼지는데,

---

41 오늘날의 上饒縣은 온난 다습하며 산림복개율이 68%에 달해 삼림자원이 풍부하다. 삼림은 삼나무 · 소나무 · 대나무가 3대 주종을 이루고 있다. 900년의 시차와 기후변화를 고려해도 본문에서 서술하고 있는 상황과 상당 부분 일치한다.

42 貴溪縣: 江南東路 信州 貴溪縣(현 강서성 鷹潭市 貴溪市).

43 瑤館: 선경 안에 있는 옥으로 만든 건물을 말한다.

44 絳節: 본래 사신임을 증명하는 붉은색 부절을 말하나 선계 옥황상제의 의장을 뜻하기도 한다.

이것이 내가 신선을 따른 흔적이로구나.

거듭 수행하며, 함께 배를 띄워 구름 위 푸른 가을 하늘에 오르누나.

글을 마쳤다. 사람이 그에게 묻길,

"선생께서 내려오는 것을 어떻게 알아볼 수 있습니까?"

대답하길,

"붉은 구름이 하늘에 가득하면 곧 내가 이른다는 뜻이다."

훗날 다시 왔을 때 과연 그러하였는데, 위의 글에서도 이를 언급한 것이다.

　　朝請郎劉公佐罷衡州守, 舟行歸京師, 道中得疾. 其妻趙氏, 每夕必
至所寢處, 視診藥餌. 時方盛夏, 馬門不關. 一夕, 趙至牀側, 公佐睡未
覺, 一物如猴, 色正白, 直從寢閤衝人而出, 徑歷外戶, 跳登岸. 趙氏畏
驚病者, 不敢言, 獨呼子總出視之, 物猶在岸上, 睢盱回顧, 久之始去.
劉生於丙申, 屬猴, 人以謂精爽逝矣, 至泗州而卒.

　　조청랑 유공좌는 형주[45]지사에서 물러나 배를 타고 도성으로 돌아
가는 길에 병을 얻었다. 그의 아내 조씨는 매일 저녁 그가 누워 있는
곳으로 와서 병세를 살펴보고 약을 먹여 주었다. 당시 한참 무더운
여름이어서 선실의 문[46]은 닫아 두지 않았다.

　　어느 날 저녁 조씨가 침대 옆에 있었고 유공좌는 자고 있어 아직
깨어 있지 않았는데 아주 하얀색의 원숭이처럼 생긴 무엇인가가 침
실 옆문에서 곧장 나와 사람을 지나치며 나갔다. 잽싸게 바깥문을 지
나더니 언덕으로 뛰어 올라갔다.

　　조씨는 환자를 놀라게 할까 봐 감히 말을 못하고 조용히 아들 유총
을 불러 나가 보라고 하였더니 그것은 여전히 언덕 위에 있으면서 눈
을 크게 뜨고 뒤돌아보며 한참 있다가 비로소 갔다.

45　衡州: 荊湖南路 衡州(현 호남성 衡陽市).
46　馬門: 선실 · 선창의 문이다.

유공좌는 병신년 태생으로 원숭이띠에 속했다. 사람들은 그의 영
혼이 이미 빠져나간 것이라 하였는데, 사주[47]에 이르러 사망하였다.

---

47 泗州: 淮南東路 泗州(현 강소성 宿遷市·淮安市, 安徽省 宿州市 등 洪澤湖 주변 지
    역).

　　李處度平仲居會稽, 紹興十八年被疾, 未甚篤. 州監倉方釋之與數
客往省之, 李方燕語往來, 且道醫之謬, 忽顧曰: "近被旨買絲數萬兩,
不知其價幾何?"客訝語不倫. 俄呼虞候令傳語唐運使: "且喜同官, 今
先行相待, 可便治裝也." 又語客曰: "得一廨舍在天衣山中, 極明潔."
客不敢答, 卽引去. 是夜遂卒. 唐君名閎, 其室與李相近, 時病廢家居,
聞之甚懼, 次日亦卒. 李之葬乃在天衣山云.(方子張說.)

　　자가 평중인 이처도는 월주에 살고 있었는데, 소흥 18년(1148)에
병이 들었지만 병세가 아직 그렇게 심각하지는 않았다. 묘미창 감창
관⁴⁸인 방석지와 몇몇 손님들이 함께 가서 병문안을 하면서 이처도와
한담을 주고받다가 한참 의사의 잘못을 얘기하던 중 갑자기 고개를
돌리며 말하길,

　　"근래 건사 수만 량을 사라는 어명을 받았는데 건사 가격이 어떠한
지 모르겠소?"

　　손님들은 그 말이 뜬금없어 의아하게 여겼다. 잠시 후 우후관⁴⁹을

48　監倉官: 곡물 창고의 출납 및 보관을 관장하는 관직이다. 모든 주마다 설치한 것은
　　아니고 衛州 黎陽倉, 潭州 永豐倉 등 주요 곡물 집산지에 설치하였다. 월주의 곡물
　　창고 명칭은 苗米倉이며 蘇州 지역 곡물의 구매 및 보관 업무를 책임졌다. 監倉官
　　은 모두 재정 관련 관리인 監當官의 일원이며, 대부분 選人으로 충당하였지만 京
　　朝官이 파견되기도 하였다. 별칭은 監官‧物務‧總幹‧監局이다.
49　虞候官: 100명으로 이루어진 금군 기마부대의 都급 단위 하급 지휘관이다. 都의
　　軍使‧副兵馬使‧十將 아래 직급이다.

불러 전운사 당씨에게 말을 전하라 하며 이르길,

"함께 관직에 있어서 좋았는데, 지금 먼저 가서 기다릴 것이니 갈 준비를 하고 있으시오."

또 손님들에게 말하길,

"천의산 가운데 청사를 하나 얻었는데 매우 밝고 깨끗한 곳이라오."

손님들은 감히 아무런 대답도 못하고 곧 물러났다. 이처도는 이날 밤 죽었다. 전운사 당씨의 이름은 굉인데, 그의 집과 이처도의 집은 아주 가까웠다. 당시 병이 들어 꼼짝 못하고 집에 있었는데 이처도가 한 말을 듣고 몹시 두려워하다가 다음 날 역시 죽었다. 이처도의 묘는 바로 천의산에 있다고 한다.(방석지의 아들 방장이 한 이야기다.)

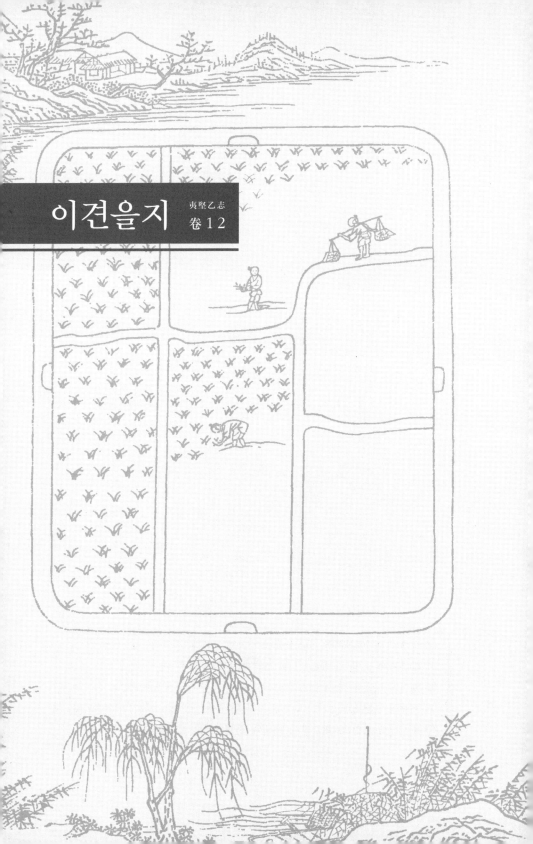

이견을지

夷堅乙志
卷 12

金華范茂載渭, 建炎二年以秀州通判權江淮發運司幹官, 官舍在儀
眞. 方劇賊張遇寇淮甸, 民間正喧然. 范泊家舟中, 而日詣曹治事. 其
妻張夫人, 平生耽信佛敎, 每游僧及門, 目所見物, 悉與之, 不少吝. 郡
有僧, 鳴鐃鈸行乞于岸, 呼曰: "泗州有箇張和尙, 緣化錢修外羅城."張
邀至舟所, 僧於袖間出雕刻木人十許枚, 指之曰: "此爲僧伽大聖, 此爲
木叉, 此爲善財, 此爲土地." 命之笑, 則木人欣然啟齒, 面有喜色. 取
一兒枕鼓而寢者以與張, 曰: "此僧伽初生時像也."又以藥一粒授張,
戒使吞之, 張施以紫紗皂絹各一匹.

僧甫去, 范君適從外來, 次子以告, 問何在, 曰: "未遠."遣人追及,
將折困之, 僧殊不動容, 索紙書"十"字者三. 又書"九"字及"徐"字于
下, 以付范, 卽去. 張氏取藥欲服, 而其大如彈丸, 不可吞, 乃命婢磨
碎, 調以湯而飮之. 明日, 僧復至, 問曰: "曾餌吾藥否?" 以實對. 僧歎
咤曰: "何不竟吞之而碎吾藥, 然亦無害也."

後兩日, 賊船數百渡江而南, 將犯京口, 最後十餘船, 獨回泊眞州,
殺人肆掠. 是時岸下舟多不可計, 舳艫相銜, 跬步不得動. 范氏之人無
長少皆登津散走. 張以積病不能行, 與一女并妾宜奴者三人不去, 但默
誦救苦觀世音菩薩, 時正月十四日也. 一賊登舟, 從蓬背撮刃入. 當張
坐處, 所覆絲衾四重皆穿透, 刃自腋下過, 無所損. 賊跳入舟中, 又擧
矛刺之, 出兩股之間, 亦無傷焉. 賊驚異, 釋仗問曰: "汝有何術至是?"
曰: "我以產後得病, 故待死於此, 但誦佛耳, 安得術哉? 家藏金銀一小
篋, 持以相贈, 幸捨我." 賊取之而留其衣服, 曰: "以爲買粥費?"

去未久, 又一賊來, 持火藥罐發之, 欲焚其舟, 未及發, 而器墜水中,
亦捨去. 俄頃, 兩岸火大起, 延及水中. 范氏舟纜已蓺斷, 如有牽挽者,
由千萬艘間, 無人自行, 出大江, 茫不知東西, 唯宜奴扶柁, 夷猶任所
向, 及天明, 則在揚州矣. 范之弟茂直爲司農丞, 從車駕行在, 卽挈取

之. 是日, 一家十四口, 數處奔迸, 並集于揚, 不失一人, 方悟碎藥無害
之說. 使如僧言呑之, 當無驚散之苦矣.

　范歸鄕, 因溺水被疾而殂, 正年三十九. 葬于婺, 買山于徐家, 盡與
紙上字合. 僧不復見, 而所留木兒亦不能動. 其後張夫人沉痾去體, 壽
七十乃終.(其子元卿端臣說.)

　자가 무재인 무주 금화현[1] 사람 범위는 건염 2년(1128) 수주[2] 통판
으로 강회제치발운사 임시 간판공사를 맡았는데 그 관사는 진주 의
진현[3]에 있었다. 당시 장우가 이끄는 큰 도적떼가 회하 일대를 노략
질하여 백성들이 크게 동요하고 있었다. 범위는 집안 소유의 배 안에
머물면서 매일 관아에 가서 일하고 있었다. 범위의 아내 장씨 부인은
평생 부처의 가르침에 푹 빠져서 매번 행각승이 집에 오면 눈앞에 보
이는 물건을 모두 주었고, 조금도 인색하지 않았다. 진주에 한 행각
승이 있었는데, 요와 동발[4]을 두드리며 탁발을 하다 강 언덕에 이르
러 소리치길,

　"사주[5]의 승려 장씨는 인연 있는 분께 시주를 권하고[6] 그 돈으로 사

1　金華縣: 兩浙路 婺州 金華縣(현 절강성 金華市).
2　秀州: 兩浙路 秀州(현 절강성 嘉興市).
3　儀眞縣: 淮南東路 眞州 儀眞縣(현 강소성 揚州市 儀征縣). 政和 7년(1117)에 揚子
　縣에서 개칭하였다.
4　鐃鈸: 요는 본래 청동기로 만든 군용 악기였으나 후에 불교 의식에서도 4金6鼓의
　하나로 중시되었다. 4金은 錞·鐲·鐃·鐸이다. 발은 바라보다 크기가 작으며 통
　상 구리로 만들어 銅鈸이라고 하며 響鈸이라고도 한다.
5　泗州: 淮南東路 泗州(현 강소성 宿遷市·淮安市, 安徽省 宿州市 등 洪澤湖 주변 지
　역).

주 성 바깥에 외성을 쌓고자 합니다."

장씨 부인이 그를 불러 배가 있는 곳으로 오게 하였다. 승려는 소매에서 조각한 나무 인형 10여 개를 꺼내더니 하나하나 가리키며 말하길,

"이는 석가모니[7]이고, 이는 목차[8]이며, 이는 선재동자,[9] 이는 토지공입니다."

그들에게 웃으라고 명하니 나무 인형들은 이가 보이도록 흔쾌히 웃었고 얼굴에는 희색이 돌았다. 또 북을 베고 잠을 자는 어린아이 인형을 꺼내어 장씨 부인에게 주면서 말하길,

"이는 승려가 처음 태어났을 때의 모습입니다."

또 약 한 알을 장씨 부인에게 주면서 그것을 꼭 삼켜야 한다고 단단히 일렀다. 장씨 부인은 붉은 비단과 검은 비단 각 한 필씩을 시주하였다.

승려가 막 떠났을 때 범위도 때마침 밖에서 돌아왔다. 둘째 아들이 있었던 일을 말하자, 범위는 승려가 어디까지 갔느냐고 물었다. 아들이 말하길,

---

6 緣化: 인연이 있는 사람에게 보시를 행하도록 권한다는 말이다. '勸化'와 같다.
7 僧伽大聖: 도덕적으로 완전하고 지혜가 뛰어나며 만물의 도를 깨우친 사람을 가리키는 말로서 본래는 노자에 대한 전용어였으나 후에 공자·석가모니에 대한 존칭으로도 쓰였다. 본문에서는 대성 앞에 僧伽가 붙어 있어 석가모니를 뜻함을 알 수 있다.
8 木叉: 『封神演義』에 나오는 신화적 인물로서 李靖의 둘째 아들이자 관세음보살의 제자라고 한다.
9 善財: 태어날 때 집안에 많은 금은보화가 생겼다고 하여 지어진 이름이다. 문수보살이 머물던 곳에 살았던 인연으로 문수보살에게 불법을 배웠고, 이후 53명의 다양한 善知識을 찾아 돌아다니다 마지막으로 보현보살을 만난 인연에 힘입어 수행자의 이상형으로 간주된다. 善才로 표기하기도 한다.

"멀리 가지 않았을 것입니다."

범위는 사람을 보내 그를 붙잡아 곤혹스럽게 하려 했지만 승려는 전혀 동요하지 않고 종이를 달라고 하더니 '십十' 자를 3개 쓰고, 또 '구九' 자와 '서徐' 자를 그 아래에 써서 범위에게 주고는 곧 가 버렸다. 장씨 부인은 약을 먹으려 꺼냈지만 그 크기가 탄환만큼 커서 삼킬 수가 없기에 여종에게 그것을 잘게 부수게 한 다음 탕에 타서 마셨다. 다음 날 승려가 다시 와서 묻길,

"내가 준 약을 먹었습니까?"

장씨 부인은 사실대로 대답했다. 승려는 탄식하면서도 속내를 드러내길,[10]

"어찌 그것을 곧바로 삼키지 않고 부쉈단 말이요? 하긴 그렇더라도 큰 탈은 없을 것이요."

이틀 뒤 도적들의 배 수백 척이 장강을 넘어 남으로 내려왔고, 장차 진강부[11]를 침범하려고 하는데, 맨 뒤의 배 10여 척만 다시 돌아와 진주에 정박하더니 사람을 죽이고 마음대로 노략질하였다. 이때 강 언덕 아래에 정박한 배가 그 수를 헤아리기가 어려울 정도로 많았는데, 뱃머리와 꼬리가 서로 이어져 있어 조금도 움직일 수가 없었다. 범위 집 사람들은 어른 아이 할 것 없이 모두 나루터에 내려 흩어져 도망쳤다.

장씨 부인은 오랜 병으로 움직일 수가 없어 딸아이와 의노라는 첩,

---

10 歎吒: 탄식하면서 마음 깊은 곳에서 배어 나오는 어떤 감동이나 느낌을 표한다는 뜻이다.
11 京口: 兩浙路 鎭江府(현 강소성 鎭江市). 삼국시대 오의 孫權이 京口鎭을 설치한 데서 유래하여 진강의 별칭으로 쓰였다.

이렇게 셋이서 도망가지 못하고 그저 묵묵히 '구고관세음보살'만 외웠다. 때는 정월 14일이었다. 한 도적이 배에 올라 선봉[12] 뒤쪽에서 창을 푹푹 찔러 댔다. 장씨가 앉아 있는 곳은 이불로 네 겹을 감쌌지만 모두 뚫렸는데, 창날이 겨드랑이 밑으로 지나가 다친 곳이 없었다. 도적이 배 안으로 뛰어 들어와 또 창을 들고 그녀를 찔렀으나 창이 두 다리 사이로 빠져 역시 다친 곳이 없었다. 도적이 놀라며 기이하게 여겨 무기를 내려놓고 물어보길,

"네가 무슨 요술을 부리기에 이렇게 된단 말이냐?"

대답하길,

"나는 출산 후 얻은 병 때문에 여기에서 죽기만을 기다리고 있소. 다만 부처님을 암송할 따름이지 무슨 요술이 있겠소이까? 우리 집에 금은으로 된 작은 상자가 있어 가져와 당신에게 줄 터이니 나를 놓아주시길 바랄 뿐이외다."

도적은 상자를 챙기고서 의복을 남겨 두고 떠나면서 말하길,

"이 옷을 팔아 죽이라도 사 드시오."

그가 떠난 지 오래지 않아 또 한 도적이 화약통을 가지고 와서 그것을 터뜨려 배를 불사르려고 하였는데, 폭발시키기 전에 화약통을 물속으로 떨어트렸다. 그 역시 포기하고 가 버렸다. 잠시 후 양쪽 강 언덕에서 큰불이 일어 강 안까지 이어졌다. 범위의 배 닻줄은 이미 불에 타 끊어졌는데, 마치 누군가 배를 끌어당기는 사람이 있는 것 같았다. 천 척 만 척 수많은 배 사이로 아무도 움직이는 이가 없었는

---

12 蓬: 비와 햇살을 막기 위해 작은 목선 위에 대나무와 싸리대 등을 이용하여 만든 아치형 구조물이다.

데 저절로 움직여 곧 장강으로 빠져나왔다. 그러나 아득하여 동서 방향도 알 수 없었다. 그저 의노가 키를 잡은 상태에서 흘러가는 대로 그냥 두었다.[13]

날이 밝을 무렵 양주[14]에 이르렀다. 범위의 동생 범무직은 사농시승[15]이었는데 황제를 모시고 행재[16]에 있었기에 곧 집으로 데려갔다. 이날 온가족 14명이 여러 곳에 흩어져 있다가 모두 양주로 와서 모였으니 잃은 사람이 하나도 없었다. 그때 비로소 약을 부수어 먹어도 큰 탈이 없을 것이라는 말의 뜻을 깨달았다. 만약 승려의 말대로 그것을 그대로 삼켰다면 아마도 경황 중에 가족들이 흩어지는 고생은 없었을 것이다.

범위는 고향으로 돌아왔다가 물에 빠져 병든 뒤 죽었다. 그때 나이가 39세였다. 무주에서 장례를 치르면서 서씨 집안 산을 사서 묘지로 썼다. 승려가 써준 종이 위의 글자 '39'와 '서'가 모두 맞아떨어졌다. 승려는 다시 나타나지 않았고 그가 남긴 나무 인형 역시 더는 움직이지 못했다. 그 후 장씨 부인은 오랜 병에서 나은 뒤 70세까지 살고 죽었다.(범위의 아들로 자가 단신인 범원경이 한 이야기다.)

---

13 夷猶: 급하지 않고 한유한 노정 또는 주저하며 나가지 못한다는 말이다.

14 揚州: 淮南東路 揚州(현 강소성 揚州市).

15 司農寺丞: 사농시는 熙寧연간 신법을 추진하는 정무기관으로 그 위상이 대폭 강화되었으나 元豐연간 이후에도 창고 관리, 도성 관리의 녹봉용 곡식 출납, 도성으로 공급된 군량의 관리, 양조와 연료 공급 등을 전담한 중요한 기관이었다. 사농시승은 정8품관으로 紹興연간의 정원은 2명이었다. 약칭은 사농승이며 農丞·局丞 등의 별칭이 있었다.

16 行在: 고종은 建炎 1년(1127) 10월, 임시 수도를 남경 應天府(현 하남성 商邱市)에서 양주로 옮겨 금군의 급습으로 도피하던 建炎 3년(1129) 2월까지 머물고 있었다. 따라서 본문의 행재는 양주를 뜻한다.

成都人章惠仲與其妹婿丘生, 紹興二十六年, 以四川類試中選, 同赴
廷試. 未出峽, 舟覆于江, 丘生死焉, 章僅得免. 旣賜第, 調井研縣主
簿. 還至峽州, 得家書報其弟病死, 章茹哀在道, 兼程而西, 跨羸馬, 倩
一川兵挈囊以隨. 過萬州, 日勢薄晚, 猶前行不已, 遂墜崖下, 去岸十
餘丈, 遍體皆傷, 不可起.

俄有虎至, 奮而前, 銜其䰀, 欲食. 章窘怖, 呼而言曰: "汝虎有靈, 幸
聽我語. 吾母年八十矣, 生子二人, 女一人. 往年妹婿死於水, 今年弟
死於家, 獨吾一身存, 將以微祿充養, 今汝食我, 亦命也, 無足惜, 奈吾
老母何?" 虎自聞其言, 已釋䰀, 低首爲傾聽狀, 語畢, 卽捨去, 盤旋其
傍, 若有所扞禦.

夜過半, 章痛稍定, 睡石上, 夢人告曰: "天欲曉, 可行矣." 覺而已明,
攀危木寸步而上. 及登岸, 馬猶立不動, 遂乘以行, 告敕皆在身, 但囊
橐爲兵攜去. 章赴官滿秩而母亡, 未幾, 章亦卒, 乃知一念起孝, 脫於
死地, 專爲母故也. 異類知義如此, 與夫落陷穽不引手而擠之下石者遠
矣, 可以人而不如虎乎!

성도부¹⁷ 사람 장혜중은 그의 매제 구씨와 함께 소흥 26년(1156)의
사천 유성시에 합격한 뒤 전시에 참가하기 위해 함께 도성으로 갔다.
그런데 삼협¹⁸을 빠져나오기도 전에 장강에서 배가 뒤집혀 구씨는 죽

17　成都府: 成都府路 成都府(현 사천성 成都市).
18　三峽: 장강 삼협은 중경시와 호북성 사이에 있는 瞿塘峽·巫峽·西陵峽 등 3개의
　　협곡을 지칭한다. 예로부터 '구당은 웅장하고, 무협은 수려하며, 서릉은 기괴하다'

고 장혜중만 겨우 살아남았다. 진사급제 후 그는 정연현[19] 주부로 발령 받고 돌아오다 협주[20]에 다다랐을 때, 집에서 보내 온 편지를 받았는데, 동생이 병으로 죽었다는 소식을 전하는 것이었다.

장혜중은 슬픔을 참고 길을 가면서 평소보다 서둘러서 서쪽을 향했다. 야윈 말을 타고 사천의 병사 한 명을 고용하여 짐을 나르며 수행하게 하였다. 만주[21]를 지날 때 날이 곧 어두워지는데도 여전히 쉬지 않고 앞으로 가다가 곧 산의 절벽 아래로 떨어졌는데, 물가 절벽에서 10여 장 떨어진 곳이었다. 온몸에 상처가 나서 일어날 수가 없었다.

그런데 잠시 후 호랑이가 나타나 힘차게 앞으로 달려오더니 그의 머리카락을 물고는 잡아먹으려고 하였다. 장혜중은 황급하고 겁이 나 소리쳐 말하길,

"너 호랑이에게도 영혼이 있다면 나의 말을 들어 주길 바란다. 나의 어머니는 지금 80세로 아들 둘과 딸 하나를 낳았다. 예전에 매제가 강물에 빠져 죽었고, 올해는 남동생이 집에서 죽었다. 지금 나 혼자 남아 적은 봉록으로라도 어머니를 봉양하고자 하는데, 지금 네가 나를 잡아먹으면 그 역시 운명이라 애석할 것은 없다만 늙으신 내 어머니는 어찌한단 말인가?"

는 평이 있다. 상류의 구당협은 길이가 8km로 가장 짧지만 강폭이 100m에 불과하고 양옆 절벽은 1,200m에 달하며 유비가 사망한 백제성이 있는 곳이다. 무협은 45km로 무산산맥의 수려한 경관이 펼쳐져 있고, 서릉협은 70km로 가장 길다.

19　井研縣: 成都府路 仙井監 井研縣(현 사천성 樂山市 井研縣).
20　峽州: 荊湖北路 峽州(현 호북성 宜昌市).
21　萬州: 夔州路 萬州(현 重慶市 萬州區).

호랑이는 장혜중의 말을 들은 듯 곧 물었던 머리카락을 놓아주고 머리를 아래로 숙이며 잠시 경청하는 자세를 취하더니, 말이 끝나자 그를 풀어 주고 그 옆을 빙빙 돌았다. 마치 그를 지켜 주는 것 같았다. 한밤중이 지나 통증이 조금 가라앉자 바위 위에서 잠이 들었다. 꿈에 어떤 사람이 나타나 말하길,

"날이 밝으려 하니 갈 만할 것이다."

깨어 보니 날은 이미 밝았다. 늘어진 나뭇가지를 붙잡고 조금씩 걸어서 올라갔다. 절벽 위로 오르자 말이 여전히 서 있기에 곧 타고서 출발했다. 다행히 고신 칙서를 온전히 지니고 있었고 짐만 병사가 들고 가 버렸다. 장혜중은 부임하여 임기를 다 마쳤을 때 어머니가 돌아가셨고, 얼마 지나지 않아 장혜중도 죽었다. 일념으로 효를 생각하였기에 사지에서 벗어날 수 있었음을 알 수 있고, 이는 오로지 어머니 때문이었다. 금수도 이처럼 의리를 아니 이는 함정에 빠져도 손을 뻗어 구해 주기는커녕 오히려 밀치고 돌을 던지는 사람과는 정말 거리가 먼 것이다. 그러니 사람이 호랑이만도 못하다고 하는 것이다!

政和末, 張魏公自漢州與鄕人吳鼎同入京省試. 徒步出大散關, 遇
暴雨, 而傘爲僕先持去, 無以障, 共趨入粉壁屋內避之, 敗宇穿漏, 殆
不容立. 望道左新屋數間, 急往造焉. 老父出迎客, 意色甚謹, 縱觀客
容貌擧止, 目不暫置. 二人同辭而問曰: "老父豈能相乎?" 應曰: "唯
唯." 魏公先指吳生扣之, 笑曰: "大好大好." 而不肯明言. 吳生指魏公
曰: "張秀才前程如何?" 起而答曰: "此公骨法, 貴無與比. 異日中原有
變, 是其奮發之秋, 出將入相, 爲國柱石, 非吾子可擬也." 二人皆不以
爲然, 會雨止, 卽捨之去.

明年, 魏公登科, 吳下第, 公送之出西郊, 臨別謂曰: "君過散關時,
幸復訪道傍老父." 吳雖不樂父言, 然亦欲再謁休咎. 及至昨處, 唯粉壁
故在, 無所謂新居者. 詢關下往來人, 皆莫知. 魏公旣貴, 爲川陝宣撫
處置使, 吳猶布衣, 以公恩得一官, 竟不顯.(二事皆黃仲秉說.)

정화연간(1111~1117) 말, 위국공 장준[22]이 한주[23]에서 고향 사람 오
정과 함께 도성으로 가서 성시에 응시하고자 하였다. 걸어서 대산관[24]

22　張浚(1097~1164): 자는 德遠이며 成都府路 漢州(현 사천성 廣漢市) 사람이다. 아
　　들 張栻과 함께 주전파의 대표적 인물이며 吳玠·劉錡·楊沂中·虞允文 등과 楊
　　萬里를 발탁하는 등 인재 발굴에도 큰 공을 세웠다. 建炎 3년(1129) 苗傅와 劉正
　　彦이 주도한 반란(苗劉兵變)의 와중에서 고종의 복위에 공을 세워 추밀원 지사가
　　되었다. 紹興 7년(1137) 劉光世 파직 후 소속 부대의 귀속 및 편제 문제로 갈등이
　　발생, 酈瓊이 반란을 일으켜 4만 병력을 이끌고 大齊로 투항하는 일이 발생하여 9
　　월에 재상직에서 물러났다. 循王으로 추증되었다.

23　漢州: 成都府路 漢州(현 사천성 廣漢市).

을 나오는데 갑자기 폭우를 만났다. 우산을 들고 있는 노복이 앞서가
버려 비를 피할 방법이 없었다. 두 사람은 분벽[25]이 있는 집 안으로 뛰
어 들어가 비를 피하려 했지만 쓰러져 가는 집은 비가 새어 거의 서 있
기도 힘들었다. 길옆을 보니 몇 칸 규모의 새로 지은 집이 보이기에 급
히 찾아 들어갔다. 한 노인이 나와 두 객을 맞았는데, 표정이 매우 신
중했고, 두 사람의 용모와 행동거지를 살피는데 잠시도 한눈팔지 않았
다. 두 사람은 동시에 같은 말로 묻길,

"노인께서는 어찌 관상을 그렇게 잘 보십니까?"

대답하길,

"그저 그렇습니다."

장준이 먼저 오정을 가리키며 관상을 물어보니, 노인은 웃으며 말
하길,

"아주 좋네요, 좋아요."

그러나 명확하게 말해 주려고 하지 않았다. 오정이 장준을 가리키
며 묻기를,

"수재 장준의 앞날은 어떠합니까?"

그는 자리에서 일어나 답하길,

"이분은 비할 수 없이 귀한 상[26]입니다. 훗날 중원에 변고가 생기면

---

24 大散關: 섬서성 寶雞市 남쪽을 지나는 진령산맥에 자리하고 있다. 서주시대 散國
    이 있던 곳이어서 散關이라는 이름이 붙여졌다. 동쪽의 函谷關, 남쪽의 武關, 북쪽
    의 蕭關과 함께 관중의 서쪽을 방어하는 전략적 요충지로 유명하다.
25 粉壁: 송대 법령이나 공고문을 붙이거나 쓰던 곳을 뜻한다.
26 骨法: 몸과 얼굴의 생김새를 뜻하는 관상 용어다. 서예와 회화에서의 필력, 또는
    구성의 내재적인 힘을 뜻하기도 한다.

그 시절이 바로 이분이 분발할 때이며, 나가서는 장군으로 들어와서는 재상으로 나라의 기둥과 주춧돌이 되실 것이니 나로서는 감히 이렇다 저렇다 단정할 수 있는 분이 아닙니다."

두 사람은 모두 그럴 것이라 믿지 않았다. 마침 비가 그쳐 노인을 두고 떠났다.

이듬해 장준은 과거에 급제하였고, 오정은 낙제하여 고향으로 돌아갈 때 장준은 서쪽 교외까지 나가 배웅하였다. 이별할 때 장준이 말하길,

"그대가 대산관을 지날 때 다시 그 길가에 살던 노인을 찾아가 보면 좋겠소."

오정은 비록 그 노인의 말이 썩 좋지는 않았지만, 그래도 다시 가서 앞날의 길흉에 대해 물어보고 싶었다. 지난번 그곳에 이르러 보니 분벽은 그대로 있었지만 이른바 새로 지은 집은 보이지 않았다. 대산관 아래에서 오가는 사람들에게 물어보니 모두 모른다고 하였다. 위국공 장준은 귀하게 되어 사천섬서선무처치사[27]가 되었을 때 오정은 여전히 평민으로 있었다. 장준 덕분에 겨우 관직 하나를 얻었지만 결국 두각을 나타내지 못하였다.(두 이야기 모두 황중병이 한 이야기다.)

---

27 宣撫處置使: 기존의 선무사에 비해 '처치' 두 글자가 더 있는 것은 속관에 대한 임용 재량권이 더해졌기 때문이다. 남송 건국기의 위급한 상황으로 인해 임시 운영되었다. 당시 장준과 함께 韓世忠이 京東·淮東선무처치사로 임명되었다. 장준이 관장하던 병력은 4만 5천 명이었고 말은 5천 필이었다.

鄭安恭爲肇慶守, 有直更卒每夜半見城上亭中火光, 往視之, 乃十餘
人及小兒數輩聚博. 卒有膽, 不懼, 戲伸手乞錢, 諸人爭與之, 幾得三
千以還. 明日驗之, 眞銅錢也, 不以語人. 次夕又如是. 遂賂掌宿節級,
求專直三更, 所獲益富. 踰兩月矣.
　會軍資庫失錢千餘緡, 并銀數百兩, 揭牓根捕. 或告云, 此卒近多妄
費, 又衣服鮮明, 可疑也. 試擒之, 詰其爲盜之端. 不能隱, 具以實言. 鄭
意必土偶爲姦, 乃繫卒使人部往, 遍索諸廟. 至城隍廟中, 有土偶, 狀貌
類所見者. 碎之, 腹中得銀一笏, 盡剖之皆然. 因發地, 凡偶人下, 各得數
十千, 合此卒用過之數, 更無少差. 卽盡毁偶像, 其怪遂絶.(安恭說.)

　정안공이 조경부[28] 지사였을 때, 시간별로 당직을 서던 병졸 가운
데 한 명은 매일 한밤중에 성벽 위 정자에 불빛이 있는 것을 보았다.
직접 가 보았더니 십여 명의 어른과 어린아이 몇 명이 한데 어울려
도박을 하고 있었다. 병졸은 담이 커서 무서워하지 않고 장난삼아 손
을 내밀며 돈 좀 달라고 하자 여럿이 앞다투어 돈을 주기에 3,000전
가까이 얻어서 돌아왔다. 다음 날 그것을 살펴보니 진짜 동전이었다.

28　肇慶府: 廣南東路 肇慶府(현 광동성 肇慶市 高要區 · 四會市). 政和 1년(1111)에
　　唐代 이래 유지되어 온 기존의 端州를 興慶軍과 4개 州로 분리하였고, 重和 1년
　　(1118)에 흥경군을 肇慶府로 승격시켰다. 조경은 '喜慶吉祥의 시작'이란 뜻으로서
　　휘종 즉위 전에 端州를 봉지로 하는 端王에 봉해졌기 때문에 관례에 따른 승격 조
　　치였다.

병졸은 이 사실을 아무에게도 말하지 않았고, 다음 날 밤 또 그런 일이 있었다.

병졸은 당직을 관장하는 상관에게 뇌물을 주고 3경에만 당직을 설수 있게 해 달라고 청하였다. 생기는 돈이 더욱 많아졌고 그렇게 두 달이 지났다.

마침 군자고[29]에서 돈 천여 관과 은 수백 량이 없어져 방을 걸고 끝까지 도둑을 잡겠다고 하였다. 어떤 자가 이르길, 이 병졸이 근래 분에 넘치게 돈을 쓰는 일이 자주 있고 옷도 깨끗한 새 옷이라 의심스럽다고 하였다. 이에 혹시나 해서 그를 잡아 도둑질한 단서가 있는지를 캐물었다.

병졸은 숨길 수가 없어 모두 사실대로 말하였다. 정안공은 틀림없이 토기 인형[30]이 농간을 부린 것이라 여기고 이 병졸을 묶은 뒤 사람을 시켜 데리고 다니면서 여러 사묘를 두루 조사하라고 하였다. 성황묘에 이르렀을 때 토기 인형이 있었는데, 그 모양새가 병졸이 밤에 본 것과 유사하였다. 부수어 보니 뱃속에서 은으로 된 홀이 하나 나왔고, 다른 것도 다 부수니 모두 그러하였다. 이에 땅을 파 보니 모두 토기 인형 아래서 각각 수만 전이 나왔다. 이 병졸이 쓴 돈의 액수와 합쳐 보니 조금의 차이도 없었다. 즉시 토기 인형을 모두 부수어 버렸더니 그런 괴이한 일이 근절되었다.(정안공이 한 이야기다.)

---

29 軍資庫: 송조는 주급 행정단위인 府·州·軍·監마다 군자고를 설치하도록 하였는데, 이름과 달리 군용물품만 보관하는 곳이 아니라 사실상 종합적인 조세 창고의 성격을 지니고 있었다. 군자고 관리 책임자는 '監某州軍資庫'라고 하였다.

30 土偶: 통상 흙으로 만든 인형을 뜻하나 동물이나 기물 등 무엇인가를 본떠 만든 것의 총칭이기도 하다.

席中丞晉仲旦, 政和中爲長安帥, 因公使庫頹圮, 命工改築, 於地中
得石函一, 其狀類玉, 蓋上刻"韓信首級"四字, 乃篆文也, 其中空無一
物. 卽徙於高原, 祭而掩之.(朝奉郞鄭師孟說, 鄭與席爲姻家.)

　　자가 진중이며 어사중승을 역임한 석단이 정화연간(1111~1117)에
경조부³¹ 지사로 있을 때 공사고³²가 무너져 일하는 사람들을 불러 다
시 고쳐 지으라고 하였다. 수리하던 중 땅 속에서 돌로 된 상자 하나
를 얻었는데 마치 옥으로 만든 것 같았고, 뚜껑 위에는 '한신³³의 머
리'라는 네 글자가 전서체로 새겨져 있었다. 상자 안에는 아무것도
없었다. 즉시 그 상자를 높은 언덕으로 옮겨 제사 지내고 다시 묻어
주었다.(조봉랑 정사맹이 한 이야기다. 정사맹과 석단은 인척관계다.)

31　長安: 永興軍路 京兆府(현 섬서성 西安市).

32　公使庫: 송대에는 일반 예산 외에 관리에 대한 접대 및 선물 비용으로 쓰는 公使錢
　　이란 별도의 예산이 편성되어 있었으며 그 규모도 상당하였다. 공사고는 공사전
　　으로 관리를 접대하는 기구를 뜻한다. 한편 공사고는 공사전과 公用銀器 등을 관
　　리하던 祕書省 창고의 명칭이기도 하다.

33　韓信(전231?~전196): 淮陰縣(현 강소성 淮安市 淮陰區) 사람으로 蕭何·張良과
　　함께 西漢의 3대 개국공신으로 손꼽힌다. 본래 항우의 부하였지만 소하의 추천으
　　로 유방 휘하에 들어가서 관중 점령, 산서와 하북의 공략을 성공시키고 산동 臨淄
　　에서 초의 대군을 격멸시켰으며, 이듬해 垓下에서 항우를 대파하고 그로 하여금
　　자살하게 했다. 한의 건국 후 齊王에서 楚王으로, 다시 淮陰侯로 강등되었다가 고
　　조 사후 呂后에 의해 살해되었다. 단 한 차례의 패배도 없었던 명장이었으나 결국
　　토사구팽당하였고 심지어는 3족이 주살당하는 등 말로가 비참하였다.

　　江東轉運司在建康府, 三屬官廨舍處其中, 其最北者, 相傳有怪, 前
後居者多不寧. 隆興二年, 陳阜卿爲守, 湖州通判方釋之送女嫁其子,
館是舍. 見東窗壁間人影離杳. 謂牆外行人往來, 不以爲異. 如是者終
日, 試往就視, 則人物長不滿尺, 騎從甚盛, 如世之方伯威儀, 馳走不
絕. 方君懼, 卽他徙. 趙善仁獨不信, 故往宿焉. 中夜, 聞呼其姓名, 晨
起, 求巾幘衣服, 皆不見, 乃盡懸于梁上, 皇恐而出. 郡人言, 此地昔嘗
爲廟云.(釋之說.)

　　강남동로 전운사 관아는 건강부³⁴에 있었는데, 3개의 소속 관사가
그 안에 있었다. 그 가운데 가장 북쪽에 있는 관사에는 귀신이 있다
는 말이 전해져 왔다. 예전부터 그곳에 기거했던 사람들 대부분 편안
하지 못했다. 융흥 2년(1164), 진부경이 건강부 지사가 되었는데, 호
주³⁵ 통판 방석지가 딸을 진부경의 아들에게 시집보내며 혼사 때문에
와서 북쪽 관사에 머물렀다. 방석지는 동쪽 창과 벽 사이로 번잡하고
빈번한 사람들의 그림자가 보이기에 담장 밖으로 행인이 오가는 것
으로 생각해 이상하다고 여기지 않았다. 그런데 그 같은 것이 하루
종일 보이기에 무슨 일인가 싶어 담장 밖으로 가 보니, 키가 1척도 안
되는 사람들이었지만 말을 탄 시종들이 매우 위풍당당하여 마치 이

34　建康府: 남송 江南東路 建康府(현 강소성 南京市).
35　湖州: 兩浙路 湖州(현 절강성 湖州市).

세상 제후의 위엄 있는 의장대 같았다. 말은 쉬지 않고 달리고 있었다. 방석지는 두려워서 즉시 다른 곳으로 거처를 옮겼다.

조선인이라는 자만 이를 믿지 않아 일부러 그곳에 가서 묵었다. 한밤중에 자신의 이름을 부르는 소리가 들렸고 새벽에 일어나 건책[36]과 옷가지를 찾았으나 하나도 보이지 않았는데, 모두 들보 위에 걸려 있었다. 조선인은 무서워 밖으로 나왔다. 건강부 사람들이 말하길 이곳은 옛날에 사묘였다고 전한다.(방석지가 한 이야기다.)

---

36 巾幘: 幘은 원래 秦의 무장들이 머리카락이 흘러내리지 않게 이마를 감싸던 두건의 명칭이다. 漢 元帝가 쓰면서 남자들의 머리 장식으로 자리 잡았고, 다시 모자형태로 변하였다. 시대에 따라 여러 가지 장식과 형태가 유행하였는데, 송대에는 소식이 창안하여 '東坡巾'이라고 이름 붙인 사각형 통 모양이 유행하였다. 미성년의 책에는 巾이 없는 점이 다르다.

王晌神道, 在京師時, 從妙應大師問相, 得兩句偈曰: "姓名不過程家渡, 出郭猶行十里村." 紹興丙子歲, 罷當塗守. 在宜興縣, 又從達眞黃元道求詩, 其末句曰: "巽嶺直下梅家店, 福祿難過丑年春." 會江東提擧官呂忱中發其在宣城時事, 置獄廣德軍, 所按無實狀, 獄不成, 移鞫徽州.

出廣德南門, 過一嶺, 問其名, 曰: "巽嶺." 固已不樂. 至渡頭客舍小憩, 則"梅家店"也. 矍然惡之, 不覺墮淚. 同行士人衛博寬釋之, 少解. 命僕具酒, 老兵就戶限椎鹿脯, 晌責其不潔, 兵恚曰: "此與建康府不同, 何足校!" 晌忿其不遜, 盛怒, 酒杯落地, 卽得疾不起, 時丁丑年正月九日也. 渡曰"程家渡", 去廣德恰十里.(孫璉說.)

왕향은 도교를 중시하여 도성에 있을 때 묘응대사에게 가서 관상을 보고 다음과 같은 두 구절의 게송을 얻었다.

이름은 정씨 집안 나루터^{程家渡}를 넘어갈 수 없고,
성곽을 나와 아직도 십리를 더 가야 촌락이라네.

소흥 26년(1156)에 왕향은 태평주 당도현[37]지사에서 물러나 상주 의흥현[38]에 있으면서 다시 자가 달진인 황원도에게 게송을 구하니 그

---

37 當塗縣: 江南東路 太平州 當塗縣(현 안휘성 馬鞍山市 當塗縣).
38 宜興縣: 兩浙路 常州 宜興縣(현 강소성 無錫市 宜興市).

마지막 구절이 다음과 같았다.

손령巽嶺에서 바로 아래 매씨네 가게梅家店에 이르는데,
봉록은 축년 봄을 넘기기가 어렵네.

마침 강동제거상평다염공사 여침중이 선주[39]에서 왕향이 했던 일을 고발하여 광덕군[40]에 투옥되었다.

조사를 한바 실상이 드러나지 않아 기소를 할 수가 없자 휘주[41]로 이첩하여 심문하게 하였다.

광덕군 남문을 나와 한 재를 넘어가는데, 재의 이름을 물어보니 답하길,

"손령이오."

왕향은 몹시 께름칙하였다. 나루터에 이르러 작은 객사에서 잠시 쉬는데, 알고 보니 이곳이 바로 '매씨네 가게梅家店'였다. 놀랍기도 했고 두려워 자기도 모르게 눈물이 났다.

같이 가던 사인 위박이 위로해 주면서 포승을 느슨하게 해 주니 마음이 조금 풀렸다. 노복에게 술상을 준비하라고 명하자 늙은 병사가 사슴 육포를 문지방에 대고 망치로 쳐서 찢었다.

깨끗지 못하게 그게 뭐냐고 책망하자 병사는 성질을 내며 말하길,

"여기가 건강부와 같습니까? 비교할 것을 비교하세요!"

왕향은 그의 불손함에 대해 분해하며 몹시 화가 나서 술잔을 땅에

---

39 宣城: 江南東路 宣州(현 안휘성 宣城市).
40 廣德軍: 江南東路 廣德軍(현 안휘성 宣城市 廣德縣).
41 徽州: 江南東路 徽州(현 안휘성 黃山市).

떨어뜨렸다. 곧 병을 얻어 다시는 일어나지 못하였다.

때가 정축년 정월 9일이었다. 이 나루터가 곧 '정씨네 나루터'였고, 광덕군으로부터 정확히 10리 떨어진 곳이었다.(손연이 한 이야기다.)

秦昌時·昌齡, 皆太師檜從子. 紹興二十三年, 昌齡宮觀滿, 將赴調,
見達眞黃元道, 戒曰:“君壽命不甚永, 然最忌爲宣州官, 若得之, 切不
可受, 受必死.”旣而添差寧國軍簽判, 不欲往, 具以事白其叔父. 叔父
誚責之, 遂受命. 以九月十八日至家, 五日而死, 竟不及赴官. 昌時自
浙東提刑來會葬, 聞達眞在溧陽, 往見之. 達眞曰:“今年葬簽判, 明年
葬提刑, 吾將往會稽奉送.”昌時怒且懼.

明年十二月十二日, 果訪之于會稽, 取紙寫詩, 有“二五相逢路再迷”
之語. 昌時曰:“壽止二年或五年邪?”曰:“否.”“二月或五月邪?”曰:
“否.”“然則但二日五日乎?”曰:“恐如是.”時會稽守趙士鬯·提擧常平
高百之皆在坐, 密問曰:“提刑方四十五歲, 精爽如此, 何爲有是言?”
曰:“去歲見之於溧陽, 神已去幹, 曾與約送葬. 壽夭, 定數也, 何足訝?
今不過七日耳.”

是月十八日, 昌時具飯, 召百之及其壻馮某, 達眞在焉. 昌時坐間取
永嘉黃柑, 手自銓擇. 達眞隨輒食之, 食數顆, 又擘其餘擲之地. 昌時
以情白曰:“叔父生朝不遠, 欲持以爲壽, 願先生勿相苦.”達眞嘻笑曰:
“自家死日不管, 卻管他人生日.”左右見其語切, 皆伸舌縮頸.

昌時不樂, 顧百之及馮壻, 招之出, 自掩關作書, 囑虞候曰:“若黃先
生尋我, 但以睡告.”虞候立戶外, 忽聞筆墜地, 入視之, 已仆於胡牀,
涎塞咽中革革然. 其家呼醫巫絡繹. 妻詹氏泣拜達眞求救, 笑曰:“吾曩
歲固言之, 今日專來送葬. 命止於此, 雖扁鵲何益? 善視之, 三更當去
矣.”至時果死.

진창시와 진창령 모두 태사 진회의 조카다. 소흥 23년(1153), 진창령은 사록관 임기를 마치고 장차 다른 자리로 전보될 즈음에 자가 달진인 황원도를 찾아갔다. 그가 주의 주길,

"그대의 수명은 그리 길지가 않습니다. 그리고 가장 피해야 할 것은 선주에서 근무하는 것입니다. 만약 그 자리를 얻는다면 절대 받지 마십시오. 받으면 반드시 죽게 됩니다."

얼마 후 그는 첨차관으로 영국군[42] 첨서판관청공사로 임명되자 부임하기 싫어 숙부 진회에게 황원도의 말을 모두 고하였다. 하지만 진회가 나무라자 곧 인사 명령을 받아들였다. 그러나 9월 18일 집에 도착해서 닷새 만에 죽어 결국 부임하지 못하였다. 양절동로 제점형옥공사로 있던 진창시가 장례에 참석하기 위해 왔다가 황원도가 건강부 율양현[43]에 있다는 얘기를 듣고 가서 그를 만났다. 황원도가 말하길,

"올해는 첨서판관청공사의 장례를 치렀는데, 내년에는 제점형옥공사의 장례를 치러야 합니다. 나는 그때 월주[44]로 가서 삼가 조문을 할 것입니다."

진창시는 화가 나면서도 한편으로는 두려웠다.

이듬해 12월 12일, 황원도는 정말로 월주로 진창시를 찾아와 종이를 달라고 하더니 시를 써 주었다. "2와 5에 서로 길에서 만났다가 다

---

42 寧國軍: 江南東路 宣州(현 안휘성 宣城市). 乾道 2년(1166)에 寧國府로 명칭을 변경시켜 승격시켰다. 그러나 치소는 寧國縣(현 안휘성 宣城市 寧國市)으로 옮기지 않고 계속 宣城縣(현 안휘성 宣城市 宣州區)에 두었다.

43 溧陽縣: 江南東路 建康府 溧陽縣(현 강소성 常州市 溧陽市).

44 會稽: 兩浙路 越州(현 절강성 紹興市).

이견을지 【二】

시 헤어지네"라는 구절이 쓰여 있었다. 진창시가 묻길,

"수명이 2년 또는 5년 남았단 말이오?"

대답하길,

"아니외다."

"그러면 2개월 아니면 5개월 남았단 말이오?"

대답하길,

"아니외다."

"그러면 단 이틀 아니면 닷새만 남았단 말이오?"

대답하길,

"아마도 그럴 것이오."

마침 월주지사 조사찬과 제거상평관 고백지가 모두 자리에 있었는데 살짝 말하길,

"제점형옥공사는 지금 45세이고 정신도 이렇게 멀쩡한데 어찌 그런 말을 하시오?"

대답하길,

"작년에 율량현에서 보았을 때 정신은 이미 몸을 빠져나간 후였소. 그래서 그의 장례 때 오겠다고 약속했던 것입니다. 장수하거나 요절하거나 이미 정해진 운수이니 의아해 할 것이 무엇이 있습니까? 아마도 앞으로 7일을 넘기지 못할 것이오."

12월 18일, 진창시는 음식을 마련한 뒤 고백지와 사위 풍씨를 불렀으며 황원도 역시 자리를 함께하였다. 진창시는 앉아서 온주 영가현[45]에서 보내온 노란 귤[46]을 집으면서 손으로 직접 골랐다. 황원도는 마음대로 집어 먹었는데 몇 개를 먹더니 그 나머지를 쪼개서 바닥에 던졌다. 진창시는 이를 보고 그에게 진심으로 말하길,

"숙부의 생신이 머지않아 이것을 가지고 가서 축하를 하려고 하니 선생께서는 그렇게 함부로 하지 마시오."

황원도가 비웃으며 말하길,

"자기 죽는 날은 상관하지 않으면서 거꾸로 다른 사람 생일만 챙기려고 하십니까."

좌우에 있던 사람들은 말이 너무 심하다고 여겨 모두 혀를 내두르며 목을 움츠렸다.

진창시는 기분이 좋지 않아 고백지와 사위 풍씨를 돌아보며 황원도를 내보내라고 한 뒤 문을 닫고 글을 쓰며 시종들에게 당부하길,

"만약 황선생이 나를 찾거든 그냥 잔다고만 해라."

시종이 문 밖에 서 있는데 갑자기 붓이 바닥에 떨어지는 소리가 들려 들어가 보니 진창시는 이미 작은 의자에서 엎어져 있었고, 침을 흘리며 목구멍이 막힌 듯 헉헉거렸다. 가족들이 의사를 불렀고, 여러 의사들이 오갔다. 아내 첨씨가 황원도에게 절하며 제발 살려 달라고 울면서 빌었지만 황원도는 웃으며 말하길

"내가 작년부터 확실하게 말씀 드렸잖습니까? 이번에 온 것은 분명 조문을 위해 온 것이라고요. 주어진 수명이 여기까지니 편작인들 무슨 도움을 줄 수 있겠습니까? 잘 돌보시지요. 아마도 3경에 가실 것입니다."

3경이 되자 말한 것처럼 세상을 떴다.

---

45 永嘉縣: 兩浙路 溫州 永嘉縣(현 절강성 溫州市 永嘉縣).
46 黃柑: 영가현의 특산품으로 지금도 많이 재배한다.

政和初, 成都有鑷工, 出行廛間, 妻獨居. 一鬤髻道人來, 求摘頰毛, 先與錢二百. 妻謝曰：“工夫不多, 只十金足矣.” 曰：“但取之, 爲我耐煩可也.” 遂就坐. 先剃其左, 次及右, 旣畢, 回面, 則左方毛已茁然, 又去之, 右邊復爾, 如是至再三. 日過午, 妻不勝倦厭, 還其錢, 罷遣之. 夫歸, 具以告, 夫慍曰：“此必鍾離先生也, 何爲拒之! 正使盡今日至明日爲摘鬢, 亦何所憚! 吾之不遇, 命也.”

卽狂走于市, 呼曰：“先生捨我何處去?” 夜以繼日, 飢渴寒暑皆不顧, 如是三四年, 遍歷外邑, 以至山間. 逢樵人弛擔, 樵詰之曰：“汝何爲者?” 告以故. 樵者曰：“此神仙中人, 彼來尋君則可, 君今僕僕一生, 亦何益? 吾雖至愚, 然聞得道者, 非積陰功至行, 不可僥冀. 吾有祕術授君, 君假此輔道, 摩以歲月, 儻遂如願.” 戲拔茅一莖, 噓之, 則成金釵, 謂工曰：“試用我法爲之, 當有濟.” 工曰：“此皆幻術, 不足學. 我所願, 則見先生耳.”

樵者曰：“君未見其人, 正遇之, 何以識?” 曰：“詢于吾妻, 得其貌, 已圖而置諸袖中矣.” 樵者曰：“然則君三拜我, 我能令君見.” 工設拜. 拜起, 樵問曰：“視吾面何如?” 曰：“猶適所睹耳.” 再拜, 又問, 至于三, 視之, 無復樵容, 儼然與所圖無少異. 曰：“汝直至誠求道者. 汝哀號數年, 聲徹雲漢間, 上帝亦深憐汝志, 故令吾委曲喚汝, 汝從我去.” 遂與俱入山中. 後二年還鄕, 別其所知而去, 至今不再出.

정화연간(1111~1117) 초, 성도부에 면도사⁴⁷가 있었는데 그는 점포

47　鑷工: 섭공은 얼굴이나 목에 난 잔털을 다듬어 수염을 보기 좋게 해 주는 사람으로

사이를 돌아다니며 일하였고, 아내는 집에 혼자 있었다. 양쪽에 상투를 틀어 올린[48] 한 도인이 와서 구레나룻 털을 다듬어 달라고 하면서 먼저 200문을 주었다. 면도사 아내가 감사하며 말하길,

"힘든 일이 아니니 10문만 주서도 충분합니다."

그가 말하길,

"그냥 받으시고 번거롭겠지만 나를 위해 참고 다듬어 준다면 좋겠소."

그리곤 자리에 앉았다. 먼저 왼쪽을 깎고 다음에 오른쪽을 깎았다. 다 마치고 보니 왼쪽의 털이 이미 자라나 있었다. 다시 그것을 깎으니 오른쪽의 것이 다시 자라나 있었다. 이렇게 몇 차례 하다 보니 정오가 지났다. 면도사 아내는 지겨움을 이기지 못해 돈을 모두 돌려주고 그를 쫓아냈다. 남편이 돌아오자 이 이야기를 모두 해 주었다. 남편이 화를 내며 말하길,

"그 도인은 반드시 종리권[49] 선생일 것이다. 왜 도인의 요구를 거절했단 말이요. 오늘 하루 종일은 물론이고 내일까지라도 그냥 계속 깎아 주면 되는데 무엇이 귀찮아서 그랬소! 내가 만나지 못한 것이 운명인가 보오."

그는 곧 급히 시장으로 달려가서 부르짖길,

대부분 나이 든 부인이 하던 일이다.

48 髽髻: 머리 양쪽 또는 뒤통수에 쪽을 진 두발 형태로서 본래 남녀 공히 하던 것인데, 근대에 들어와 중년 여성의 두발 형태로 자리 잡았다.

49 鍾離權: 성은 종리, 이름은 權이며 호는 正陽子다. 東漢의 장군 출신으로 도교의 8선 가운데 하나며 도교의 주류인 全眞敎의 祖師로 간주된다. 終南山에서 득도하였으며 좌우 두 개의 상투를 틀고 떡갈나무 잎사귀로 옷을 지어 입고 다녔다고 한다.

"선생은 날 버리고 어디로 가셨습니까?"

밤이 되고 다음 날이 되어서도 배가 고프거나 목이 마르거나 덥거나 춥거나 모두 개의치 않고 도인을 찾아 3, 4년이나 돌아다녔다. 여러 현들을 두루 돌아다니다 산간에 이르렀다. 마침 나뭇짐을 풀고 있는 나무꾼을 만났는데, 그가 면도사에게 캐물길,

"당신은 무엇을 하는 사람이오?"

이에 자초지종을 말하였다. 나무꾼이 말하길,

"그는 신선이오. 그가 와서 당신을 찾아야만 만날 수 있소. 그대가 지금 이렇게 힘들고 곤궁하게[50] 일생을 산들 무슨 유익함이 있겠소? 나는 비록 우매한 사람이지만 득도한 사람들은 음덕을 쌓은 공으로 이룬 것이지 탁월한 품행 때문이 아니며, 요행으로 바랄 수 있는 일이 아니라 들었소. 내게 비법이 하나 있으니 그대에게 전하여 주겠소. 그대는 이것을 가지고 도를 닦아 보시오. 오랜 세월 연마하다 보면 마침내 원하는 대로 될지 모르오."

그가 띠풀 한 줄기를 재미삼아 뽑아 '후'하고 부니 곧 금비녀가 되었다. 그리고 면도사에게 말하길,

"나의 비법을 시험 삼아 해 보시오. 마땅히 도움이 될 것이오."

면도사가 대답하길,

"이런 것들은 모두 사람을 미혹하게 하는 것일 뿐입니다. 배울 만한 것이 못 됩니다. 제가 원하는 바는 오직 선생을 만나는 일입니다."

나무꾼은 말하길,

---

50 僕僕: 여정이 힘들고 곤궁함 또는 번거롭고 성가심을 뜻한다.

"그대는 그 도인을 본 적이 없는데, 만약 그를 만난들 어찌 알아보실 수 있겠소?"

대답하길,

"제 아내에게 물어 보아 그 생김새를 알았습니다. 이미 그림을 그려 소매에 넣어 다니고 있습니다."

나무꾼이 말하길,

"그러하다면 자네는 내게 세 번 절하시오. 내가 그대에게 그이를 보여 주겠소."

면도사는 예를 갖춰 절을 하고 일어나니 나무꾼이 물어보길,

"내 얼굴을 보니 어떠한가?"

대답하길,

"본 것과 틀림없이 같은 얼굴입니다."

거듭 절하고 또 물어보기를 세 번이나 하고 보니, 나무꾼의 얼굴은 더 이상 보이지 않고 분명 그림 속의 얼굴과 조금도 다르지 않았다. 그가 말하길,

"너는 참 지성으로 도를 구하는 자로다. 네가 여러 해 동안 애절하게 부르짖어 그 소리가 하늘에 닿았다. 상제께서 네 뜻을 심히 불쌍히 여기어 나로 하여금 이렇게 나무꾼으로 바꾸어 너를 오라 한 것이다. 나를 따라오도록 해라."

곧 그와 함께 산중으로 들어갔다. 2년 후 고향으로 돌아와 알고 지내던 사람들과 이별을 고하고 떠나갔다. 지금까지 다시 나타나지 않았다.

建州崇安縣武夷山, 境像幽絕, 中臨清溪, 盤折九曲. 游者泛舟其下, 仰望極目, 道流但指言古跡所在, 云莫有登之者. 紹興初, 有道人至沖佑觀, 獨欲深入訪洞天, 經數月, 尋歷殆遍, 無所遇. 忽於山崦間得草庵, 有道姑屏處, 長眉紅頰, 旁無侍女. 問其來故, 謂曰: "洞天有名無形, 相傳如是, 吾處此久矣, 不見也." 道人曰: "業欲一往, 要當盡此身尋之."

時天色陰翳, 日已暮, 姑邀宿庵中, 道人謝曰: "子婦人獨居, 於義不可." 曰: "非有他也. 茲地多虎狼, 恐或傷君耳." 竟不肯入, 危坐於戶外. 夜未久, 果有虎咆哮來前. 姑急開門呼之, 答曰: "寧死於虎, 決不入." 少焉又增一虎, 嘷嘯愈甚. 姑又語之曰: "此兩黑虎性慈仁, 餘皆搏人不遺力, 君將爲齎粉矣." 道人守前說, 不爲動. 俄而五虎同集, 銜其頭足以往, 纔十數步, 擲於坡下而去. 體無少損, 遂堅坐達明.

姑延入坐, 嘉歎曰: "子有志如此, 非我所及. 洞天蓋去此不遠, 然尚隔深淵, 淵闊十餘丈, 驚湍怒流, 但一竿竹橫其上, 非身生羽翼不可過, 亦時時有雙髻樵人往來. 子試往, 幸而相遇, 當拜而問塗, 不然, 無策也." 既至, 溪流洶湧崩騰, 木石皆振, 弱竹裊裊, 不可著腳.

適逢樵者出, 乃前再拜. 樵者矍然退避曰: "山中野人, 采薪以供家, 安敢當此?" 具以所欲拱白之. 樵始祕不言, 既而曰: "誰爲君道此?" 曰: "聞諸菴中女." 樵怒曰: "多口老婆, 妄泄吾事." 令道人閉目, 挽其衣以行. 覺如騰虛空, 雲龍出沒, 潝洞兩耳間. 既履地, 乃在平岡上, 宮殿崔嵬, 金鋪玉戶.

一人碧冠朱履, 顧左右曰: "安得有凡氣?" 道人趨出稽首, 碧冠叱曰: "誰引汝來?" 以樵者告. 即遣追至前, 袒其背, 以鐵拄杖鞭之三百六十, 血肉分離, 骨破髓出, 道人亦戰懼. 碧冠曰: "洞天乃高仙所聚, 汝何人, 乃得輒至? 貰汝罪, 宜速回, 積行累功, 他時或可來." 命取水一杓飲之,中有胡麻飯一顆, 飮水畢, 嚼飯, 咀嚥移時, 僅能食三之一, 腹已大飽.
碧冠笑曰: "汝食吾飯, 一粒尚不能盡, 豈得居此?" 遂還.

　至崖下, 見被杖者呻痛草間, 曰: "坐汝至此. 吾方被謫墮, 不知經幾
百刼乃得釋, 汝去矣." 歸塗不復見溪, 安步長林, 而足常去地寸許. 回
望高山深谷, 窅非昨境, 道姑與庵亦失其處. 遂棲于巖石中, 至今猶在.
黃元道七八年前曾見之, 云山東人也.

　건주 숭안현[51] 무이산[52]의 풍광은 매우 맑고 깊어 대단한 절경을 이
루고 있다. 그 중간에는 맑은 계곡이 흐르고 있는데 빙 돌면서 감싸
고 꺾어 구부러지기를 아홉 번[53]이나 하였다. 유람하는 이들은 계곡
아래에 배를 띄우고 머리를 들어 끝까지 바라보지만 산중 도인들은
그저 옛 흔적이 있는 곳만 손가락으로 가리키며 알려 줄 뿐 그곳을
올라가 본 자는 없다고 말하였다.

　소흥연간(1131~1161) 초, 한 도인이 충우관[54]에 왔는데, 혼자 산속

51　崇安縣: 福建路 建寧軍 崇安縣(현 복건성 南平市 武夷山市).

52　武夷山: 무이산은 복건성과 강서성의 경계선을 이루는 무이산맥을, 숭안현에 있는
　　무이산은 小武夷山을 가리키는 말이다. 산의 높이는 350m 내외로 낮으며 붉은 쇄
　　설암으로 이루어졌다. 盤流山의 9곡계를 위시한 아름다운 풍광과 온난한 아열대
　　기후, 많은 강수량 등으로 일찍부터 도가의 명산으로 중시되었다. 또 朱熹가 40년
　　동안 강학을 한 資陽書院도 있다.

53　盤折九曲: 구곡계의 총 62.8km 가운데 무이구곡에 해당하는 길이는 총 9.5km인데,
　　직선거리로는 5km에 불과하여 굴절률이 1.9에 달한다.

54　沖佑觀: 구곡계 앞에 있는 무이산 최대의 도교 사원으로서 당 天寶연간(742~755)
　　에 처음 건립되었다. 처음에는 天寶殿이었으나 南唐 保大 2년(944)에 會仙觀으로
　　고쳤고, 다시 송대에 충우관으로 개칭하였다. 송대 전국 6대 도관 가운데 하나로
　　꼽혔으며 朱熹도 충우관 궁관사를 지낸 바 있다. 嘉靖 5년(1526)부터 武夷宮으로
　　바뀌어 지금에 이르고 있다.

깊이 들어가 신선이 사는 동천을 방문하고자 하였다. 몇 개월 동안 산 전체를 남김없이 두루 찾아다녔지만 찾지 못하였다. 그런데 홀연히 산간의 작은 평지에서 초가로 된 암자를 찾았다. 암자에는 한 여자 도인이 은거하고 있었다. 긴 눈썹에 붉은 뺨을 가지고 있었고, 옆에는 시중드는 여자도 없었다. 도인에게 어떻게 왔냐고 묻더니 말하길,

"동천은 이름은 있지만 어디에 있는지 모습은 보이지 않고 전하는 말만 이와 같습니다. 저도 이곳에 산 지 오래되었지만 보지 못했습니다."

도인은 말하길,

"이미 한 번 가고자 하였으니 마땅히 이 몸을 다 바쳐 찾아보고자 합니다."

그때 하늘색이 흐리고 해도 이미 저물었다. 여자 도인이 암자에 묵으라고 권하였지만 도인은 사양하며 말하길,

"그대가 여자로서 혼자 살고 있어 내가 묵는 것은 의에 맞지 않습니다."

대답하길,

"다른 뜻이 있어서가 아닙니다. 이곳은 호랑이와 이리가 많아 그대가 해를 입을까 봐 걱정이 돼서 그럴 뿐입니다."

도인은 끝내 들어가려 하지 않았고, 집 밖에서 단정하게 앉아 있었다. 밤이 아직 깊지 않았는데 과연 호랑이가 포효하며 앞으로 왔다. 여자 도인이 급히 문을 열어 그를 부르자 대답하길,

"호랑이에게 물려 죽을지언정 절대 들어가지 않겠습니다."

잠시 후 또 다른 호랑이가 오더니 더욱 심하게 울부짖었다. 여자

도인이 다시 그에게 말하길,

"이 두 검은 호랑이는 성격이 온순한데 나머지 호랑이는 온 힘을 다해 사람을 해칠 것이니 그대는 장차 부서져 가루가 될 것이오."

도인은 앞에 했던 말을 계속하며 동요하지 않았다. 잠시 후 다섯 마리 호랑이가 함께 와서 그 머리와 다리를 물고 가는데, 십여 보만 걸어가더니 언덕 아래 그를 던져 버린 뒤 가 버렸다. 하지만 몸에 조금도 상처가 나지 않았고, 곧 다부지게 앉아 새벽을 맞았다.

여자 도사는 그를 안으로 끌고 와 앉아 가상히 여기며 말하길,

"그대의 뜻이 이와 같으니 이는 내가 미칠 수 없는 바이오. 동천은 이곳에서 그리 멀지 않습니다. 그러나 깊은 연못이 또 가로놓여 있고 그 연못의 너비가 10여 장이나 되며 거센 여울이 사납게 흐릅니다. 단지 대나무 장대 하나가 그 위에 가로놓여 있긴 하지만, 몸에 날개라도 나 있지 않다면 건널 수가 없습니다. 그런데 가끔 상투를 둘로 나눠 튼 나무꾼이 오가기는 합니다. 시험 삼아 가 보시고 운이 좋아 그를 만나게 되면 절을 하고 길을 물어보십시오. 그렇지 않으면 다른 방법은 없습니다."

도인이 그곳에 다다르자 계곡 물이 용솟음치며 물보라가 휘날렸고, 나무와 돌까지 모두 진동할 정도였다. 그리고 휘청거리는 약한 대나무만 놓여 있어 밟고 지나갈 수가 없었다.

마침 나오고 있는 나무꾼을 만나 앞으로 가서 절하였다. 나무꾼은 당황해 하며 물러나면서 말하길,

"저는 산중에 사는 야인입니다. 나무를 하여 사람들에게 갖다 주는 일을 하고 있는데 어찌 감히 절을 받겠습니까?"

도인은 두 손 모으고 원하는 바를 모두 그에게 말하였다. 처음에

나무꾼은 숨기고 말을 않다가 조금 뒤 묻길,

"누가 그대에게 이것을 말해 주었소?"

대답하길,

"암자에 사는 여자 도인에게서 들었습니다."

나무꾼은 화를 내며 말하길,

"입이 싼 노파 같으니! 왜 함부로 남의 얘기를 말하고 다니지."

그는 도인에게 눈을 감으라고 한 뒤 그의 옷을 잡아당기고 건너갔다. 마치 허공을 나르는 것 같은 느낌이 들었다. 구름과 용이 출몰하는 듯 거센 물소리가 두 귀에 진동했다.[55] 땅에 발을 딛자 평평한 언덕 위에 서 있었다. 궁전은 높디높았고, 문은 옥으로 만들었으며 문고리는 금으로 장식했다.[56]

푸른 관을 쓰고 붉은 신발을 신은 어떤 사람이 좌우를 돌아보며 말하길,

"어찌 세속 사람의 냄새가 나는고?"

도인이 급히 앞으로 나가 머리를 조아리자 푸른 관을 쓴 자가 꾸짖길,

"누가 너를 데리고 왔느냐?"

나무꾼이라고 말하자 즉시 가서 그를 잡아 앞으로 데리고 나오더니 웃옷을 벗기고 쇠몽둥이로 등을 360대나 때리니 피와 살이 분리되고 뼈가 부서져 골수가 밖으로 나왔다. 도인 역시 두려워 떨었다.

---

55 湔洞: 물이 세차게 용솟음치다 또는 물이 거세게 쳐서 진동하다는 뜻이다.
56 金鋪: 동물의 입에 동그란 고리를 달아 놓은 형태의 금으로 장식한 문고리를 뜻한다.

푸른 관을 쓴 자가 말하길,

"동천은 높은 신선들이 모이는 곳이다. 네가 누구이기에 갑자기 이곳에 올 수 있었단 말이냐? 너의 죄는 용서하겠다. 의당 급히 돌아가 선행과 공덕을 쌓아라. 그러면 훗날 혹시 올 수 있을지도 모른다."

그리고 물 한 국자를 떠서 그에게 마시게 하였다. 물에는 밥으로 지은 깨 한 알이 있었는데, 물을 마시고 나자 깨알을 씹으라 하였다. 시간이 어느 정도 지나도록 씹었지만 겨우 삼분의 일밖에 먹지 못하였다. 그런데도 벌써 대단히 배가 불렀다. 푸른 관을 쓴 자가 웃으며 말하길,

"너는 내가 준 밥을 먹는데 한 알도 채 다 먹지 못하는구나, 그러니 어찌 여기에 거할 수 있겠느냐?"

곧 돌아갔다.

절벽 아래에 이르자 곤장을 맞은 나무꾼이 풀밭에서 아파 신음하고 있는 것을 보았다. 그가 도인에게 말하길,

"그대 때문에 이렇게 되었소. 내가 지금 막 유배형에 처해져 동천에서 떨어졌는데, 몇 백 겁을 지나야 풀려날 수 있을지 모르겠소. 그대는 빨리 가시오."

돌아오는 길에는 계곡이 다시 보이지 않았다. 편안히 긴 숲속을 걸어가니 발이 땅에서 1촌쯤 뜬 채로 거닐었다. 뒤돌아 높은 산의 깊은 계곡을 바라보니 그윽한 것이 어제의 경관이 아니었다. 여자 도인과 암자 역시 그 위치를 찾을 수 없었다. 마침내 도인은 바위 안에 깃들어 살게 되었는데 지금까지도 여전히 그곳에 있다고 한다. 황원도는 7, 8년 전에 그를 본 적이 있다고 하는데 도인은 산동 사람이라고 한다.

處州龍泉縣米鋪張氏之子, 十五歲. 嘗携鮮魚一籃, 就溪邊破之. 魚
撥剌不已, 刀誤傷指, 痛殊甚, 停刀少憩. 忽念曰: "我傷一指, 痛如是,
而羣魚刮鱗剔腮, 剖腹斷尾, 其痛可知, 特不能言耳." 盡棄於溪. 卽日
入深山中, 依石竇以居, 絶不飮食. 父母怪兒不歸, 意其墮水死. 明年
寒食, 鄕人遊山者始見之, 身如枯臘, 胸瘠露骨, 然面目猶可認, 急報
其父母來, 欲呼以歸. 掉頭不顧, 曰: "我非汝家人, 無急我!" 父母泣而
去. 後十年, 復往視, 則肌體已復故, 顔色悅澤, 人不知所以然. 今居山
二十餘歲矣.(四事皆黃達眞說.)

처주 용천현⁵⁷의 쌀가게 장씨네 집 아들은 나이가 열다섯 살이었
다. 하루는 물고기 한 광주리를 들고 냇가에 가서 배를 따고 있었다.
물고기가 어지럽게 파닥거리기⁵⁸를 멈추지 않아 그만 칼에 자신의 손
가락이 베였다. 통증이 매우 심하여 칼을 놓고 잠시 쉬었다. 홀연 생
각에 잠겼다가 말하길,

"나는 손가락 하나를 다쳤는데도 이렇게 아픈데, 물고기들은 비늘
이 벗겨지고 아가미가 제거되고 배를 가르고 꼬리를 자르니 그 통증
이 가히 알 만하다. 다만 말을 할 수 없을 뿐이다."

57　龍泉縣: 兩浙路 處州 龍泉縣(현 절강성 麗水市 龍泉市).
58　撥剌: 물고기가 꼬리로 물을 치는 소리 또는 물고기가 빠르게 움직인다는 뜻으로
　　쓰인다.

그는 물고기를 모두 개울가에 버렸다. 그리고 그날로 깊은 산중으로 들어가 바위 동굴에서 거하며 음식을 먹지 않았다. 부모는 아이가 돌아오지 않자 이상하다고 여겼지만 결국 물에 빠져 죽었다고 생각하였다. 이듬해 한식날, 한 마을 사람이 산에 놀러 갔다가 처음 장씨네 아들을 보았다. 몸은 깡말라 뼈가 보일 정도였으나 얼굴은 여전히 알아볼 수가 있었다. 급히 그 부모에게 알려 오게 하였고 집으로 돌아가자고 호소하려 했지만 아들은 고개를 흔들며 돌아보지도 않고 말하길,

"나는 당신 집 식구가 아닙니다. 나를 다그치지 마세요!"

부모는 울면서 돌아갔다. 십 년 후 다시 가서 보니 몸은 예전과 같아졌고, 안색이 윤기가 있고 밝아 보였다. 사람들은 그가 그렇게 된 이유를 알지 못했다. 지금까지 산에서 거한 지 20여 년이다.(위의 네 가지 일화는 모두 황원도가 한 이야기다.)

이견을지

夷堅乙志
卷13

劉總, 字子文, 紹興初爲忠州臨江令. 秩滿, 寓居鄰邑墊江縣, 有子
曰侍老, 六歲矣. 子文忽見其乳嫗旁有小兒, 長短與侍老相似, 意其與
外僕私通所生者, 以咎其妻. 妻李氏, 癡懦不能治家, 然知爲妄也, 應
曰: "無是事." 子文怒, 時已苦股痛, 常策木瓜杖, 卽抶妻背使出, 往白
其母. 母曰: "兒誤聞之, 安得有是言?" 子文嗟恚曰: "吾母尚如此, 復何
望?" 歸舍, 以果誘侍老曰: "爾乳母夜與何人寢? 其兒爲誰?" 侍老愕然
不能對. 子文遽前執其手, 攫挐不置, 左右急救之, 猶敗面流血.

遂呼嫗逐去之, 曰: "汝來我家數年, 兒亦長矣, 乃以姦穢自敗. 以吾
兒故, 不忍治汝, 汝好去." 嫗泣拜出, 子文目送之, 笑語侍人曰: "渠兒
已相隨出門, 醜跡俱露, 而家人共蔽匿之, 何也?" 衆知其將病, 不旬時,
果被疾死. 病中時自言: "我數與太守爭辯不得, 汝非不知, 何爲相守不
去?" 後其弟縡云: "子文爲夔州士曹日, 獄有一囚在生死之間, 郡守欲
殺之, 子文不强爭, 囚竟死. 則病中所見, 疑其祟云." 子文, 予外姑之
兄也.

자가 자문인 유총은 소흥연간(1131~1161) 초, 충주 임강현[1]지사로
부임하였다가 임기를 마친 뒤 인근의 점강현[2]에 잠시 기거하고 있었
다. 그에게는 시로라고 하는 여섯 살 된 아들이 하나 있었다. 유총은
문득 시로의 유모 옆에 한 어린아이가 있는 것을 보았는데, 아들과

1　臨江縣: 夔州路 忠州 臨江縣(현 重慶市 忠縣).
2　墊江縣: 夔州路 忠州 墊江縣(현 重慶市 墊江縣).

키가 비슷하였다. 유총은 유모가 바깥의 어느 노복과 사통하여 낳은 아이라 의심하고는 아내를 꾸짖었다. 아내 이씨는 어리석고 겁이 많아 집안을 잘 다스리지는 못했지만 그 말이 허황된 것임을 알았다. 이에 답하길,

"그런 일은 없습니다."

유총은 화가 났다. 당시 그는 다리 통증을 앓고 있어서 늘 모과나무 지팡이를 짚고 다녔는데, 즉시 지팡이로 아내의 등을 때리며 쫓아냈다. 그는 어머니에게 가서 이 일을 고하자 어머니가 말하길,

"네가 잘못 들은 것 아니냐. 무슨 그런 말이 있단 말이냐?"

유총은 탄식하며 화가 나서 말하길,

"어머니는 늘 그러셨지, 다시 무엇을 기대하리오?"

집으로 돌아와 아들에게 과일을 주고 달래며 물어보길,

"유모가 밤에 누구랑 잤느냐? 그 아이는 누구 아들이냐?"

아들은 깜짝 놀라며 대답하지 못하였다. 유총은 급히 아들에게 다가가 그 손을 잡은 뒤 움켜쥔 채 놓지 않았다. 옆에 있던 사람들이 급히 아들을 구해 주었지만 유시로의 얼굴은 할퀴어져 피가 흐르고 있었다.

유총은 마침내 유모를 불러 내쫓으면서 말하길,

"네가 우리 집에 온 지 여러 해 되었고 아이도 이미 다 컸다. 너는 사악하고 더러운 일을 저질러 스스로를 망쳤다. 내 아들을 봐서 차마 너를 벌하지 않겠지만 너는 나가야 마땅하다."

유모는 눈물을 흘리며 절하고 나갔고, 유총은 그녀가 나가는 것을 지켜보더니 옆에 있던 사람에게 웃으며 말하길,

"유모 아들도 함께 문을 나서고 있으니 추악한 행실이 다 드러났

다. 그런데도 집안사람들 모두 그것을 감추니 이게 어찌 된 일인가?"

사람들 모두 유총의 병이 앞으로 심해질 것을 알았다. 열흘을 넘기지 못하고 결국 병으로 죽었다. 병중에 때때로 혼자 말하길,

"나는 여러 차례 주지사와 싸우며 논쟁하였지만 뜻대로 되지 않았다. 너도 모르지 않을 터인데 어찌 나에게 매달린 채 떠나지 않는단 말이냐?"

후에 그 동생 유재가 말하길,

"형이 기주³ 사조참군⁴으로 있을 때, 감옥에 있던 한 죄수가 생사의 기로에 서 있었는데, 주지사는 그를 죽이려고 하였다. 형은 주지사에게 강하게 맞서지 못하여 결국 죄수가 죽고 말았다. 병중에 형이 보았던 것은 아마도 그 죄수의 혼귀인 듯하다."

유총은 필자 장모님의 오빠이다.

---

3 夔州: 夔州路 夔州(현 重慶市 奉節縣).
4 土曹: 大觀 2년(1108), 曹官과 幕職官으로 구성된 주지사 보좌관 편제를 曹官 위주로 통일시키고 六曹參軍을 두었다. 개봉부에만 설치한 土曹參軍事와 구분된다.

　　紹興九年, 張淵道侍郎家居無錫縣南禪寺. 其女請大仙, 忽書曰:“九華天仙降.”問爲誰, 曰:“世人所謂巫山神女者是也.”賦「惜奴嬌」大曲一篇, 凡九闋.

　　“(其一曰)瑤闕瓊宮, 高枕巫山十二. 睹瞿塘千載, 灩灩雲濤沸. 異景無窮, 好閑吟滿酌金卮. 憶前時, 楚襄王曾來夢中相會, 吾正鬟亂釵橫, 斂霞衣雲縷. 向前低揖, 問我仙職. 桃杏遍開, 綠草萋萋鋪地. 燕子來時, 向巫山朝朝行雨暮行雲. 有閑時, 只恁畫堂高枕.

　　(瑤臺景第二)繞繞雲梯, 上徹青霄霞外. 與諸仙同飮, 鎭長春醉. 虎嘯猿吟, 碧桃香異風飄細, 希奇. 想人間, 難識這般滋味. 姮娥奏樂簫韶, 有仙音異品, 自然淸脆. 遏住行雲不敢飛, 空凝滯, 好是波瀾澄湛, 一溪香水.

　　(蓬萊景第三)山染靑螺, 縹渺人間難陟. 有珠珍光照, 晝夜無休息, 仙景無極. 欲言時汝等何知? 且修心, 要觀游亦非大段難易. 下俯浮生, 尙自爭名逐利, 豈不省, 來歲擾擾兵戈起, 天慘雲愁. 念時衰如何是, 使我輩, 終日蓬宮下淚.

　　(勸人第四)再啓諸公, 百歲還如電急, 高名顯位瞬息爾. 泛水輕漚霎那間, 難久立. 畫燭當風裏, 安能久之? 速往茅峯, 割愛休名避世. 等功成, 須有上眞相引指, 放死求生施良藥, 功無比. 千萬記, 此箇奇方第一.

　　(王母宮食蟠桃第五)方結實纍纍, 翠枝交映, 蟠桃顆顆, 仙味眞香美. 遂命雙成, 持靈刀割來□服一粒, 令我延年萬歲, 堪笑東方便起私心盜餌. 使宮中仙伴, 遞互相尤殢. 無奈雙成向王母高陳之, 遂指方, 偸了蟠桃是你.

　　(玉淸宮第六)紫雲絳靄, 高擁瑤砌, 曉光中無限剖列, 肅整天仙隊. 又有殊音, 欲擧聲還止. 朝罷時, 亦有淸香飄世. 玉駕纔輿, 高上眞仙盡

退, 有瓊花如雪, 散漫飛空裏. 玉女金童, 捧丹文, 傳仙誨, 撫諸仙早
起, 勞卿過耳.

(扶桑宮第七)光陰奇, 扶桑宮裏, 日月常晝, 風物鮮明可愛, 無陰晦.
大帝頻鑒於瑤池, 朱欄外乘鳳飛. 敎主開顔命醉, 寶樂齊吹, 盡是瓊姿
天妓. 每三杯, 須用聖母親來揖. 異果名花, 幾千般, 香盈袂, 意欲歸,
卻乘鸞車鳳翼.

(太淸宮第八)顯煥明霞, 萬丈祥雲高布. 望仙官衣帶曳曳, 臨香砌. 玉
獸齊焚, 滿高穹, 盤龍勢. 大帝起, 玉女金童遍侍, 奉勅宣言, 甚荷諸仙
厚意. 復回奏, 感恩頓首皆躬袂. 奏畢還宮, 尙依然雲霞密. 奇更異, 非
我君何聞耳?

(歸第九)吾歸矣, 仙宮久離, 洞戶無人管之, 專俟吾歸. 欲要開金燧,
千萬頻修已. 言訖無忘之, 哩囉哩. 此去無由再至, 事冗難言, 爾輩須
能自會. 汝之言, 還便是如吾意, 大抵方寸平平, 無憂耳. 雖改易之, 愁
何畏?"

詞成, 文不加點, 又大書曰: "吾且歸." 遂去. 明日, 別有一人, 自稱
歌曲仙, 曰: "昨夕巫山神女見招, 云在君家作詞, 慮有不協律處, 令吾
潤色之." 及閱視, 但改數字而已. 其第三篇所云"來歲擾擾兵戈起", 時
虜人方歸河南, 人以此說爲不然. 明年, 淵道自祠官起提擧秦司茶馬,
度淮而北, 至鄳陽, 虜兵大至, 蒼黃奔歸, 盡室幾不免, 河南復陷. 考詞
中之句, 神其知之矣.

소흥 9년(1139) 병부시랑을 지낸 장연도가 상주 무석현[5] 남선사에
머물고 있었는데, 딸이 부계점[6]을 치자 갑자기 모래판에 글이 보이

---

5 無錫縣: 兩浙路 常州 無錫縣(현 강소성 無錫市).
6 請仙: 丁자형태의 나무틀 위에 추를 달아 모래판 위에 세우고 신령을 대신한 두 사

기를,

"구화산의 천신이 강림하실 것이다."

그가 누구인지 묻자 답하길,

"세상 사람들이 말하는 무산의 신녀가 바로 그분이다."

무산 신녀가 「석노교」[7]라는 대곡[8] 한 편을 써 주었는데 모두 9연으로 이루어졌다.

(첫째) 옥으로 장식하고 구슬로 꾸민 신선의 궁궐에서 무산 12봉[9]을 높이 베고 누워 구당협 천년 세월을 바라보니 넘실거리는 구름의 물결이 높이 이누나. 경이로운 풍광은 끝없이 이어졌고, 아름다운 용모, 한아한 태도로 시를 읊조리며 금잔에 술을 가득 따르네. 예전 일을 생각해 보니 일찍이 초 양왕[10]이 꿈에 나와 서로 만났는데, 나는 마침 비녀를 대충 꽂고 귀

람이 가로로 댄 나무 양쪽을 식지로 움직여 모래판에 글자를 써서 점을 치는 방식이다. 통상 扶乩라고 하며 架乩·運箕·扶箕·抬箕·扶鸞·揮鸞·降筆·葡紫姑 등 다양한 별칭이 있다.

7 惜奴嬌: 악보에 맞춰 가사를 짓는 송대 詞牌의 작품명 가운데 하나다. 사패의 제목은 본래 樂府의 詩題인 경우, 당대의 樂曲 명칭인 경우, 역사고사나 시구에서 취한 경우, 내용에 따라 붙인 경우 등 다양한 형태가 있다.

8 大曲: 송사는 노래와 춤이 포함된 大曲과 노래 가사만으로 구성된 散詞로 크게 구분할 수 있다. 대곡은 散序·中序·破의 3부분으로 구성되었는데, 춤을 수반하지 않는 서정적인 산서와 달리 중서는 5편의 시를 악곡으로 하여 춤과 노래로 부르도록 구성했으며, 파는 빠른 박자와 동작의 춤을 수반한다. 惜奴嬌曲破는 『고려사』 권71 「악지」에 수록되어 있다.

9 巫山12峰: 무산산맥은 현 중경시와 호북성의 경계를 이루는 산맥으로 장강의 동류를 가로막고 있으며 이곳에 삼협이 형성되어 있다. 무산12봉은 巫山縣 동쪽의 장강 북쪽에 6개, 남쪽 6개 등 모두 12개로 이루어졌다. 북쪽의 6봉은 登龍·聖泉·朝雲·皇霞·松巒·集仙峰이며, 남쪽의 6봉은 飛鳳·翠屏·聚鶴·淨壇·起雲·上升峰이다. 이 가운데 淨壇·起雲·上升峰은 산에 가려서 잘 보이지 않는다. 통상 神女峰이라고 하는 皇霞峰의 풍광이 가장 뛰어나며 각종 전설의 중심이기도 하다.

밑머리 흩날리며 노을과 구름을 모아 만든 옷을 입었지. 앞으로 나아가 고개 숙이며 읍하니 선계에서 내가 맡은 직책을 물어보았네. 복숭아꽃 살구꽃 온 천지에 피어 있고 푸른 풀들이 우거져 땅을 덮었다네. 제비가 올 때면 무산을 향해 아침에는 비가 저녁에는 구름이 조화를 이루니, 한가로울 때면 그저 이처럼 채색 전각에 올라 편안히 잠드네.

(둘째, 요대의 경치) 둥글게 감아 돌아간 구름사다리는 푸른 하늘 노을 밖까지 이어져 올랐네. 신선들과 더불어 술을 마시며 오래도록 봄 향기에 취하네. 호랑이 부르짖고 원숭이가 우는데, 푸른 복숭아 향이 예사롭지 않은 바람에 가볍게 풍겨오니 희귀하고도 기이하구나. 인간 세상을 생각해 보면 이런 맛을 어찌 알까. 달의 선녀가 신선의 음악을 연주하니, 선계 음악의 기이한 품격이 느껴져 자연스레 마음이 맑아지누나. 떠도는 구름을 잡아 두니 감히 흩어가지 않고, 하늘에 머물러 움직이지 않으니 맑고 맑은 물결이 이는 듯 온 계곡에 향기로운 물이 흐르네.

(셋째, 봉래산의 경치) 산이 푸르게 물드니, 그 아득함이란 인간세계에서는 오르기 어려운 경지이네. 진주와 보물이 빛나길 주야로 쉬지 않으니, 선경은 다함이 없도다. 말하고자 할 때 너희들이 어찌 알리오? 마음을 닦고 풍광을 감상하며 노니는 것이 그리 어려운 것은 아니리라. 허망한 인간사를 굽어보니 여전히 명망을 다투고 이익을 쫓으매, 어찌 자성하지 않는단 말인가? 내년에는 어지러이 전란이 일어날 것이니, 하늘은 비통해하고 구름은 수심에 젖으리라. 무엇이 이처럼 쇠락하게 하였는지 생각하리니, 우리로 하여금 그 끝나는 날에 궁전에서 만나 눈물 흘리게 하는가.

(넷째, 사람들을 권면함) 여러 공들께 거듭 일깨우노니, 백년 세월도 번

---

10 楚襄王(?~ 전263): 전국시대 말 초의 왕으로 秦의 거듭된 공세로 수도가 함락되고 영토가 대폭 축소되는 위기에 처하였다. 꿈에 만난 무산의 神女에게 구애하였으나 거절당했다는 연애 고사로도 유명하다.

개처럼 빨리 돌아올 것이니, 높은 명성과 지위는 순식간에 지나갈 따름이다. 가벼운 물거품 위에 일순간 떠 있는 것이니, 오래 서 있기가 어렵도다. 바람 속에서 촛불을 켜 놓으면 어찌 능히 오래 지속될 수 있겠는가? 서둘러 띠풀 우거진 산봉우리로 가서 아끼는 것을 끊어 버리고 명성을 내려놓으며 세상을 피해 있으라. 공을 이룰 때를 기다리면 반드시 상진[11]께서 지시할 것이니, 죽음을 면해 주고 생명을 구하며 좋은 약을 베풀어 주면 그 공덕은 비할 바가 없으리라. 천만 번 생각해 봐도 이것은 뛰어난 방책 중에 제일이라.

(다섯째, 서왕모 궁에서 먹은 반도) 바야흐로 과실이 탐스럽게 매달리고, 가지가 서로 푸름을 자랑하고 있으며, 반도는 주렁주렁 열려, 선계의 맛은 진실로 향기롭고 아름답다네. 마침내 시녀 쌍성[12]에게 명하여, 영험한 칼을 가지고 잘라 한 조각 먹으니 내 수명이 늘어 만 년까지 살게 되었네. 사사로운 욕심이 일어 동방삭[13]이 몰래 반도를 훔쳐 먹은 것을 비웃을 만하구나. 궁중의 신선들로 하여금 번갈아가며 서로 복숭아나무 옆에서 서성거리게 하니[14] 어찌할 수 없는 쌍성은 서왕모에게 이를 모두 아뢰었지만, 서왕모가 곧 손가락을 들어 쌍성을 가리키면서 '반도를 훔친 이가 바로 너구나'라고 하네.

---

11 上眞: 수련을 통해 진정한 신선이 된 경우를 가리키며 白雲上眞이라고도 한다.

12 雙成: 白居易의 「長恨歌」에 나오는 서왕모의 시녀 이름이다.

13 東方朔: 본래 성은 張씨고 자는 曼倩이며 西漢 平原郡 厭次縣(현 산동성 德州市 陵城區) 사람이다. 문학적 재질이 뛰어났고 유머 감각이 뛰어나 한무제 때 常侍郞·太中大夫 등을 역임하였으나 한무제는 그의 정치적 식견보다는 유머와 재능에 대해서만 높이 평가하여 중용되지는 못하였다. 서왕모의 반도원에서 반도 3개를 훔쳐 먹고 3천 년을 살 수 있는 인물이 되었다는 등 장생불사 신화의 주인공으로 후대 각색되어 유명해졌다.

14 嬌雲尤雨: 본래 '구름이 엉켜 있는데 비가 더하다'는 말로서 남녀가 서로 연모하고 사랑함을 뜻한다. 본문에서는 선궁의 신선조차 반도를 먹고 싶은 마음을 떨치지 못해 서로 번갈아 가면서 복숭아나무 주변을 벗어나지 못한다는 뜻으로 썼다.

(여섯째, 옥청궁) 붉은 구름 진홍빛 노을이 뭉게뭉게 피어오르며 옥으로 만든 계단을 높이 감싸 안고, 밝은빛 가운데 끝없이 줄 서 있으니 천상의 신선 대오가 엄숙하게 정리되었네. 또 특별한 음악 소리가 있어 모든 소리를 멈추게 하네. 조회가 파할 무렵 또한 맑은 향기가 세상에 나부끼네. 옥 수레를 막 들어 올리자 높은 곳에 사는 참 신선들이 모두 물러가는데, 옥으로 만든 꽃이 눈처럼 하늘에 날려 흩어지는 듯하네. 금동과 옥녀[15]가 붉은 문서를 받들어 신선들에게 전하며 일깨우고, 여러 신선들을 흔들며 일찍 일어나라고 하며 그들을 귀찮게 하며 지나간다네.

(일곱째, 부상궁) 세월에 의지하며 부상[16]의 궁궐에서 지내는데, 해와 달은 항상 낮처럼 밝아, 경치가 선명하며 사랑스럽고, 어둡거나 흐리지 않구나. 천상의 대제는 빈번히 요지[17]에 몸을 비추이고, 붉은 난간 밖으로 봉황을 타고 나르네. 주인에게 얼굴을 보이고 취하도록 마시라 명하니 아름다운 음악이 일제히 울리는데 그 모두가 구슬 같은 자태를 지닌 하늘의 기녀들이로세. 매번 세 잔을 마실 때마다 반드시 성모가 친히 와서 읍하며 인사를 올리네. 기이한 과일과 유명한 꽃들이 수천 가지나 있고 그 향기가 소매에 가득하지만 돌아가려는 뜻을 내비치며 천자의 수레방울 소리 울리며 봉황의 날개에 올라탔다네.

(여덟째, 태청궁) 빛나는 불꽃과 밝은 노을, 일만 길이나 되는 상서로운 구름이 높이 펼쳐졌네. 선계 관원의 관복과 관대가 바람에 날리는 것을

---

15 玉女金童: 수도 중인 어린 소년 소녀이다. 도교에서는 신선이 사는 모든 洞天福地마다 이들이 시중을 들고 있다고 하여 옥황전이나 삼청전마다 상을 만들어 두었다. 송원 이래 희곡에서도 중요한 역할을 맡는 것으로 간주되었다. 통상 金童玉女라고 칭한다.
16 扶桑: 신화 속의 神木으로서 후에는 해가 뜨는 동쪽 바다 또는 해가 뜨는 곳을 뜻하는 말로 쓰였다.
17 瑤池: 옥으로 만든 선계의 연못으로서 서왕모가 사는 곤륜산에 있으며 서왕모가 周의 목왕과 만났다고 하는 곳이다.

바라보며 향기로운 섬돌에 섰네. 옥으로 된 짐승을 일제히 불태워 연기가 높은 하늘에 가득하며, 서리 튼 용의 형세로 천상의 대제가 일어서니, 금동과 옥녀가 옆에서 시중을 들고, 칙서를 받들며 명을 전하니, 여러 신선들은 그 깊은 뜻을 모두 간직하네. 다시 와서 아뢰니 은혜에 감동하여 머리를 조아리며 칙서를 모두 소매에 담아 넣었네. 상주를 마치고 궁으로 돌아가려는데, 아직도 여전히 구름과 노을이 가득 차서 풍경은 더욱 기이한데, 우리가 아니면 그대는 이 소식을 어디서 들으려오?

(아홉째, 돌아옴) 내가 돌아왔으나, 신선의 궁전에 가서 오래 떠나 있는 동안 동천의 문을 아무도 돌보지 않고 오직 내가 돌아오기만을 기다렸네. 금빛 부싯돌을 꺼내어 들고, 천만 번 거듭 닦아 내네. 그것을 잊지 않으리라 말하니, 얼씨구나 하네.[18] 이곳을 떠나면 다시 올 일이 없으니, 일은 번거롭고 말하기는 어렵구나. 너희들은 반드시 서로 만날 수 있을 것이다. 너의 말이 바로 내 뜻과 같으니 대저 사방 한 촌의 평평한 곳만 있어도 걱정할 것이 없으리라! 비록 그것을 고쳐 바꾼들 무엇이 두려워 걱정하리?

사가 완성되자 글을 더 이상 수정하지 않은 채 다시 큰 글씨로 쓰고는 말하길,

"나는 이제 돌아간다."

마침내 사라졌다. 이튿날 다른 한 사람이 오더니 스스로 곡을 짓는 신선이라 소개하면서 말하길,

"어제 저녁 무산의 신녀가 보자고 부르며 그대의 집에 사를 지어 주었다고 말하였는데, 그중 음율에 맞지 않는 부분이 있다며 나를 보

---

18 哩囉哩: 노래 구절의 후렴구로서 특별한 뜻은 없다. 여기에서는 '얼씨구나'로 번역하였다.

내 그것을 윤색하라고 하였습니다."

그리고 읽어 보았지만 그저 몇 글자만 바꿨을 뿐이다. 제3편에서 '내년에는 어지러이 전란이 일어날 것이니'라고 언급한 구절이 있었지만 당시 금군이 막 하남으로 돌아간 뒤라 사람들은 그 말대로 되리라고는 믿지 않았다. 이듬해 장연도가 사록관에서 제거진사차마로 발탁되어 회하를 건너 북쪽으로 박주 찬현[19]에 도착하였는데 금군이 대거 들이닥쳤다. 창망 중에 달려서 돌아왔지만 온 집안사람들이 거의 난을 피하지 못하였고 하남은 다시 함락되었다. 위 사의 구절을 살펴보니 신은 그것을 미리 알고 있었던 것이다.

19 酇陽: 淮南東路 亳州 酇縣(현 하남성 商邱市 永城市 酇陽鎭).

紹興五年夏大旱, 朝廷徧禱山川祠廟, 不應. 遣臨安守往上天竺迎靈感觀音於法惠寺, 建道場, 滿三七日, 又弗應, 時六月過半矣. 苦行頭陀潘法慧者, 默禱于佛, 乞焚右目以施, 卽取鐵彈投諸火, 煆令通紅, 置眼中, 然香其上. 香焰纔起, 行雲滿空, 大雨傾注, 闔境霑足. 法慧眼卽枯, 深中洞赤, 望之可畏, 然所願旣諧, 殊自喜也.

後三日, 夢白衣女子來, 欲借一隔珠, 拒不許. 二僧在傍曰: "與伊不妨, 伊自令六六送還." 旣覺, 不曉所謂. 至七月二十一日, 又夢二僧來, 請赴六通齋, 白衣女亦至, 在前引導. 法慧問何人, 僧曰: "我等施主也." 慧曰: "女人恐不識路, 師何不相引同行." 僧曰: "他路自熟." 稍前進, 則山林蔚然, 百果皆熟, 紛紛而墜, 慧就地拾果食之, 覺心地清涼, 非常日比. 又俯首欲拾間, 女子忽回面擲一彈, 正中所燃目, 失聲大呼而窹, 枯眶內已有物若鵝眼, 瞻視如初, 漸大, 復舊. 數其再明之時, 恰三十六日, 始悟六六送還之兆.

소흥 5년(1135) 여름, 큰 가뭄이 들자 조정에서는 산천의 사묘마다 기도를 올렸지만 효험이 없었다. 임안부 지사를 상천축사에 보내 영감관세음보살상[20]을 법혜사[21]로 모셔 오라고 한 뒤 기우제를 위한 도장을 설치하였지만 삼칠일이 지나도 여전히 효험이 없었다. 그때 이

20　靈感觀音: 관세음보살의 정식 명칭은 '大慈大悲靈感觀世音菩薩'이다. 소식의 시 「雨中遊天竺靈感觀音院」은 바로 상천축사의 영감관음원을 둘러보고 지은 시다.

21　法惠寺: 원래 五代의 吳越 때 창건된 興慶寺로서 서호와 통하는 淸波門 밖에 있었으나 治平 2년(1065)에 법혜사로 바뀌었고, 吳山 小井巷으로 옮겼다.

미 6월 보름이 지났다. 고행[22]하던 승려 중 성이 반씨인 법혜라는 자가 부처에게 묵묵히 기도하길, 오른쪽 눈을 불살라 바치겠다고 하였다.

곧 쇠구슬을 가져다 불에 던져 온통 빨갛게 달군 다음 그것을 눈에 집어넣고 그 위에 향을 피웠다. 향불이 막 붙자마자 지나가던 구름이 하늘을 가득 채우더니 큰비가 쏟아붓듯 내려 온 천지가 비에 푹 젖었다. 법혜의 눈은 곧 말랐는데 푹 꺼진 데다 동공이 붉어서 그를 보면 무서울 정도였다. 그러나 그는 원하는 바가 이루어졌다며 스스로 매우 기뻐하였다.

사흘 후, 꿈에 흰옷을 입은 여자가 와서 염주 하나를 빌리려고 하였는데 거절하곤 빌려주지 않았다. 두 승려가 옆에 있다가 말하길,

"저 여자에게 빌려주어도 무방할 거요. 저 여자는 육육을 지나면 돌려줄 것입니다."

곧 잠에서 깨어났는데 그 말이 무슨 뜻인지 이해할 수 없었다. 7월 21일 다시 꿈 속에 두 승려가 나타나 육통재[23]에 가자고 청하였고, 흰옷을 입은 여자가 다시 와서 앞에서 길을 안내하였다. 저 여자가 누구냐고 법혜가 묻자 승려가 답하길,

---

22 頭陀: 산스크리트어 'dhuta(털어버리다)'의 음역어로 頭陁·抖擻로도 쓴다. 분발하여 깨끗하게 번뇌를 씻어 버린다는 뜻으로 승려의 수행·고행을 뜻한다. 후에는 12가지 수행으로 확대되었고, 다시 세상을 편력하며 걸식 수행하는 승려를 뜻하며 行者라고도 한다.

23 六通: 육신으로는 보거나 들을 수 없는 것을 보고 들을 수 있는 天眼通과 天耳通, 다른 사람의 생각을 자신의 것처럼 알 수 있는 他心通, 번뇌를 끊을 수 있는 漏盡通, 전생을 아는 宿命通, 몸을 자유자재로 할 수 있는 神足通(또는 如意通) 등 6종류의 신통력을 뜻하는 불교의 용어다. 六神通이라고도 한다.

"우리의 시주[24]입니다."

법혜가 말하길,

"저 여자는 아마도 길을 잘 모르는 듯합니다. 왜 법사께서 안내하며 동행하시지 않으십니까?"

승려가 답하길,

"저 여자는 길을 잘 알고 있습니다."

앞으로 조금 더 나가자 산림이 울창하였고, 온갖 과일이 다 익어서 분분히 떨어졌다. 법혜가 땅에서 과일을 주워 먹자 마음이 맑고 깨끗해짐을 느꼈는데, 평소와는 비할 바가 아니었다. 다시 머리를 숙여 주우려고 하는데, 여자가 갑자기 되돌아보며 탄환 하나를 던지니 바로 안와 가운데에 박혔다. 법혜는 자기도 모르게 비명을 지르며 깨어나 보니 마른 안와 안에 마치 거위 눈알 같은 것이 이미 들어와 있었고 앞을 바라보니 본래의 눈처럼 보였다. 눈알이 점점 커지더니 예전처럼 되었다. 다시 밝게 볼 수 있게 된 때를 헤아려 보니 꼭 36일 만이었다. 그때 비로소 육육을 지나 돌려준다는 것이 무엇을 암시하는지 알 수 있었다.

---

24 施主: 산스크리트어 'danapati'의 번역어로서 조건 없이 절·승려·빈자에게 재물을 베푸는 것을 財施라고 하고 財施한 자를 시주라고 한다. 施助·檀那·檀越·化主 등 다양한 번역어가 있다.

溧水人俞集, 宣和中, 赴泰州興化尉, 挈家舟行. 淮上多蚌蛤, 舟人
日買以食, 集見必輟買, 放諸江. 他日, 得一籃, 甚重, 衆欲烹食, 倍價
償之, 堅不可, 遂置諸釜中. 忽大聲從釜起, 光焰相屬, 舟人大恐, 熟視
之, 一大蚌裂開, 現觀世音像于殼間, 傍有竹兩竿, 挺挺如生. 菩薩相
好端嚴, 冠衣瓔珞, 及竹葉枝幹, 皆細眞珠綴成者. 集令舟中人皆誦佛
悔罪, 而取其殼以歸. 『傳燈錄』載唐文宗嗜蛤蜊, 亦睹佛像之異, 但此
又有雙竹爲奇耳.(宋貺益謙說.)

강령부 율수현²⁵ 사람 유집은 선화연간(1119~1125)에 태주 홍화
현²⁶ 현위로 부임하면서 가족들을 데리고 배를 타고 가고 있었다. 회
하 강변에는 조개²⁷가 많았는데 뱃사람들은 매일 조개를 사 먹었다.
유집은 조개 사는 것을 보면 꼭 말렸고 또 조개를 강에 방생하였다.
어느 날 조개 한 광주리를 얻었는데 매우 무거웠다. 사람들이 삶아
먹고자 하는데, 유집이 두 배 값으로 쳐주겠다고 했지만 안 된다고
완강하게 고집을 부려 마침내 조개를 가마솥 안에 넣었다. 그런데 갑
자기 큰 소리가 가마솥 안에서 나더니 빛과 불꽃이 연이어 일어났다.
　뱃사람들이 크게 두려워하며 자세히 그 안을 들여다보니 커다란

25　溧水縣: 江南東路 江寧府 溧水縣(현 강소성 南京市 溧水區).
26　興化縣: 淮南東路 泰州 興化縣(현 강소성 泰州市 興化市).
27　蚌蛤: 蚌은 길쭉한 조개, 蛤은 둥근 조개로서 조개의 통칭으로 쓰인다.

조개 하나가 깨지어 열리더니 관세음보살상이 껍데기 사이로 드러났다. 옆에는 대나무로 된 두 개의 장대가 있었고, 반듯한 모습이 마치 살아 있는 것 같았다. 보살상은 매우 단정하고 장엄했으며 보관과 천의, 구슬 장식, 그리고 대나무 잎과 줄기가 모두 작은 진주를 이어 만든 것이었다. 유집은 뱃사람들에게 모두 관세음보살을 암송하며 사죄하라고 하였고 그 조개껍질을 꺼내 강으로 돌려보내 주었다.

『전등록』[28]에는 당대 문종[29]이 바지락을 좋아했다고 하는데, 그 또한 불상이 나타나는 신기한 광경을 보았다고 하였다. 그러나 이번에는 다시 두 개의 대나무까지 있으니 더욱 기이할 뿐이다.(자가 익겸인 송황이 한 이야기다.)

---

28 傳燈錄: 景德 1년(1004)에 蘇州 승천사 승려 道原은 전래하던 『寶林傳』등을 바탕으로 과거 7불에서 시작해서, 인도의 28대, 중국의 6대를 거쳐 북송까지 총 52대에 걸친 1,701명의 선종 祖師의 이름과 전승관계, 어록과 公案자료 등을 모은 30권의 『전등록』을 편찬하였다. 도원은 이를 眞宗에게 올렸고, 진종은 재상 楊億에게 감수토록 하여 『景德傳燈錄』이 완성되었다. 선종이 주류를 이루면서 승단은 물론 사대부의 교양서로서 큰 영향을 주었다.

29 文宗(809~840): 재위 14년 동안 관료들과 환관의 계속된 권력투쟁으로 당조의 몰락이 가속되었으며, 문종은 본인의 무기력에 대한 울화로 병을 얻어 32세에 사망하였다.

이견을지【二】

우이군의 도인 부분의 제목은 한자로 盱眙道人이라 표기되어 있다.

　　紹興三十年, 楊抑之抗爲盱眙守. 有道人不知所從來, 能大言, 談人
禍福或中, 楊敬之如神, 館于郡治之東齋. 每招寮屬與共飮, 道人時時
擧目旁視, 類有所睹. 春夜過半, 楊之子恂婦將就蓐, 恂出外喚人呼乳
醫, 過東齋, 聞道人在室內與客語. 及還, 又見其送客出, 隱隱有黑影
自南去, 固已怪之, 忽前揖曰: "尊公已出廳, 吾將往謁." 恂曰: "方熟睡
未起也." 咄曰: "燈燭羅陳, 賓客滿坐, 君何以戲我?" 恂止之不可, 遂還
舍. 明日, 白其父, 父猶謂其與異人相過, 戒勿輕言. 後半月, 宿直者早
起, 齋門已開, 而道人不見. 急尋之, 乃在齋北叢竹間, 以帶自絞死矣,
始知前所見皆鬼祟也. 蔣德誠天佑時爲通判, 親見之.

　　소흥 30년(1160), 자가 억지인 양항은 우이군[30]의 지사가 되었다.
어디서 왔는지 알 수 없지만 한 도인이 중요한 일에 대해 능히 이야
기하였고, 사람의 길흉화복을 이야기하면 혹 들어맞기도 하여 양항
은 그를 신처럼 떠받들면서 관아의 동쪽 방에 머물게 하였다. 매번
수하 관리들을 불러 함께 술을 마실 때마다 도인은 때때로 눈을 들어
옆을 보았는데, 마치 무언가를 본 듯하였다.

　　봄날 한밤중에 양항의 아들 양순의 부인이 막 출산하려고 하자 양
순은 밖으로 나와 사람을 불러 산파[31]를 데려오라고 하였다. 마침 동

30　盱眙軍: 淮南東路 盱眙軍(현 강소성 淮安市 盱眙縣).
31　乳醫: 부녀의 질병 치료를 전담한 의사 또는 산파를 뜻한다.

쪽 방을 지나다가 도인이 방안에서 손님과 대화하는 소리가 들렸다. 돌아올 때 또다시 그가 손님을 배웅하는 것을 보았다. 희미한 검은 그림자가 남쪽으로 가기에 실로 괴이하다고 여겼는데, 도인이 갑자기 앞으로 다가와 읍하며 말하길,

"공의 아버님께서 이미 청사로 출근하셨기에 내가 가서 뵈려고 합니다."

양순이 대답하길,

"아버님께서는 한참 깊이 잠드셔서 아직 일어나시지 않으셨습니다."

도인이 꾸짖길,

"등불이 늘어서 있고 빈객들이 가득 앉아 있는데 그대는 어찌 나를 놀리시오?"

양순은 그를 막으며 안 된다고 하니 마침내 방으로 돌아갔다. 다음 날 양순은 이 일을 아버지에게 말하니 양항은 오히려 그가 다른 도인과 만난 것 아니겠냐며 함부로 말하고 다니지 말라고 다그쳤다. 보름이 지나서 숙직하던 자가 일찍 일어나 보니 방문이 열려 있었고 도인은 보이지 않았다. 급히 그를 찾으니 방의 북쪽 대나무 숲 사이에 허리띠로 스스로 목매어 죽어 있었다. 그제야 비로소 앞에 보았던 것이 모두 귀신과 요괴에 홀린 것임을 알게 되었다. 자가 덕성인 장천우가 당시 통판이었는데 이 모든 것을 직접 보았다고 한다.

桂林之北二十里曰甘棠鋪, 紹興十六年, 方務德滋爲廣西漕, 桂府官
吏皆出迎候, 營妓亦集於鋪前, 散詣民家憩息. 一黃犢逸出欄, 羣倡奔
避. 牛徑於衆中觸一人, 以角抵其腹於壁, 腸胃皆出, 卽死. 牛發狂掣
走入山, 里正與土兵數十人執弓弩槍杖逐之, 凡兩日, 乃射死. 倡之姓
名曰甘美. 自後風雨陰晦之夕, 人皆聞其寃哭聲, 歷數年方止.

계주³²에서 북쪽으로 20리를 가면 감당포³³라는 역참이 있다. 소흥
16년(1146), 자가 무덕인 방자가 광남서로 전운사로 부임하자 계림의
전운사사 관리들이 모두 그를 맞이하기 위해 나가서 기다리고 있었
다. 관아의 기녀³⁴들 역시 감당포 앞에 모두 집합한 뒤 민가에 흩어져
쉬고 있었다. 그때 누런 송아지 한 마리가 우리에서 빠져나오자 여러
기녀들은 달려서 피했다. 송아지는 기녀들이 모인 곳을 향해 달려들
어 그중 한 명을 뿔로 치받으며 배를 뚫고 뿔이 벽에 닿았다. 기녀는
위와 장이 모두 빠져나와 즉사하였다.

소는 발광을 하더니 잽싸게 달려 산으로 들어갔다. 마을의 이정과
토병³⁵ 수십 명이 활과 쇠뇌, 창과 몽둥이 등을 들고 소를 쫓아갔다.

---

32 桂林: 廣西南路 桂州(현 광서자치구 桂林市).

33 甘棠鋪: 廣西南路 桂州 靈川縣 甘棠鋪(현 광서자치구 桂林市 靈川縣 靈川鎭).

34 營妓: 본래 군 부대 내에 소속된 기녀를 뜻하였으나 唐代 이후에는 官妓의 별칭으
로 쓰였다.

꼬박 이틀 동안 쫓아다닌 끝에 마침내 활을 쏘아 잡았다. 죽은 기녀의 이름은 감미였다. 그 뒤로 바람이 불고 비가 내리는 어두운 밤이면 모든 사람들이 그 원한에 사로잡힌 곡소리를 들었다. 여러 해가 지난 뒤 비로소 그 곡소리가 그쳤다.

---

35 土兵: 元豐 3년(1080)에 福建路提點刑獄 閭丘孝의 제안을 수용하여 서북지역과 廣南東·西路에 처음 설치한 치안 유지 병력으로서 土軍이라고도 칭하였다. 100 명을 1都로 편제하고 巡檢司에서 통할하였다.

이견을지 【二】

嚴州東門外有丐者坐大樹下, 身形垢汗, 便穢滿前, 行人過之皆掩
鼻. 李次仲季獨疑爲異人, 具衣冠往拜, 丐者大罵極口, 次仲拱立不敢
去. 忽笑曰: "吾有一詩贈君." 卽唱曰: "緣木求魚世所希, 誰知木杪有
魚飛. 乘流遇坎衆人事." 纔三句, 復云: "你卻不." 次仲懇求末句, 又大
罵, 竟不成章. 明年, 紹興甲子歲, 嚴州大水, 郡人連坊漂溺, 死者甚
衆, 而次仲家居最高, 獨免其禍, 始悟詩意及 "你卻不" 之語.(次仲說.)

엄주³⁶ 동문 밖 큰 나무 아래 한 거지가 앉아 있었는데 온몸이 때로
찌들어 그의 주변에는 썩는 냄새가 진동하였다. 지나가는 행인들 모
두 손으로 코를 가리었다. 자가 차중인 이계만 홀로 그가 기인일 것
이라 여기고 의관을 갖추고 가서 절하였다. 거지가 입에 담을 수 없
을 정도로 심하게 욕하였지만 이계는 공손하게 서 있으며 감히 떠나
지 않았다. 그 거지는 갑자기 웃으면서 말하길,

"내가 한 편의 시를 그대에게 주겠소."

곧바로 시를 암송하길,

나무에 올라가 물고기를 구하는 일은 세상에서는 드문 일이나,
누가 알리오, 나뭇가지 끝에서 물고기가 날아오를지.
흐름을 타고 힘든 일을 만나는 것이 평범한 사람들의 삶인 것을.

36　嚴州: 兩浙路 嚴州(현 절강성 杭州市 建德市).

이라고 겨우 세 구절만 암송하고, 다시 덧붙이길,

그러나 너는 그렇지 않을 것이다.

이계는 마지막 구절을 알려 달라고 간구하였지만 그는 다시 심하게 욕하더니 결국 제대로 마무리하지 않았다. 이듬해인 소흥 14년(1144)에 엄주에 큰 홍수가 나서 제방까지 물에 떠내려가고 사람들은 익사하여 사망자가 매우 많았다. 그러나 이계의 집은 가장 높은 곳에 있어서 홀로 그 화를 면할 수 있었다. 그제야 비로소 시의 뜻과 '그러나 너는 그렇지 않을 것이다'라는 구절의 뜻을 이해할 수 있었다.(이계가 한 이야기다.)

소고기 먹는 것을 경계하는 시^{食牛詩}

秀州人盛肇, 居青龍鎭超果寺, 好食牛肉, 與陳氏子友善. 陳嘗遣僕
來約旦日會食, 視其簡, 無有是言, 獨於勻碧牋紙一幅內大書曰:"萬物
皆心化, 唯牛最苦辛. 君看橫死者, 盡是食牛人." 肇驚嗟久之, 呼其僕,
已不見. 旦而詢諸陳氏, 元未嘗遣也. 肇懼, 自此不食牛.(趙綱立振甫
說.)

수주³⁷ 사람 성조는 청용진 초과사에 살고 있었는데 소고기를 즐겨
먹었다.

성조는 진씨네 아들과 친하게 지냈는데, 어느 날 진씨가 노복을 보
내 초하룻날 같이 식사하자고 약속을 청해 왔다. 그런데 서간을 보니
초청한다는 말은 쓰여 있지 않고, 온통 푸른색의 편지지 안에 다음과
같은 글만 크게 쓰여 있었다.

만물은 모두 마음이 그렇게 만든 것으로,
그 가운데서도 유독 소가 가장 고생하고 힘드네.
그대는 비명횡사한 자를 보았는가,
모두 소고기를 먹은 사람들임을.

성조는 한참 동안 놀라고 탄식한 뒤 그 노복을 다시 불렀지만 이미

37　秀州: 兩浙路 秀州(현 절강성 嘉興市).

보이지 않았다. 다음 날 아침 서간에 관한 이야기를 진씨에게 물어보았는데, 자기는 원래 노복을 보낸 적이 없다고 하였다. 성조는 두려워하며 그때부터 소고기를 먹지 않았다. (자가 강림인 조진보가 한 이야기다.)

　바닷가 섬의 큰 대나무海島大竹

　　明州有道人, 行乞於市, 持大竹一節, 徑三尺許, 血痕漬其中. 自云
本山東商人, 曾泛海遇風, 漂墮島上, 登岸, 縱目望, 巨竹參天, 翠色欲
滴, 歎訝其異, 方徘徊賞翫, 俄有皁衣兩人來, 云: "尋汝正急, 乃在此
耶." 答曰: "適從舟中來, 尙不知此爲何處, 何爲覓我?" 皁衣不應, 夾捽
以前, 滿路嶄峭, 如棘針而甚大, 刺足底絶痛, 不可行. 問其人, 曰: "牛
角也." 益怪之.
　　復前行, 至一處, 主者責曰: "汝好食牛, 當受苦報." 始大恐, 拜乞命,
曰: "請今後不敢." 主者曰: "汝旣悔過, 今釋汝. 可歸語世人, 視此爲
戒." 曰: "有如不信, 以何物爲驗?" 主者顧左右, 令截竹使持歸. 便見
兩人攜大鋸趨入林中, 少頃而竹至, 鮮血盈管, 下流汚衣. 云: "方鋸解
囚未了, 聞呼卽至, 不暇滌鋸也." 遂持竹回舟. 旣還家, 卽棄妻子, 辭
鄕里他適, 而溷迹丐中. 趙振甫屢見之.

　　명주[38]의 한 도인은 시장에서 구걸을 하면서 다녔는데, 큰 대나무
한 마디를 지니고 다녔다. 직경이 3척쯤 되고, 그 안은 핏자국으로
더럽혀져 있었다.

　　스스로 말하길,

　　자신은 원래 산동의 상인이었는데 한번은 바다를 건너던 중 거센
바람을 만나 표류하여 어느 섬에 다다랐다.

38　明州: 兩浙路 明州(현 절강성 寧波市).

해안에 올라가 눈길 가는 대로 보니 큰 대나무가 하늘 높이 솟아 있었고, 비췻빛이 방울져 떨어지려는 듯하였다. 그 기이한 광경에 놀라고 감탄하며 한참 돌아다니며 감상에 젖고 있는데, 잠시 뒤 검은 옷을 입은 두 사람이 와서 그에게 말하길,

"지금 막 너를 급히 찾고 있었는데, 여기 있었구나."

그가 답하길,

"저는 우연히 배에서 내려 왔을 뿐 이곳이 어딘지 여전히 모르고 있습니다. 그런데 어찌 나를 찾습니까?"

검은 옷 입은 사람들은 아무 대답도 하지 않고, 좌우에서 그를 잡아 앞으로 나가니, 길이 몹시 가파른 것이 마치 아주 커다란 가시 바늘 같아서 발바닥을 찔러 대니 너무 아파 걸을 수가 없었다. 그 사람에게 까닭을 물어보니 말해 주길,

"소의 뿔이다."

이에 더욱 괴이하다고 생각하였다.

다시 앞으로 더 나아가 한 곳에 이르렀는데, 그곳을 주관하는 관리가 책망하길,

"네가 소고기를 즐겨 먹었기에 고통의 응보를 받는 것이 당연한 것이다."

그는 비로소 몹시 두려워졌고, 엎드려 절하면서 목숨만은 살려 달라고 청하며 말하길,

"아뢰옵건대 지금부터는 감히 소고기를 먹는 일이 없을 것입니다."

주관 관리가 말하길,

"네가 이미 과오를 뉘우치고 있으니 지금 너를 풀어 주겠다. 가서 세상 사람들에게 알리고, 지금 본 것을 경계 삼도록 하여라."

그가 묻길,

"만약 믿지 못하는 자가 있으면 무엇으로 증거를 삼습니까?"

주관 관리가 좌우를 돌아보다 명하길 대나무를 잘라서 가지고 돌아가도록 하였다. 곧 두 사람이 큰 톱을 가져와 숲속으로 들어가는 것을 보았고, 잠시 후 대나무를 가져왔는데 선혈이 대나무 통 안에 가득하였고 아래로 흘러넘쳐 옷을 적셨다. 그들이 말하길,

"마침 압송하던 죄수들을 톱으로 자르는 일이 끝나지 않았는데, 부르는 소리가 들려 급히 오는 바람에 미처 톱을 씻을 시간이 없었습니다."

마침내 대나무를 가지고 배로 돌아왔다. 집으로 돌아와 처자식을 다 버리고 고향 사람들과 이별한 후 다른 곳으로 갔는데, 이후 구걸하는 자들 가운데 어지러이 끼어 살았다고 했다. 조진보는 여러 차례 그를 보았다고 한다.

劉居中, 京師人, 少時隱於嵩山, 居山顚最深處, 曰控鶴庵. 初與兩人同處, 率一兩月, 輒下山覓糧, 登陟極艱苦, 往往躋攀葛藟, 窮日力乃至. 兩人不堪其憂, 皆舍去, 獨劉居之自若, 凡二十年, 遭亂南來. 紹興間, 嘗召入宮, 賜'冲靜處士'. 今廬於豫章之東湖, 每爲人言昔日事.

云嵩山峻極處, 有平地可爲田者百畝. 別有小山巖岫之屬, 常時雲雨. 只在半山間, 大蜥蜴數百, 皆長三四尺, 人以食就手飼之, 拊摩其體, 膩如脂. 一日, 聚繞水盎邊, 各就取水, 纔入口卽吐出, 已圓結如彈丸, 積之于側, 俄頃間纍纍滿地. 忽震雷一聲起, 彈丸皆失去. 明日, 山下人來言, 昨正午雨雹大作, 乃知蜥蜴所爲者此也. 又聞石壁間老人讀書, 逼而聽之, 寂然. 旣退, 復爾. 其後石壁摧, 得異書甚多, 陰陽・方技・修眞・黃白之學無所不有. 旣下山, 獨取其首尾全者數十篇, 餘悉焚之. 又嘗聞異香滿室, 經日乃散, 不知所從來也. 劉生於元豐七年甲子歲.

도성 사람 유거중은 젊었을 때 숭산에서 은거하였다. 산의 정상에서도 가장 깊은 곳에 있는 공학암이라는 곳에서 지냈다. 처음에는 다른 두 사람과 함께 지냈는데, 대략 한두 달에 한 번씩 하산하여 양식을 구해야 하였다. 산을 오르는 일이 너무 힘든 데다 종종 칡이나 등나무 덩굴에 묶어서 올려야 하는 등 하루 종일 고생해야 겨우 일을 마칠 수 있었다. 두 사람은 그 고생을 견디지 못하고 모두 떠났지만 오직 유거중 만이 담담하게 그곳에서 지냈다. 무릇 20여 년 세월이 흐른 뒤 전란이 일어나자 남쪽으로 내려왔다. 소흥연간(1131~1162)

에 한번 황제가 불러 입궁하여 '충정처사'라는 호칭을 하사받았다. 지금은 홍주[39]의 동호에 기거하면서 매번 사람들에게 옛날 이야기를 해 주고 있다.

그가 말하길, 숭산에서도 가장 험준한 곳에 밭으로 쓸 수 있는 평지가 100묘 정도 있다고 한다. 또 따로 작은 산속 바위굴들이 있는데, 항상 구름이 끼고 비가 내린다고 하였다. 다만 산 중턱쯤에는 큰 도마뱀 수백 마리가 살고 있는데 모두 길이가 3~4척 정도 되고, 사람이 손으로 먹이를 주어 키우는데 그 몸을 만져 보면 기름처럼 미끄럽다고 하였다.

하루는 물동이 주변에 모여 각자 물을 마시고 있었는데, 물을 마시자마자 바로 토해 내었다. 토한 것이 둥글게 뭉쳐 탄환 같았고 주변에 쌓이더니 잠깐 사이에 바닥을 가득 메웠다. 갑자기 천둥 치는 소리가 한 번 들리더니 탄환이 모두 사라졌다. 다음 날 산 아래 사람들이 와서 말하길, 어제 정오에 우박이 크게 내렸다고 하였는데, 그제야 비로소 도마뱀이 한 일임을 알게 되었다.

또 석벽 사이로 노인이 책 읽는 소리가 들려 가까이 가서 들어 보니 조용하였다. 하지만 다시 돌아오자 또 소리가 들렸다. 그 후 석벽이 무너졌는데 기이한 책들이 매우 많이 나왔다. 음양, 방술의 기예, 수진,[40] 황백[41]의 학문에 관해 없는 것이 없었다. 산에서 내려오게 되자 처음부터 끝까지 온전한 것 수십 편만 가지고 왔으며 나머지는 모

---

39 豫章: 江南西路 洪州(현 강서성 南昌市).
40 修眞: 도를 배우고 수행하여 진정한 자아를 구하여 거짓된 것을 버리고 진정한 것을 보존함을 뜻한다.
41 黃白: 연단을 통해서 금과 은을 만드는 비법을 뜻한다.

두 불태웠다고 하였다. 또 일찍이 방안 가득 기이한 향내가 나는 것을 맡았는데 하루가 지나자 흩어졌다. 하지만 그 향기가 어디서 온 것인지 알 수 없었다고 하였다. 유거중은 원풍 7년(1084)에 태어난 사람이다.

黃蘗寺, 在福州南六十里, 山上有龍潭, 從崖石間成一穴, 直下無底, 潭口闊可五尺. 寺僧曰: "此福德龍也. 常時行雨歸, 多聞音樂迎導之聲, 或於雲霧中隱隱見盤花對引其前者." 泉州僧慶老聞而悅之, 與輩流數人至潭畔, 焚香默禱, 且誦白傘蓋眞言, 願睹其狀. 先取楮鏹投水中, 卽有物自下引之, 倏然而沒, 固已駭之矣. 時方白晝, 黑雲如扇起, 頃之滿空, 對面不相識. 徐徐稍開, 一物起潭中, 類蓮華, 而莖柄皆赤色. 繼有兩眼如日, 輝采射人, 突起其上. 諸僧怖懼, 急奔走下山, 雷霆已隨其後, 移時乃止.

황벽사[42]는 복주[43]에서 남쪽으로 60리 떨어진 곳에 있는데, 산 위에 용이 사는 못이 있다고 한다. 바위 절벽 사이에 구멍이 하나 있고, 곧바로 아래까지 그 바닥을 알 수 없을 정도로 깊었다. 못의 입구 너비는 5척 정도 되었다. 황벽사의 승려가 말하길,

"이 용은 복과 덕이 많은 용이다. 항상 비를 몰고 돌아오는데, 종종 음악을 연주하여 길을 열어 그를 맞이하는 소리가 들리고, 어떤 때는 구름과 안개 사이로 한 광주리 꽃이 그를 마주하며 앞으로 그를 인도하는 것이 은은히 보이기도 한다."

42　黃蘗寺: 복건성 福州市 福淸市 漁溪鎭 黃蘗山에 있는 절로서 唐 貞元 5년(789)에 개창한 고찰이다. 본래 '般若堂'이라고 하였으나 후에 '萬福禪寺'를 거쳐 '萬福寺'로 바뀌었다. 황벽산은 황벽나무가 많아 붙여진 이름이다.

43　福州: 福建路 福州(현 복건성 福州市).

천주[44]의 승려 경로가 그 말을 듣고 기뻐하며 함께 다니는 승려 몇 사람과 함께 연못가에 와서 향을 피우고 묵도를 올렸다. 또한 백산개[45] 진언을 외우며 그 모습을 보고 싶다고 기원하였다. 먼저 종이돈을 가져와 연못에 던지니 곧 무엇인가가 아래에서 올라와 가져가더니 갑자기 숨어 버려서 실로 깜짝 놀랐다. 시간이 한낮이었는데도 검은 구름이 부채질한 것처럼 일더니 순식간에 하늘을 가득 메웠고 앞사람도 알아볼 수 없을 정도였다.

서서히 조금씩 구름이 걷히더니 무엇인가 하나가 연못 가운데서 일어났는데 연꽃 같아 보였고 그 줄기는 모두 붉은색이었다. 이어 두 개의 눈이 마치 태양처럼 나타나 광채가 사람에게 비치더니 돌연 그 위로 올라갔다. 여러 승려들은 공포에 떨며 급히 산 아래로 달려 내려왔는데, 천둥소리가 그 뒤를 따라갔다가 잠시 후 비로소 멈추었다.

---

44 泉州: 福建路 泉州(현 복건성 泉州市).
45 白傘蓋: 부처의 머리 꼭대기(佛頂)의 相, 즉 부처의 32相 가운데 최상의 것으로 공덕이 가장 크므로 無見頂相이라고도 한다. 佛智 가운데 最尊最勝의 尊으로 삼는다. 佛頂은 부처의 수만큼 있는데 통상 삼불정·오불정·팔불정·십불정 등을 든다. 그 가운데 오불정에 白傘蓋불정·勝불정·최승불정·光聚불정·除障불정이 있다.

이견을지【二】

　　慶老字龜年, 能爲詩. 初見李漢老參政, 投贊, 有'共看栖樹鴉'之句,
大奇之, 以爲得韋蘇州風味. 所居北山下, 山頂有橫石如舟, 自稱'舟
峰', 漢老更之曰'石帆庵', 爲賦詩曰:"鶉作衣裳鐵作肝, 老將身事付寒
巖. 諸天香積猶多供, 百鳥山花已罷嗛. 定起水沉和月冷, 詩成冰彩敵
雲縅. 山頭畫舸誰安檥? 我欲看公使石帆." 又嘗訪之, 不値, 留詩曰:
"惠遠過溪應送陸, 玉川入寺不逢曦. 夕陽半嶺鴉栖樹, 拄杖尋山步步
遲."

　　其後慶老死, 漢老作文祭之曰:"今洪覺範, 古湯惠休." 亦嘗從佛日
宗杲參禪, 杲不印可, 曰:"正如水滴石, 一點入不得." 蓋以言語爲之崇
云. 泉州報恩寺慶書記亦能詩, 漢老稱賞其一聯云:"人從曉月殘邊去,
路入雲山瘦處行." 以爲可入圖畫.

　　자가 귀년인 경로는 시를 짓는 데 능하였다. 자가 한로인 참지정사
이병[46]을 처음 만났을 때, 시를 올리며 뵙기를 청하였다.[47] 이병은 '나
무에 둥지 튼 갈까마귀를 함께 바라보네'라는 시구를 보고 매우 대단
하게 여기며 시인 위응물[48]의 품격이 느껴진다고 여겼다. 북산 아래

---

[46] 李邴(1085~1146): 자는 漢老이며 京東西路 濟州 任城縣(현 산동성 濟寧市 任城
區) 사람이다. 휘종 때 한림학사를 역임하였으며 고종 즉위 후에는 兵部侍郎 겸
直學士가 되었다. 苗傅의 난을 진압하는 데 공을 세워 尙書右丞을 거쳐 參知政事
가 되었다. 후에 資政殿大學士가 되었으며 泉州에서 17년을 지냈다.

[47] 投贊: 시문이나 예물을 올리고 뵙기를 청한다는 말이다.

[48] 韋應物(737~792): 산수와 전원의 아름다움을 노래한 당대의 시인이다. 30년 가

거하고 있었는데, 북산 정상에 배처럼 생긴 돌이 길게 누워 있어 스스로 '배 바위'라 칭하였다. 이병은 그것을 '석범암'이라 고쳐 부르고 그에 대한 시를 지었다.

누더기를 이어 옷을 짓고,[49] 간담 또한 쇠처럼 강건하니,
늙은 장수 자신의 일이랑 차가운 바위에 맡겼네.
향을 쌓아 놓고 거듭 정성스레 하늘에 받들어 올리니,
산속의 뭇 새와 꽃들은 이미 머금은 것을 버렸다네.
물이 잠긴 곳에서 일어나려 하니 고요한 달은 차가운데,
시를 다 쓰니 차가운 광채는 구름이 모여드는 것을 막아서네.
산봉우리에서 배를 그리니 누가 편안히 노를 저을 것인가?
나는 공을 보기 위해 돌로 된 돛을 올리네.

또 일찍이 그를 방문하였는데 만나지 못하자 시를 남기고 떠나길,

혜원법사[50]가 계곡을 지나 육수정[51]을 배웅하는데,
옥 같은 내를 따라 절로 들어가니 해를 볼 수가 없구려.

까이 주로 지방관으로 근무하면서 근면과 검소함을 실천하였다. 蘇州刺史를 마치고 고향 장안으로 돌아가지 않고 소주 無定寺에서 머물다 사망하였기에 위소주라고도 칭한다. 그 밖에도 江州刺史·左司郎中을 역임하였기에 韋江州·韋左司라고도 칭한다. 『韋蘇州集』·『韋江州集』·『韋蘇州詩集』 등이 전한다.
49 鶉衣: 얼룩덜룩한 메추라기 털처럼 해진 옷을 뜻한다.
50 惠遠: 東晉의 승려로서 현 산서성 혼주시 寧武縣 사람이다. 太元 15년(390)에 廬山에 東林精舍를 세우고 白蓮社를 결성하여 淨土宗의 시조가 되었다. 慧遠이라고도 한다.
51 陸修靜(406~477): 자는 元德이며 衡山·羅浮山·峨眉山 등 천하 명산을 유람하며 도를 닦았고, 大明 5년(461)에 廬山에 들어가 太虛觀을 짓고 도교 경전을 지어 天師道의 발전에 큰 공을 세웠다. 육수정은 유불도 3교 합일을 주장하였다.

석양이 산봉우리에 기우는 때 갈가마귀 나무에 깃드는데,
지팡이를 짚고 산에서 찾아다니니 걸음걸음 더디기만 하네.

그 후 경로가 죽었을 때 이병은 그를 위한 제문을 썼는데,

지금 법도를 크게 깨우치셨으니, 큰 시냇가에서 그대 편히 쉬시오.

또한 일찍이 불교를 믿어 매일 승려 종고를 쫓아 참선을 하였다. 종고는 그가 승려 재목이 아니라고 여겨 말하길,
"마치 물방울이 바위에 떨어지는데 한 방울도 들어갈 수 없는 것과 같구나."
대개 말로써 그에게 그만두라는 빌미를 준 것이다. 천주 보은사[52]에서 서기 일을 하는 승려 경씨 역시 능히 시를 쓸 수 있었는데, 이병은 그 대구 하나를 감상하며 칭찬하였다.

사람이 새벽달을 쫓으니 잔영만 하늘가로 떠나가네.
길은 구름 덮인 산으로 들어가니 좁은 길 홀로 걸어가네.

그는 시가 마치 그림 속으로 들어가는 듯하다고 여겼다.

---

52 報恩寺: 현 복건성 泉州市 晉江市에 있는 고찰이다.

泉州都監王貴說, 紹興初, 張循王駐軍建康, 禆校苗團練至蔣山下踏
營地, 中塗無故馬驚, 怪之. 見大蛇在桑間, 以身繞樹, 樹爲之傾, 伸首
入井中飮水, 苗不敢復進, 策馬欲還. 循王之子十四機宜者, 適領五十
騎在後, 苗呼曰:"前有異物驚人, 宜速還." 機宜年少壯勇, 且恃衆, 加
鞭獨前, 問知其故, 卽引弓射之, 不中, 又射之, 正中桑本. 蛇回首著樹
杪, 張口向人, 吐氣如黑霧, 人馬皆辟易百餘步, 面目無色. 不三月間,
苗張及從騎盡死.(右四事王嘉叟說.)

천주 병마도감 왕귀가 한 이야기다. 소흥연간(1131~1161) 초, 후에
순왕으로 추증된 장준이 건강부⁵³에 주둔하고 있었을 때, 부하 장수
인 단련사 묘씨가 장산⁵⁴ 아래에 가서 군영지를 답사하고 있었는데,
가는 도중에 말이 아무런 이유도 없이 놀라기에 괴이하게 생각하였
다. 살펴보니 뽕나무 사이로 커다란 뱀이 있었는데, 나무를 빙빙 감
싸고 있었고, 나무가 뱀 때문에 기울어 있었다. 뱀은 머리를 뻗어 우
물에 넣고 물을 마셨다. 묘씨는 감히 앞으로 더 갈 수가 없어 말을 채
찍질하여 돌아가고자 하였다. 장준의 아들 장기의는 14살이었는데

---

53 建康府: 남송 江南東路 建康府(현 강소성 南京市).
54 蔣山: 남경시의 주산인 紫金山의 별칭으로 鐘山이라고도 한다. 삼국시대 손권이
　　漢末에 도둑을 잡다 자금산에서 사망한 秣陵尉 蔣子文의 사당을 세우고 산 이름을
　　蔣山으로 개칭한 데서 유래한다.

마침 기병 50명을 거느리고 뒤에서 따라오고 있었다. 묘씨가 그를 부르며 말하길,

"앞에 기이한 물건이 사람을 놀라게 하니 속히 돌아가는 것이 좋을 것 같습니다."

기의는 어리지만 용감한데다 무리를 믿고 채찍질을 하여 혼자 앞으로 나아가 무슨 일이냐고 물어보더니 곧 활을 당겨 뱀에게 쏘았다. 맞지 않자 다시 쏘았는데 뽕나무 줄기 한가운데에 맞았다. 뱀은 머리를 돌려 나뭇가지에 걸치더니 사람들을 향해 주둥이를 벌려 숨을 내뿜는데 마치 검은 안개와 같았다. 사람과 말이 모두 피하여 백여 보를 옮겼는데 놀라서 얼굴이 하얗게 질렸다. 석 달도 안 되어 묘씨와 장기의 그리고 수행하던 기병들이 모두 죽었다.(위의 네 가지 일화는 왕가수가 한 이야기다.)

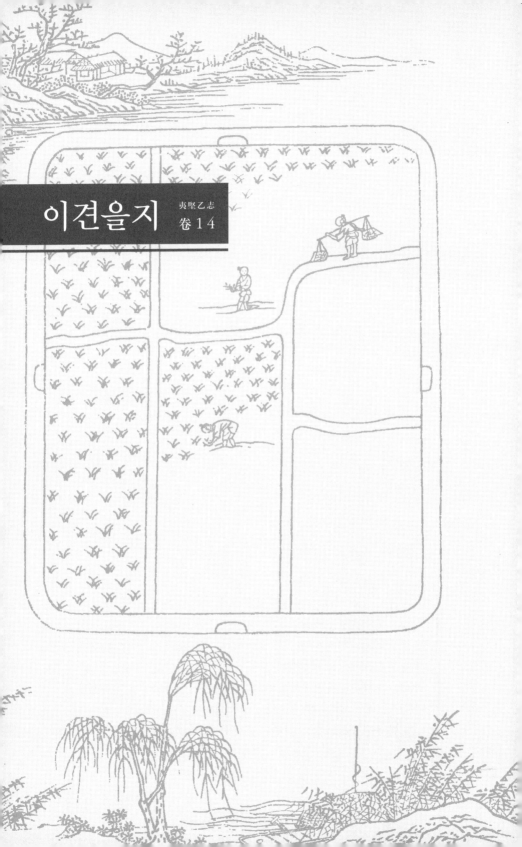

이견을지

夷堅乙志
卷14

鄉人聶邦用, 嘗游薦福寺, 就竹林燒筍兩根食之. 歸而腹中憒悶, 遇
痛作時, 殆不可忍. 如是五年, 瘦悴骨立, 但誦觀世音名以祈助. 其弟
惠璉爲僧, 在永寧寺, 邦用所居曰麗池, 去郡三□里, 每入城, 必宿于
璉公房. 夢人告曰: "君明日出寺門, 遇貨偏僻藥者, 往問之, 當能療君
疾. 疾若愈, 明年當及第, 然須彌勒下世乃可." 邦用覺, 以夢語璉, 歎
異之.

晝出寺門外, 果遇賣藥者, 見之卽曰: "君病甚異, 當因食筍所致. 蓋
蛇方交合, 遺精入筍中, 君不察而食之, 蛇胎入腹, 今已孕矣, 幸其未
開目, 可以取. 儻更旬日, 蛇目開, 必食盡五藏乃出, 雖我不能救也."
乃取藥二錢匕, 使以酒服之. 藥入未幾, 洞瀉穢惡斗餘, 一蛇如指大,
蟠結糞中, 雙目尚閉不啓. 邦用以疾平爲喜, 獨疑及第之說. 時郡中以
永寧爲試闈, 逮秋試, 邦用列坐, 正在彌勒院牌下, 果登科.

　　향촌 사람 섭방용은 일찍이 천복사[1]에 놀러 갔었을 때 대나무 숲에
가서 죽순 두 뿌리를 구워 먹었다. 집으로 돌아왔는데 뱃속이 뭔가
더부룩하며 답답하고 통증이 있을 때면 거의 참을 수가 없을 정도였
다. 이렇게 5년을 보내니 몸은 초췌해져 뼈만 앙상하였는데도, 그저
관세음보살만 암송하면서 도움을 구할 뿐이었다. 그의 동생 혜련은
승려로서 영녕사[2]에 살고 있었다. 섭방용이 거주하는 곳은 여지라는

1　荐福寺: 현 절강성 紹興市 諸暨市에 있으며 開寶 4년(971)년에 개창하였다. 원래
　　報恩院이라고 하였는데, 大中祥符 6년(1013)년 천복사로 개칭하였다.

곳이었는데, 주 관아에서 30리[3] 떨어진 곳이어서 매번 성에 들어갈 때마다 반드시 혜련의 승방에 머물렀다. 어느 날 꿈에 어떤 사람이 나와서 말하길,

"당신이 내일 절 문을 나서면 아주 외진 곳에서 약을 파는 자를 만날 것이니 가서 물어보면 그 약이 당신의 병을 고칠 수 있을 것입니다. 만약 병이 나으면 내년에 과거에 급제하겠지만 반드시 미륵이 세상에 내려오고 나서야 가능할 것입니다."

섭방용은 꿈에서 깨어나 그 일을 혜련에게 알려 주고 기이하게 여기며 탄복하였다. 낮에 절 문밖으로 나섰다가 정말로 약을 파는 자를 만났는데, 약장수가 그를 보며 말하길,

"그대의 병은 매우 기이한데 아마도 죽순을 먹고 그리된 듯합니다. 뱀이 막 교배하던 중에 정액이 죽순으로 흘러들어 갔는데 당신이 그것을 미처 보지 못하고 죽순을 먹어서 뱀의 알이 뱃속으로 들어간 것 같습니다. 지금 이미 잉태하였지만 다행히 아직 눈을 뜨기 전이라 꺼낼 수 있습니다. 만약 다시 열흘이 지나면 뱀은 눈을 떠 반드시 당신의 오장육부를 다 파먹고 나올 것이니 그리되면 저도 고칠 수가 없습니다."

이에 가루약 2전비[4]를 술과 함께 복용하게 하였다. 약을 먹은 지

---

2 永寧寺: 현 절강성 湖州市 德淸縣에 있으며, 南齊 永明 1년(483)에 개창한 매우 오래된 사찰로서 당 咸通연간(860~874)에 懿宗이 사액한 사찰이다.

3 원문 '三' 뒤의 한 글자가 누락되어 있는데 전후 문맥으로 보아 '三十'이 아닐까 추정하여 '30'으로 번역하였다.

4 錢匕: 漢代 이래 사용해 온 동전 五銖錢으로 떠서 담을 수 있는 분량의 가루약을 말한다. 통상 1전비는 2g으로 간주한다.

얼마 되지 않아 오물 같은 것이 한 말 남짓 설사로 나왔는데, 손가락 크기만 한 뱀 한 마리가 똥 가운데 똬리를 틀고 있었고, 두 눈은 아직 감은 채 뜨지 않은 상태였다. 섭방용은 병이 나아서 기뻤고 급제할 것이라는 말에 대해서도 혼자 생각하여 보았다. 이때 호주 관아에서는 영녕사를 과거시험장으로 삼았다. 가을에 해시를 치를 때 섭방용도 줄맞춰 앉았는데 그 자리가 바로 미륵원이라는 편액 아래였다. 정말로 그는 과거에 급제하였다.

何子應麒爲江東提刑, 隆興二年十月, 行部至建康, 入茅山, 謁張達
道先生. 聞劉蓑衣者亦隱山中, 常時不與士大夫接, 望導從且至, 則急
上山椒避之. 子應盡屏吏卒, 但以虞候一人自隨, 杖策訪焉. 劉問爲誰,
以閑人對. 劉呼與連坐, 指其額曰: "太平宰相張天覺, 四海閑人呂洞
賓." 子應乃天覺外孫, 驚其言, 起曰: "張丞相, 麒外祖也, 先生何以知
之?" 劉曰: "以君骨法頗類, 偶言之耳. 吾與丞相甚熟, 君還至觀中, 視
向年留題, 可知也."

子應請其術, 笑曰: "本無所解, 然亦有甚難理會處, 君也只曉此." 又
從扣養生之要, 復曰: "有甚難理會處." 竟不肯明言. 子應辭去, 且問所
需, 曰: "此中一物不闕, 吾乃陝西人, 好食麨, 能爲致此足矣. 明年若
無事時, 幸再過我." 子應去數步, 回顧則已登山, 其行如飛. 迨反觀中,
求張公題字, 蓋紹聖間到山所書也. 乃買麨數斗, 遣道僕送與之. 子應
還鄱陽爲予言. 次年春, 復往建康, 欲再訪之, 及當塗而卒. 所謂"明年
若無事"者, 豈非知其死乎?

자가 자응인 하기가 강남동로 제점형옥공사가 되었다. 융흥 2년
(1164) 10월, 관할 구역의 업무를 순시하며 건강부[5]에 이르렀을 때 모
산에 들어가 장달도 선생을 배알하였다. 하기는 도롱이를 입고 다니
는 유씨라는 사람도 모산에 은거하고 있는데 평소 사대부들과는 교
류하지 않는다는 이야기를 들었다. 길 안내 하는 시종들이 가까이 오

5　建康府: 남송 江南東路 建康府(현 강소성 南京市).

는 것을 보자 유씨는 급히 산꼭대기로 올라가 그들을 피하였다. 하기는 수행하던 서리와 아역들을 모두 물러서게 하되 시종 한 명만 따라오게 한 뒤 지팡이에 의지하며 그를 찾아갔다. 유씨가 '누구냐'고 묻자 하기는 그저 '한가로운 사람입니다'라고 대답하였다. 유씨는 하기를 불러 함께 앉고는 그의 이마를 가리키며 말하길,

"태평시기의 재상이었던 장상영[6]은 사해를 한가롭게 주유하던 여동빈과 같은 분이었지요."

하기는 장상영의 외손자였기에 그의 말에 깜짝 놀라 일어나서 말하길,

"장승상은 저의 외조부이십니다. 선생께서 어떻게 그것을 알고 계시는지요?"

유씨가 대답하길,

"그대 골상이 그와 자못 닮아 우연히 말해 본 것뿐이오. 나는 승상과 아주 친하게 지냈는데 그대가 아래에 있는 도관으로 돌아가거든 장승상이 예전에 남긴 글을 보시오. 그러면 알게 될 것이오."

하기가 그에게 도술을 가르쳐 달라고 청하자, 그가 웃으며 대답하길,

"본래 알고 있는 바도 없고 이해하기에 아주 어려운 부분이 또 있

---

6 張商英(1043~1121): 자는 天覺이며 成都府路 蜀州(현 사천성 成都市 崇州市) 사람이다. 70여 세까지 각종 관직을 역임하였으며 휘종 때 翰林學士・尙書右丞과 상서좌승을 역임하였다. 왕안석의 추천으로 중용되었으나 구법당에 대해서도 원만한 관계를 유지하였다. 채경과 사이가 좋았으나 후에 채경과 대립하여 채경에게 배척되었다. 이에 말년을 불우하게 보냈지만 명망이 높아 명예를 회복하고 생을 마감하였다.

으니 그대는 그저 이런 것이 있구나라고 이해하고 있으면 된다오."

또 그에게 양생의 요결을 가르쳐 달라고 청하자 다시 답하길,

"이해하기 아주 어려운 부분이 있다오."

끝내 명확하게 말해 주려고 하지 않았다. 하기는 그에게 이별을 고하고 돌아가면서 혹 필요한 것이 있느냐고 물어보니, 그가 대답하길,

"이곳에는 부족한 것이 하나도 없다오. 그러나 나는 섬서 사람이라 면을 좋아하는데 면을 좀 가져다 줄 수 있다면 그것으로 족하오. 내년에 만약 아무 변고가 없다면 그때 다시 나를 찾아오면 좋겠소."

하기가 몇 발짝 가다가 뒤돌아보니 그는 이미 산을 오르고 있었는데 그 움직임이 나는 듯하였다. 도관에 돌아왔을 때 장상영이 남긴 글을 찾아보니 대략 소성연간(1094~1097)에 모산에 와서 쓴 것이었다. 면을 몇 말 산 뒤 도관의 노복을 시켜 그에게 갖다 주게 하였다. 하기는 요주 파양현[7]으로 돌아와 이 이야기를 나에게 말해 주었다. 이듬해 봄 하기가 다시 건강부로 갔을 때 그를 다시 방문하고자 하였는데 태평주 당도현[8]에 이르러 그만 사망하였다. 유씨가 '내년에 만약 아무 변고가 없다면'이라고 한 말은 그의 죽음을 미리 알고 있었던 것이 어찌 아니겠는가?

---

7 鄱陽縣: 江南東路 饒州 鄱陽縣(현 강서성 上饒市 鄱陽縣).
8 當塗縣: 江南東路 太平州 當塗縣(현 안휘성 馬鞍山市 當塗縣).

　절동제점형옥사 관사에 내리친 천둥^{浙東憲司雷}

浙東提刑公廨堂屋之南, 隔舍五間, 謝誠甫祖信居官時, 其弟充甫處
之. 夏日暴雨, 震霆洊至, 如在窓几間. 充甫正衣危坐, 靜以觀之, 聞梁
木耄然有聲, 未及趨避, 已折矣. 籠篋之屬, 元在東壁下, 暨雷雨止, 則
已徙于西邊, 位置高下, 一無所改. 方震時, 蓋未嘗見室中有人也.(何
德獻說.)

절동제점형옥사의 관아 남쪽에는 집 다섯 칸이 일정한 간격을 두
고 있었는데, 자가 성보인 사조신[9]이 간판공사로 있을 때 동생 사충
보가 거기에 살았다.

어느 여름날 폭우가 쏟아지는데 요란한 천둥이 연이어 치더니 마
치 창과 탁자 사이에서 일어나는 것처럼 가깝게 느껴졌다.

사충보는 옷을 단정하게 입고 반듯이 앉아 조용히 그것을 지켜보
았는데 대들보에서 툭하고 부러지는 소리가 들리더니 몸을 피할 시
간도 없이 대들보가 이미 부러졌다.

대바구니 같은 것이 원래 동쪽 벽 아래에 있었는데, 천둥과 비가
그치자 이미 서쪽으로 옮겨 와 있었다. 그런데 위치와 높낮이가 바뀌

---

9 謝祖信: 자는 誠甫이고 福建路 邵武軍(현 복건성 南平市 邵武·三明市) 사람이다.
迪功郞으로 江西提刑司幹辦公事를 역임하였다. 각종 시정의 폐단에 대해 상소하
여 紹興 5년(1135)에 監察御史로 승진하였고 吉州지사를 거쳐 殿中侍御史가 되었
다. 그러나 권신 秦檜의 사주를 받아 趙鼎을 무고하여 많은 비난을 받은 바 있다.

지 않고 똑같았다. 천둥이 치고 있을 때, 방안에 다른 사람이 있는 것
을 본 일이 없었는데도 말이다.(하덕헌이 한 이야기다.)

紹興十年, 常州秋試, 有術士言:"今歲解元, 姓名字中須帶草木口."
聞者皆謂:"人名姓犯此三者固多, 豈不或中."及牓出, 乃李薦爲首. 薦
字信可, 姓中有木, 名中有草, 字中有口, 餘人皆不盡然.

소흥 10년(1140), 상주¹⁰에서 해시가 있었는데, 점치는 자가 말하
길,

"금년 해시의 장원은 성과 이름과 자에 반드시 '초_草', '목_木', '구_口'자
가 있을 것이다."

이 말을 들은 자들은 모두 말하길,

"사람의 성과 이름에 이 세 글자가 들어간 자는 정말 많다. 어찌 들
어맞지 않을 수 있겠는가?"

합격자 방문이 붙을 때 보니 바로 이천_{李薦}이 장원이었다. 이천의
자는 신가_{信可}였다. 그의 성에는 '목'자가 있고, 이름에는 '초'자가 있
으며, 자에는 '구'자가 있었다. 다른 사람들은 모두 다 그렇지는 않았
다.

---

10 常州: 兩浙路 常州(현 강소성 常州市).

湯致遠樞密, 鎭江金壇人, 爲人剛褊, 居官居鄕皆寡合, 鄕人以故多
憚與還往. 其子廷直先卒, 兩孫皆粹謹, 能反乃祖所行, 族黨翕然稱之.
隆興二年, 湯公薨, 數月後, 見夢于長孫曰: "我生時無大過, 死後不落
惡趣, 不須營功果. 但歲方苦饑, 能發廩出穀以振民, 遠勝作佛事, 於
吾亦有賴也." 是夕, 里中人多夢湯至, 其言皆同. 長孫卽持米五百斛與
金壇宰, 使拯救餓者, 且盡, 又以三百斛繼之.(袁仲誠說.)

추밀사 탕붕거[11]는 진강부 금단현[12] 사람인데, 사람됨이 강퍅하여
관직에 있을 때나 고향에 내려와 있을 때나 모두 사람들과 어울리지
못하였고, 대부분의 마을 사람들도 그와 왕래하기를 꺼려 하였다. 그
아들 정직은 먼저 죽었지만 두 손자는 모두 순수하고 행동을 조심하
여 능히 조부의 행한 바를 보완할 수 있어 집안사람들 모두 다 그들
을 칭찬하였다. 융흥 2년(1164)에 탕붕거가 죽고 몇 개월이 지난 뒤
장손의 꿈에 그가 나타나 말하길,

"내가 생전에 큰 과오를 범한 바 없고 죽은 후에도 지옥[13]으로 떨어

11　湯鵬擧(1088~1165): 자는 致遠이며 兩浙路 鎭江府(현 강소성 常州市) 사람이다.
　　삼사법에 의해 上舍 수석으로 관직에 들어갔는데, 뛰어난 기억력과 신속한 판결로
　　이름 높았다. 권신 진회와 대립하여 婺州·潭州지사로 나갔다가 진회가 죽은 뒤
　　殿中侍御史가 되어 진회에 부역한 자를 탄핵하였고 御史中丞과 參知政事을 거쳐
　　추밀원 지사를 역임하였다.

12　金壇縣: 兩浙路 鎭江府 金壇縣(현 강소성 常州市 金壇區).

진 바 없으니 반드시 공덕을 쌓을 필요는 없다. 다만 올해 백성들이 기아로 고생한다고 하니 창고를 열고 곡식을 풀어 기민을 구휼할 수 있다면 불사를 일으키는 것보다 훨씬 좋을 것이며, 내게도 역시 좋은 일이다."

이날 밤, 마을 사람들 모두 탕붕거가 왔다 간 꿈을 꾸었고 그가 말한 내용도 모두 같았다. 장손은 곧 쌀 오백 곡을 금단현지사에게 갖다 주어 굶고 있는 사람들을 구휼하게 하였다. 쌀이 다 없어질 무렵 다시 삼백 곡을 풀어 계속 구휼하였다.(원중성이 한 이야기다.)

---

13 惡趣: 중생이 惡業을 지어서 죽은 뒤에 가는 지옥이나 축생계를 뜻한다. 地獄・餓鬼・畜生을 합하여 '3惡趣'라고 하고, 阿修羅를 더하여 '4惡趣'라고도 한다.

蜀人王俊明, 洞知未來之數, 雖瞽兩目, 而能說天星災祥. 宣和初在
京師, 謂人曰: "汴都王氣盡矣. 君夜以盆水直氐房下望之, 皆無一星照
臨汴分野者. 更於宣德門外密掘地二尺, 試取一塊土嗅之, 躁枯索寞,
非復有生氣. 天星不照, 地脈又絶, 而爲萬乘所都, 可乎?" 卽投匭上書,
乞移都洛陽. 時中國無事, 大臣交言其狂妄, 有旨逐出府界, 寓于鄭許
間.

靖康改元, 頗思其言, 命所在津遣, 召入禁中詢之, 猶理前說曰: "及
今改圖, 尚爲不晚." 仙井人虞齊年, 時爲太常博士, 俊明告之曰: "國事
不堪說, 唯蜀爲福地, 不受兵. 君宜西歸, 勿以家試禍." 虞曰: "先生當
何如?" 曰: "吾命盡今年, 必死於此, 但恨死時妻子皆不見耳." 虞雅信
其言, 亟謁鄕相何文縝, 求去, 得成都倅.

京城將陷之日, 有旨遣四衛士輿輜急召俊明, 至宮門, 聞胡人已登
城, 委之而去. 匍匐下車, 莫知其所往, 疑擠于溝壑矣. 其家行哭尋之
數日, 竟不見, 遂以去家之日爲死日云. (虞幷甫說.)

사천 사람 왕준명은 미래의 운명을 잘 예측하였다. 비록 두 눈은
앞을 보지 못했지만 하늘의 별자리와 길흉화복을 능히 말할 수 있었
다. 선화연간(1119~1125) 초, 도성에 있었는데 사람들에게 말하길,
"개봉부는 제왕의 기운이 다하였습니다. 당신이 밤에 물동이의 물
을 저숙과 방숙[14]의 바로 아래에 두고 보면, 개봉부에 상응하는 곳을

---

[14] 氐房: 28宿 가운데 동쪽의 창룡 7숙 중 세 번째와 네 번째 별자리를 뜻한다.

비추는 별이 하나도 없을 것입니다. 또 선덕문[15] 밖에 가서 몰래 땅을 2척 정도 파고 흙 한 덩이를 가져와 냄새를 맡아 보면 바짝 마르고 생기가 돌지 않을 것입니다. 하늘의 별이 비추지 않고, 지맥 또한 끊어졌으니 만승천자의 도읍으로 삼기에 어찌 타당하겠습니까?"

그는 곧 황제께 상주하여[16] 낙양으로 천도할 것을 청원하였다. 당시 나라에 별일이 없었기에 대신들은 그가 분수를 몰라도 너무 모른다고 의견을 주고받았다. 황제의 명이 내려져 그를 개봉부 바깥으로 내쫓았고, 왕준명은 정주[17]와 허주[18] 사이로 옮겨 살았다.

정강으로 연호를 바꾸게 되자 황제는 그의 말이 자못 생각나 왕준명이 살고 있는 곳에 명하여 급히 배를 태워 보내라고 하였다.[19] 궁궐로 불러서 왕준명에게 물어보니 그는 여전히 앞에서 한 말의 논리를 들어 말하길,

"지금 계획을 바꾸더라도 아직 늦지는 않습니다."

선정감[20] 사람 우기는 당시 태상박사였는데, 왕준명이 그에게 일러주길,

"나라의 일을 감히 말씀드릴 수는 없지만 오직 사천만 지덕이 좋은 곳이라서 전란의 피해를 받지 않을 것입니다. 그대는 마땅히 서쪽으

---

15 宣德門: 개봉 황성의 남대문이다. 외성의 남대문인 南薰門과 동일 축선에 있다.
16 投匭: 측천무후가 구리로 만든 작은 상자 4개를 만들어 조정에 두고 상주문을 담아서 올리게 하였다. 그 뒤로 投匭는 '황제에게 상주문을 올린다'는 뜻이 되었다. 投匱라고도 한다.
17 鄭州: 京西北路 鄭州(현 하남성 鄭州市).
18 許州: 京西北路 許州(현 하남성 許昌市).
19 津遣: 배를 태워서 보내거나 경비를 보내서 보낸다는 뜻이다.
20 仙井監: 成都府路 仙井監(현 사천성 眉山市 仁壽縣·樂山市 井研縣).

로 돌아가 집안사람들로 하여금 화를 입지 않도록 하시오.”

우기가 대답하길,

“선생은 어떻게 하시럽니까?”

왕준명이 대답하길,

“나의 목숨은 금년에 다할 것이고 반드시 이곳에서 죽을 것이오. 다만 죽을 때 아내와 자식을 모두 보지 못하는 것이 한스러울 뿐이외다.”

우기는 그 말을 깊이 믿었고, 급히 동향 사람으로 재상인 하율을 만나 귀향을 청하여, 성도부로 통판 자리를 얻었다.

도성이 함락될 무렵 어명이 내려와 네 명의 위병과 수레를 보내서 급히 왕준명을 소환하라고 하였다. 왕준명이 궁궐 문에 이르렀을 때 금군이 이미 성벽에 올라왔다는 소식이 들리자 위병들은 왕준명을 그곳에 버리고 달아났다. 그는 기어서 수레에서 내렸는데, 그 후 어디로 갔는지 알 수 없지만 아마도 구덩이에 떨어지지 않았을까 생각된다. 그의 가족들은 울면서 며칠 동안 찾아다녔지만 결국 찾지 못하였다. 이에 그가 집을 나선 날을 죽은 날로 삼았다.(자가 병보인 우윤문이 한 이야기다.)

紹興八年十一月, 常州無錫縣南禪寺寓客馬氏居鍾樓下, 其婦産子
焉. 數日後, 一妾無故仆地, 起作神語斥其褻汚, 曰:"速徙出, 不爾且
有大禍. 前日爨下食器破, 乃我爲之, 汝誤笞婢子矣." 馬氏謂爲妖厲,
呼僧誦首楞嚴呪祛逐之. 厲聲曰:"我伽藍正神, 主鍾者也, 安得見迫!
此鍾本陳氏女子所鑄, 今百餘年, 吾守護甚謹. 凡寺以鍾聲爲號令, 每
鳴時, 天龍畢集, 而今接官亦叩擊, 吾以首代受之, 不勝痛. 盍爲語寺
僧, 別造小鍾, 遇上官至則擊之. 脫不我信, 當以未來三事爲驗. 自此
信宿有倡女來設供, 繼有商人劉順施利竿, 又旬日, 宣州僧曰智道者來
設大水陸三會. 智公乃十地位中人, 以大慈悲作布施事, 宜加敬禮."語
訖寂然. 馬氏懼, 卽遷居. 所謂三事者, 皆如其說.(縣人邊知常作記.)

소흥 8년(1139) 11월, 상주 무석현[21] 남선사에 잠시 머무르고 있던
마씨는 절의 종루 아래에서 지내고 있었는데 그의 아내가 아들을 낳
았다. 며칠 후 그의 첩이 아무 이유 없이 땅에 엎어지더니 일어나 신
이 들려서 그 아이가 절을 더럽혔다고 꾸짖으며 말하길,

"빨리 밖으로 옮겨 놓아라. 그렇게 하지 않으면 큰 화가 미칠 것이
다. 전날 부엌의 그릇이 깨졌는데 바로 내가 한 일이다. 너는 여종을
잘못 때렸다."

마씨는 그녀가 요괴에 씐 것으로 여기고 승려를 불러 '수능엄주'[22]

21　無錫縣: 兩浙路 常州 無錫縣(현 강소성 無錫市).

를 외우게 하여 내쫓게 하였다. 그러자 무서운 목소리로 말하길,

"나는 이 절의 가람신으로 종을 주관하고 있는데 어찌 나를 핍박하려 한단 말인가! 이 종은 본래 진씨 여자가 주조한 것으로 지금까지 100여 년이 흘렀는데, 나는 이 종을 아주 열심히 보호하였다.

절에서는 종소리로 모든 것을 호령하는데, 매번 울릴 때마다 하늘의 용이 모두 집결하였다. 지금은 새로운 관원이 올 때도 역시 종을 울리니 나는 머리로 대신하여 그것을 맞는 데 통증을 견딜 수가 없다.

이 절의 승려들에게 따로 작은 종을 만들어 관원이 올 때는 그것을 치라고 어찌 말해 주지 않는단 말인가?

만약 내 말을 못 믿겠거든 마땅히 앞으로 일어날 세 가지 일로 증명하리니 오늘부터 이틀이 지나면 창녀가 와서 시주를 할 것이고, 이어 상인 유순이 와서 당간[23]을 세울 것이며, 다시 열흘 후에는 선주[24]에서 일지라고 하는 승려가 와서 세 차례 큰 수륙회를 열 것이다.

일지는 십지[25]의 단계에 있는 승려로서 대자비심을 베풀어 보시를 할 것이므로 마땅히 더욱 공경하여 예를 갖추어야 한다."

---

22 首楞嚴呪: 『楞嚴經』제7권에 있는 주문으로 해탈의 문에 들어가기 위한 능엄다라니를 설하고 그 공덕을 밝히고 있다.
23 幢竿: 절 앞에 돌로 지주를 삼아 쇠로 만든 높은 기둥을 말한다. 고승이 거주함을 나타내기도 하고 종파나 문파를 알리기도 했으며 불사가 있음을 알리기도 하였다. 刹竿이라고도 한다.
24 宣州: 江南東路 宣州(현 안휘성 宣城市).
25 十地: 대승보살의 수행 과정에서 거치는 10단계의 경지로 『화엄경』과 『능가경』 등에 나오는데, 처음으로 성자가 되어 진실로 희열이 가득 찬 환희지부터 시작해 마지막인 10번째 法雲地는 大法身을 얻어서 자재력을 갖추고 大慈悲가 구름처럼 일어나는 경지다.

말을 다 마치자 조용해졌다. 마씨는 무서워서 즉시 거처를 옮겼다. 첩이 말한 세 가지 일은 모두 그 말처럼 되었다. (무석현 사람 변지상이 기록을 남겼다.)

08 홍수중洪粹中

樂平士人洪斿, 字粹中, 爲人俊爽秀發, 然好以語言立譏議. 嘗作「山居賦」, 純用俗語綴緝, 凡里巷短長, 無不備紀, 曲盡一鄕之事. 獨與族兄檏友善. 政和八年登第, 未得祿而卒. 無子, 凡喪葬之費, 皆出於檏. 後數年, 檏與醫者葉君禮夜坐, 葉先寢, 檏忽起與人相揖, 便延坐交語. 家人竊聽之, 粹中聲也.

愀然曰: "思君如昨, 願一見道舊, 謝送死之恩, 而屢至門, 皆爲閽者所阻. 今隨令兄七承事自周原來, 故得入. 念臨終時非吾兄高義, 朽骨委溝壑矣. 始死, 了不自覺, 但見吏卒來, 云迎赴官, 卽隨以往. 今在冥中判一局, 絶優游無事, 特苦境界黑暗, 冥漠愁人, 雖爲官百年, 不若居人間一日也. 冥吏與我言, 生當爲大官, 正坐口業, 妄說人過, 故一切折除. 今悔之無及矣. 生時所爲文一編, 在十二郎處, 煩兄明旦乘其未起往取之, 秪在渠箱中替子上."

檏恍忽間不憶其已死, 喚人點茶, 遂不見. 時燈火雖設, 無復光焰. 葉醫驚問之, 始悟. 明日往十二郎家, 得其書. 粹中夙與妻不睦, 後再適葉氏, 亦時時來附語, 葉生詰之曰: "平生聞洪粹中博學, 若果是, 可誦『周禮』." 卽應聲高讀, 首尾不差一字. 十二郎, 其姪也.

자가 수중인 요주 낙평현[26]의 사인 홍유는 사람이 잘생긴 데다 시원시원하며 재주가 출중하고 활달하였지만 말로써 다른 사람을 풍자하며 헐뜯기를 좋아했다. 일찍이 「산거부」를 지었는데, 순전히 속어

26 樂平縣: 江南東路 饒州 樂平縣(현 강서성 景德鎭市 樂平市).

를 사용하여 엮어 모으면서 마을에서 일어난 모든 크고 작은 일을 다 적는 등 한 마을의 일을 곡진하게 기록하였다. 그는 오직 집안 형인 홍박하고만 친밀하게 지냈고, 정화 8년(1118)에 과거에 급제하였지만, 관직에 채 나가지도 못하고 죽었다. 그는 아들이 없었기에 모든 장례비용을 홍박이 부담하였다.

몇 년이 지나서 홍박이 밤에 의사 엽군례와 같이 앉아 있다가 엽군례가 먼저 잠자리에 들자 갑자기 일어나 어떤 사람과 서로 인사하더니 끌고 와 앉히고 이야기를 나누었다. 집안사람들은 몰래 엿들어 보니 홍유의 목소리였다.

홍유가 정색을 하고 말하길,

"형님 보고픈 생각은 옛날이나 지금이나 마찬가지여서 한번 뵙고 옛날이야기를 나누고 싶었습니다. 또 장례를 치러 준 은혜에도 감사드려야 해서 여러 차례 문앞까지 왔지만 전부 문지기에게 저지당하였습니다. 지금은 승사랑을 역임했던 형님의 일곱째 형을 따라 주원[27]에서 왔기에 들어올 수 있었습니다. 제가 세상을 뜰 때를 생각해보니 형님의 큰 은혜가 없었다면 나의 해골은 모두 구덩이에 버려졌을 것입니다.

처음 죽었을 때는 전혀 자각하지 못하였고 그저 서리와 아역들이 와서 말하기를 관직에 부임하시기에 모시러 왔다 하여 곧 따라갔었습니다. 지금은 명계에서 한 부서를 맡아 아주 여유 있게 벼슬살이를 하며 별일이 없는데, 거하는 곳이 온통 깜깜해서 아주 고통스럽고,

---

27 周原: 함분루본의 原注에 의하면 '7승사랑을 묻은 곳'이라고 한다.

명계의 적막함이 사람을 힘들게 합니다. 이곳에서 관직에 있으면서 백 년을 보내는 것이 인간계에서 하루를 사는 것만도 못합니다. 명계의 이졸이 나에게 말하기를, 살아서 마땅히 높은 관직에 오를 수 있었지만 바로 입으로 지은 업보에 연루되었습니다. 함부로 다른 사람의 잘못을 말한 것 때문에 모든 것이 깎이고 없어졌다 합니다. 지금은 후회막급입니다. 저는 살아생전에 쓴 글 묶음이 하나 있는데, 십이랑의 집에 있습니다. 번거롭겠으나 형님께서 내일 아침 일찍 십이랑이 아직 일어나지 않았을 때를 틈타 갖다 주십시오. 큰 상자의 가운데 서랍 위에 있습니다.”

홍박은 얼떨떨한 가운데 그가 이미 죽었다는 것도 기억하지 못하고, 사람을 불러 차를 준비시켰는데[28] 갑자기 홍유가 보이지 않았다. 당시 등불이 있기는 했지만 불빛이 없었다. 의사 엽씨가 놀라 그에게 어찌 된 일이냐고 묻자 비로소 깨어났다. 다음 날 십이랑의 집으로 가서 그 책을 찾았다. 홍유는 일찍부터 아내와 사이가 좋지 않았는데, 그의 아내는 후에 엽씨에게 재가하였다. 홍유는 시도 때도 없이 그녀에게 빙의하였기에 엽씨가 그를 꾸짖길,

“내 평소 홍유가 박학다식하다고 들었는데, 정말 그렇다면 능히 『주례』를 외울 수 있겠지.”

홍유는 그 말에 즉시 대응하여 큰 소리로 낭독하였는데 처음부터 끝까지 한 글자도 틀리지 않았다. 십이랑은 그의 조카다.

---

28 點茶: 송대에 유행한 차 마시는 방식이다. 唐代의 煎茶法과 달리 말차를 찻잔에 넣고 뜨거운 물을 조금 붓고 저어서 죽처럼 만든 뒤 다시 뜨거운 물을 부어서 마시는 방식이다. 또 뜨거운 물을 한 번에 붓고 대나무로 만든 茶筅으로 저어서 말차를 위에 뜨게 하여 마시기도 한다.

이견을지 【二】

族人洪洋自樂平還所居, 日已暮, 二僕荷轎, 一僕負擔, 必欲以中夜
至家. 邑之南二十里曰吳口市, 又五里曰魚陂畈, 到彼時已二更, 微有
月明, 聞大聲發山間, 如巨木數十本摧折者. 其響漸近, 洋謂爲虎, 而
虎聲亦不至是, 心知其異矣, 亟下車, 與僕謀所避處. 將復還吳口, 已
不可, 欲前行, 則去人居尚遠, 進退無策. 望道左小澗無水, 可以蔽匿,
卽趨而下, 其物已在前立, 身長可三丈, 從頂至踵皆燈也.

二轎僕震怖殆死, 擔僕竄入轎中屛息. 洋素持觀音大悲呪, 急誦之,
且數百遍, 物植立不動, 洋亦喪膽仆地, 然誦呪不輟. 物稍退步, 相去
差遠, 呼曰: "我去矣." 徑往畈下一里許, 入小民家, 遂不見. 洋歸而病,
一年乃愈. 擔僕亦然, 二轎僕皆死. 後訪畈下民家, 闔門五六口, 感死
於疫, 始知異物蓋癩鬼云.

종친인 홍양이 요주 낙평현에서 집으로 돌아오는데 날이 이미 저물었다. 두 명의 노복은 가마를 메고 있었고, 한 명은 짐을 메고 있었는데, 반드시 그날 밤 안으로 집에 도착하려고 하였다. 현성에서 남쪽으로 20리 떨어진 곳에 오구시라는 곳이 있고, 다시 5리 떨어진 곳에는 어피판이라는 곳이 있는데, 그곳에 도착했을 때 이미 2경이 되었다. 달빛이 희미하게 빛나고 있었는데, 산과 산 사이에서 큰 소리가 났다. 마치 수십 그루의 거목이 부러지고 꺾이는 듯했다.

그 소리가 점점 가까워 오니 홍양은 호랑이 소리인가 생각하다가도 호랑이 소리 같지는 않아서 속으로 기이하다고 여겨 급히 가마에서 내려 노복들과 피할 곳을 찾았다. 다시 오구시로 돌아가려 하여도 이미 늦었고, 계속 앞으로 나아가려니 사람들이 사는 곳에서 더욱 멀어져 진퇴양난이었다. 길옆 작은 시내에 물이 없는 것을 보고 숨을 수 있을 것이라 여겨 서둘러 내려가는데, 무엇인가가 이미 그들 앞에 서 있는데 키가 3장 정도 되었고 머리 꼭대기에서 발끝까지 모두 빛이 났다.

가마를 끌던 두 노복은 두려워 떨며 거의 죽을 지경이었고, 짐을 나르던 노복은 가마 속으로 숨어 들어가 숨을 죽이고 있었다. 홍양은 평소 관음대비주문에 의지하고 다녔기에 급히 주문을 외웠는데, 수백 번을 외워도 그들은 반듯이 서서 움직이지 않았다. 홍양 역시 간담이 서늘해져 땅에 엎어졌지만 주문을 멈추지 않고 외웠다. 그러자 그들이 조금씩 뒤로 물러나더니 거리가 제법 떨어지자 소리치길,

"나는 간다."

서둘러 어피판 아래로 1리쯤 가서 작은 민가로 들어가더니 곧 보이지 않게 되었다. 홍양은 집에 돌아와 병이 났고 1년이 지나서야 비로소 나았다. 짐을 나르던 노복 역시 그러했지만 가마를 끌던 두 노복은 모두 죽었다. 후에 홍양은 어피판 아래 민가에 들러 보니, 집안 식구 5~6명이 모두 역병으로 죽었다고 하여, 홍양은 비로소 그 기이한 것이 대략 나병 귀신임을 알게 되었다.

樂平人許吉先, 家于九墩市, 後買大儈程氏宅以居. 居數年, 鬼瞰其室, 或時形見, 自言: "我黃三江一也, 同爲賈客販絲帛, 皆終于是, 今當與君共此屋." 初亦未爲怪, 旣而入其子房中, 本夫婦夜卧如常時, 至明, 則兩髮相結, 移置別舍矣. 方食稻飯, 忽變爲麥, 方食早穀飯, 忽變爲晚米. 或賓客對席, 且食且化, 皆懼而捨去.

吉先招迎術士作法祛逐, 延道流醮謝祀神禱請, 略不効. 所居側鳳林寺僧全師者, 能持穢跡呪, 欲召之. 時子婦已病, 鬼告之曰: "聞汝家將使全師治我, 穢跡金剛雖有千手千眼, 但解於大齋供時多攫酸餡耳, 安能害我!" 僧旣受請, 先於寺舍結壇, 誦呪七日夜, 將畢, 鬼又語婦曰: "禿頭子果來, 吾且謹避之, 然不過數月久, 當復來, 何足畏! 吾未嘗爲汝家禍, 苟知如是, 悔不早作計也."

僧至, 命一童子立室中觀伺, 謂之開光. 見大神持戈戟幡旗, 沓沓而入. 一神捧巨纛, 題其上曰"穢跡神兵", 周行百匝. 鬼趨伏婦牀下, 神去乃出, 其頭比先時倐大數倍, 俄爲人擒挌以行. 僧曰: "當更於病者牀後見兩物, 始眞去耳." 明日, 牀後大櫃旁涌出牛角一雙, 良久而沒, 自是遂絶不至. 凡爲厲自春及秋乃歇, 許氏爲之蕭然. (三事洪紱說.)

　　요주 낙평현 사람 허길선은 집이 구돈시장에 있었는데, 후에 중개상 정씨의 집을 사서 그곳에 살았다. 그 집에서 몇 년을 사는 동안 귀신이 그 집을 굽어보며 가끔씩 모습을 드러내면서 스스로 말하길,

　　"나는 황삼과 강일이다. 너처럼 비단을 팔던 상인이었는데, 둘 다 이곳에서 죽었다. 지금 그대와 이 집을 함께 쓰는 것은 당연한 일이다."

허길선 역시 처음에는 괴이하게 여기지 않았으나 얼마 후 아들 방에 들어갔다. 아들 부부는 평상시와 마찬가지로 밤에 누워 잤는데 날이 밝아서 보니 두 사람의 머리카락이 서로 묶인 채 다른 방으로 옮겨져 있었다. 막 쌀밥을 먹고 있었는데, 갑자기 보리밥으로 변하였고, 조생종 쌀로 지은 밥을 먹고 있는데 갑자기 만생종 쌀로 변해 있었다. 어떤 때는 귀신이 손님과 마주 앉아서 음식을 먹기도 하고 바꾸기도 하니 모두 겁이나 음식을 놔두고 가 버렸다.

허길선은 먼저 도술로 귀신을 내쫓고자 도사들을 청하여 신에게 제사를 모시고 기도를 올리며 간청하였지만 효험이 별로 없었다. 집 옆에 있는 봉림사의 승려인 전사가 예적금강 법술을 쓴다기에 허길선은 그를 청해 오려고 하였다. 당시 며느리는 이미 병이 난 상태였는데 귀신이 그녀에게 이르길,

"듣자 하니 너희 집에서 곧 전사를 시켜 나를 다스리고자 하나 본데 예적금강이 비록 천 개의 손과 천 개의 눈을 가지고 있다지만 제사를 바칠 때 시큼한 음식을 잔뜩 쥐고 흩뿌릴 뿐 어찌 나를 해칠 수 있겠는가!"

전사가 청을 받아들인 뒤 먼저 절간에서 제단을 만들어 7일 밤을 주문을 외었는데, 막 끝내려는데 귀신이 다시 며느리에게 말하길,

"저 까까머리가 정말 왔구나. 내가 조심하느라 그를 피하긴 하지만 몇 달 뒤면 다시 올 터이니 겁낼 것이 무엇이냐! 나는 너희 집에 화를 가져온 적이 한 번도 없었는데, 만약 이럴 줄 알았다면 일찌감치 대책을 세웠어야 하는데 그렇지 못한 것이 후회스럽구나."

승려가 와서 한 동자에게 방 안에 서서 지켜보라고 시킨 뒤 동자에게 불을 켜라고 말하였다. 보니 커다란 신이 창과 만장처럼 생긴 깃

발을 가지고 요란하게 들어왔다. 한 신이 커다란 깃발을 들고 있었는데, 그 위에는 '예적신병'이라고 쓰여 있었다. 그가 백 번이나 빙빙 돌자 귀신은 며느리의 침상 아래로 달려가 엎드리더니 신이 나가자 곧 방을 나갔지만 머리가 전보다 갑자기 몇 배나 커져 있었다. 잠시 후 사람들에게 잡혀 끌려갔다. 승려가 말하길,

"아마도 병자의 침상 뒤에 없던 물건 두 개가 보일 텐데 그래야 비로소 진짜 떠난 것이오."

다음 날 침상 뒤에 있는 큰 궤짝 옆에 소뿔 한 쌍이 나타나더니 한참 후에 사라졌고, 이때부터 비로소 다시 오지 않았다. 병에 걸린 사람 모두 봄에서 가을 사이에 병세가 가라앉자 허길선은 비로소 잠잠해졌다고 여겼다.(위의 세 일화는 홍불이 한 이야기다.)

弋陽縣結竹村吳慶長, 遣僕夜守田中稻, 有操鎌竊刈之者, 持挺逐
之, 不獲. 明夜復然, 旦而視其稻, 蓋自若也. 僕素有膽氣, 自謀曰:"挺
短無及事, 當以長槍爲備." 至夜, 果來, 見人出則走, 僕大步追擊, 捧
以槍, 遂執之, 秉火而視, 乃故杉木一截. 取臥于牀下, 明日將焚之. 以
語里巫師, 巫師曰:"是能變化, 全而焚之不可." 卽碎爲片片, 置小缶和
湯煮之. 薪火方熾, 臭不可忍. 聞二缶中號叫哀泣曰:"幸赦我, 我不敢
復擾君. 苟爲不然, 必從巫師索命." 僕爲破缶, 擲諸原, 果不復至.

신주 익양현²⁹ 결죽촌의 오경장은 노복을 보내 밤에 논의 벼를 지
키라고 하였다. 낫을 가지고 몰래 벼를 베는 자가 있어 몽둥이를 가
지고 그를 쫓아냈지만 잡지는 못하였다. 다음 날 밤 또 그리하였다.
새벽에 벼를 보니 대략 그대로였다. 노복은 본래 담이 커서 스스로
계책을 꾸미고 말하길,

"몽둥이가 짧아 소용이 없었으니 마땅히 긴 창을 준비해야겠다."

밤이 되자 그자가 왔지만 사람이 나오는 것을 보자 곧 도망갔다.
노복이 성큼성큼 추격하였고 창으로 찔러 마침내 그를 잡았다. 등불
을 들고 바라보니 오래된 삼목 가지 하나였다. 가져와 침상 아래 누
이고 다음 날 그것을 태워 버리고자 하였다. 마을의 무당에게 그 이

---

29 弋陽縣: 江南東路 信州 弋陽縣(현 강서성 上饒市 弋陽縣).

야기를 하니 무당이 말하길,

"이 물건은 능히 변신을 할 수 있어 전체를 태워 버린다고 하여도 소용이 없을 것이오."

곧 조각조각 부수어 작은 물동이에 넣고 뜨거운 물로 푹 삶았다. 땔감에 불이 붙어 불꽃이 한참 뜨겁게 되자 냄새가 참을 수 없이 고약하였다. 두 물동이에서 소리치고 슬피 울며 말하길,

"나를 살려만 주신다면 다시는 당신을 성가시게 굴지 않겠습니다. 만약 약속을 지키지 않으면 반드시 무당에게 찾아가 내 목숨을 요구해도 좋습니다."

노복은 항아리를 깼고 들판에다 그것을 던져 버렸다. 과연 그는 다시 오지 않았다.

　　倪巨濟次子冶, 爲洪州新建尉, 請告送其妻歸寧, 還至新淦境, 遣行
前者占一驛. 及至欲入, 遙聞其中人語, 逼而聽之, 譆笑自如, 而外間
略無僕從, 將詢爲何人而不得. 入門窺之, 聲在堂上, 暨入堂上, 則又
在房中. 冶疑懼, 亟走出, 遍訪驛外居民, 一人云:"嘗遣小童來借筆硯
去, 未見其出也." 乃與健僕排闥直入, 見西房壁間題小詞云:"霜風摧
蘭, 銀屛生曉寒. 淡掃眉山, 臉紅殷, 瀟湘浦, 芙蓉灣, 相思數聲哀歎,
畫樓尊酒閑."墨色尙濕, 筆硯在地, 曾無人跡. 倪氏不敢宿而去.(二事
揭椿年說.)

　　예거제의 둘째 아들 예야는 홍주 신건현³⁰ 현위였는데, 휴가를 내
고 그 아내가 친정에 가는 길을 배웅해 주었다. 신감현³¹ 경내에 이르
자 앞서 사람을 보내 역 한 곳을 맡아 놓으라고 시켰다. 역에 이르러
들어가려고 하는데, 그 안에서 사람들이 말하는 소리가 멀리까지 들
렸다. 가까이 가서 들어보니 큰 소리로 웃는데 태연자약하였다. 그런
데 밖에 수행하는 노복이 없는 것 같아 누구냐고 물어보려고 해도 물
어볼 수가 없었다. 문을 열고 들어가 살펴보니 소리는 대청 위에서
났다. 그래서 대청 위로 들어가니 다시 방안에서 났다. 예야는 의아
하고 무서워서 급히 빠져나와 역 밖에 사는 사람들에게 두루 물어보

30　新建縣: 江南西路 洪州 新建縣(현 강서성 南昌市 新建縣).
31　新淦縣: 江南西路 臨江軍 新淦縣(현 강서성 吉安市 新干縣).

니 한 사람이 말하길,

"일찍이 한 동자를 보내 붓과 벼루를 빌려 갔는데, 그가 나오는 것
은 보지 못하였습니다."

곧 건장한 노복들과 문을 열고 곧장 들어가 보니 서쪽 방 벽 사이
에 짧은 사가 쓰여 있었다.

> 서리 먹은 바람이 난초를 부러뜨리고,
> 은빛 병풍이 차가운 새벽 기운을 내뿜네.
> 눈썹을 연하게 칠하고 뺨은 붉은빛이 도는데,
> 상강 포구에 연꽃이 굽이굽이 피었네.
> 서로 그리워 거듭 불러보고 슬피 탄식하다가,
> 누각에서 그림 그리며 한가로이 술잔을 기울이네.

먹빛은 여전히 윤기가 났고 붓과 벼루는 바닥에 있었는데 이미 인
적은 없었다. 예야는 그곳에서 감히 묵지 못하고 떠났다.(위의 두 일화
는 계춘년이 한 이야기다.)

趙淸憲丞相挺之侍父官北京時, 病利, 踰月而死. 沐浴更衣, 將就木,
忽有京師遞角至, 發之, 無文書, 但得侯家利藥一帖, 以爲神助, 卽扶
口灌之, 少頃復蘇. 遽遣人入京, 扣奏邸吏, 蓋其家一子苦泄利, 買藥
欲服, 誤以入郵筒中也.

又嘗病黃疸, 勢已殆, 有嫗負小盉至門, 家人問: "所貨何物?" 曰: "善
烙黃." 呼使視之, 發盉, 取鐵匕燒熱, 上下熨烙數處, 黃色應手退, 翌
日脫然.

後爲徐州通判, 罷官將行, 又以利疾委頓. 素與梁道人相善, 其日忽
至, 問所苦, 曰: "無傷也." 命取水一杯置桉上, 端坐呪之. 須臾, 水躍
起如沸湯, 持以飮趙公, 卽時痛止. 公心念無以報, 但嘗接高麗使者,
得銀盂一, 欲以贈之, 未及言, 道人笑曰: "高麗銀與銅何異? 不須得."
長揖而出, 追之不復見.

『東坡集』中有贈梁道人詩曰: "采藥壺公處處過, 笑看金狄手摩娑.
老人大父識君久, 造物小兒如子何? 寒盡山中無曆日, 雨斜江上一漁
蓑. 神仙護短多官府, 未厭人間醉踏歌." 卽此翁也.

시호가 청헌인 재상 조정지는 아버지를 모시고 북경³²에서 관직에
있을 때,³³ 조원경이 이질에 걸려 한 달이 지나 죽었다. 목욕을 시키

32　北京: 河北東路 大名府(현 하북성 邯鄲市 大名縣). 仁宗 慶曆 2년(1042), 呂夷簡은
　　眞宗이 거란과의 친정에 나서 머물던 대명부를 北京으로 승격하자고 주청하였고,
　　이에 승격이 이루어졌다. 총 길이 48里에 달하는 성벽과 17개 성문, 진종의 행궁
　　이었던 궁궐 등이 있었다.

고 옷을 갈아 입혀 입관하려는데 갑자기 도성에서 문서[34]가 도착하였기에 열어 보니 문서는 없고 후씨 집안에서 보낸 이질 약 한 첩만 들어 있었다. 조정지는 신의 가호라고 여기고 입을 벌리고 그것을 먹이니 잠시 뒤 다시 깨어났다. 급히 사람을 도성으로 보내 저리[35]에게 문의해 보니, 후씨 집 아들 하나가 이질 설사를 앓기에 약을 사서 먹이려다 그만 실수로 약을 대나무 우편통에 넣었던 것이다.

또 일찍이 황달로 아팠을 때 병세가 이미 위태롭게 되었는데, 한 노파가 작은 상자를 메고 대문에 왔기에, 집안 사람들이 묻기를,

"무슨 물건을 들고 다니시오?"

대답하길,

"황달을 없애는 데 좋은 것이오."

불러서 병자를 보게 하니 상자를 열고 쇠로 된 숟가락을 꺼내더니 불에 뜨겁게 달궈서 위아래로 여러 곳을 뜨겁게 찜질하니 누런 색깔이 손에서 빠져나와 다음 날 완전히 없어졌다.

후에 서주[36] 통판으로 임명되자 기존 업무를 그만두고 길을 떠나려는데 다시 이질로 몸이 쇠약해졌다. 본래 양 도인과 잘 지냈는데 그 날 갑자기 오더니 아픈 곳을 물었다. 양 도인이 말하길,

"심하지 않습니다."

---

33 조정지가 부친 趙元卿을 모시고 북경에 있던 정확한 시기는 확인하지 못하였다. 『宋史』 등에서는 조정지가 북경 대명부에서 관리로 있었던 기록을 찾을 수 없었다.
34 遞角: 전송된 문서로 요즘의 소포와 같은 뜻이다.
35 邸史: 西漢 건국 초 전국 군현마다 도성에 연락사무소인 邸를 설치하고 詔令과 疏章을 초록하여 보내도록 하였다. 京邸에서 일하는 관리를 뜻한다.
36 徐州: 京東西路 徐州(현 강소성 徐州市).

물 한 잔을 가져오라고 하더니 탁자 위에 놓고 단정하게 앉아 주문을 외웠다. 잠깐 사이에 펄펄 끓듯 튀어 오르자 잔을 들어 조정지에게 마시게 하였다. 그러자 즉시 통증이 멈추었다. 조정지는 마음속으로 보답할 길이 없을까 생각하다가 전에 고려에서 온 사신을 접대할 때 얻은 은그릇을 그에게 주려고 하였다. 말을 채 하기도 전에 양 도인이 웃으며 말하길,

"고려의 은은 구리와 무엇이 다르겠습니까? 필요 없습니다."

길게 읍하고 나가니 그를 뒤쫓았지만 다시 볼 수 없었다. 『동파집』에는 양 도인에게 써 준 시가 실려 있다.

약병을 든 귀인이 곳곳을 지나며,
가사를 어루만지며 미소로 금불상을 바라보네.
연로하신 부모와 조부께서도 그대를 알고 지낸 지 오래,
조물주가 어린아이를 만들 때 그대와 같다면 어떨까?
차가운 산중에서 지낸 날을 셀 수 없고,
비가 강 위를 흩날리니 어부의 도롱이 한 벌.
신선이 데리고 있던 날은 짧고 대부분은 관아에 있는데,
인간세가 싫지 않아 취하여 장단 맞추어 노래하네.

양 도인은 바로 이 귀인을 말한다.

王履道左丞, 政和初監大名府崇寧倉門, 官舍在大門之內. 一夕, 守
宿吏士數十人, 同時叫呼, 聲徹于外. 左丞披衣驚起, 一卒白云: "有怪
物甚可怖, 公勿出!" 乃伏屏間覘之. 一大鬼跨倉門而坐, 足垂至地, 振
膝自得, 屋瓦皆動搖. 少焉闊步跨出外, 入李秀才家而滅. 李生卽時死.

상서성좌승을 역임하였고 자가 이도인 왕안중은 정화연간(1111~
1118) 초, 대명부[37] 숭녕창의 출납을 감독하였다.[38] 관사가 숭령창 대
문 안에 있었다. 어느 날 저녁 숙직하던 서리와 아역 수십 명이 동시
에 소리를 지르니 그 소리가 밖에까지 들렸다. 왕안중이 놀라서 옷을
걸치고 일어나니 한 병졸이 와서 말하길,

"괴이한 물건이 나타났는데 매우 무섭습니다. 공께서는 나오지 마
십시오!"

이에 병풍 사이에 엎드려 몰래 보았다. 커다란 귀신이 창고 문에 다
리를 걸치고 앉았는데 발이 땅바닥에 닿았다. 무릎을 흔들며 득의양양
하였는데, 지붕의 기와가 모두 흔들렸다. 잠시 뒤 성큼성큼 걸어 밖으로
나가 수재 이씨의 집으로 들어가더니 사라졌다. 이씨는 즉시 죽었다.

37　大名府: 河北東路 北京 大名府(현 하북성 邯鄲市 大名縣).

38　왕안중은 元符 3년(1100)에 진사급제하여 瀛州 司理參軍을 거쳐 이듬해 大名府
　　관할 大名縣의 主簿가 되었다.

邢大將者, 保州人. 居近塞, 以不仁起富. 積微勞, 得軍大將. 嘗以寒
食日, 率家人上冢, 祀畢飮酒, 見小白鼠出入松柏間, 相與逐之. 鼠見
人至, 首帖地不動, 遂取以歸. 鼠身毛皆白, 而眼足頹紅可愛, 邢捧置
馬上, 及家卽走, 不復見.

卽日百怪畢出, 釜鬲兩兩相抱持而行, 器皿易位, 貓犬作人言, 不可
訶叱. 邢寢榻旁壁土脫落寸許, 突出小人, 面如土木偶. 又五日, 已長
大, 成一胡人頭, 長鬣髟髾, 殊可憎惡, 語音與生人不少異, 且索酒肉.
邢不敢拒, 隨所需卽與之, 稍緩輒怒, 一家長少服事之唯謹. 凡一歲,
邢死, 諸怪皆不見.(三事嘉叟說.)

대장 형씨는 보주³⁹ 사람이다. 요새 근처에 살고 있었는데 정당하
지 않은 방법으로 부를 쌓았고, 작은 공로를 세워 군대장⁴⁰이 되었다.
일찍이 한식날, 가족들을 데리고 성묘하러 가서 제사를 올리고 음복
하다가 작고 하얀 쥐가 소나무와 잣나무 사이에서 오가는 것을 보았
다. 가족들이 서로 그 쥐를 잡으러 뒤쫓았다. 쥐는 사람이 오는 것을
보고 대가리를 땅에 붙이고 움직이지 않아 마침내 잡아서 데리고 왔
다. 쥐는 몸의 털이 모두 하얀색이었고 눈과 발이 붉은색을 띠어 귀

---

39 保州: 河北西路 保州(현 하북성 保定市).
40 軍大將: 守闕軍將과 大將을 합하여 부르는 호칭으로 품계에 속하지 않는 최하위
　　무관직이다. 熙寧연간(1068~1077)의 정원은 1,500명이었다.

여웠다. 형씨는 쥐를 잘 들어서 말 위에 올려놓았다. 집에 도착하자 달아나 다시는 볼 수 없었다.

그날부터 오만가지 기이한 일이 다 일어났는데, 가마솥 두 개가 서로 끌어안고 움직였고, 그릇의 위치가 서로 바뀌고 고양이와 개가 사람의 말을 하는데 꾸짖을 수도 없었다. 형씨가 누워 자는 침상 옆 벽의 흙이 한 마디쯤 떨어지더니 갑자기 작은 사람이 나타났는데, 얼굴은 흙과 나무로 만든 인형 같았다. 다시 닷새가 지나니 이미 커져서 머리가 오랑캐처럼 되었다. 수염이 길고 머리카락이 헝클어져 매우 혐오스러웠다. 말하는 소리는 살아 있는 사람과 조금도 다르지 않았고 술과 고기를 찾았다. 형씨는 감히 거절하지 못한 채 그가 달라는 대로 곧 주었다. 조금만 늦어도 갑자기 화를 내니 온 집안에 어른 아이 할 것 없이 그를 모시는 데 오직 힘을 쏟았다. 꼬박 1년이 지나 형씨가 죽자 모든 괴이한 일이 다 없어졌다.(위의 세 가지 일화는 왕가수가 한 이야기다.)

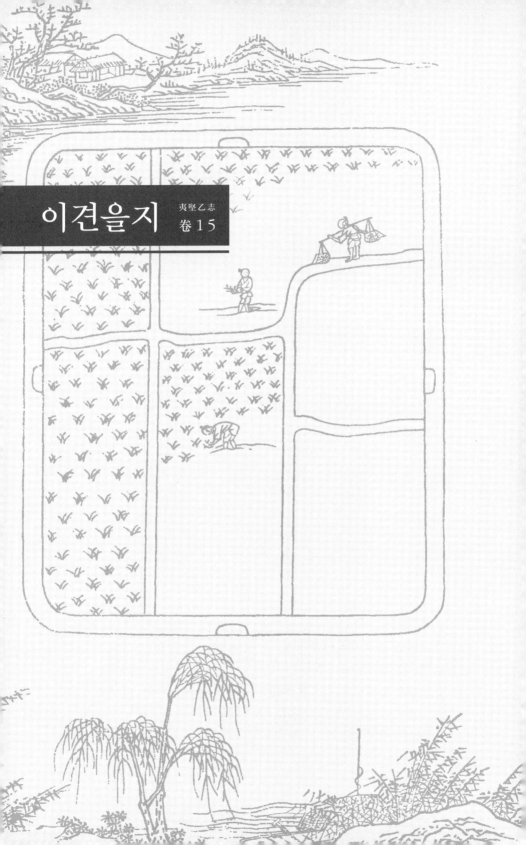

이견을지

夷堅乙志
卷 15

鄉里洪源董氏子, 家本染工, 獨好羅取飛禽, 得而破其腦, 串以竹,
歸則焚稻稈叢茆, 炳其毛羽淨盡, 乃持貨之, 平生所殺不可計. 老而
得奇疾, 徧體生粗皮, 鱗皴如樹, 遇其苛癢時, 非復爬搔可濟, 但取茅
稈以燎四體, 則移時乃定. 繼又苦頭痛, 不服藥, 每痛甚, 輒令人以片
竹擊腦數十下, 始稍止. 人以爲殺生之報. 如是三年, 日一償此苦, 然
後死.

고향인 요주 부량현 홍원진[1] 사람 동씨 집안은 본래 염색 일을 하
였는데, 아들만 혼자 그물로 새를 잡는 것을 좋아하였다. 새를 잡으
면 대가리를 깨고 대나무 가지에 꽂아 돌아와서는 볏짚과 띠풀 더미
에 불을 지펴 깃털을 깨끗이 태운 뒤 가지고 나가 팔았다. 평생 잡은
새가 그 수를 헤아릴 수 없을 정도였다.

그는 늙어서 기이한 병에 걸렸는데, 온몸에 거친 껍질이 생기더니
나무처럼 비늘 모양의 딱딱한 주름이 생겼다. 아주 가려울 때면 제아
무리 긁어대도 시원하지 않았고, 다만 띠풀과 볏짚으로 사지를 그을
려야 잠시 뒤 비로소 괜찮아졌다.

계속에서 또 두통으로 힘들어 하였는데, 약을 먹을 수 없었고, 매
번 통증이 심할 때마다 사람들에게 대나무 조각으로 머리를 수십 번

1　洪源鎭: 江南東路 饒州 浮梁縣 洪源鎭(현 강서성 饒州市 浮梁縣 洪源鎭).

때리게 해야 비로소 통증이 조금 멈추었다. 사람들은 살생의 응보를
받은 것이라 생각하였다. 이와 같이 3년 동안, 매일 한 번씩 고통을
겪고 나서야 죽었다.

臨川有巫, 所事神曰: '木平三郎', 專爲人逐捕鬼魅, 靈驗章著, 遠近
趨向之. 自以與鬼爲仇敵, 慮其能害己, 日日戒家人云: "如外人訪我,
不以親疎長少, 但悉以不在家先告之, 然後白我." 里中人方耕田, 見兩
客負戴行支徑中, 褰裳蹄步, 若有礙其前者. 耕者曰: "何爲乃爾?" 曰:
"水深路滑, 沮洳滿徑, 急欲前進而不可." 耕者笑曰: "平地無水, 安得
有是言?" 兩客悟, 謝曰: "眼花昏妄, 賴君指迷也." 欣然直前, 曾不留
礙, 徑至巫門, 自稱建州某官人, 頃爲崇所撓, 得法師救護, 今遣我齎
新茶來致謝. 家人喜, 引之入, 勞苦尉藉, 始以告巫. 巫問何在, 曰: "已
入矣." 大驚曰: "常戒汝云何? 今無及矣." 使出詢其人, 無所見. 巫知
必死, 正付囑後事, 忽如人擊其背, 卽踣于地, 涎凝喉中, 頃之死. (李德
遠說.)

무주[2]에 한 무당이 있었는데, 그가 모시는 신은 '목평삼랑'이라고
하였다. 그는 전적으로 사람들을 위해 귀신을 쫓거나 잡는 일을 하였
는데, 그가 영험하다는 것이 널리 알려져 원근각지에서 사람들이 찾
아왔다. 무당은 스스로 귀신들과 원수가 되었다 여겨 그들이 자기를
해칠 것을 염려하여 매일 집안 식구들에게 훈계하길,

"만약 외부 사람이 나를 찾아오거든 친소나 나이에 상관없이 모두
집에 없다고 먼저 말하고 나서 그 뒤에 나에게 말하도록 해라."

---

2 臨川: 江南西路 撫州(현 강서성 撫州市).

마을의 어떤 사람이 막 밭을 갈고 있다가 보니 두 명의 과객이 짐을 지고 샛길로 가고 있었다. 아랫도리를 걷어 올린 채 구부리고 걷고 있는데 마치 무언가가 그 앞을 가로막고 있는 것처럼 보였다. 밭을 갈던 이가 묻길,

"무엇 때문에 그러고 있습니까?"

대답하길,

"물이 깊고 길은 미끄러운 데다 길이 온통 물에 잠겨 속히 앞으로 가고 싶지만 그럴 수가 없군요."

밭을 가는 이가 웃으며 말하길,

"평지인 데다 물도 없는데 어찌 그런 말을 하십니까?"

두 과객은 마주 보고 감사하며 말하길,

"눈이 흐려져 혼미하여서 그러니 그대에게 길 안내를 받아야겠습니다."

농부는 흔쾌히 앞에서 인솔하며 지체 없이 곧바로 가로질러 무당집에 이르렀다. 스스로 건령군[3]의 관원이라 칭하며 요즈음 요괴에 시달려서 법사의 도움을 구하고자 한다며 자기가 가져온 갓 재배한 차를 주며 감사의 뜻을 전하였다. 집안 식구들은 기뻐하며 그를 안으로 데리고 들어갔고, 그들이 힘들게 온 것을 위로한 뒤 비로소 무당에게 알렸다. 무당이 어디에 있냐고 묻자 대답하길,

"이미 들어와 있습니다."

무당은 크게 놀라 말하길,

---

3 建州: 福建路 建寧軍(현 복건성 南平市).

"내가 항상 너희에게 무어라고 타일렀느냐? 지금 이미 늦어 버렸구나."

사람을 보내 어떤 사람인지 알아보려고 했지만 이미 온데간데없었다. 무당은 자기가 반드시 죽을 것임을 알았다. 막 후일을 부탁하고 있는데, 갑자기 어떤 사람이 그의 등을 가격하는 것 같았고 곧장 땅에 넘어졌다. 침이 목구멍에서 엉기더니 곧 사망하였다.(이덕원이 한 이야기다.)

鄉人董璞, 宣和四年爲南安軍上猶丞. 有道人從嶺外來, 長六尺餘,
云將自此朝南嶽, 且言有戲術. 董爲置酒召客, 而使至前陳其伎. 獨携
無底竹畚一枚, 泥滿其中, 庭下觀者數百, 道人令自取泥如豆納口內,
人人詢之, 欲得作何物, 或果實, 或殽饌, 或飴蜜, 不以時節土地所應
有, 皆以其意言.

道人仰空吸氣, 呵入人口中, 各隨所須而變. 戒令勿嚼勿嚥, 可再易
他物, 於是方爲肉者能成果, 爲果者能成肉, 千變萬化, 無有窮極, 而
一丸泥自若也. 董氏子弟或不信, 遣鄉僕胡滿出, 戒之曰: "汝亦說一
物, 正使誠然, 姑應曰不是, 試觀其何以處?" 僕含泥呼曰: "欲櫻桃." 道
人呵問之, 曰: "非也." 再三問, 皆然.

笑曰: "汝欲戲我耶? 吾將苦汝." 又呵氣入之, 則爲大蒜, 辛臭達于
外, 僕猶執爲未然. 道人徧告衆曰: "此人見侮已甚, 當令諸君皆聞之."
指其口曰: "大糞出." 應聲間, 穢氣充塞, 徹于庭上, 僕急吐出, 取水濯
漱, 良久尚有餘臭. 觀者大笑, 益敬之. 道人亦求去, 與之錢不受, 獨索
酒, 飲數升遂去. 竟不知爲何許人, 何姓氏也. 董外孫洪應賢邦直從在
官下, 親睹其異.(應賢說.)

고향 사람인 동박은 선화 4년(1122)에 남안군 상유현[4]의 현승이 되
었다. 영남에서 온 한 도인이 있었는데, 그 키가 6척 남짓 되었으며,
장차 이곳에서 남악을 배알하고자 한다고 말하였고 또 마술을 할 줄

4　上猶縣: 江南西路 南安軍 上猶縣(현 강서성 贛州市 上猶縣).

안다고 하였다. 동박은 술상을 차려 손님들을 불러 놓고 그에게 사람들 앞에서 마술을 보여 달라고 하였다. 도인은 밑이 뚫린 대나무로 만든 삼태기 하나를 가져와 그 안에 진흙을 가득 채웠다.

대청 아래 지켜보는 이들이 수백 명이나 되었는데, 도인은 사람들에게 콩알만큼만 진흙을 가져가 입안에 넣으라고 하고는 어떤 물건을 갖고 싶으냐고 각자에게 물었다. 과일이나 혹은 고기 안주, 엿과 꿀 등 계절에 맞지 않거나 지역에서 나지 않는 것이라도 모두 각자 원하는 대로 될 것이라 하였다.

도인은 허공을 바라보며 사람들 입 안으로 숨을 내뿜자 각각 원하는 바에 따라 물건으로 변하였지만 씹지도 삼키지도 말라고 주의를 주었다. 다시 다른 물건으로 바꿀 수도 있었는데, 이에 막 고기로 변한 것이 과실로, 과실로 변한 것이 고기로 바뀌는 등 천만가지 변화가 끝이 없었다. 그러고도 한 알의 진흙은 본래 모습 그대로였다. 동박의 자제 중 어떤 이는 믿지 않아 마을의 노복 호만을 내보내면서 주의 주길,

"네가 원하는 물건 하나를 말하고 나서 정말로 그렇게 변했다 하더라도 잠시 동안은 아니라고 말해야 한다. 그가 어떻게 대처하는지 시험 삼아 보자꾸나."

노복은 진흙덩이를 입에 넣고 외치기를,

"앵두가 되었으면 좋겠습니다."

도인은 숨을 내뿜고 그에게 물어보니, 대답하길,

"앵두가 아닙니다."

거듭 물어도 역시 아니라고 하였다. 도인이 웃으며 말하길,

"네가 나를 가지고 놀려고 하는구나? 내가 너를 골려 주마."

도인이 다시 숨을 그의 입 안으로 내뿜자 마늘로 변하였고, 맵고 독한 냄새가 입 밖으로 퍼졌다. 노복은 여전히 고집스럽게도 아니라고 하였다. 도인은 여러 사람들에게 두루 말하길,

"이자가 나를 심하게 놀리고 있으니 마땅히 여러분들 모두로 하여금 냄새를 맡게 해야겠소."

그 입을 가리키며 말하길,

"똥이 나와라."

말하기가 무섭게 고약한 냄새가 주위를 꽉 채우고 대청 위에까지 올라오니 노복은 급히 토하고 물을 마셔 입을 씻었지만 한참을 지나도 여전히 더러운 냄새가 남아 있었다. 그것을 본 사람들은 크게 웃으며 그 도인을 더욱 우러러봤다. 도인이 가겠다고 하자 동박은 그에게 돈을 주었지만 받지 않고 그저 술만 달라고 하였다. 술을 몇 되 마시고 나서 곧 가 버렸다. 끝내 어느 지역 사람인지 성이 무엇인지 아무것도 알지 못했다. 동박의 외손인, 자가 응현인 홍방직이 동박을 따라 상유현에 있을 때 친히 그 기이한 일을 목격하였다.(홍응현이 한 이야기다.)

王錫文在京師, 見一人推小車, 車上有甕, 其外爲花門, 立小牓曰
'諸般染鋪', 架上掛雜色繒十數條. 人窺其甕, 但貯濁汁斗許. 或授以
尺絹, 曰: "欲染靑." 受而投之, 少頃取出, 則成靑絹矣. 又以尺紗欲染
茜, 亦投于中, 及取出, 成茜紗矣. 他或黃·或赤·或黑·或白, 以丹
爲碧, 以紫爲絳, 從所求索, 應之如響, 而斗水未嘗竭. 視所染色, 皆明
潔精好, 如練肆經日所爲者, 竟無人能測其何術.

　　왕석문이 도성에 있을 때, 한 사람이 작은 수레를 밀고 있는 것을
보았다. 수레 위에는 항아리가 있었는데, 그 바깥에는 꽃무늬가 그려
져 있었다. 작은 패찰을 세워 두고 있었는데, '만능 염색 가게'라고 쓰
여 있었다. 선반에는 잡색 비단 십여 조각이 걸려 있었다.

　　사람들이 그 항아리 안을 살짝 보았더니 그저 탁한 물이 한두 말
남짓 들어 있었다. 어떤 사람이 명주 1척을 주며 말하길,

　　"푸른색으로 염색해 주시오."

　　받아서 그것을 항아리에 넣었다 잠시 후 꺼내 보니 푸른 비단이 되
어 있었다. 또 명주 1척을 붉은색으로 염색해 달라고 하자 역시 항아
리 안에 넣고 꺼내어 보니 붉은 비단이 되어 있었다. 혹은 누렇게, 혹
은 붉게, 혹은 까맣게, 혹은 하얗게 물들이고, 또 붉은색을 푸르게 바
꾸고, 자주색을 진홍색으로 바꾸기도 하며 해 달라는 대로 모두 따라
해 주는 것이 마치 메아리가 울리는 듯했다.

　　그런데도 한 말 남짓한 물은 한 번도 마른 적이 없었다. 염색된 것

을 보니 모두 깨끗하고 정갈하였으며 마치 노련한 가게에서 하루 종일 염색한 것과 같았으나 그것이 어떤 기술인지 끝내 아무도 알지 못했다.

趙敦本不韋紹興二十九年爲臨安通判, 其子善廣在侍傍, 夢人持符追之曰: "府主喚." 廣辭不肯行, 曰: "吾父與府公共事, 吾知子弟職耳, 何爲喚我?" 持符者捽之以行. 廣問: "當以何服見?" 曰: "具公裳可也."

旣至公府, 庭下侍衛峻整, 威容凜凜可畏. 主者据案怒色曰: "趙善佐, 汝前生何以敢殺孕婦?" 廣拜而對曰: "某名善廣, 非佐也." 主者顧追吏曰: "此豈小事而誤追人邪?" 命捽送獄而釋廣. 廣還至家, 但見眼界正黑, 不能得其身, 自念平生誦『法華經』, 今不見何邪? 忽覺所誦經在手, 光燄煥然, 己身乃臥床上, 投以入, 遂寤. 家人蓋不覺也. 後七年, 爲饒州司戶, 乃卒.

자가 돈본인 조불위는 소흥 29년(1159)에 임안부⁵ 통판이 되었다. 아들 조선광이 옆에서 조불위를 모셨는데, 어느 날 꿈에 한 사람이 부절⁶을 가지고 그를 쫓아와 말하길,

"임안부 지사께서 부르신다."

조선광은 사양하며 선뜻 가려 하지 않다가 말하길,

"우리 아버님께서 임안부 지사와 함께 일을 하시고, 나도 자제로서 직분을 맡았는데 왜 나를 부르신다는 말이오?"

---

5 臨安府: 남송 兩浙路 臨安府(현 절강성 杭州市).

6 符節: 명령의 전달, 장수의 임명 등을 증명하기 위해 만든 신표로서 두 쪽이 합하여 일치 여부를 확인한다. 금·구리·옥·뿔·대나무 등 다양한 재료를 사용한다.

부절을 지닌 자가 그를 잡아서 끌고 가려 하였다. 조선광이 묻기를,

"마땅히 어떤 옷을 입고 가서 뵈어야 하오?"

그가 대답하길,

"공복을 갖추어 입으면 된다."

얼마 뒤 관부에 이르자 뜰아래 시위대가 정연하고 그 위용이 늠름하여 무서웠다. 주관 관리는 장부를 보더니 노기 띤 목소리로 말하길,

"조선좌, 너는 전생에 왜 감히 임신한 부인을 죽였느냐?"

조선광이 엎드려 절하며 대답하길,

"저의 이름은 선광입니다. 선좌가 아닙니다."

주관 관원은 그를 잡아 온 서리를 돌아보며 추궁하길,

"너는 어찌 이런 작은 일도 제대로 처리 못해 사람을 잘못 데려온단 말이냐."

그를 잡아 하옥시키라고 명하고 조선광을 풀어 주었다. 조선광은 집으로 돌아오기는 했지만 눈앞은 그저 온통 깜깜했고 혼이 그 몸으로 들어갈 수 없었다. 그는 평소에『법화경』을 암송했는데 지금 아무것도 보이지 않는 것은 무엇 때문인가라고 생각하였다. 그러자 갑자기 암송했던 경전이 손에 있는 것을 깨달았고, 불빛이 환하게 비치더니 자기 몸이 이미 침상 위에 누워 있었고, 혼이 몸으로 뛰어 들어가더니 마침내 깨어났다. 가족들은 어떤 일이 있었는지 모르는 듯했다. 7년 후 요주[7] 사호참군사가 되었지만 곧 사망하였다.

---

7 饒州: 江南東路 饒州(현 강서성 上饒市 鄱陽縣).

李南金客於宣州, 與一倡善. 紹興十八年, 秦棣爲郡守, 合樂會客.
李微服窺之, 以手招所善倡與語, 秦適望見, 大怒, 械送于獄, 將案致
其罪. 同獄有重囚四人, 坐刼富民財拘繫, 吏受民賄, 欲納諸大辟, 鍛
鍊彌月, 求其所以死而未能得. 南金素善訟, 爲吏畫策, 命取具案及條
令, 反覆尋索, 且代吏作問目, 以次推訊, 四囚不得有所言. 獄具, 皆杖
死, 吏果得厚賂, 卽爲南金作道地引贖出.

　後二年, 南金歸樂平, 與其叔師尹往德興謁經界官王昺, 宿于香屯客
邸. 夜中驚魘, 叔呼之不應, 撼之數十, 但喉中介介作聲. 叔走出, 喚鄰
室人, 幷力叫呼, 良久乃醒, 起坐謂叔曰: "惡事眞不可作. 曩者救急爲
之, 今不敢有隱." 始盡說前事云: "適夢身在宣城, 逢四人於路, 挽衣見
苦曰: '汝無狀, 用計殺我. 我本不負汝命, 今當相償死.' 便取大鐵盆覆
我, 故不能出聲. 非叔見救, 眞以魘死矣." 又十年, 竟遇蛇妖以卒.(洪
紱說.)

이남금이 선주[8]에 잠시 머물고 있을 때 한 창기와 가깝게 지냈다.
소흥 18년(1149), 진체[9]가 선주지사가 되자 풍악을 갖춰 손님을 맞았
다. 이남금은 일부러 누추하게 입고 몰래 가서 보다가 평소 친하게
지내던 창기를 손짓으로 불러 이야기를 나누었다. 진체가 마침 멀리

8　宣州: 江南東路 宣州(현 안휘성 宣城市).
9　秦棣: 권신 秦檜의 동생이다. 『寶慶四明志』 권1 「郡守」에는 진체가 敷文閣待制로
　　紹興 15년 1월부터 17년 4월까지 宣州지사를 지냈다고 기록되어 있다.

서 이를 보고는 크게 노하여 이남금을 형틀에 씌워 하옥시키고, 장차 조사하여 그 죄를 다스리고자 하였다.

당시 함께 감옥에 있던 자 가운데 중죄를 범한 죄수 네 명이 있었는데, 한 부자의 재물을 겁탈한 혐의로 붙잡혀 있었다. 옥리들은 그 죄수들에게 사형 판결을 내리고자 하였고, 한 달 내내 고문을 하면서 사형에 처할 수 있는 증거를 찾았으나 찾을 수 없었다.

이남금은 본래 소송에 능하였기에 옥리들을 대신하여 계책을 세워 주었다. 관련 문서들과 법률 조문을 가져오라 명하고 반복하여 증거를 찾아보았다. 또 옥리들을 대신하여 심문할 항목을 만들어 주고 하나하나 심문하게 하여 네 명의 죄수로 하여금 할 말이 없게 만들었다. 판결을 내려 형을 최종 확정하니 그들 모두 곤장으로 사형에 처해졌다. 옥리들은 실제 두둑한 뇌물을 받았고, 그들은 곧 이남금을 위해 잘 말해 주어 보석으로 나올 수 있게 해 주었다.

2년 후 이남금은 요주 낙평현[10]으로 돌아갔고, 숙부 이사윤과 함께 요주 덕흥현[11]에 가서 경계법을 담당한 관리 왕병을 찾아보고 향둔에 있는 객사에 투숙하였다. 밤중에 가위눌려 놀랐는데, 숙부가 불러도 대답하지 못하였다. 그를 수십 차례 흔들었지만, 그저 목에서 '씩씩' 소리만 날 뿐이었다. 숙부가 밖으로 나가 옆방 사람들에게 소리치고, 온 힘을 다해 부르니 한참 뒤 비로소 깨어났다. 그가 일어나 앉아 숙부에게 말하길,

"정말 나쁜 짓은 해서는 안 될 것 같습니다. 예전에 위급한 상황이

---

10 樂平縣: 江南東路 饒州 樂平縣(현 강서성 景德鎮市 樂平市).
11 德興縣: 江南東路 饒州 德興縣(현 강서성 饒州市 德興市).

이견을지 【二】

라서 나쁜 짓을 하였는데, 지금 감히 숨길 수가 없네요."

그는 비로소 전에 있었던 일을 다 말한 뒤 이르기를,

"꿈에 저는 선주[12]에 있었는데, 거기서 당시의 네 사람을 길에서 만났습니다. 그들은 제 옷을 끌어당기고 망신을 주며 말하길, '너는 아무 이유도 없이 계책을 짜 우리를 죽였다. 우리는 원래 너에게 목숨을 빚진 일이 없었으니 오늘은 마땅히 네가 죽음으로 갚아야 한다.' 그러더니 곧장 쇠로 만든 커다란 대야를 가져와 나를 덮어씌워 아무 소리도 낼 수 없었습니다. 숙부가 나를 구해 주지 않으면 정말로 가위에 눌려 죽었을 것입니다."

다시 10년이 흐른 뒤 그는 결국 뱀의 요괴에게 죽임을 당하였다. (홍불이 한 이야기다.)

12　宣城: 江南東路 宣州(현 안휘성 宣城市).

蜀婦人常氏者, 先嫁潭州益陽楚椿卿, 與嬖妾馬氏以妬寵相嫉, 乘楚
生出, 箠殺之. 楚生仕至縣令, 死, 常氏更嫁鄱陽程選. 乾道二年二月,
就蓐三日, 而子不下, 白晝, 見馬妾持杖鞭其腹. 程呼天慶觀道士徐仲
時呪治, 且飮以法水, 遂生一女, 卽不育. 而妾怪愈甚, 常氏日夜呼譽,
告其夫曰: "鬼以其死時杖杖我, 我不勝痛, 語之曰: '我本不殺汝, 乃某
婢用杖過當, 誤盡汝命耳.' 鬼曰: '皆出主母意, 尚何言?'
　程又呼道士, 道士敕神將追捕之, 鬼謂神將: "吾負至冤以死, 法師雖
尊, 奈我理直何?" 旁人皆見常氏在牀, 與人辨析良苦. 道士念終不可
致法, 乃開以善言, 許多誦經呪爲冥助, 鬼頷首, 卽捨去. 越五日, 復出
曰: "經呪之力, 但能資我受生, 而殺人償命, 固不可免." 常氏曰: "如是
吾必死, 雖悔之, 無可奈何. 然此妾亡時, 有釵珥衣服, 其直百千, 今當
悉酬之, 免爲他生之禍." 呼問之曰: "汝欲銅錢耶, 紙錢邪?" 笑曰: "我
鬼非人, 安用銅錢?" 乃買寓鏹百束, 祝焚之. 煙絶而常氏殂, 時三月六
日也.

사천 지역에 사는 상씨 부인은 당초 담주 익양현[13] 초춘경에게 시
집을 갔는데, 첩 마씨와 총애를 다퉈 서로 질시하였다. 상씨는 초춘
경이 출타한 틈을 타서 마씨를 매질하여 죽였다. 초춘경은 벼슬이 현
지사가 되었을 때 죽었고, 상씨는 다시 파양현[14]의 정선에게 재가하

13　益陽縣: 荊湖南路 潭州 益陽縣(현 호남성 益陽市).
14　鄱陽縣: 江南東路 饒州 鄱陽縣(현 강서성 上饒市 鄱陽縣).

였다.

건도 2년(1167) 2월, 상씨가 막 해산을 하려고 하는데 사흘이 지나도 아이가 나오려 하지 않았다. 백주 대낮인데 상씨는 첩 마씨가 몽둥이를 들고 자신의 배를 때리려는 것을 보았다. 정선은 천경관 도사 서중시를 불러 주술로 대처하도록 한 뒤 법수[15]를 마시게 하니 마침내 딸아이를 낳았지만 아기는 곧 죽었다. 첩 마씨의 원귀가 하는 괴이한 행동은 더욱 심해져 상씨는 밤낮으로 소리 지르다 남편에게 일러 말하길,

"귀신이 자기가 맞아 죽었을 때 썼던 몽둥이로 나를 때립니다. 나는 고통을 견딜 수 없어 마씨에게 '내가 본래 너를 죽인 것이 아니다. 그 하녀가 너무 심하게 몽둥이질을 해서 실수로 너의 생명을 빼앗았을 뿐이다'라고 하였습니다."

귀신이 대답하길,

"그게 다 주인의 뜻에 따라 한 일인데 다시 무슨 말이 더 필요하단 말인가?"

정선은 다시 도사를 불렀다. 도사가 신장에게 칙서를 내려 귀신을 잡으려 하자 귀신이 신장에게 말하길,

"나는 지독한 원한을 품고 죽었으니 법사께서 비록 존귀하시더라도 나의 경우가 분명하니 무엇을 어찌 하시겠습니까?"

옆에 있던 사람들 모두 상씨가 침상에 누워 있으면서 다른 사람과 한참 동안 잘잘못을 따지는 것을 보았다. 도사는 결국 법술로 다스려

---

15 法水: 佛法이 심중의 번뇌를 씻어 줌이 마치 물로 더러움을 씻는 것 같다는 데서 유래하였다. 도사나 무당이 병을 치료할 때 사용하는 정화수를 뜻하기도 한다.

질 수 없다는 것을 생각하고 이에 좋은 말로 타이르며, 여러 경전의 주문을 외워 명복을 빌어 주니 귀신은 고개를 끄덕이며 곧 가 버렸다. 하지만 닷새 후 다시 나타나 상씨에게 말하길,

"경전의 주문의 힘은 단지 나의 환생을 도울 수 있을 뿐이다. 사람을 죽인 자는 목숨으로 갚아야 하며 이는 결코 피할 수 없을 것이다."

상씨가 말하길,

"그렇다면 나는 죽음을 피할 수 없을 것이다. 지금 비록 후회한들 어찌할 수 없는 노릇이다. 하지만 마씨가 죽을 때 비녀와 귀걸이, 옷 등을 남겼는데 그 값이 굉장히 많이 나간다. 지금 마땅히 모두 그녀에게 갚아 주어 다음 생에서의 화를 면했으면 좋겠다."

마씨를 불러 물어보기를,

"너는 동전이 필요하냐, 지전이 필요하냐?"

마씨가 웃으며 말하길,

"나는 귀신이지 사람이 아닌데 동전을 어떻게 사용하겠는가?"

이에 백금을 칠한 지전[16] 백 묶음을 사서 복을 빌며 그것을 태웠다. 연기가 다 타오르자 상씨는 곧 죽었다. 이때가 3월 6일이다.

---

16 寓鏹: 은을 칠한 冥錢을 말한다.

樂平縣何衝里, 皆程氏所居, 其北有田一塢數十百頃. 紹興十四年夏五月, 積雨方霽, 日正中無雲, 田水如爲物所捲, 悉聚爲一, 直西行至杉木墩而止. 其高三四丈, 初無隄防, 了不汎決. 里南程伯高家, 相去可三百步, 井水忽溢起, 亦高數丈, 夭矯如長虹, 震響如霹靂, 北行穿程聰家牆, 又毀樓西北角而過.

村民遙望有物, 兩角似羊, 踊躍其中, 與靑衣童數人徑赴墩側. 田水趨迎之, 相扞鬪, 且前且卻, 凡十刻乃解. 北水各散歸田, 與未鬪時不少減, 南水亦循舊路入井中. 是日, 滿村洶洶, 疑有水災, 旣而無他事. 伯高者, 本以富雄其里, 自是浸衰, 未幾淪死. 今田疇皆爲他人有, 而聰亦與弟訟分財, 數年始定, 然則非吉祥也.

요주 낙평현 하충리는 정씨들이 모여 사는 집성촌이다. 그 북쪽에 보루 하나가 있고, 밭은 수천 경에 달하였다. 소흥 14년(1145) 여름 5월, 오랫동안 내리던 비가 막 그치고 해가 하늘 정중앙에 떠 있으며 구름 한 점 없을 때였다. 밭에 고인 물이 마치 어떤 것에 의해 돌돌 말리는 것 같더니 모두 한곳으로 모아져 곧바로 서쪽으로 움직이더니 삼목 돈대에 이르러 멈추었다. 그 높이는 3~4장 정도 되었고, 당초 제방이 없었는데 끝내 터지지 않았다.

마을 남쪽에 있는 정백고의 집은 그곳에서 300보 정도 떨어져 있었는데, 우물물이 갑자기 넘쳐 솟구쳐 역시 몇 장 높이나 되었고, 튀어 오르는 모양이 마치 긴 무지개 같았으며, 울리는 소리가 벼락 치는 듯했다. 북쪽으로 흘러들어가 정총의 집 담벼락을 통과하였고, 또 건물의 서북쪽 모서리를 허물고 지나갔다.

마을 주민들은 멀리서 바라보니 뿔이 두 개 난 양처럼 생긴 무언가가 그 가운데서 뛰어올라 푸른 옷을 입은 어린이 몇 명과 돈대 옆으로 곧장 달려가고 있었다. 밭에 고여 있던 물도 달려가 그들을 맞았고, 서로 막고 다투며 앞으로 갔다 물러나기를 반복하였다. 무릇 10각의 시간이 흐른 후 비로소 흩어졌다. 북쪽에서 흘러온 물은 각각 흩어져 밭으로 돌아갔다. 양쪽 물이 다투기 전에 비해 조금도 줄어들지 않았다. 남쪽에서 흘러온 물 역시 원래 길을 따라 우물 안으로 들어갔다.

이날 마을은 온통 어수선했고, 수재인 것처럼 여겨졌지만 얼마 뒤 별다른 일은 없었다. 백고라는 이가 본래 마을에서 큰 부자였는데, 이때부터 점점 쇠락하였고, 얼마 지나지 않아 죽었다. 지금 그의 밭은 모두 타인 소유가 되었다. 정총 역시 동생과 소송을 하여 재산을 나누었고 몇 해 지나서야 비로소 잠잠해졌다. 그러니 이 물난리는 길한 징조는 아니었던 것이다.

　　廉布宣仲·孫悋肖之在太學, 遇元夕, 與同舍生三人告假出游, 窮觀
極覽, 眼飽足倦, 然心中拳拳未嘗不在婦人也. 夜四鼓, 街上行人寥落,
獨見一騎來, 騶導數輩, 近而覘之, 美好女子也. 遂隨以行, 欲迹其所
向. 俄至曲巷酒肆, 下馬入, 買酒獨酌, 時時與導者笑語.

　　三子者亦入, 相對據案索酒, 情不能自制, 遙呼婦人曰: "欲相伴坐,
如何?" 卽應曰: "可." 皆欣然趨就之, 且推肖之與接膝, 意爲名倡也.
婦人以巾蒙首, 不盡睹其貌, 客戲發之, 乃一大面惡鬼, 殊可驚怖, 合
聲大呼曰: "有鬼!" 酒家奴出視, 則寂無一物, 嗤其妄. 具以所遇告, 奴
曰: "但見三秀才入肆, 安得有此?" 三子戰栗通昔, 至曉乃敢歸.

　　자가 선중인 염포¹⁷와 자가 초지인 손담¹⁸은 태학에서 공부하고 있
었다. 정월대보름을 맞아 같은 숙사 동기생과 함께 세 사람은 외출하
겠다고 신고하고 나가 놀았다. 이것저것 실컷 구경하여 눈은 한껏 즐
겁고 발은 피곤하였지만 마음속으로는 여자와 함께하지 못한 것이

17　廉布(1092~?): 자는 宣仲이고 楚州 山陽縣(현 강소성 淮安市 淮安區) 사람이다.
　　총명하고 시서화에 재능을 보여 과거에 급제한 뒤 당시 재상이었던 張邦昌의 눈에
　　들어 사위가 되었다. 그러나 장방창이 금군의 강요에 못 이겨 잠시 황제에 즉위하
　　였다가 제거된 일로 염포는 평생 관직에 나갈 수 없었다. 이후 술과 그림으로 세월
　　을 보냈다.
18　孫悋: 자는 肖之이며 李之儀·王銍 등과 같은 시기에 활동하였다. 王銍의 『雪溪集』
　　에 손담의 「還絟雲」이란 詩가 있는 것을 볼 때 兩浙路 處州 絟雲縣(현 절강성 麗水
　　市 絟雲縣) 사람이 아닌가 한다. 『全宋詞』에 「點絳唇」과 「長相思」 두 작품이 전해
　　진다.

못내 아쉬웠다. 한밤중 북이 4경을 알렸고, 거리의 행인도 거의 보이지 않았는데 말 한 마리가 달려오는 것을 보았다. 말을 탄 시종[19] 몇 명이 함께하고 있었는데, 가까이 오기에 엿봤더니 아름다운 여인이 타고 있었다.

즉시 따라가며 그녀가 가는 방향으로 따라가고자 하였다. 잠시 후 외진 작은 골목의 주점에 도착하더니 말에서 내려 안으로 들어가 술을 사서 혼자 마시며 때때로 시종들과 담소를 나누었다.

세 사람도 안으로 들어갔다. 탁자를 사이에 두고 서로 마주 보게 앉아 술을 주문했는데, 정념을 자제하지 못해 멀리서 여자를 부르며 말하길,

"서로 같이 앉고 싶은데 어떠시오?"

그녀가 곧 대답하길,

"좋습니다."

모두 기뻐하며 달려가 앉았고, 또한 그녀와 무릎이 닿을 정도로 손담을 밀어서 앉게 했는데, 그들은 여인을 유명한 창기가 아닐까 생각했다. 여자는 천으로 얼굴을 가리고 있어 그 생김새를 다 보지는 못하였다. 이들이 희롱하며 천을 걷어 내고 보니 바로 커다란 얼굴의 추악한 귀신이었다. 깜짝 놀라고 무서워 모두 큰 소리로 외치기를

"귀신이다!"

주점의 노복이 뛰어나와 보니, 아무것도 보이지 않았고 조용하였다. 노복은 그들의 황당함을 비웃었다. 그들이 본 것을 말하니 노복

---

19 騶導: 고관이 출행할 때 앞에서 길을 열던 騎卒을 뜻한다.

이견을지 【二】

이 말하길,

"단지 세 명의 수재만 주점에 들어오는 것을 보았는데 어찌 그런 일이 있단 말이오?"

세 사람은 부들부들 떨며 밤을 새고, 새벽이 되어서야 용기를 내서 돌아갈 수 있었다.

會稽人桂百祥, 能役使六甲六丁, 以持正法著名, 稱爲眞官, 先是,
吳松江長橋下, 每潮來, 多損舟船, 相傳云龍性惡所致. 縣人共雇一傭,
齎訴牒請於桂, 桂曰:"若用我法, 當具章上奏, 則此龍必死. 事體至大,
吾所不忍, 姑爲其易者."

乃判狀授傭, 戒曰:"汝歸, 持往尋常覆舟處, 語之曰:'桂眞官問江龍
何爲輒害人, 宜速改過自新. 脫或再犯, 當飛章上天, 捕治行法矣.'" 此
人持歸報父老, 別募一漁者, 使伺潮將至, 從第四橋出白之. 漁者迎投
判牘, 具告桂語. 瞬息間, 潮頭正及其處, 卽滔滔而返, 自是不復爲害.
(二事趙公懋元功說.)

월주[20]사람 계백상은 '육갑신'과 '육정신'을 부릴 수 있고, 정법을
지니고 있는 것으로 이름나서 '진관'[21]이라 불리었다. 예전부터 오송
강[22]의 긴 다리 아래에서는 매번 파도가 밀려올 때마다 많은 배가 파
손되었는데, 전하는 말에 의하면 성격이 악독한 용의 소행이라고 하

---

20 會稽: 兩浙路 越州(현 절강성 紹興市).

21 眞官: 본래 신선 가운데 선계의 관직을 갖고 있는 자를 가리키나 道士나 方士의 별
칭이기도 하다.

22 吳松江: 절강성 서쪽의 天目산맥과 茅山산맥 수계가 太湖에 모인 뒤 吳淞江을 거
쳐 바다로 흘러간다. 송대에는 태호가 침강하여 물이 다량 유입되는 데 비해 배수
가 안 되어 호수 면적이 계속 확대되었고 퇴적물도 늘어나 송대 이후 오송강은 강
의 기능이 퇴화되었고, 13세기 말에는 지금의 瀏河가 오송강을 대신하게 되었다.
명대에는 다시 黃浦江이 주류가 되고 오송강은 지류로 바뀌었다.

였다. 현의 주민들은 공동으로 하인 한 명을 고용하여 하늘에 고발하는 문서를 계백상에게 전해서 도움을 청하였다. 계백상이 말하길,

"만약 나의 법술을 사용하려면 마땅히 글을 갖추어 하늘에 상주해야 한다. 그러면 용이 반드시 죽게 되나 일이 너무 커지게 되리니 이는 내가 차마 감내할 수 있는 일이 아니다. 차라리 용에게 고쳐 보라고 하겠다."

그리고 판결문을 하인에게 주면서 당부하길,

"너는 돌아가서 그것을 가지고 항상 배가 뒤집히는 곳을 찾아가 용에게 말하기를, '진관 계씨가 묻노니 오송강의 용은 어찌하여 번번이 사람을 해치는가? 속히 개과천선함이 마땅하리라. 만약 다시 이런 일을 범하면 하늘에 상주문을 올려 너를 잡아 법으로 다스리게 될 것이다'라고 하여라."

하인이 판결문을 들고 돌아가 마을의 부로에게 보고하였고, 따로 어부 한 명을 모집하여 그로 하여금 파도가 오기를 기다려 네 번째 교량에 가서 그것을 꺼내 말하라고 하였다. 어부는 파도를 기다렸다가 판결문을 던지고 아울러 계백상의 말을 전하였다. 순식간에 파도의 앞머리가 바로 그곳에 멈추었고 곧 출렁이며 물러섰다. 이때부터 다시는 피해를 입는 자가 없었다.(위의 두 일화는 자가 원공인 조공무[23]가 한 이야기다.)

---

23 趙公懋(1115~?): 자는 元功이며 송 태조의 동생인 魏王 趙廷美의 6세손이다.

陳晦叔輝爲江西漕, 出按部, 舟行過吳城廟下, 登岸謁禮不敬, 至晚
有風濤之變, 雙檝皆折, 百計救護, 僅能達岸. 明日, 發南康, 船人曰:
"當以猪賽廟." 晦叔曰: "觀昨日如此, 敢愛一豕乎?" 使如其請以祀, 而
心殊不平. 船纔離岸, 則風引之回, 開闔四五, 自旦至日中乃能行.

又明日, 抵大孤山, 船人復有請, 晦叔怒曰: "連日食吾猪, 龍亦合
飽." 鼓棹北行不顧. 纔數里, 天地斗暗, 雷電風雨總至, 對面不辨色.
白波連空, 巨龍出水上, 高與檣齊, 其大塞江, 口吐猛火, 赫然照人. 百
靈祕怪, 奇形異狀, 環繞前後, 不可勝數.

舟中人知命在頃刻, 各以衣帶相纏結, 冀溺死後屍易尋覓. 殿前司
揀兵將官牛信, 從吏在別舫, 最懼, 俯伏板上, 見一人, 白髮不巾, 當頂
櫛小髻, 謂曰: "無恐, 不干汝事." 晦叔具衣冠拜伏請罪, 多以佛經許
之, 龍稍稍相遠, 遂沒不見, 暝色亦開. 篙工怖定, 再理楫, 覺其處非
是, 蓋逆流而上, 在大孤之南四十里矣, 初未嘗覺也. (南昌宰馮義叔說.)

자가 회숙인 진휘[24]는 강남서로 전운사로서 관할 지역을 순시하고
있었다. 배가 오성묘[25] 아래를 지나자 강둑에 올라 배알하고 예를 올

---

24 陳輝: 자는 晦叔이며 복건로 福州 懷安縣(현 복건성 福州市 侯官縣) 사람이다. 元
符 3년(1100)에 과거에 급제하였다. 본문에서는 강남서로 전운사라고 하였는데
대고산을 비롯한 순시지역이 강남동로 남강군 일대여서 강남동로 전운사를 역임
한 것이 아닌지 의문이 든다.

25 吳城廟: 江南東路 南康軍 建昌縣(현 강서성 九江市 永修縣)에 있는 사묘로 정식
명칭은 吳城順濟廟다. 元豐 7년(1084) 蘇軾이 쓴 「吳城順濟廟石砮記」가 있다.

리는데 경건하지는 않았다. 저녁이 되자 바람과 파도가 변하여 돛대 두 개가 모두 부러졌고, 백방으로 구호작업을 하여 겨우 강둑에 다다를 수 있었다. 다음 날, 남강군[26]으로 출발하는데, 한 뱃사람이 말하길,

"마땅히 돼지를 잡아 오성묘에 제사를 올려야 합니다."

진휘가 대답하길,

"어제 일어난 그 같은 일을 생각해 보면 감히 돼지 한 마리를 아끼겠는가?"

뱃사람이 청한 대로 제사를 올리게 하였지만 마음은 유독 평안하지 못했다. 배가 겨우 강둑을 떠나가려는데 바람이 불어 배를 밀어 돌아오게 하였고 떠나고 돌아오기를 네다섯 차례나 반복하였다. 아침부터 정오까지 그러다 겨우 떠날 수 있었다.

다음 날 대고산에 이르렀는데, 뱃사람이 다시 제사 지낼 것을 청하였다. 진휘는 화를 내며 말하길,

"연이틀 나의 돼지를 먹으면 용도 마땅히 배가 부를 것이다."

노를 저으며 북쪽으로 향하면서 뒤를 돌아보지 않았다. 겨우 몇 리밖에 안 갔는데 천지간이 갑자기 어두워지더니 천둥과 번개를 동반한 비바람이 계속 불었고 맞은편을 바라보아도 어딘지를 분간할 수 없을 지경이었다. 흰 파도가 연이어 허공에 부딪히며 거대한 용이 물밖으로 오르니 그 높이가 돛대와 비슷했으며 그 크기는 강을 가로막을 정도였다. 입에서는 맹렬한 불을 뿜어내고 있었고, 빛이 발하여

---

26 南康軍: 江南東路 南康軍(현 강서성 九江市 星子縣).

사람을 비추었다. 백 가지 신령과 숨어 있던 요괴가 기괴하고 기이한 형상으로 배의 앞뒤를 둘러싸니 그 수가 셀 수 없을 정도로 많았다.

배 안의 사람들은 목숨이 경각에 달렸다는 것을 알고 각자 옷의 허리띠로 서로를 매어 묶었는데, 이는 익사한 후에도 사체를 쉽게 찾을 수 있기를 바라서였다. 전전사[27]에서 병사 훈련을 담당한 장수 우신과 수행 서리는 다른 배에 있었는데, 너무 무서워서 갑판 위에 고개를 숙이고 엎드렸다. 그들은 한 사람을 보았는데 백발에 두건도 두르지 않았고 정수리에는 작은 상투만 틀었다. 그가 말하길,

"두려워하지 말거라. 너희와는 상관없는 일이다."

진휘는 의관을 갖추고 엎드려 절하며 용서를 구하였고, 여러 차례 불경을 외우며 간구하였다. 용은 점점 멀어지더니 마침내 사라져 보이지 않았고, 어두운 빛 역시 사라져 하늘이 열렸다. 뱃사공들은 두려움을 점차 안정시키고 다시 노를 잡았는데, 그 위치가 배가 원래 있어야 할 곳이 아님을 깨달았다. 물결을 거슬러 위로 올라가 있었는데, 대고산 남쪽으로 40리나 떨어진 곳이었는데도 당초 전혀 모르고 있었다.(남창현지사 풍희숙이 한 이야기다.)

---

27 殿前司: 牙軍이라는 私兵 위주로 편제된 오대의 군편제는 점차 侍衛親軍으로 통합
되었으나 시위친군이 쿠데타의 주역이 되어 황권을 위협하자 이를 분리하여 전전
사를 설치하였다. 송조는 황제 직할 중앙군[禁軍]을 전전사와 侍衛司로 나누었다.
초기에는 都點檢·都指揮使·都虞候 등을 두었으나 후에는 도점검직을 없앴다.

皇甫自牧罷融州通判赴調, 由長沙泛江. 六月劇暑, 自牧在舟中與同行者皆袒裼不冠履, 以象戲遣日. 忽博局傾側, 以爲適然, 對奕不輟. 舟師之妻大呼曰: "急焚香, 龍入船矣." 驚顧, 見一物繳繞, 超出水面, 正當馬門壓焉. 舟低七八尺, 腥涎流液滿中, 鱗大如盆, 其光可鑒. 自牧惶遽穿靴着衣, 百拜禱請. 舟且平沉, 龍忽躍入水, 其響如崩屋聲, 激巨浪數四而波平, 舟已遠矣. 自牧至梧州守而卒.(王嘉叟說, 其姻家也.)

　　황보자목이 융주[28]통판직에서 물러난 뒤 새 부임지로 가면서 장사[29]에서 강을 건넜다. 6월 더위가 한참 기승을 부리고 있어 황보자목은 배에서 같이 동행하는 자들과 함께 모두 웃통을 벗고 갓과 신발도 벗은 채 장기를 두며 하루하루를 보내고 있었다. 갑자기 장기판이 옆으로 기울었는데 우연이라 여기고 대국을 멈추지 않았다. 선장의 아내가 큰소리로 외치며 말하길,

　　"급히 향을 피우세요, 용이 배 안으로 들어오고 있어요."

　　놀라 돌아보니 몸이 둘둘 엉킨 한 물체가 수면 위로 뛰어올라 바로 선창의 문을 가로막았다. 배의 밑바닥은 깊이가 7~8척 정도 되었는데 비린 액체가 흘러넘쳐 배를 가득 메웠고, 비늘은 물동이처럼 컸으

28　融州: 廣南西路 融州(현 광서자치구 柳州市 融安縣).
29　長沙: 荊湖南路 潭州(현 호남성 長沙市).

며 그 빛은 사람이 비칠 정도였다. 황보자목은 황급히 신을 신고 옷을 입은 뒤 백번 절을 하여 기도하고 도움을 청하였다. 배는 곧 평정을 찾아 잠잠해졌으며 용은 홀연히 물 안으로 뛰어들었다. 그 소리는 마치 집이 무너지는 소리 같았다. 거칠고 거대한 파도가 수차례 부딪혀 온 후 파도는 잠잠해졌고 배는 이미 멀리 떠나와 있었다. 황보자목은 오주[30]지사가 되었을 때 죽었다.(왕가수가 한 이야기인데, 그와는 인친관계이다.)

---

30 梧州: 廣南西路 梧州(현 광서자치구 梧州市).

燕人程師回, 既歸國, 爲江西大將. 紹興十二年, 朝廷遣還北方, 舟
行過大孤山下, 舟人白: "凡舟過此者, 不得作樂及煎油. 或犯之, 菩薩
必怒." 師回曰: "菩薩爲誰?" 不肯言, 逼之再三, 乃以龍告. 師回嘻笑
曰: "是何敢然? 龍居水中, 吾不能制其所爲. 吾在舟中, 龍安能制我!"
命其徒擊鼓吹笛奏蕃樂, 燒油煠魚, 香達于外. 自取胡牀坐船背, 陳弓
矢劍戟其旁.

舟人皆相顧拊膺長歎曰: "吾曹爲此胡所累, 命盡今日矣. 奈何!" 時
天氣清明, 風忽暴起, 曀霧四合. 震霆一聲, 有物在煙波間, 兩目如金
盤, 相去僅數十步, 睨船欲進, 威容甚猛. 師回曰: "所謂菩薩者, 乃爾
邪?" 引弓射之, 正中一目. 其物卻退, 睢盱入水中, 未幾, 風浪亦息, 安
流而去, 人皆服其勇. 江行人相傳以烹油爲戒, 云: "蛟螭之屬, 聞油香
則出, 多騰入舟, 舟必覆, 或至於穿決隄岸乃去." 師回所射, 蓋是物也.

연경[31] 사람 정사회는 본국[32]으로 돌아온 후 강남서로 병마도감이
되었다.[33] 소흥 12년(1142), 조정에서는 그를 소환하여 북방으로 파견

---

[31] 燕京: 거란 南京道 析津府(현 북경).

[32] 본문의 '歸國'은 금국에서 남송으로 돌아왔다는 말이다. 程師回가 금군의 포로로
있다가 귀국했거나 常勝軍에서 이탈해 남송에 귀순하였던 것으로 보인다. 본문의
'오랑캐'는 정사회가 거란의 영토였던 현 북경 출신이기 때문에 나온 말이다.

[33] 紹興 11년(1141) 11월에 歐幻四 등이 반란을 일으켜 兩浙路 溫州 平陽縣(현 절강
성 溫州市 平陽縣)을 침범하자 高宗은 당시 강남서로兵馬都監이었던 程師回를 파
견하여 진압시켰다.

하였다. 정사회가 배를 타고 대고산 아래를 지나는데 뱃사람이 말하길,

"배를 타고 이곳을 지나는 사람은 누구나 풍악을 울려서도 안 되고 지짐을 부쳐서도 안 됩니다. 만약 이를 범하게 되면 보살님이 반드시 노하십니다."

정사회가 묻길,

"보살이 누구냐?"

뱃사공이 대답하지 않으려고 하자 정사회는 뱃사공을 거듭 다그치며 물으니 비로소 용이라 답하였다. 정사회는 웃으며 말하길,

"어찌 감히 그런 일이 있을 수 있단 말인가? 용은 물 안에서 살고 있으니 무슨 짓을 하건 내가 제압할 수 없다. 나 또한 배 안에 있으니 용이 어찌 나를 제압할 수 있겠는가!"

그는 부하들에게 명하여 북을 치고 피리를 불며 오랑캐의 음악을 연주하라 하였고 기름을 사르고 물고기를 구워 그 냄새가 밖으로 퍼졌다. 스스로 접이의자를 가져와 배의 뒷부분에 놓고 앉았고, 활과 화살, 검과 창을 그 옆에다 벌여 놓았다.

뱃사람들은 모두 서로 바라보며 가슴을 쓸어내리며 길게 탄식하며 불평하길,

"우리들은 이 오랑캐에게 연루되어 오늘 목숨이 끊어지게 생겼다. 어떻게 해야 하나!"

당시 날씨가 청명하였는데 갑자기 바람이 거세게 불고 음산한 안개가 사방에서 모여들었다. 천둥이 요란하게 울렸고 한 물체가 운무 자욱한 수면 위로 나타났는데, 두 개의 눈은 마치 금쟁반 같았고 겨우 수십 발짝 정도 되는 거리에서 배를 노려보며 가까이 오려고 하였

는데 위용이 매우 사나웠다. 정사회가 묻길,

"소위 보살이라는 자가 바로 너냐?"

활을 당겨 그를 향해 쏘았는데, 눈 하나에 적중하였다. 그 물체는 뒤로 물러서면서 눈을 부릅뜬 채 물 속으로 들어갔다. 오래지 않아 풍랑도 잠잠하였고 평온하게 천천히 흐르는 강물의 흐름에 따라 떠 갔다. 사람들 모두 정사회의 용맹함에 탄복하였다. 강을 오가는 사람들은 기름으로 요리하는 것은 금기라고 전해 왔는데, 그들이 말하길,

"교룡[34] 무리는 기름 냄새만 맡으면 물 밖으로 나와 통상 배 위로 뛰어오르는데, 그렇게 되면 배가 반드시 전복된다. 어떤 때는 제방까지 뚫고 들어와서야 사라지기도 했다."

정사회가 맞힌 것은 대략 이런 것이었다.

---

34 蛟螭: 교룡의 이칭이다. 교룡은 뿔이 없고 비늘이 있는 뱀처럼 생긴 용을 뜻하며 때를 만나지 못해 뜻을 이루지 못한 영웅호걸을 뜻하기도 한다.

婺州永康人徐偲, 字彦思, 素以能文爲州里推重. 鄕人欲爲父祖立
銘碣, 必往求之. 平生無時頃輟讀書, 後仕至建州通判歸. 暮年忽病忘,
世間百物, 皆不能辨. 與賓客故舊對面不相識, 甚至於妻孥在前, 亦如
路人. 方食肉, 不知其爲肉, 飮酒, 不知其爲酒. 飢渴寒暑晝夜之變, 一
切盡然. 手亦不能作一字, 閱三年乃卒. 蓋苦學精思, 喪其良心云.(喩
良能說.)

자가 언사인 무주 영강현³⁵ 사람 서시는 원래 글을 잘 써서 무주 사
람들에게 추앙을 받았다. 고향 사람들은 아버지나 할아버지를 위해
비석에 글을 새길 때 꼭 그에게 와서 글을 써 달라고 부탁하였다. 평
생 동안 잠시도 독서를 멈춘 적이 없으며, 후에 벼슬은 건주 통판까
지 하고 귀향하였다.

그런데 늘그막에 갑자기 건망증을 앓아 세상의 모든 것을 분별할
수 없게 되었다. 손님들은 물론 예로부터 친분이 있던 사람들과 마주
하여도 알아보지 못하고, 심지어 처자가 앞에 있는데도 모르는 사람
처럼 대하였다.

고기를 먹고 있으면서도 그것이 고기인 줄도 모르고, 술을 마시고
있으면서도 그것이 술인 줄도 몰랐다. 배고픔과 갈증, 추위와 더위,

35　永康縣: 兩浙路 婺州 永康縣(현 절강성 金華市 永康市).

낮과 밤의 변화 모두 다 제대로 분별하지 못했다. 손으로 글자 한 자도 쓸 수 없었다. 3년을 그렇게 보낸 후 비로소 죽었다. 대개 학문에 몰두하고 생각을 집중하느라 그 어진 마음을 잃어서 그렇다고 한다. (유량능이 한 이야기다.)

이견을지

夷堅乙志
卷 16

方城縣境有花山, 近麥陂市, 市人率錢築道堂以處道女. 村民劉姑
者, 棄家入道, 處堂中. 其女旣嫁矣, 一夕, 夢見之, 泣曰: "我昨與夫壻
忿爭, 相敺擊, 誤仆戶限上, 蠱損兩乳, 已死矣." 姑驚悸而寤, 卽下山
詣女家詢之, 果以昨日死, 扣其曲折良是. 欲執壻送縣, 里人勸止之曰:
"姑名爲出家, 而以一女自累, 不可也." 乃止. 里胥亦幸無事, 祕不言,
女寃竟不獲伸.

　당주 방성현[1]에 있는 화산 근처 맥피촌의 시장에서 시장 사람들은
돈을 거둬서 도관을 짓고 여자 도사를 살게 하였다. 촌민 유씨 노파
가 집을 떠나 도교에 귀의하여 도관에 살았다. 그의 딸은 이미 시집
갔는데, 어느 날 밤 노파의 꿈에 딸이 나타났다. 딸이 울며 말하길,

　"저는 어제 남편과 화가 나서 싸우게 되었는데, 서로 치고받다가
잘못하여 문지방 위로 넘어졌고, 두 가슴이 눌려 이미 죽었어요."

　노파는 놀라고 애가 타서 잠에서 깨어나자마자 즉시 산 아래로 내
려가 딸네 집에 가서 어찌 된 일인지 물어보니 어제 딸이 죽은 것이
사실이었다. 그 곡절을 알아보니 실로 꿈에서 딸이 말한 그대로였다.
사위를 붙잡아 현아로 데려가고자 했으나 마을 사람들이 말리면서
말하길,

1　方城縣: 京西南路 唐州 方城縣(현 하남성 南陽市 方城縣).

"당신은 명분상 이미 출가한 몸인데, 딸의 일로 스스로 연루되는 것은 적절하지 않아요."

노파는 이에 그만두었다. 마을의 서리들도 아무 일도 없다며 다행으로 여기고 비밀을 지키며 아무 말도 하지 않았다. 딸의 원통함은 결국 풀어 주지 못했다.

政和七年秋, 婺源縣雲溪王氏婦死, 經日復生. 邑人朱喬年松方讀
書溪上, 亟往, 問所見. 曰: "昨方入室, 見二吏伺于戶外, 遂率以去, 步
於沙莽中, 天氣昏昏, 不能辨早暮. 俄頃入大城, 廛市井邑甚盛, 凡先
亡之親戚鄰里皆在焉, 相見各驚嗟, 問所以來故. 追吏引入官府, 歷西
廂下, 拱立舍中, 吏檢簿指示曰: '汝是歙州婺源縣俞氏女乎?' 答曰:
'然.' 曰: '父祖名某, 鄉里名某乎?' 曰: '非也.' 摘其耳曰: '誤矣.' 叱追者
使出. 久之, 復執一婦人至, 身血淋漓, 數嬰兒牽挃衣裾, 旋繞左右. 吏
又問其姓氏·家世·邑里, 皆與簿合, 命付獄. 而顧我曰: '與汝同姓
氏, 故誤相逮至此. 此人凡殺五子, 子訴冤甚切, 雖壽算未盡, 冥司不
得已先錄之. 汝今還陽間, 宜以所見告世人, 切勿妄殺子也.' 別遣人送
出, 推墮河中, 遂寤." 喬年卽與其家人往詢所追者家, 果以是日死.(喬
年爲文記之.)

정화 7년(1117) 가을, 섭주 무원현² 운계의 왕씨 부인이 죽었다가
하루 만에 다시 살아났다. 현성 사람으로 자가 교년인 주송은 마침
운계 위쪽에서 공부하고 있었는데, 급히 가서 왕씨가 본 것에 대해
물어보았다. 왕씨가 말하길,

"어제 막 방으로 들어갔는데 두 명의 서리가 문 밖에서 엿보고 있
는 것을 보았습니다. 그들은 곧장 저를 끌고 갔습니다. 넓은 모래사
장 가운데를 걷고 있는데 날이 어둑어둑하여 아침인지 저녁인지 분

2　婺源縣: 江南東路 歙州 婺源縣(현 강서성 景德鎭市 婺源縣).

간할 수가 없었습니다. 잠시 후 큰 성 안으로 들어갔는데 가게가 늘어선 시장과 마을이 매우 번화했고, 이미 돌아가신 친척과 이웃들이 모두 그곳에 있어 서로 마주칠 때마다 놀라고 탄식하며 어떻게 이곳에 오게 되었느냐고 물으셨습니다.

나를 끌고 온 서리가 한 관부로 나를 데리고 들어갔는데, 서쪽 행랑채 아래를 지나더니 방 가운데서 팔짱을 끼고 섰고, 한 서리는 장부를 검사하며 저를 가리키며, '너는 섭주 무원현 유씨의 딸이냐'고 묻기에 '그렇습니다'라고 하였습니다. 그 서리가 '아버지와 할아버지의 이름은 모모이고, 동네 이름은 모모이지'라고 묻기에 '아닙니다'라고 하였습니다. 그가 귀를 비비며, '잘못됐구나'라고 하더니 저를 잡아 온 자를 꾸짖더니 밖으로 나가라고 하였습니다.

한참 후에 다시 한 부인이 잡혀 왔는데, 온몸에 피가 흥건했고, 여러 명의 어린아이들이 옷가지를 잡아끌며 좌우를 돌았습니다. 서리가 다시 그녀의 성씨, 집안, 사는 마을을 물었는데 모두 부합하자 옥에 가두라고 명하였습니다. 그리고 저를 돌아보고 말하길, '성씨가 너와 같아서 여기로 잘못 데려왔다. 이 여자는 모두 다섯 명의 아들을 죽였는데, 아들들이 아주 간절하게 원통함을 호소하여 비록 그녀의 수명이 다하지 않았지만 명계의 관아에서는 부득이 먼저 그녀를 데려온 것이다. 너는 지금 이승으로 돌아가서 마땅히 네가 본 것을 세상 사람들에게 말하고 함부로 아들을 죽이면 절대 안 된다고 전해라'라며 다시 사람을 파견하여 밖으로 보내 주었는데, 강물에 밀쳐 떨어진 뒤 비로소 깨어났습니다."

주송은 저승에 잡혀갔다는 여자의 집에 가족들과 함께 곧장 가서 물어보니 과연 그날 죽었다고 하였다.(주송이 이 일을 글로 기록하였다.)

趙丞相居朱崖時，桂林帥遣使臣往致酒米之餽，自雷州浮海而南.
越三日，方張帆早行，風力甚勁，顧見洪濤間紅旗靡靡，相逐而下，極
目不斷，遠望不可審，疑爲海寇或外國兵甲，呼問舟人. 舟人搖手令勿
語，愁怖之色可掬. 急入舟，被髮持刀，出篷背立，割其舌，出血滴水
中，戒使臣者，使閉目坐船內.

凡經兩時頃，聞舟人相呼曰：“更生，更生.”乃言曰：“朝來所見，蓋巨
鰌也，平生未嘗睹. 所謂紅旗者，鱗鬣耳. 世所傳吞舟魚何足道! 使是
鰌與吾舟相値在數十里之間，身一展轉，則已淪溺於鯨波中矣. 吁! 可
畏哉!”是時舟南去而鰌北上，相望兩時，彼此各行數百里. 計其身，當
千里有餘，莊子鯤鵬之說，非寓言也. 時外舅張淵道爲帥云.(張子思說，
得之於使臣，外舅不知也.)

재상 조정³이 길양군⁴에서 유배 생활을 할 때, 계주⁵의 광남서로 안

3　趙鼎(1085~1147): 자는 元鎭이며 永興軍路 解州 聞喜縣(현 산서성 運城市 聞喜
　　縣) 사람이다. 서경 하남부 지사를 역임하였으며, 고종 즉위 후에는 御史中丞·簽
　　書樞密院知事·建州지사·洪州지사 등을 거쳐 몇 차례 재상이 되어 정권의 안정
　　에 크게 기여하였다. 그러나 주전론을 주장하여 파면된 뒤 興化軍·漳州·潮州
　　등지로 유배되었으며 마지막에는 廣南西路 吉陽軍(현 해남성 三亞市)으로 유배되
　　었다. 길양군에서 3년간 유배 생활을 한 뒤 秦檜의 압박에 스스로 단식하여 사망
　　하였다. 후에 李綱·胡銓·李光과 함께 남송 4대 명신으로 평가받았다.
4　珠崖: 漢武帝 元鼎 6년(전111)에 현 해남성에 珠崖郡·儋耳郡을 설치한 뒤 珠崖·
　　儋耳는 해남도의 별칭으로 사용되었다. 송대에는 瓊州·南寧軍·萬安軍·吉陽軍
　　을 설치하였다. 하지만 해남도가 정식 지명으로 확정된 것은 1951년이고, 역대 모
　　두 瓊州 등 행정지명으로 불렸다. 따라서 주애는 趙鼎이 유배된 당시 지명에 따라

무사 장연도는 하급 무관을 파견하여 술과 쌀을 선물로 보냈는데, 이들은 뇌주[6]에서 바다를 건너 남쪽으로 향했다. 사흘 뒤 막 돛을 펴서 서둘러 가려는데, 바람이 매우 강하게 불었고, 큰 파도 사이로 붉은 깃발이 펄럭이고 있는 것이 보였다. 쫓아서 따라가 보았는데 한없이 보아도 끝이 없었고 멀리 아득히 바라보아도 다 살필 수가 없었다.

해적이거나 혹은 외국의 군대라 의심하여 뱃사람을 불러 물어보았다. 뱃사람은 손사래를 치며 아무 말도 하지 말라고 하는데, 걱정하고 떠는 기색이 역력했다.[7] 급히 배 안으로 들어가 머리를 풀어헤치고 칼을 든 채 나와 돛대에 등을 지고 서더니 혀를 잘라서 피를 바닷물에 떨어트렸다. 하급 무관들에게 눈을 감고 선창 안에 앉아 있으라고 경고하였다.

두 시진쯤 지난 뒤 뱃사람들이 함께 지르는 소리가 들렸는데,

"죽었다 살아났네! 죽었다 살아났어!"

곧 그들이 말하길,

"아침에 본 것은 아마도 커다란 수염고래인데, 평생 수염고래를 본 적이 없습니다. 붉은 깃발이라고 말한 것은 비늘과 지느러미였습니다. 세간에 전해지는 배를 삼키는 물고기도 어찌 족히 이와 비교할 수 있겠습니까! 이 수염고래를 따라 우리 배가 수십 리 사이를 두고

'길양군'으로 번역하였다.
5 桂林: 廣西南路 桂州(현 광서자치구 桂林市). 고종은 즉위 전 桂州에 치소를 둔 靜江軍절도사를 지낸 바 있어 紹興 3년(1133)에 광남서로의 치소인 계주를 靜江府로 승격시켰다.
6 雷州: 廣南西路 雷州(현 광동성 湛江市 雷州市).
7 可掬: 본래 '두 손으로 움켜쥘 만하다'라는 말인데 '상황이 명확하다'는 뜻으로도 쓴다.

갔으니, 고래가 몸을 한 번 돌리기만 해도 우리는 고래처럼 큰 파도 가운데로 빠져 죽었을 것입니다. 아, 정말 무서웠습니다!"

그때 배는 남쪽으로 내려갔고 수염고래는 북쪽으로 올라갔는데, 서로 마주한 것이 두 시진이었고 피차가 각각 수백 리를 지났다. 그 몸체를 헤아려 보니 분명 천 리가 넘었다. 장자가 말한 곤붕[8]이 괜한 말이 아니었다. 당시 장인 장연도가 안무사로 있었다고 한다.(장자사가 한 이야기로서 하급 무관으로부터 들은 것이다. 장인은 알지 못한다.)

---

8 鯤鵬:『莊子』의 「逍遙遊」에 나오는 전설적인 동물로서 '鯤'은 전설 속의 큰 물고기를, '鵬'은 큰 새를 뜻한다. 북극 바다에 사는 곤은 크기가 수천 리에 달하는데, 곤이 새로 변하면 붕이 된다. 붕의 등은 몇 천 리인지 알 수 없고 붕이 남쪽 바다를 날 때 날개로 해면을 치면 3천 리, 그로 인한 회오리바람이 9만 리에 이르렀다고 한다.

台州寧海縣東, 涉海有島, 曰 "三山鎭". 鎭屯巡檢兵百人, 凡兩潮乃
可得至. 先君爲主簿時, 曾以公事詣其處, 與巡檢登山頂縱觀, 四面皆
大洋, 山之陰水尤峭急. 從高而望, 水汩汩成渦, 而中陷不滿者數十處
云, 此所謂'尾閭'泄水者也.

　　태주 영해현[9] 동쪽 바다가에 '삼산진'이라는 섬이 하나 있었다. 삼
산진에는 순찰병 100명이 주둔하고 있었는데, 하루 두 차례 밀물 때
만 배가 다다를 수 있었다. 선친께서 영해현 주부로 계실 때, 공무를
처리하기 위해 그곳에 가신 적이 있었는데, 순찰병과 산꼭대기에 올
라 아래를 내려다보셨다. 사면이 모두 큰 바다로 둘러싸여 있는데,
산의 뒤쪽은 물살이 유난히 세찼다. 높은 곳에서 조망하여 보니 물이
세차게 흐르다 소용돌이가 되고, 그 가운데가 움푹 파여 비어 있는
곳이 수십 곳에 이른다고 하였다. 이것이 소위 '미려'[10]라고 하는 물
이 새어 나가는 곳이다.

9　寧海縣: 兩浙路 台州 寧海縣(현 절강성 寧波市 寧海縣).

10　尾閭:『莊子』의「秋水」에 나오는 단어로, 전설에서 바닷물이 새어 나가는 곳을 뜻
한다. "천하의 물은 바다보다 큰 것이 없고, 온 세상의 내가 바다로 흘러드는데 언
제쯤 멈추어 가득 차지 않을지 알 수 없다. 미려에서 바닷물이 새어 흘러 나가는데
언제쯤 멈추어 바다가 텅 비지 않을지 모르겠다(天下之水, 莫大於海, 萬川歸之, 不
知何時止而不盈, 尾閭泄之, 不知何時已而不虛)"라는 구절에서 유래하였다. 지금
은 주로 강의 하류를 가리킬 때 쓰인다.

　　饒州德興縣士人董穎, 字仲達, 平生作詩成癖, 每屬思時, 寢食盡廢, 詩成, 必徧以示人. 嘗有警語云: "雲壑釀成千嶂雨, 風蘋吹老一汀秋." 蒙韓子蒼激賞. 徐師川爲改'汀'字爲'川', 汪彦章曰: "此一字大有利害." 目其文曰『霜傑集』, 且製敍以表出之.

　　然其窮至骨, 他日入郡, 爲人作秦丞相生日詩, 窮思過當, 遂得狂疾, 走出, 欲投江水. 或爲遣人呼其子, 買舟載以歸, 歸數日而死. 家貧子弱, 葬不以禮, 亦無錢能作佛事. 歷十餘日, 宗人董應夢者夢見之, 曰: "穎死後, 以家貧之故, 不蒙佛力, 尚未脫地獄苦. 吾兄儻施宗誼, 微爲作齋七, 以資冥路, 倂刻『霜傑集』傳于世, 則瞑目九泉, 別當報德矣."

　　應夢如其請, 先飯僧作齋, 又夢來謝曰: "荷兄追拔, 已得解脫, 『霜傑』願終惠也." 以詩一章爲謝, 記其一句曰: "日斜人度鬼門關." 應夢家正開書肆. 竟爲刻集.

　　자가 중달인 요주 덕흥현[11]의 선비 동영[12]은 평생 시를 쓰는 것이 유별난 습관이 되었다. 매번 시구를 생각할 때마다 잠자고 먹는 일도 전폐하였고, 시가 완성되면 반드시 여기저기 다니며 사람들에게 보여 주었다. 한번은 빼어난 구절[13]을 쓰고 말하길,

---

11　德興縣: 江南東路 饒州 德興縣(현 강서성 饒州市 德興市).

12　董穎: 자는 仲達이며 江南東路 饒州 德興縣(현 강서성 饒州市 德興市) 사람이다. 宣和 6년(1124)에 과거에 급제하였다. 문집 『霜傑集』은 상당히 좋은 평가를 얻었으나 후에 유실되었고, 陳起가 편찬한 『前賢小集拾遺』에 일부 작품이 남아 전해진다.

구름 자욱한 골짜기에 빚은 술 익어 가는데,
초목 무성한 산봉우리에 비가 내리네.
수초에 바람 일어 늙은이에게 불어오니,
한나절 물가에 앉아 가을을 느끼네.

이 구절은 한구[14]의 칭찬을 받았다. 서부[15]는 '물가汀'를 '냇가川'로
바꾸었다. 왕조[16]가 말하길,

"이 글자는 아주 좋은 점과 나쁜 점이 동시에 있다."

왕조는 동영의 시문을 읽어 보고 『상걸집』이라 이름 지은 뒤 서문
을 써서 자신의 생각을 표출하였다.

그러나 동영은 지독히도 가난하여 어느 날 요주 성내에 들어가 다
른 사람을 대신해 재상 진회의 생일을 축하하는 시를 써 주었다. 동

---

13 警語: 사람을 감동시킬 만한 유난히 뛰어난 말을 뜻한다.

14 韓駒(1080~1135): 자는 子蒼이고 成都府路 仙井監 仁壽縣(현 사천성 眉山市 仁
壽縣) 사람이다. 江西詩派의 주요 인물 가운데 한 사람으로 어렸을 때부터 蘇轍의
칭찬을 받았으나 후에 그로 인해 당쟁에 휘말리기도 하였다. 著作郎·秘書少監·
中書舍人 겸 修國史·江州지사 등을 역임하였다. 『陵陽集』4권이 전해진다.

15 徐俯(1075~1141): 자는 師川이며 江南西路 洪州 分寧縣(현 강서성 九江市 修水
縣) 사람이다. 부모 모두 黃庭堅의 사촌이었다. 부친 徐禧의 재능을 이어받아 어
려서부터 시재가 뛰어났으며 소식과 황정견에게 수학하였다. 江西詩派의 대표적
인물로 강남을 주유하며 시와 술을 즐겼다. 46세의 늦은 나이에 출사하였으나 右
諫議大夫·侍讀·簽書樞密院知事·參知政事 등을 역임하였다. 직선적 성격으로
갈등을 빚기도 하였다. 말년에는 요주 덕홍현에 은거하였다.

16 汪藻(1079~1154): 자는 彦章이며 江南東路 饒州 德興縣(현 강서성 饒州市 德興
市) 사람이다. 徐俯·韓駒에게 사사한 江西詩派의 일원이다. 胡伸과 함께 '江左二
寶'라는 말을 들을 정도로 문재가 뛰어났으나 간신 王黼와 사이가 좋지 않아 중용
되지 못하다가 欽宗 즉위 후 太常少卿·起居舍人이 되었다. 고종 때 湖州·撫
州·徽州·泉州·宣州지사 등을 역임하였으며 顯謨閣大學士·左大中大夫까지
승진하였다.

영은 너무 골똘히 생각을 한 나머지 미치고 말았다. 밖으로 나와 강물에 몸을 던지려고 하였는데, 누군가가 사람을 보내 동영의 아들을 부르고 배를 세내어 싣고 돌아가게 하였다. 집으로 돌아간 지 며칠이 지나 그만 죽고 말았다. 가난한 데다 아들도 어려서 제대로 장례를 치르지 못하였고, 돈이 없어 불공을 드릴 수도 없었다.

열흘 남짓 지난 뒤 집안사람 동웅몽이란 이가 꿈에 동영을 보았는데, 동영이 말하길,

"제가 죽은 뒤 집이 가난한 까닭에 부처님의 가피를 받지 못해 아직도 지옥의 고통을 벗어나지 못하고 있습니다. 형님께서 만일 종친의 정을 베푸시어 작게나마 49재[17]를 지내 주어 저승 가는 길을 도와주시고, 또 『상걸집』을 판각하여 세상에 알려 주시면 구천에서 편안히 눈을 감고 따로 그 은덕에 보답하겠습니다."

동웅몽은 그의 청대로 따라 주었다. 먼저 승려들에게 식사를 대접하여 재를 올리게 하자 다시 꿈에 나타나 감사하다며 말하길,

"형님의 도움에 힘입어 이미 해탈할 수 있었습니다. 원컨대 『상걸집』 출간에도 끝까지 은혜를 베풀어 주시기 바랍니다."

그는 시 한 수로 감사를 표했는데, 기억나는 한 구절은 다음과 같다.

햇빛이 사람의 도량을 비추니 귀문[18]이 닫히는구나.

---

17 齋七: 齋는 본래 제사를 앞두고 神明을 접하기 위해 몸과 마음을 깨끗이 하는 일을 뜻하나 후에는 제사와 유사한 뜻으로 썼다. 불교에서는 사람이 죽으면 7일마다 재를 올려 명복을 비는데, 신분과 연령에 따라 3재·5재·7재로 구분한다. 7재는 49일 걸리므로 齋七 또는 累七齋라고도 한다.

동응몽 집안은 마침 책방을 하고 있어서 마침내 동영의『상걸집』
을 판각해 주었다.

　　臨安萬松嶺上, 多中貴人宅, 陳內侍之居最高. 紹興十五年, 盛夏納涼, 至四鼓未寢. 道上人跡已絶. 忽見獄卒, 衣黃衣, 領三人, 自北而南. 一衣金紫者行前, 其次着紫衫, 又其次着涼衫, 到劉供奉門外, 升階欲上. 金紫者難之, 獄卒曰: "彼中已承當, 如何不去? 時已晚, 請速行." 乃俛首而入.[此下宋本闕兩葉.]

　　임안부[19]의 만송령[20] 위에는 황제의 총애를 받는 환관들의 주택이 모여 있는데, 그중 내시 진씨의 집이 가장 높은 곳에 있었다. 소흥 15년(1145) 내시 진씨는 한여름에 더위를 식히며 4경이 되도록 잠을 못 이루고 있었다. 길가에 인적은 이미 끊어졌는데, 갑자기 누런색 옷을 입은 옥졸이 나타나서는, 세 명을 거느리고 북쪽에서 남쪽으로 오고 있었다. 3품관 이상의 관원이 입는 자주색 관복을 입고 신분증이 새겨진 어대를 찬 고관 한 명이 앞에서 가고 있었고, 그 다음 사람은 자색 적삼을 걸치고 있었고, 그 다음 사람은 얇은 적삼을 걸치고 있었다. 입내내시성공봉관[21] 유씨의 집 문밖에 이르자 계단을 올라 위로

19　臨安府: 남송 兩浙路 臨安府(현 절강성 杭州市).

20　萬松嶺: 현 항주시 서호 동남쪽에 있는 吳山의 동남쪽 紫陽山이다. 높이 98m로 높지 않으나 기암괴석이 많은 경승지여서 남송 때부터 벌목이 금지되었고 많은 건축물이 지어졌다. 원대에 紫陽庵이 건립되면서 자양산으로 바뀌었다.

21　入內內侍省供奉官: 入內內侍省에 속한 환관 관직으로서 송 초의 정식 명칭은 入內內侍省內東·西頭供奉官이었고, 政和 2년(1112)에 입내내시성공봉관으로 개칭하

오르고자 하였다. 자주색 관복을 입은 고관이 난색을 표하자 옥졸이 말하길,

"당신들은 이미 감당하기로 하였는데 왜 가려 하지 않는가? 시간이 이미 늦었으니 속히 올라가시오."

이에 머리를 숙이고 들어갔다.

[송대 판본은 이 뒤의 2엽이 결락되어 있다.]

였다. 궁중 숙직 · 요리 · 파견 등 다양한 업무를 맡았으며 품계는 종8품이다. 약칭은 供奉官이다.

之正寢, 扃鐍甚固. 孫喚驛吏啟門, 答曰: "此室爲異鬼所居, 凡數十年矣, 無敢入者." 孫生年少, 又爲大府僚屬, 擁從卒百人, 恃勇使氣, 竟發戶而入. 至夜, 明燭于前, 取劍置几上. 過二更後, 獨坐心動, 未能就枕.

忽聞梁上有聲, 仰視之, 一靑鬼長二尺許, 正跨梁拊掌而笑. 孫密呼戶外從者, 皆熟寢不應. 久之, 鬼冉冉而下, 立孫側, 盤旋而舞. 少焉, 奪劍執之, 舞不止. 孫益懼, 但端坐聽命. 俄有婦人, 頂冠出屛後, 衣服甚整, 笑曰: "小鬼莫惱官人, 便歸去." 言畢, 皆不見. 牕紙已明, 蓋擾擾達旦也. 肇仕豫爲吏部侍郎, 出知棣州. 因大旱, 用番法祈雨, 執肇坐於烈日中, 汲水數十桶, 更互澆其體, 遂得病死.

… 마침 잠을 자고 있었는데, 문의 빗장은 견고하게 걸려 있었다. 손조23는 역의 서리들을 불러 문을 열어 보라고 하였는데, 그들이 답하길,

"이 방은 괴이한 귀신이 살고 있습니다. 이미 수십 년 동안 감히 들어간 사람이 없었습니다."

손조는 나이가 젊은 데다 상급 관아의 막료로서 수하 사병 백 명을

---

22 이 제목은 원래 결락되어 있으나 중화서국본의 小注를 참고하여 앞의 목차에 근거해 보충하였다.

23 孫肇: 京東東路 齊州(현 산동성 濟南市) 사람으로 송의 遊突軍 統制를 지냈고, 후에 大齊에서 吏部侍郎·棣州지사를 역임하였다.

거느리고 있어 용기를 내고 기세등등하게 마침내 문을 열고 들어갔
다. 밤이 되자 밝게 빛나는 초를 앞에 두고 검을 뽑아 작은 탁자 위에
두었다. 2경이 지난 뒤 홀로 앉아 있는데 마음이 불안하여 자리에 누
울 수가 없었다.

갑자기 대들보 위에서 무슨 소리가 들려 고개를 들어 바라보니 키
가 2척 정도 되는 푸른 귀신이 있었다. 마침 대들보에 다리를 벌리고
앉아 손뼉 치며 웃고 있었다. 손조가 몰래 문밖에 있는 시종들을 불
렀지만 모두 깊이 잠들어 있어 응답하지 못했다. 한참 뒤 귀신은 느
릿느릿 내려오더니 손조 옆에 서서 빙글빙글 돌면서 춤을 추었다. 잠
시 후 검을 뺏어 잡아들고 계속 춤을 추었다. 손조는 더욱 무서워졌
지만 그저 단정하게 앉아 명령에 복종하고 있었다. 잠시 후 한 여자
가 머리에 관을 쓰고 병풍 뒤에서 나왔는데 의복이 아주 단정하였다.
그녀는 웃으면서 말하길,

"귀신은 나리를 괴롭히지 않을 것이고 곧 돌아갈 것입니다."

말이 끝나자마자 모두 사라졌다. 창문의 창호지는 이미 밝아졌으
니 대체로 귀신의 분란이 새벽까지 계속된 것이다. 손조는 유예[24]의
관리로 이부시랑[25]을 지냈고, 체주[26]지사를 맡았다. 큰 가뭄이 들자

---

24 劉豫(1073~1143 또는 1146): 자는 彦遊이며, 하북동로 永靜軍 阜城縣(현 하북성
    衡水市 阜城縣) 사람으로 금이 세운 괴뢰 정권인 大齊의 황제다. 북송 말 河北西
    路 提點刑獄使였고, 建炎 2년(1128)에 濟南府지사였다. 금군의 공격을 받자 투항
    한 뒤 建炎 4년(1130)에 금의 책봉을 받아 '大齊皇帝'가 되었고, 大名府(현 하북성
    邯鄲市 大名縣)를 도성으로 정하였다. 紹興 2년(1132)에 개봉으로 천도하고 남송
    을 여러 차례 공격하였지만 실패하여 금으로부터 불신을 받다가 紹興 7년(1137)
    에 폐위되었고, 대제도 소멸되었다.
25 吏部侍郎: 吏部의 차관으로 정원은 2명이다. 원풍개혁 후 정4품상에서 종3품으로

금조의 방식대로 기우제를 지냈는데, 그것은 손조를 잡아 뜨거운 햇빛 아래 앉히더니 여러 통의 물을 가져와 서로 교대하며 물을 뿌리는 것이었다. 손조는 곧 병이 나서 죽었다.

승격되었다.
26 棣州: 河北東路 棣州(현 산동성 濱州市).

濟州金鄉縣, 城郭甚固, 陷於北虜. 紹興壬戌歲, 有人中夜扣城門欲
入, 闍者不可, 其人怒罵久之, 曰: "必不啓關, 吾自有計." 忽大風震天,
城門破裂, 吹闍者出城外. 一縣室屋, 皆飛舞而出. 自令丞以下, 身如
御風而行, 不復自制, 到城外乃墜地. 是歲州爲河所淪, 一城爲魚, 而
金鄉獨全, 遂爲州治.(二事趙不廌說.)

　　제주 금향현[27] 성곽은 매우 견고하였지만 금군에 의해 함락되었다.
소흥 12년(1142), 어떤 사람이 밤에 성문을 두드리며 들어오려고 하
였다. 문지기가 안 된다고 하자 그 사람은 한참 동안 화를 내며 욕을
하더니 말하길,

　　"네가 절대로 문을 열지 않겠다고 한다면 나는 나대로 계책이 있다."

　　갑자기 큰 바람이 불어 하늘을 진동시키더니 성문이 부서졌고, 문
지기는 성 밖으로 날아갔다. 현성의 집들 모두 춤추듯 날아가 버렸
다. 현지사와 현승 이하 사람들은 몸이 바람을 타듯 날아갔는데, 스
스로 제어할 수가 없었고 성 밖까지 가서야 비로소 땅으로 떨어졌다.
이 해 제주는 황하의 범람에 침몰되어 성 전체가 모두 물에 빠졌고
오직 금향현만 홀로 무사하였다. 이에 곧 금향현이 주의 치소가 되었
다.(위의 두 일화는 조불유가 한 이야기다.)

27　金鄉縣: 京東西路 濟州 金鄉縣(현 산동성 濟寧市 金鄉縣).

韓郡王解樞柄, 建第于臨安淸湖之東. 其女晚至後院, 見婦人圓冠
褐衫, 背面立, 以爲姊妹也, 呼之. 婦人回首擂女胸, 卽仆地, 猶能言所
見, 遂短氣欲絶. 王招方士宋安國視之, 揭帳諦觀曰: "雖有祟, 然無傷
也. 一女子年可十八九." 說其衣冠皆同. "又一老媼五十餘歲, 皆在左
右, 今當遣去."

命取大竹一竿, 掛紙錢其上, 使小童執之. 令病者噓氣, 宋以口承之,
吹入竹杪, 如是者二, 竹勢爲之曲. 宋曰: "邪氣盛如此, 豈不爲人害!"
又汲水噀其竿, 童力不能勝, 與竹俱仆, 女遂醒. 先是, 某人家室女爲
淫行, 父母幷其乳婢生投于井中, 覆以大靑石, 且刻其罪于石陰, 今所
見, 蓋此二鬼. 鬼爲宋言如是. 宋字通甫, 治祟不假符籙考召, 其簡妙
非他人比也. 韓府今爲左藏庫.

통의군왕 한세충은 추밀사직에서 물러난 뒤 임안부 청호²⁸ 동쪽에
저택을 짓고 살았다.

한세충의 딸이 저녁 무렵에 후원으로 갔는데, 한 여자가 둥근 모
자를 쓰고 베적삼을 입은 채 등을 보이며 서 있었다. 딸은 자매인 줄
알고 아는 체하였으나 그 여자는 고개를 돌리면서 딸의 가슴을 찔렀

28　淸胡: 항주에 있던 수많은 호수 가운데 하나로서 錢塘縣(현 上城區 일대)과 仁和
縣(현 下城區 일대)의 경계선에 있는 龍翔橋~衆安橋 일대에 있었던 것으로 추정
한다. 퇴적작용으로 남송 후기에는 靑湖河가 되었다가 후에 없어졌다.

다.

딸은 즉시 땅에 쓰러졌지만 자신이 보았던 것을 아직 말할 수 있는 정도였다. 그러나 곧 숨이 짧아지더니 끊어지려 하였다.

한세충은 방사 송안국을 불러 딸을 살펴보게 하였다. 송안국은 휘장을 걷고 자세히 살펴보더니 말하길,

"비록 요괴에게 걸려들었지만 다친 데는 없습니다. 요괴 가운데 한 여자는 나이가 18~19세 정도일겁니다."

그리고 요괴의 의관을 말하였는데 모두 똑같았다.

"또 한 노파는 오십여 세인데, 그녀의 좌우에 함께 있습니다. 지금 내가 쫓아내려고 합니다."

그는 큰 대나무 하나를 가져오라고 명하고 그 위에 지전을 걸어 두고 동자에게 그것을 잡고 있으라 하였다. 병자에게 숨을 내쉬라고 한 뒤 자신은 입으로 그 기운을 받아 대나무 끝에 불어넣었다. 이렇게 두 번을 하니 대나무의 기세가 그것으로 꺾였다.

송안국이 말하길,

"사악한 기운이 이처럼 성하니 어찌 사람에게 해를 입히지 않겠습니까!"

다시 물을 길어와 그 대나무에 뿌리니 동자는 힘을 지탱할 수가 없어 대나무와 함께 쓰러졌고, 딸은 마침내 깨어났다.

이보다 앞서 어떤 집안의 딸이 음행을 저지르자 부모가 유모인 하녀와 함께 산 채로 우물 안에 던진 뒤 커다란 청색 돌로 덮고 돌의 뒷면에 그 죄를 새겨 두었다. 오늘 본 두 요괴가 대략 그 두 여자였다. 이는 귀신이 송안국에게 이야기를 해 준 것이다.

송안국은 자가 통보인데 요괴를 다스리는 데 부적을 사용하지 않

고 불러서 살펴보기에 그 간단함과 오묘함이 다른 사람과는 비할 바 없었다. 한세충의 저택은 지금 조정의 좌장고[29]가 되었다.

---

29 左藏庫: 조정의 창고 명칭 가운데 하나로 궁전 왼쪽에 있던 데서 유래하였다. 송 초 하나였다가 太平興國 2년(977)에 錢幣 · 金銀 · 匹帛 등 3庫로 나뉘어졌다. 淳化 3년(992) 左右로 나뉘어 수입용과 지출용으로 운영하였고, 이듬해 다시 좌우 左藏庫를 錢金銀 · 絲綿 · 生白匹帛 · 雜色匹帛으로 구분하는 등 많은 변화가 있었다. 左藏庫監官 4명이 관리하였으며 소속 서리와 병사의 정원은 일정하지 않았다.

10   귀신이 맷돌 속으로 들어가다 鬼入磨齊

鎭江都統制王勝, 獨行後圃, 遙望山石後有人引首, 近而視之, 乃牛
頭人, 著朱衣, 相對立. 勝叱問曰: "誰?" 牛頭亦曰: "汝爲誰?" 勝捫塼
擊之, 亦擲塼相報. 勝懼, 捨之而還. 其妻初嫁軍小將, 又嫁陳思恭, 末
乃嫁勝. 嘗見二前夫同坐於堂, 以語勝, 勝曰: "復來, 當急告我." 明日
又至, 勝出, 其坐自如. 亟逐二鬼, 皆走至西廂, 入磨齊中乃滅. 勝以手
擊磨, 五指皆傷, 是年死. (二事韓子溫說.)

진강부[30]주찰어전제군도통제 왕승[31]은 홀로 집 뒤의 정원을 거닐
고 있는데 멀리 산 바위 뒤에 어떤 사람이 고개를 쑥 내밀고 있는 것
이 보였다. 가까이 가서 보니 소머리를 한 사람이었고 붉은색 옷을
입고 있었다. 서로 마주 보며 섰기에 왕승이 질책하듯 묻길,

"너는 누구냐?"

소머리를 한 자 역시 말하길,

"너는 누구냐?"

왕승이 벽돌을 잡고 그를 치자 그 또한 그 벽돌을 던지며 맞받아쳤
다. 왕승이 놀라 그냥 두고 집으로 돌아왔다. 왕승의 아내는 처음에

---

30 鎭江府: 兩浙路 鎭江府(현 강소성 鎭江市).

31 王勝(?~1149): 한세충의 부장 출신으로 '黑龍'이라는 별명을 지닌 용장이었다. 昭
信軍·武勝軍 承宣使, 天武·龍衛四廂都指揮使, 御前統制, 江寧府지사를 역임하
였다. 진강부 도통제를 7년 동안 역임하였다.

군대의 하급 장수에게 시집갔다가 다시 진사공[32]에게 재가하였고, 마지막으로 왕승에게 시집왔다. 그녀는 일찍이 두 전남편이 집에 함께 앉아 있는 것을 보았고, 이를 왕승에게 말하자 왕승이 대답하길,

"그들이 다시 오면 곧바로 나에게 말하시오."

다음 날 그들이 다시 왔다. 왕승이 나왔지만 그들은 태연히 앉아 있었다. 급히 두 귀신을 내쫓으니 모두 서쪽 행랑채로 도망갔다가 맷돌 가운데로 들어가 갈리어 없어졌다. 왕승은 손으로 맷돌을 부쉈고, 다섯 손가락을 모두 다쳐 상처가 났다. 왕승은 그 해에 죽었다.(위의 두 일화는 한자온이 한 이야기다.)

---

32 陳思恭: 한세충의 부장 출신으로 建炎 3~4년(1128~1129)에 수군을 이용하여 금군의 남하를 저지하였으며 특히 太湖에서 큰 승리를 거두었다. 御前後軍統制와 神武후군통제를 역임하였다.

延平人張撫幹有術使鬼神. 鍾士顯世明病瘧, 折簡求藥, 張不與藥,
不答簡, 但書'押'字於簡版上, 戒曰:"以舌舐之當愈." 果愈. 鍾婦翁林
氏, 富人也, 用千緡買美妾, 林如福州, 而妾病沉困不食, 鍾邀張治之.
張曰:"事急矣, 度可延三日命, 林君如期歸, 則可見." 乃呵氣入妾口
中, 少頃, 目開體動, 索粥飮之, 頗能語. 信宿林歸, 妾亦死. 又與鄧秀
才者同如福州, 鄧羸劣不及事, 張曰:"吾以一力假君何如?" 鄧曰:"君
自無僕, 何戲我?" 前過一神祠, 指黃衣卒曰:"以此人奉借." 鄧特以爲
相戲侮, 遂分道各行. 至前溪渡頭, 舟人欀船待曰:"君非鄧秀才乎? 適
有急脚過此, 令具舟相載." 固已怪之矣, 晩到村市, 見旅舍貼片紙曰:
"鄧秀才占." 問之, 又此人也. 自是三日皆然. 至福唐, 夢黃衣來曰:"從
公數日, 勞苦至矣, 略無一錢相謝, 何耶? 我坐貪程行速, 蹙損兩指, 當
亟爲療治." 覺而異之, 卽焚楮鏹數萬祝獻. 歸途過祠下, 視黃衣, 足指
果斷其二, 自和泥補治之.

남검주 검포현[33] 사람 장무간은 귀신을 부리는 재주가 있었다. 자
가 사현인 종세명이 학질에 걸렸는데, 편지를 써서 약을 구하자 장무
간은 약을 주지 않고 답신도 쓰지 않고 다만 '압押' 자를 편지에 써서
주의를 주며 말하길,

---

[33] 延平縣: 福建路 南劍州 劍浦縣(현 복건성 南平市 延平區). 196년에 南平縣을 처음
설치하였고, 379년에 延平縣으로 바꾼 이래 두 지명이 주로 쓰이다가 945년에 劍
浦縣을 설치하였다. 南平·延平이 선행 지명이어서 검포현의 별칭으로 쓰였다.

"혀로 이 글자를 핥으면 곧 나을 것입니다."

과연 병이 나았다.

종세명의 장인 임씨는 부자였다. 십만 전을 들여 예쁜 첩을 샀는데, 임씨가 복주[34]를 간 사이 첩이 병들어 맥이 빠지고 음식도 먹지 못하였다. 종세명은 장무간을 불러 치료하게 하였다. 장무간이 말하길,

"상황이 매우 위급합니다. 아마도 사흘 정도 더 살 수 있을 것으로 보입니다. 임씨가 그 안에 돌아오면 볼 수 있겠지요."

이에 첩의 입으로 숨을 불어넣자 잠시 후 그녀는 눈을 뜨고 몸을 움직일 수 있었으며, 죽을 달라고 하여 먹었고, 말도 제법 할 수 있었다. 이틀 밤을 지나 임씨가 돌아왔고, 첩은 죽었다.

또 장무간이 수재 등씨와 함께 복주로 가고 있었는데, 등씨가 삐쩍 마르고 약해서 일을 처리하지 못하자 말하길,

"내가 사람 한 명을 그대에게 빌려줄까 하는데 어떠하오?"

등씨가 말하길,

"그대도 노복이 없는데, 어찌 나를 놀리시오?"

장무간은 한 사묘 앞을 지나면서 누런색 옷을 입은 졸병을 가리키며 말하길,

"이 사람을 빌려 드리겠소."

등씨는 그가 너무 심하게 장난치고 희롱한다고 생각하여 곧 헤어져 각자 따로 갔다. 앞에 있는 냇가의 나루터에 다다르자 뱃사람이

---

34 福州: 福建路 福州(현 복건성 福州市).

배를 대고 그를 기다리며 말하길,

"그대는 등수재가 아니십니까? 마침 전령이 이곳을 지나며 나에게 배를 준비하여 실어 드리라 하였소."

그는 참으로 기이하다 생각했다. 저녁에 한 마을의 시장에 도착하였는데, 여관을 보니 작은 종이가 붙어 있었다.

"등수재가 머물 예정이다."

그것에 대해 물어보니 또 같은 사람이었다. 이때부터 사흘 연속 모두 그러하였다. 복주[35]에 이르러 꿈에 누런색 옷을 입은 자가 나타나 말하길,

"공을 며칠 동안 모셨는데, 매우 힘들었습니다. 그런데 수고비 한 푼이라도 주면서 고맙다는 인사도 없으니 어찌 된 일입니까? 나는 지나치게 일정을 서둘러 급히 다니느라 발가락 두 개가 상처 났으니 급히 치료받아야 합니다."

잠에서 깨어나 기이한 꿈이라고 여겼다. 즉시 지전 수만 전을 불태워 고마움을 표하였다. 돌아가는 길에 예전 그 사묘 아래를 지나다보니 누런색 옷을 입은 조각상이 보였다. 정말로 발가락 두 개가 끊어져 있기에 직접 진흙을 발라 보수해 주었다.

---

35 福唐: 福建路 福州(현 복건성 福州市). 聖曆 2년(699)에 長樂縣 일부를 분리하여 만든 萬安縣을 開寶 1년(742)에 福唐縣으로, 후량 開平 2년(908)에 永昌縣으로 개칭하였다가 후당 同光 1년(923)에 다시 福唐縣으로 회복시켰으나 후당 長興 4년(933)에 福淸縣으로 고쳐 지금 福淸市에 이르렀다.

趙令族居京師泰山廟巷, 僕人嘗入報, 有髑髏在書窗外井旁, 令族曰:"是必鴟鳶銜食墜下者, 善屛棄之."僕持箕帚去, 此物殊不動, 將及矣, 遽躍入井中, 其聲𥎊如. 僕以事告, 令族曰:"乃汝恐懼不自持, 誤躄之墜水, 姑以石窒之, 勿汲也."明日又往, 則復在石上, 且前視之, 逮相近, 宛轉從旁揭石以入. 僕益恐, 令族猶不信, 曰:"明日謹伺之, 我將觀焉."乃窺於窗隙中, 所見與僕言同, 亦懼.

會元夕張燈, 自登梯捲簾, 未竟, 忽悲哭而下. 問之, 不答, 遂得心疾, 厭厭如狂癡. 其妻議徙居以避禍, 旣得宅於城西, 遣其子子澈先往, 妻與令族共乘一兜擔. 子澈掃洒畢, 回迎之, 遇諸東角樓下. 揭簾問安否, 令族神色頓淸, 但時時探首東望, 極目乃已.

及至新居, 則洒然醒悟, 能說病時事, 云:"憶初登梯時, 見婦人被髮蒙面, 從堂哭而出, 聲絶哀. 吾不勝悲, 亦爲之揮淚, 自此不離左右, 然未嘗見其貌也. 今日相躍升轎, 接膝坐, 被髮如初. 望東闕門, 急趨而下, 向東行, 吾卽覺神觀稍復舊. 覘其出通衢, 雜稠人中, 不可辨乃止. 以今日之醒, 念前日之迷, 得不墮鬼計中, 幸矣!"令族旣免, 續又有宗室五觀察來居之, 不半年死, 時宣和中.

조영족은 도성의 태산묘³⁶ 거리에 살고 있었다. 하루는 노복이 들어와 보고하길, 해골이 서재 창문 밖 우물 옆에 있다고 하였다. 조영족이 말하길,

---

36　泰山廟: 개봉 동쪽 금휘문 부근에 있다.

"이는 반드시 솔개가 먹이로 물고 와 떨어뜨린 것일 테니 잘 주어다 버려라."

노복은 삼태기를 가져다 쓸어 버리려고 하였는데, 해골은 조금도 움직이지 않고 있다가 가까이 다가가자 갑자기 뛰어올라 우물 속으로 떨어지니, 그 소리가 마치 북소리 같았다. 노복이 이 일을 보고하니 조영족이 말하길,

"네가 무섭고 겁이 나서 알아서 잘 잡지 못하고, 가까이하다 잘못해서 우물에 빠뜨린 것 아니냐. 잠시 돌로 우물을 덮어 물을 긷지 못하게 하여라."

다음 날 다시 가 보니 또 돌 위에 해골이 있었다. 그것을 보려고 앞으로 가까이 다가가니, 옆으로 돌돌 굴러 돌을 걷어 내고 우물로 들어갔다. 노복은 더욱 겁이 났지만 조영족은 여전히 그의 말을 믿지 못하고 말하길,

"내일은 신중하게 그것을 지켜보아라, 나도 가 볼 것이다."

이에 창틈으로 몰래 지켜보니, 노복이 말한 것과 똑같기에 조영족도 두려워졌다.

마침 정월대보름이 돼서 조영족은 등을 달고자 직접 사다리에 올라 등갓을 걸어 올리고 있었는데, 채 마치지도 않고 갑자기 슬프게 울면서 내려왔다. 무슨 일이냐고 물었지만 대답하지 못한 채 곧 마음의 병을 얻었는데, 무기력한 것이 마치 바보가 된 듯하였다.

조영족의 아내는 이사를 나가 화를 피하자고 의견을 내고는 도성의 서쪽에 집을 얻어 아들 조자철을 보내 먼저 가게 했다. 조영족은 아내와 함께 가마를 탔다. 조자철은 청소를 다 마치고 부모를 맞이하러 돌아오다 동각루[37] 아래에서 만났다. 가마의 발을 걷고 안부를 묻

자 조영족의 정신이 갑자기 맑아졌다. 다만 때때로 머리를 내밀고 동쪽을 보는데, 물끄러미 한참을 바라보고 나서야 비로소 멈추었다.

새 거처로 이사 오자 씻은 듯 머리가 맑아졌고 자신이 아팠을 때의 일을 말할 수 있게 되었다. 그가 이르길,

"처음 사다리에 올라갔을 때를 생각해 보니, 한 부인이 머리를 풀어 헤쳐 얼굴을 덮은 채 대청에서 울면서 나왔는데 울음소리가 몹시도 애달팠다. 나 역시 슬픔을 이기지 못해 그녀를 위해 눈물을 흘렸는데 그때부터 내 곁을 떠나지 않았다. 그러나 그 모습을 한 번도 제대로 보지는 못하였다. 오늘도 나를 따라 수레에 올라 옆에 무릎을 나란히 하고 앉았는데, 머리를 풀어 헤친 모습은 처음과 같다. 그런데 동쪽 궐문을 보더니 급히 뛰어내려 동쪽을 향해 갔다. 나는 즉시 정신이 깨어나 점차 옛날과 같이 회복되었다. 그녀가 거리를 지나다니며 많은 사람들 사이에 섞이는 것을 보았고, 알아볼 수 없을 때까지 바라보았다. 오늘 깨어나 전날의 미혹된 상황을 생각해 보니 귀신의 계략에 사로잡히지 않은 것이 얼마나 다행스러운가!"

조영족은 화를 면하였고, 이어서 다시 종실의 조오가 살펴보더니 와서 같이 살게 되었는데, 반년이 채 되지 않아 죽었다. 선화연간 (1119~1125)의 일이다.

37　東角樓: 皇城의 동남쪽 모서리에 있는 누각이다.

秦棣知宣州, 州之何村, 有民家釀酒, 遣巡檢捕之. 領兵數十輩, 用
半夜圍其家. 民, 富族也, 見夜有兵甲, 意爲凶盜, 卽擊鼓集鄰里, 合僕
奴, 持梃迎擊之. 巡檢初無他慮, 恬不備, 并其徒皆見執. 民以獲全火
盜爲功, 言諸縣. 縣旣知之矣, 以事諉尉, 尉度不可以力爭, 乃輕騎往,
好謂之曰: "吾聞汝家獲強盜, 幸與我共之." 民固不疑也, 則大喜, 盡以
所執付尉, 而與其子及孫凡三人, 同護以征, 遂趨郡.

棣釋巡檢以下, 而執三人, 取麻絚通纏其體, 自肩至足, 然後各杖之
百, 及解索, 三人者皆死. 棣兄方據相位, 無人敢言. 通判李季懼, 卽丐
致仕. 明年, 棣卒於郡. 又明年, 楊原仲愿爲守, 白日見數人驅一囚, 枉
械琅璫至階下, 一人前曰: "要何村公案照用." 楊初至官, 固不知事緣
由所起, 方審之, 已不見. 呼吏告以故, 吏曰: "此必秦待制時富民酒獄
也." 抱成案來, 楊閱實大駭, 趣書史抄謄錄, 竟買冥錢十萬同焚之. (趙
不廜聞之李次仲.)

진체가 선주³⁸지사로 있을 때인데, 선주에는 하촌이라는 곳이 있었
다. 이곳 민가에서 술을 빚는 자들이 있다고 하여 순검³⁹을 보내 잡아
들이게 하였다.⁴⁰ 순검은 병사 수십 명을 인솔하고 한밤중을 이용해

38　宣州: 江南東路 宣州(현 안휘성 宣城市).
39　巡檢: 종8품 이하의 하위직 군인으로 순찰과 치안 업무를 담당하였다.
40　송대부터 농지세보다 상세와 전매세 수익이 더 중요한 비중을 차지하였다. 당시
　　전매 품목은 소금 · 차 · 술 · 명반 · 향료 · 식초 등이며, 처벌 규정이 매우 엄격하
　　였다.

그 집을 포위했다. 그 집은 부자여서 밤에 무기를 들고 오는 것을 보고는 흉악한 도적이라 여기고 즉시 북을 쳐서 이웃 사람들을 소집하고, 또 노복들을 모아 무기를 들고 역습하게 하였다. 순검은 당초 별다른 생각도 없이 안일하여 제대로 준비하지 않았다가 수하들과 함께 모두 잡혔다.

이 부잣집은 도적떼를 모두 잡았다는 것을 공적으로 생각해 현에 이 사실을 알렸다. 현에서는 이 사실을 알게 된 후 이 일을 현위에게 맡겼는데, 현위는 힘으로 싸울 수 없다고 여기어 곧 가볍게 무장하고 말을 타고 가서 좋게 타일러 말하길,

"나는 너희 집에서 강도를 잡았다고 들었다. 나와 함께 그들을 처리하면 좋겠다."

그 집 사람들은 조금도 의심하지 않고 아주 기뻐하며 잡아 두고 있던 이들을 모두 현위에게 넘겨주었다. 아울러 그 아들과 손자까지 모두 세 사람이 함께 호송하며 마침내 선주 관아로 갔다.

진체는 순검 휘하 사람들을 모두 풀어 주고 반대로 민가에서 온 세 사람을 잡아들였다. 마로 만든 밧줄을 가져와 어깨에서 발까지 몸 전체를 감싸 묶었다. 그런 뒤에 각각 곤장 100대를 쳤는데 끈을 풀어보니 세 사람 모두 죽고 말았다. 진체의 형 진회가 마침 재상 자리에 있었기에, 이 일에 대해 아무도 감히 말하지 못하였다. 통판 이계는 두려워하며 즉시 사직하겠다고 주청하였다.

이듬해 진체가 선주에서 죽었고, 그 이듬해 자가 원중인 양원이 지사가 되었다. 양원은 백주 대낮에 여러 명이 한 죄수를 몰고 오는데, 수갑과 형구를 채우고 쇠사슬로 묶어 계단 아래까지 온 것을 보았다. 한 사람이 앞으로 나와 말하길,

"하촌 사건의 문서를 대조해 보고자 합니다."

양원이 당초 부임했을 때는 사건의 연유가 어찌 된 일인지 전혀 몰랐고, 막 자세히 살펴보려고 하니 이미 이들은 사라지고 없었다. 서리를 불러 까닭을 물어보자 서리가 말하길,

"이는 필시 진대제 재임 시 한 부잣집의 양조와 관련된 옥사일 것입니다."

문건을 모두 안고 가져와 양원이 실제 내용을 살펴보고는 크게 놀랐다. 곧 서적을 가져오게 하여 기록을 베껴 썼고, 이어서 명전 십만을 사서 함께 태워 주었다.(조불유가 이차중으로부터 들은 이야기다.)

會稽姚宏買一妾, 善女工庖廚, 且有姿色, 又慧黠謹飭, 能承迎人,
自主母以下皆愛之. 居數月久, 一夕, 姚氏擧家覺寒氣滿室, 切切偪人,
已而聞鬼哨一聲, 從窗間出. 家人驚怖稍定, 方擧燭相存問, 獨此妾不
見, 視其榻, 衣裘皆在焉. 窗紙上小竅如錢大, 不知何怪也.(郭堂老說.)

　월주[41]에 사는 요굉은 첩을 한 명 샀는데, 길쌈도 잘 하고 부엌일도
잘하였으며 미모도 갖추고 있었다. 총명하고 민첩하였으며, 스스로
몸을 삼가고 근면하여 손님도 잘 모셨다. 집안의 안주인 이하 모두가
그를 예뻐했다.

　몇 개월 후 어느 날 저녁, 요씨 집안 온 식구들은 차가운 기운이 온
집에 가득 차고 한기가 사람들에게 파고드는 것을 느꼈다. 잠시 후
귀신들이 떠드는 소리가 창문 사이로 새어 나왔다. 집안사람들이 놀
라다 조금 안정되자 막 등을 들고 서로 별일 없느냐고 물었는데 오직
그 첩만 보이지 않았다. 그녀의 침대를 보니 옷가지는 모두 그대로
있었다. 창문의 창호지에 동전 크기의 구멍이 나 있었다. 무슨 요괴
인지 알 수 없었다.(곽당로[42]가 한 이야기다.)

41　會稽: 兩浙路 越州(현 절강성 紹興市).
42　郭堂老: 紹興 21년에 右承議郎으로 鎭江府 丹徒縣지사가 되었다.

이견을지

夷堅乙志
卷 17

京師人翟楫居湖州四安縣, 年五十無子, 繪觀世音像, 懇禱甚至. 其
妻方娠, 夢白衣婦人以槃擎一兒, 甚韶秀. 妻大喜, 欲抱取之, 一牛橫
陳其中, 竟不可得. 旣而生男子, 彌月不育, 又禱請如初. 有聞其夢者,
告楫曰: "子酷嗜牛肉, 豈謂是歟?" 楫竦然, 卽誓闔家不復食, 遂復夢前
婦人送兒至, 抱得之, 妻遂生子爲成人.(周偕說.)

　도성 사람 적집은 호주 사안진[1]에 살고 있었는데, 나이가 50이 되
도록 아들이 없었다. 그는 관세음보살상을 그려 놓고 지극정성으로
간절히 기도하였다.

　그의 아내가 바야흐로 임신을 하였는데, 꿈에 흰옷을 입은 부인이
쟁반으로 아이를 떠받들고 있었는데, 인물이 아주 훤하였다. 아내는
크게 기뻐하며 아이를 안고 받으려 하였지만 소 한 마리가 그 가운데
로 가로막고 서서 끝내 아이를 안을 수 없었다.

　얼마 후 아들을 낳았지만 한 달을 채 키우지 못하고 죽었다. 그들
은 다시 처음처럼 기도하였다. 그 꿈 이야기를 들은 어떤 사람이 적
집에게 일러 말하길,

　"그대가 소고기라면 사족을 못 쓰니 혹 그것을 말하는 것이 아니겠

1　四安縣: 兩浙路 湖州 長興縣 四安鎭(현 절강성 湖州市 長興縣 泗安鎭). 호주 사안
　현은 없고 장흥현에 사안진이 있어 본문의 사안현은 오기로 보인다.

는가?"

　적집은 모골이 송연하여 온 집안 식구들에게 다시는 소고기를 먹
지 않겠다고 맹세하니 곧 다시 꿈에 전의 부인이 나타나 아들을 보내
주었고 그 아이를 안았다. 아내는 마침내 아들을 낳았고 아들은 장성
하였다.(주해가 한 이야기다.)

邊知白公式居平江, 祖母汪氏臥病, 更數醫不効. 有客扣門, 靑巾烏袍, 白晳而髯, 言:"吾乃潤州范公橋織羅張八叔也. 前巷袁二十五秀才令來切脈." 公式出見之. 客曰:"不必診脈, 吾已得尊夫人疾狀." 留一藥方曰 '烏金散', 使卽飮之. 邊氏家小黃犬, 方生數日, 背有黑綬帶文, 客曰:"幸以與我, 後三日復來取矣." 公式笑不答. 後三日, 犬忽死, 汪氏病亦愈. 乃詣袁秀才謝其意. 袁殊大驚, 坐側有畫圖, 視之, 乃呂洞賓象, 宛然前所見者. 畫本實得於張八叔家.(邊姪維嶽説.)

자가 공식인 변지백은 평강부[2]에 살고 있었는데, 조모 왕씨가 병으로 앓아누워 여러 번 의사를 불러 치료하였지만 효과가 없었다. 어떤 손님이 문을 두드렸는데 그는 푸른 수건을 두르고 검은 도포를 입었으며, 희고 깔끔한 구레나룻을 늘어뜨리고 있었다. 그가 말하길,

"나는 윤주[3] 범공교[4] 아래서 그물을 짜는 장팔숙이라는 사람입니다. 바로 앞 골목에 사는 수재 원이십오가 저더러 가서 진맥해 보라고 하였습니다."

변지백이 나와서 그를 보자 그 손님이 또 말하길,

---

2 平江府: 兩浙路 平江府(현 강소성 蘇州市).
3 潤州: 兩浙路 潤州(현 강소성 鎭江市). 政和 3년(1113)에 鎭江府로 승격되었다.
4 范公橋: 范仲淹이 景祐연간(1034~1038)에 潤州지사로 있을 때 재건한 다리이다. 당시에는 '淸風橋'라 하였는데, 후대 사람들이 그를 기념하여 '范公橋'라 불렀다. 남송 嘉泰·开禧연간(1201~1207)에도 지사 辛棄疾이 중건하였다.

"진맥을 할 필요도 없습니다. 저는 이미 부인의 병증을 알고 있습니다."

그는 '오금산'이라는 약방을 주었고, 그것을 바로 먹이게 하였다. 변씨의 집에는 새끼 누렁이가 있는데, 마침 태어난 지 며칠 되지 않았다. 강아지 등에 검은색 줄무늬가 있었다. 그 손님이 말하길,

"이 강아지를 저에게 주시면 좋겠소이다. 사흘 뒤에 다시 와서 가져가리다."

변지백은 웃기만 할 뿐 답하지 않았다. 사흘 뒤 강아지가 갑자기 죽었고, 조모 왕씨의 병이 나았다. 이에 원이십오 수재를 찾아가 배려에 감사하다고 하였다. 원수재는 깜짝 놀랐는데, 그가 앉은 자리 옆에는 그림이 하나 있기에 보니 바로 여동빈의 상이었고, 그가 얼마 전에 봤던 그 손님과 꼭 같았다고 했기 때문이다. 그림은 실제로 장팔숙의 집에서 얻은 것이었다.(변지백의 조카 변유악이 한 이야기다.)

王訴字亨之, 江陰人. 紹興戊辰登科, 待楊州教授闕, 未赴, 以乙亥
三月卒于家. 冬十月, 其田僕見一人跨馬, 兩卒爲馭, 諦視之, 教授君
也, 驚問何所適. 曰: "吾欲到彭蒿因千二秀才家." 僕曰: "此去彭蒿十
餘里, 日勢已暮, 恐不能達." 訴曰: "遠非所憚, 爲我前導, 足矣." 乃與
俱行. 至初更, 及因氏之門, 訴下馬, 留一紙裹與僕曰: "謝汝俱來." 倏
從門隙中入. 僕懼甚, 亟歸視裹中物, 得銅錢五十枚, 不敢語人. 明日
又往問, 乃因氏孫婦是夜得子.(嚴康朝說.)

자가 형지인 왕흔은 상주 강음현[5] 사람이다. 소흥 18년(1148)에 과
거에 급제하였고, 이후 양주[6] 교수 부임을 기다리고 있었는데, 부임
하기 전인 소흥 25년(1155) 3월 집에서 사망하였다. 그해 겨울 10월,
집에서 밭일하던 노복이 보니 한 사람이 말을 타고 있고 병졸 두 명
이 말고삐를 잡고 있는데, 자세히 살펴보았더니 바로 교수 왕흔이었
다. 노복은 놀라서 어디를 가시느냐고 물어보자 왕흔이 대답하길,

"나는 팽호에 사는 수재 인천이 집에 가려고 한다."

노복이 말하길,

"여기서 팽호까지는 십여 리로, 날이 이미 저물어 그곳까지 갈 수
있을지 모르겠습니다."

5　江陰縣: 兩浙路 常州 江陰縣(현 강소성 無錫市 江陰市).
6　揚州: 淮南東路 揚州(현 강소성 揚州市). 본문의 '楊'은 '揚'의 오기로 보인다.

왕혼이 대답하길,

"거리가 먼 것은 걱정할 것 없다. 네가 나를 위해 길을 안내해 주면 충분할 것이야."

이에 그들은 함께 갔다. 초경[7]에 이르러 인씨네 집에 다다랐다. 왕혼은 말에서 내려 종이로 싼 꾸러미 하나를 노복에게 주며 말하길,

"나와 함께 와 주어서 고맙구나."

그리고 갑자기 문틈 안으로 들어갔다. 시종은 깜짝 놀라 서둘러 돌아와 종이에 싸인 물건을 보았다. 동전 50전이 들어 있었는데 아무에게도 감히 말하지 못했다. 이튿날 다시 가서 물어보니, 인씨의 손주며느리가 밤에 아들을 낳았다고 하였다.(엄강조가 한 이야기다.)

---

7 初更: 밤 시간을 5등분하였으므로 초경은 저녁 7~9시를 뜻한다.

臨江軍閤皀山下張氏者, 以財雄鄉里. 紹興十四年, 家僕晨興啓戶,
有人長丈餘, 通身黑色, 徑入坐廳上, 詰之不應, 曳之不動, 急報主人.
及呼衆僕至, 擊之以杖, 鏗然有聲; 刺之以矛, 不能入, 刃皆拳曲如鉤;
沃之以湯, 了不沾濕, 頑然自如, 亦無怒態.

江西鄉居多寇竊, 人家往往蓄大鼓, 遇有緩急, 擊以集衆, 至是, 鼓
不鳴. 張氏念不可與力競, 乃扣頭祈哀. 又不顧, 徐徐奮而起, 循行堂
中, 井竈溷溷, 無不至者. 張室藏帑, 悉以巨鏁扃鑰, 鬼輕掣之卽開, 所
之旣徧, 復出坐. 及暮, 將明燭, 火亦不然. 一家惴懼, 登山上玉笥觀,
設黃籙九幽醮, 命道士奏章于天, 七日, 始不見. 張氏自此衰替, 今爲
寠人.(石田人汪介然說.)

　임강군[8] 합조산[9] 아래 사는 장씨는 향리에서 가장 큰 부자였다. 소
흥 14년(1144), 집안의 노복이 새벽에 일어나 문을 열자 키가 1장이
넘는 거인이 온몸에 검은색 옷을 걸치고 곧바로 들어와 대청에 앉았
다. 누구냐고 캐물었지만 그는 아무런 대답을 하지 않고, 끌어당겨도
움직이지 않아 급히 주인에게 보고하였다.

8　臨江軍: 江南西路 臨江軍(현 강서성 宜春市 樟樹市 일대).
9　閤皀山: 강서성 宜春市 樟樹市에 있는 높이 800m의 도교 명산이다. 산의 형태가
　　누각처럼 생겼고, 산의 색깔이 검다고 하여 취해진 이름이다. 따뜻한 기후와 풍부
　　한 강수량에 힘입어 울창한 죽림과 운애 등의 풍광을 자랑한다. 도교의 제33福地
　　로 지정되었다.

곧 여러 노복들을 불러 모아 몽둥이로 그를 때렸는데 쇳소리 같은 것이 났다. 창으로 그를 찔렀지만 창이 들어가지 않았고 창끝만 모두 갈고리처럼 둥글게 휘어졌다. 뜨거운 물도 부었지만 전혀 젖지 않았으며 꿈쩍도 않고 그대로 있었다. 또 화가 난 모습도 아니었다.

강남서로의 향리에는 많은 도적들이 살고 있었는데, 사람들은 종종 큰 북을 가지고 있다가 위급한 일이 생길 때 북을 쳐서 사람들을 집결시켰다. 이때도 북을 쳤으나 소리가 나지 않았다. 장씨는 그와 힘으로 다툴 수 없다고 생각하고 곧 머리를 조아리며 애걸하였다. 그렇지만 그는 돌아보지 않다가 천천히 떨치며 일어나더니 집 가운데를 이리저리 돌아다녔는데, 우물과 부엌, 목욕간과 뒷간 등 가지 않은 곳이 없었다.

장씨는 방에 돈 궤짝을 숨겨 두었는데, 모두 큰 자물쇠와 빗장으로 단단히 잠가 두었다. 귀신은 그것을 가볍게 잡아 뽑으니 곧 열렸다. 두루두루 다 둘러보더니 다시 대청으로 나와 앉았다. 저녁 무렵 초를 밝히려고 하는데, 불을 붙여도 붙지 않았다. 온 식구가 두려워 떨며 산으로 올라가 옥사관에 가서 '황록구유초'를 지내고 도사에게 청해 하늘에 상주를 올려 고해 주라고 하였다. 이레가 지나자 비로소 귀신이 사라졌다. 장씨는 이때부터 가세가 기울었고, 지금은 매우 가난한 사람이 되었다.(석전촌 사람 왕개연[10]이 한 이야기다.)

---

10 汪介然: 江南東路 徽州 婺源縣(현 강서성 景德鎭市 婺源縣) 사람이다. 악비 휘하에서 활동하였으며 후에 武經大夫・觀察使가 되었다. 紹興 13년(1143), 화의 체결을 위해 沈昭와 함께 금에 사신으로 갔고, 화의 성립 후 建炎 3년(1129)에 사신으로 갔다가 연금된 洪皓・朱弁 등과 함께 귀국하였다.

　　乾道元年七月, 婺源石田村汪氏僕王十五正耘于田, 忽僵仆. 家人至, 視之, 死矣. 舁歸舍, 尚有微喘, 不敢殮. 凡八日復甦, 云: "初在田中, 望十餘人自西來, 皆著道服, 所齎有箱篋大扇. 方注視, 便爲摔着地上, 加毆擊, 驅令荷擔行. 至縣五侯廟, 有一人具冠帶出, 結束若今通引官, 傳侯旨, 問來何所須, 答曰: '當於婺源行瘟.' 冠帶者入, 復出曰: '侯不可.' 趣令急去.

　　其人猶遷延, 俄聞廟中傳呼曰: '不卽行, 別有處分.' 遂捨去. 入嶽廟, 復遭逐, 乃從浙嶺適休寧縣, 謁城隍及英濟王廟, 所言如婺源, 皆不許. 遂至徽州, 遍走三廟, 亦不許. 十人者慘沮不樂, 迤邐之宣州, 入一大祠, 才及門, 數人已出迎, 若先知其來者. 相見大喜, 入白神, 神許諾, 仍敕健步, 徧報所屬土地, 且假一鬼爲導, 自北門孟郎中家始.

　　旣至, 以所齎物藏竈下, 運大木立寨柵于外, 若今營壘然. 逮旦, 各執其物巡行堂中. 二子先出, 椎其腦, 卽仆地. 次遇僕婢輩, 或擊或扇, 無不應手而隕. 凡留兩日, 其徒一人入報: '西南火光起, 恐救兵至.' 亟相率登陴, 望火所來, 彉弩射之, 卽滅. 又二日, 復報營外火光屬天, 暨登陴, 則已大熾, 焚其柵立盡, 不及措手, 遂各潰散, 獨我在. 悟身已死, 尋故道以歸, 乃活."

　　里人汪賡新調廣德軍簽判, 見其事. 其妹壻余永觀適爲宣城尉, 卽遣書詢之. 云: "孟生乃醫者, 七月間闔門大疫, 自二子始, 婢妾死者二人. 招村巫治之, 方作法, 巫自得疾, 歸而死. 孟氏悉集一城師巫, 倂力禳禬, 始愈. 蓋所謂火焚其柵者, 此也." 是歲浙西民疫禍不勝計, 獨江東無事, 歙之神可謂仁矣.(石田人汪拱說, 王十三乃其家僕也.)

건도 1년(1165) 7월, 휘주 무원현[11] 석전촌에 사는 왕씨네 집 노복 중에 왕십오라는 자가 마침 밭에서 김을 매고 있다가 갑자기 넘어져 엎어졌다. 집안사람들이 와서 보니 이미 죽어 있었다. 사람들이 그를 맞들고 집으로 돌아왔는데, 여전히 미세하게 숨을 쉬고 있어 감히 염을 하지 못하고 있었다. 무려 8일이 지난 후에 다시 살아나서 다음과 같이 말하였다.

"처음 밭에 있었는데, 멀리서 10여 명의 사람들이 서쪽에서 오는 것이 보였습니다. 모두 도복을 입고 있었고, 가지고 온 물건으로는 상자와 큰 부채가 있었습니다. 마침 자세히 살펴보고 있는데, 그들에게 잡혀 땅바닥에 쓰러져 얻어맞았으며 저에게 짐을 메고 걸으라고 하더군요. 현성에 있는 오후묘[12]에 이르자 관을 쓴 사람 하나가 나왔는데, 차림새가 요즘의 통인관[13]과 같았습니다. 그는 오후신의 뜻을 전하며, 필요한 것이 무엇이냐고 물었습니다.

도복을 입은 자들이, '무원현에 역병을 돌게 하려고 합니다'라고 하자 관을 쓴 자가 오후묘로 들어갔다 다시 나와서 '오후께서 불가하다고 하셨다'고 전하며 그들에게 빨리 떠나라고 재촉했습니다.

그들이 망설이며 지체하자 잠시 후 오후묘에서 그들에게 들으라고 외치는 소리가 났는데, 이르길 '즉시 떠나지 않으면 따로 처분이 내

---

11 婺源縣: 江南東路 徽州 婺源縣(현 강서성 景德鎭市 婺源縣).
12 五侯廟: 장강 중하류지역에서 성행한 五通神 사묘 가운데 하나로 당 光啓연간(885 ~887)에 처음 건립되었고, 宣和연간(1119~1125)에 賜額을 받았다. 財神 겸 淫神의 성격을 지닌 淫祠의 성격을 지녔다.
13 通引官: 祕書省 소속 하급 관리로서 문서 하달 등을 담당하였다. 비서성의 서리는 다른 부서와 달리 직급이 높아 孔目官·書直官 등 8품관이 6명이나 되었지만 통인관은 그에 속하지 못하였다.

려질 것이다'라며 마침내 그들은 떠났습니다. 그러나 동악묘에 들어 갔지만 다시 내쫓겼기에 절령¹⁴을 넘어서 휘주 휴녕현¹⁵으로 갔습니다. 성황묘와 영제왕묘¹⁶를 배알하였고, 무원현에서와 똑같이 말했지만 모두 허락하지 않더군요. 휘주에 도착한 뒤에도 앞서의 세 사묘를 모두 갔었지만 역시 허락을 얻지 못하였고요. 그들 열 명은 상심하여 의기소침해져 천천히 가다가 선주¹⁷에 닿았습니다.

한 큰 사묘에 들어가려고 막 문에 이르렀는데, 몇 사람이 이미 나와 그들을 맞았습니다. 아마도 그들이 오는 것을 미리 알고 있는 듯하였습니다. 서로 만나 크게 기뻐하면서 들어가 신에게 고하니 신이 허락하였고 이에 걸음이 빠른 자에게 칙명을 전하여 관할 토지신에게 두루 알리라고 하였으며, 또 귀신 하나를 보내 주어 길 안내를 하게 하였습니다.

그들은 북문에 있는 낭중 맹씨 집에서부터 시작하였습니다.

그 집에 이르자 가지고 온 물건을 부엌 아래 숨기고 큰 나무를 옮겨와 밖에다 울타리를 세웠는데 마치 요즘 군영의 보루 같더군요. 아침이 되자 각자 숨겨 두었던 물건을 가지고 집 안을 두루 돌아다녔습니다. 두 아들이 먼저 나왔는데, 그들의 머리를 치니 곧 땅에 넘어지

---

14 浙嶺: 무원현성에서 북쪽으로 57km 지점에 있는 浙源山에 있는 높이 800m의 고개다. 춘추시대에는 吳와 楚의 국경이었다.

15 休寧縣: 江南東路 徽州 休寧縣(현 안휘성 黃山市 休寧縣).

16 英濟王廟: 관제묘이다. 漢壽亭侯였던 관우는 淳熙 14년(1187)에 처음 '英濟王'으로 추존되었고, 天曆 1년(1328)에 다시 '顯靈義勇武安英濟王'으로 승격되었다. 명 태조는 다시 '한수정후'로 격하시켰으나 嘉靖연간(1522~1566)에 처음 官祭로 승격되었고, 萬曆 22년(1594)에 처음 '協天大帝'로 帝位를 하사받았다.

17 宣州: 江南東路 宣州(현 안휘성 宣城市).

더군요. 그 다음 노복과 여노비들을 만나 어떤 사람은 때리고 어떤 사람에게는 부채질을 하니 모두 꼼짝 못하고 죽었습니다.

모두 이틀을 머물렀는데, 무리 중 한 사람이 들어와 보고하길, '서남쪽에서 불빛이 일어나는데 아마도 구원병이 오는 것 같다' 하였습니다. 급히 서로 이끌며 성가퀴로 올라가서 멀리 불빛이 다가오는 것을 보고 쇠뇌를 당겨 쏘자 불빛이 곧 없어졌습니다.

이틀이 지나 다시 군영 밖에서 불빛이 하늘까지 이어진다는 보고가 들어왔고, 그들이 성가퀴에 오르자 이미 불빛이 훨훨 타오르며 울타리를 다 태워 손쓸 겨를도 없었습니다. 마침내 그들은 각각 흩어져 저 혼자 남게 되었습니다. 저는 이미 죽은 것을 깨닫고, 온 길을 찾아 되돌아와서 이렇게 살아난 것입니다."

마을 사람 왕갱이 새로 광덕군[18] 첨서판관공사로 부임하게 되었는데, 이 일을 다 보았다. 그의 매제 여영관이 마침 선주[19]의 현위였는데, 곧 편지를 보내 그 일을 알아보고는 말하길,

"맹씨는 의사인데, 7월 즈음 온 집에 역병이 돌았다고 한다. 두 아들부터 시작되었고 시녀와 첩 가운데 두 명이 죽었다. 마을의 무당을 불러 역병을 다스리려고 하였지만 주술을 시작하자마자 무당도 병에 걸려 집으로 돌아가는 길에 죽었다.

맹씨는 성안의 무당을 모두 불러 모아 힘을 합쳐 제사를 올렸고, 비로소 병이 낫기 시작했다. 이른바 불빛이 울타리를 태운 것은 이를 뜻하는 것이다."

---

18 廣德軍: 江南東路 廣德軍(현 안휘성 宣城市 廣德縣).
19 宣城: 江南東路 宣州(현 안휘성 宣城市).

이견을지【二】

그해 절서 사람들 사이에서는 역병이 몹시 기승을 부렸는데, 오직 강동 지역만 무사하였다. 섭주의 신은 인자하다 할 만하다.(석전촌 사람 왕공이 한 이야기다. 왕십삼은 그 집의 노복이다.)

鹽官縣慶善寺明義大師了宣退居邑人鄒氏庵. 隆興元年春, 晨起行
徑中見鳩雛墮地, 攜以歸, 躬自哺飼, 兩月乃能飛, 日縱所適, 夜則投
宿屛几間. 是歲十月, 其徒惠月復主慶善寺, 迎致其師于丈室之西偏.
逮暮鳩歸, 則闃無人矣, 旋室百匝, 悲鳴不止. 守舍者憐之, 謂曰: "吾
送汝歸老師處." 明日, 籠以授宣, 自是不復出, 馴狎左右, 以手摩拊皆
不動. 他人近之輒驚起. 嗚呼! 孰謂畜産無知乎?(竇思永說.)

수주 염관현[20] 경선사의 명의대사 요선은 퇴임 후 같은 현 사람 추
씨의 암자에 기거하였다. 융흥 1년(1163) 봄, 새벽에 일어나 오솔길을
걷던 중 비둘기 새끼가 땅에 떨어져 있는 것을 보고는 데리고 암자로
돌아와 몸소 먹이를 주며 길렀다. 2개월이 지나 날 수 있게 되었고,
낮에는 자유로이 날아다니다 밤이 되면 돌아와 병풍과 탁자 사이에
서 잤다.

같은 해 10월, 요선의 제자 혜월이 다시 경선사의 주지가 되어 스
승을 주지 스님의 방 서쪽 곁채에 모시었다. 저녁이 되어 비둘기가
암자로 돌아왔는데, 암자가 조용하고 사람이 없자 암자 위를 백 번이
나 빙 돌더니 슬프게 울며 그치지 않았다. 암자를 지키던 이가 불쌍
히 여겨 말하길,

20　鹽官縣: 兩浙路 秀州 鹽官縣(현 절강성 嘉興市 海寧市).

"내가 너를 노스님이 사는 곳으로 데려다 주겠다."

다음 날 바구니에 담아 요선에게 데려다 주자 그때부터는 다시 방을 나오지 않고 좌우를 따라다니며 꼭 붙어 지내니 손으로 쓰다듬어도 전혀 움직이지 않았다. 다른 사람이 가까이 가면 그때마다 놀라 일어났다. 오호라! 누가 짐승이 생각이 없다고 하였는가! (두사영이 한 이야기다.)

　　紫姑神類多假託, 或能害人, 予所聞見者屢矣. 今紀近事一節, 以爲後生戒. 天台士人仇鐸者, 本待制寅之族派也, 浮游江淮, 壯年未娶, 乾道元年秋, 數數延紫姑求詩詞, 諷玩不去口, 遂爲所惑. 晨夕繳繞之不捨, 必欲見眞形爲夫婦, 又將託於夢想, 鐸雖已迷, 然尚畏死, 猶自力拒之.

　　鬼相隨愈密, 至把其手以作字, 不煩運箕也. 同行者知之, 懼其不免, 因出游泰州市, 徑與入城隍神祠, 焚香代訴. 始入廟, 鐸兩齒相擊, 已有恐栗之狀. 暨還舍, 卽索紙爲婦人對事, 其述本末, 辭殊藝冗, 今刪取其大略云: "大宋國東京城內四聖觀前居住弟子紀三六郎名爽, 妻張氏三六娘, 行年三十三歲, 辛酉年三月十二日巳時降生, 癸巳年三月十四日死. 是年九月見呂先生於箕口, 得導養之術.

　　自後周遊四海, 於今年八月三日過高郵軍, 見台州進士仇鐸在延洪寺塔院內請蓬萊大島眞仙, 爲愛本人年少, 遂降箕筆, 詐稱: '我姊妹在蓬萊山, 承子供養, 今日降汝. 汝宜至誠, 不得妄想, 我當長降於汝.' 又旬日, 來往益熟, 不合擧意寫媟語誘鐸, 又說將來有宰相分, 以此惑亂其心.

　　十七日到泰州, 要與相見, 不許, 又要入夢, 亦不許, 遂告鐸云: '汝父恨汝不孝, 焚章奏天上. 天降旨, 三日內有雷震汝. 宜多設茶果香燭, 稽首乞命, 我當爲汝祈天免禍.' 又索『度人經』萬卷, '三年之後, 要與汝爲夫妻'. 意欲鐸恐懼從已. 又僞稱呂翁在門, 令來日未明, 來東門外石墳側相見. 鐸欲往赴, 爲衆人挽住.

　　又寫'雲房'兩字, 使鐸食乳香半兩, 冀狂渴赴水死. 至於引頭擊柱, 用破磁敗面, 皆不死. 遂稱天神已降, 將燒汝左臂, 令鐸入槀薦中, 伏於牀下, 作呂翁救解之言曰: '天神幸以呂巖故赦此人, 此人若死, 巖不復爲神仙.' 如是經兩時久, 不能殺鐸. 至晚, 方與鐸言: '我非蓬萊仙,

是白犬精. 今日代汝震死, 永爲下鬼, 宜以杯酒敍別.' 明日又來, 云:
'我乃興化阿姥山白蛇精, 從前所殺三千七百餘人矣.' 衆人招法師來,
欲見治. 又降鐸曰:'我只畏龍虎山張天師, 餘人不畏也.' 緣三六娘本
意耽著仇鐸, 迷而不返, 須要纏繞本人, 損其性命. 今爲鐸訴于本郡城
隍, 奏天治罪, 伏蒙取責文狀, 所供並是的實, 如後異同, 甘伏重憲."

其所書凡千五百字, 卽日錄焚之. 鐸後三日始醒, 蓋爲所困幾一月.
婦人自稱死於癸巳歲, 至是時已五十三年矣, 鬼趣亦久矣哉.

자고신은 대체로 자주 다른 것에 가탁하며, 어떤 때는 사람을 해치
기도 한다. 내가 보고 들은 것만 해도 여러 번이다. 지금 근래에 있었
던 한 사건을 기록하여 후대 사람들에게 경계로 삼고자 한다.

태주 천태현[21]의 선비 구탁은 본래 대제인 구우 집안의 한 문파에
속한다. 강회 지역을 돌아다니며, 나이가 들어서도 결혼을 하지 않았
다. 건도 1년(1165) 가을, 누차 자고신을 초빙하여 시나 사를 지어 달
라고 하더니 그것을 암송하고 익히기를 입에서 멈추지 않다가 마침
내 자고신에 미혹되었다. 자고신은 아침저녁으로 구탁을 얽어매어
떠나지 않더니 자신이 필요할 때면 실제 모습을 드러내 부부가 되었
고, 또 꿈에 의탁하기도 하였다. 구탁은 비록 이미 미혹되었지만 한
편으로는 오히려 죽음을 두려워하여 스스로 그녀를 뿌리치고자 힘쓰
기도 하였다.

그러자 귀신은 더욱 긴밀하게 따라다녀 구탁의 손을 빌려 글씨를

---

21 天台縣: 兩浙路 台州 天台縣(현 절강성 台州市 天台縣).

쓰게 하는 지경에 이르러 자신은 손끝 하나 움직이지 않아도 되었다.[22]

구탁과 함께하던 사람들은 이 같은 일을 알고 그가 죽음을 면치 못할 것을 걱정하여 태주[23]의 저잣거리로 데리고 나와 돌아다니다 곧바로 성황묘에 들어가 향을 피우고 그를 대신해 성황신에게 호소하였다. 처음 성황묘에 들어왔을 때 구탁은 이빨이 부딪치도록 덜덜 떨며 무서워하는 모습을 보였다. 구탁은 집에 돌아오더니 곧 종이를 달라고 하여 그 여자를 대신해 일의 시말을 모두 서술하였다. 문장은 아주 추잡하고 중언부언해서 지금 삭제할 건 삭제하고 그 대략만 취하여 말하면 다음과 같다.

"대송국의 동경 개봉부 성 안에 있는 사성관[24] 앞에 제자 기삼육랑이 살고 있었는데 그의 이름은 기상이다. 그의 아내 장씨 삼육낭은 당시 나이가 33세였는데, 신유년 3월 12일 사시에 태어나 계사년 3월 14일에 죽었다. 그해 9월, 여 선생을 기구에서 뵙고 양생을 이끄는 도술을 배웠다.

그 뒤로 세상을 주유하였고, 금년 8월 3일 고우군[25]을 지나다 태주의 진사 구탁이 연홍사 탑원 안에서 봉래산에 사는 신선을 만나고자 하는 것을 보았다. 구탁을 나의 젊음에 미혹하게 하려고 마침내 부계

---

22 運箕: 신령이 빙의하여 '丁'자형 나무막대기(箕筆)로 모래판에 글자를 써서 신의 뜻을 드러내는 扶乩의 별칭이다.

23 泰州: 淮南東路 泰州(현 강소성 泰州市).

24 四聖觀: 天蓬・天猷・翊聖・眞君 등 네 신을 모시는 도교 사원이다. 개봉 황궁 앞 州橋의 동쪽으로 변하와 면하고 있는 相國寺街 동쪽에 있다.

25 高郵軍: 淮南東路 高郵軍(현 강소성 揚州市 高郵縣).

이견을지 【二】

를 통해 사칭하기를,

'나의 언니와 동생이 봉래산에 있는데 그대의 공양을 받아 오늘 그대에게 내려오려고 한다. 당신은 마땅히 지극정성을 다하고 망령되이 생각하지 마라. 나는 마땅히 자주 너에게 내려올 것이다.'

또 열흘 동안 왕래하며 더욱 익숙해졌는데, 적절하지 않지만 마음이 동하도록 경박하고 음란한 말로 구탁을 유혹하였다. 또 장래 재상의 직분이 있을 거라고 말하여 그것으로 구탁의 마음을 미혹시키고 어지럽게 하였다.

17일, 태주에 가서 그와 만나려고 하였지만 허락받지 못했고, 다시 꿈에 들어가려고 하였지만 그 역시 허락받지 못하였기에 마침내 구탁에게 이르길,

'너의 아버지가 너의 불효를 못마땅히 여겨 상주문을 태워 하늘에 고하였다. 하늘의 뜻이 내려오길 사흘 내에 너에게 천둥과 번개가 내려칠 것이라 하였다. 그러니 마땅히 차와 과일, 향과 초를 많이 준비하여 머리를 조아리고 목숨을 구하면, 내가 너를 위해 하늘에 기도하여 화를 면하게 해 주겠다.'

또 『도인경』만 권을 구해 '삼 년 후에 너와 부부가 되고자 한다'라고 하였다. 이는 구탁을 두렵게 하여 나를 따르게 하려고 한 것이다. 또 여동빈이 문밖에 있다고 속여서 다음 날 날이 밝기 전에 동문 밖에 돌무덤 옆에서 만나자고 하였다. 구탁이 달려가려고 하는데 여러 사람들에 의해 저지되었다.

다시 '운방[26]' 두 글자를 쓰고 구탁에게 유향[27] 반 량을 먹여 미칠 듯이 목마르게 하여 물에 빠져 죽게 하였다. 또 머리를 들어 기둥에 박게 하였고, 깨진 도자기로 얼굴을 다치게 하였다. 하지만 어떻게 해

도 죽지 않았다.

마침내 천신이 내려와 너의 왼쪽 어깨를 태우려고 한다고 하여 구탁으로 하여금 볏짚으로 만든 자리로 들어가게 하여 침상 아래 엎드리게 하였다. 그리고 마치 여동빈이 사정하는 듯 말을 만들길,

'천신께서 여동빈 체면을 생각하여 이 사람을 용서해 주시길 바랍니다. 만약 이 자가 죽으면 나는 다시 신선이 되지 않을 것입니다.'

이같이 했지만 두 시진이 지나도 구탁을 죽일 수 없었다. 저녁이 되어 비로소 구탁에게 말하길,

'나는 봉래산의 신선이 아니다. 흰 개의 정령이다. 오늘 너를 대신해서 천둥을 맞아 죽어 영원히 귀신이 될 것이니 마땅히 한 잔의 술로 이별을 고한다.'

다음 날 또 와서 말하길,

'나는 태주 홍화현[28] 아모산[29]의 흰 뱀의 정령이다. 이전에 죽인 자만 3,700여 명이다.'

여러 사람들이 법사를 불러 치료하고자 하였다. 다시 구탁에게 내려와 말하길,

---

26 雲房: 연꽃 열매를 뜻하며 승려·도사·은사가 머무는 집이나 방을 뜻하기도 한다.
27 乳香: 감람과의 유향나무 수액을 건조시켜 만든 약재로 진통제로 약효가 뛰어나다. 아라비아 반도 남부에서 생산된다. 薰陸香·馬尼香·天澤香·摩勒香·多伽羅香 등 주로 생산지의 지명에서 유래한 다양한 별칭이 있다.
28 興化縣: 淮南東路 泰州 興化縣(현 강소성 泰州市 興化市).
29 阿姥山: 현 복건성 寧德市 福鼎市에 있는 太姥山이다. 높이 917m로 3면이 바다로 둘러싸여 더욱 웅장해 보이며 武夷山과 함께 복건의 양대 명산으로 손꼽힌다. 요임금 때 老母種蘭이 산속에서 도인을 만나 신선이 되었다는 전설에서 취한 이름이다. 한무제 때 '母'를 '姥'로 바꾸었다.

'나는 용호산의 장천사만 두려워할 뿐 다른 이들은 무섭지 않다.'

장삼육낭은 본래 구탁을 탐하여 그를 미혹케 하여 돌이키지 못하게 한 뒤 반드시 자신과 얽히게 하여 그 생명을 빼앗고자 하였다. 지금 구탁을 위해 여러 사람들이 태주 성황묘에 와서 호소하였고, 하늘에 상주하여 벌을 주시라 하였다. 나는 책망을 받아 글로 죄상을 썼고 진술한 것은 모두 사실이니 이후에 사실과 다른 것이 있다면 무거운 제재를 달게 받을 것이다."

그가 쓴 것은 모두 1,500자였고, 그날로 기록한 뒤 불태웠다. 구탁은 사흘 뒤 비로소 깨어나기 시작하였다. 대략 곤경에 빠진 지 거의 1개월이 지났다. 장씨 부인은 스스로 계사년에 죽었다고 말하였고 이때는 이미 나이가 53세가 되었으니 그만하면 귀신치고는 오래되었다고 하겠다.

張成憲, 字維永, 監陳州糧料院. 時宛丘尉謁告, 暫攝其事, 捕獲强
盜兩種, 合十有五人, 送于縣. 具獄末上, 尉卽出參告, 白郡守, 求合兩
盜爲一, 冀人數滿品, 可優得京官. 郡守素與尉善, 許諾, 以諭張. 張
曰: "尉欲賞, 無不可, 若令竄易公牘, 合二者爲一, 付有司鍛鍊遷就,
則成憲不敢爲." 郡守不能奪, 尉殊忿恨, 殆成仇怨.

後十二年, 張爲江淮發運司從事, 設醮茅山, 夜宿玉宸觀, 夢其叔告
曰: "陳州事可保無虞, 但不可轉正郎." 已而至殿庭, 殿上王者問曰:
"陳州事尙能記憶否?" 對曰: "歷歷皆不忘, 但無案牘可證." 王曰: "此
中文籍甚明, 無用許." 旣出, 見二直符使各抱一錦繃與之, 曰: "以此相
報." 張素無子, 是歲生男女各一人. 又七年, 轉大夫官, 得直秘閣而
終. (邊維嶽說.)

　자가 유영인 장성헌[30]은 진주[31] 양료원[32]을 감찰하고 있었다. 당시
완구현[33] 현위가 휴가를 냈기에 잠시 그의 업무를 겸직하고 있었다.

30　張成憲: 提點淮南西路公事와 權發遣淮南兩路公事를 역임하였다.
31　陳州: 京西北路 陳州(현 하남성 周口市 淮陽縣). 宣和 1년(1119)에 淮寧府로 일시
　　승격한 일도 있으나 金에서 다시 陳州로 환원되었다.
32　粮料院: 관리와 군대의 급료로 지급하는 곡물 관리를 담당하는 부서다. 송은 당대
　　의 제도를 계승하여 都糧料使를 두고 三司 大將으로 하여금 관련 업무를 맡게 하
　　였는데, 開寶 6년(973)부터 문신에게 맡겼고, 太平興國 5년(980)에 諸司糧料院ㆍ
　　馬軍糧料院ㆍ步軍糧料院을 각각 설립하였다가 후에 馬ㆍ步軍을 하나로 통병하였
　　다. 남송 때도 수도 임안부에 諸司ㆍ諸軍糧料院을 두었고, 각 지역 요지에도 糧料
　　院을 두었다.

그때 두 무리의 강도를 잡았는데, 모두 15명 정도였다. 이들이 현아로 압송되어 판결이 확정되어서 상부에 보고하기 전에 휴가 중이던 현위가 바로 나와서 관여하고 진주지사에게 관련 사항을 보고하였다. 현위는 두 무리의 강도들을 하나의 안건으로 처리하게 해 달라고 청하였는데, 이는 범인 검거 숫자를 승진 기준에 맞춤으로써 경관 승진 조건을 충족시키려고 했기 때문이었다. 주지사는 본래 현위와 잘 지내는 사이여서 이를 허락하고, 장성헌을 설득하였다. 장성헌이 말하길,

"현위가 상을 바라는 것은 과한 일은 아니지만 만약 공문을 위조하여 둘을 하나로 합쳐 관련 기관에 이첩하고, 죄명을 날조해 엄형에 처하는 등 부당하게 처리한다면[34] 저로서는 감당할 수 있는 일이 아닙니다."

주지사는 장성헌의 뜻을 꺾을 수 없었고, 현위는 격분하여 거의 원수처럼 대하였다.

12년이 흐른 후 장성헌은 강회발운사에서 일을 하였는데, 모산에서 재를 올린 후 밤에 옥신관[35]에서 묵고 있던 중 꿈에 숙부가 나타나 그에게 말하길,

"진주에서의 일이 너를 무탈하도록 지켜 줄 것이다. 그러나 정랑[36]

---

33 宛丘縣: 京西北路 陳州 宛丘縣(현 하남성 周口市 淮陽縣). 陳州의 치소였다.
34 遷就: 신속한 해결을 위해 자신의 원래 뜻을 굽히거나 또는 이치에 부합하는지 여부를 고려하지 않고 부당하게 일을 처리하는 것을 뜻한다.
35 玉宸觀: 모산은 茅山宗派의 본산이어서 산에 많은 도교 사원이 있다. 옥신관은 唐代에 敕建한 紫陽觀을 大中祥符 1년(1008)에 개칭한 것이다.
36 正郎: 원래 6部 24司의 郎中 별칭이었는데 元豊 3년(1080) 관제개혁 이후 朝請·朝散·朝奉大夫를 뜻하는 것으로 바뀌었다. 문신 寄祿官 30개 품계 중 17∼19위

으로 가지는 못할 것이다."

잠시 후 대전에 이르렀고, 대전의 왕이 묻기를,

"진주의 일은 여전히 잘 기억하고 있느냐?"

대답하길,

"하나하나 모두 잊지 않았습니다. 그러나 증명할 수 있는 서류가 남아 있지 않습니다."

왕이 말하길,

"여기 문서에 모두 분명히 적혀 있어 많은 것이 필요하지 않다."

장성헌이 나오자 두 당직 부사[37]가 각각 비단으로 묶은 것을 안고 있다가 그에게 주며 말하길,

"이것으로 너에게 보답한다."

장성헌은 본래 아들이 없었다. 이해 아들과 딸 각 한 명을 낳았다. 또 7년 후 대부 관직으로 옮겼고, 직비각에 오른 뒤 죽었다.(변유악이 한 이야기다.)

로 종6품이다.

37 符使: 도교에서 符籙을 지키는 神官을 뜻하며, '符官'이라고도 한다.

韓郡王居故府時, 有小妓二十輩. 其子子溫, 年十二歲, 與妾寧兒者
晚戲東廂下, 見一人行前, 容止年狀, 亦一小妓也, 呼之不應, 乃大步
逐之. 子溫行甚遽, 其人雍容緩步, 初不爲急, 然竟不可及. 將至外戶,
子溫大呼, 忽已在庭下, 化形如匹練, 迸爲火光, 赫然入溝中而滅. 問
寧兒, 所見皆同, 歸白其父, 皆以爲當有伏尸或寶物, 欲發地驗之, 旣
而以功役甚大, 乃止.

통의군왕 한세충이 예전 집에서 살고 있을 때, 어린 기녀들을 20여
명 두고 있었다. 큰아들 한언직이 12살이었는데 첩 영아와 함께 저녁
무렵 동쪽 행랑채 아래에서 놀고 있었다.

그때 어떤 사람이 그들 앞을 지나치는 것을 보았는데, 용모와 행동
거지, 나이 등이 기녀 가운데 하나일 것 같아서 그녀를 불렀으나 아
무 말도 하지 않았다.

이에 큰 걸음으로 그녀를 쫓았다. 한언직은 아주 빠르게 따라갔는
데 그녀의 행동거지가 우아하고 걸음도 느릿느릿하여 처음에는 서두
르지 않았지만 결국 그녀를 따라잡을 수 없었다.

바깥문 근처에 이르자 한언직이 큰소리로 불렀는데, 그녀는 갑자
기 뜰아래에 나타났고 모습이 한 필의 비단처럼 변하더니 다시 흩어
지며 불빛이 되었고, 환하게 도랑 안으로 들어가더니 사라졌다.

한언직이 영아에게 물으니 그녀가 본 것도 똑같아서 돌아와 아버
지에게 고하였다. 그들 모두 도랑에 엎어진 시신이나 아니면 보물이

있을 거라 여기고 그곳을 파서 보려고 하였는데, 일품이 너무 많이
들어 곧 그만두었다.

姑蘇城中滄浪亭, 本蘇子美宅, 今爲韓咸安所有. 金人入寇時, 民入
後圍避匿, 盡死於池中, 以故處者多不寧. 其後韓氏自居之, 每月夜,
必見數百人出沒池上, 或僧, 或道士, 或婦人, 或商賈, 歌呼雜遝, 良
久, 必哀歎乃止.

守宿老卒方寢, 爲數十人舁去, 臨入池, 卒陝西人, 素膽勇, 知其鬼
也, 無懼意, 正色謂之曰: "汝等死於此, 歲月已久, 吾爲汝言於主人翁,
盡取骸骨, 改葬於高原, 而作佛事救汝, 無爲守此滯窟, 爲平人害, 何
如?"皆愧謝曰: "幸甚!"捨之而退. 卒明日入白主人, 卽命十車徙池水,
掘汚泥, 拾朽骨, 盛以大竹簍, 凡滿八器, 共置大棺中, 將瘞之. 是夕又
有一男子, 引老卒入竹叢間曰: "餘人盡去, 我猶有兩臂在此, 幸終惠
我."又如其處取得之, 乃葬諸城東, 而設水陸齋於靈巖寺, 自是宅怪遂
絶.(二事皆子溫說.)

소주³⁸ 성안에 창랑정³⁹이 있는데 본래 소순흠⁴⁰의 저택이었고 지

38　姑蘇: 兩浙路 蘇州(현 강소성 蘇州市).

39　滄浪亭: 현 蘇州市 三元坊 滄浪亭街에 있는 정자로서 獅子林·拙政園·留園과 함
　　께 宋·元·明·淸을 대표하는 소주의 4대 園林의 하나다. 蘇舜欽이 정계에서 물
　　러나 소주에서 은거할 때 짓고 이곳에서 시를 짓고 시름을 달랬다고 한다.

40　蘇舜欽(1008~1048): 자는 子美이며 祖籍은 梓州路 梓州 幢山縣(현 사천성 德陽
　　市 中江縣綿陽市) 사람이었으나 개봉에서 출생하였다. 조부 蘇易簡은 參知政事
　　를, 부친 蘇耆는 工部郎中·河東轉運使를 역임하였다. 젊어서 歐陽脩 등과 함께
　　고문운동을 주창했으며, 범중엄과 함께 경력신정을 주도한 杜衍의 사위여서 그에
　　참여하였다. 당시 監進奏院이었던 소순흠은 관례에 따라 진주원의 폐지를 팔아
　　연회를 베풀었는데, 반대파 王拱辰이 공금 횡령으로 무고하여 10여 명의 개혁파

금은 한함안의 소유가 되었다. 금군이 침략하였을 때 주민들이 이 저택의 후원으로 도망와 몸을 숨겼지만 거의 모두 연못에 빠져 죽었다. 이런 이유로 이곳에 살던 사람 대부분 평안하지 못하였다. 그 후 한함안이 여기에 살았는데, 매번 달 밝은 밤이면 꼭 수백 명의 사람들이 연못 위로 출몰하였다. 승려·도사·부인·상인 등이 노래하고 소리치며 뒤섞이어 혼란스러웠는데, 한참 후에는 꼭 슬피 탄식한 뒤에 비로소 멈추었다.

밤에 당직을 서는 한 노병이 막 잠들려고 하는데, 수십 명에 의해 들리어져 연못에 빠지기 직전이었다. 이 노병은 섬서 사람으로 평소 담이 크고 용맹스러워 그들이 귀신인 것을 알았지만 무서운 생각이 없었기에 정색을 하며 그들에게 말하길,

"너희들이 여기에서 죽고 난 뒤 세월이 이미 많이 흘렀다. 내가 너희들을 대신하여 주인어른께 잘 말씀드려 해골을 모두 거두어 높은 언덕에 장사 지내 주고 또 불공을 드려 너희의 명복을 빌게 해 줄 것이니, 이곳 작은 굴에 버려진 채 머물면서 사람들에게 해를 끼치는 짓을 하지 않는 것이 어떻겠는가?"

모두 부끄러이 여기며 사과하길,

"그렇게 해 주시면 정말 다행입니다!"

그들은 노병을 놓아주고 물러났다. 노병은 다음 날 주인에게 가서 말하였고, 주인은 즉시 명하여 10대의 수레를 연못에 옮겨 놓고 개흙을 퍼내고 유골을 수습하여 큰 대나무 광주리에 넣었는데, 8개의 광

가 파직되었다. 소순흠은 소주로 이주하여 창랑정을 짓고 시를 쓰며 은거하였다.

주리에 꽉 찼다. 모두 커다란 관에 넣어 묻으려고 하였다. 이날 밤 또 한 남자가 나타나 노병을 끌고 대나무 숲 사이로 와 말하길,

"다른 사람들은 모두 갔는데, 저는 여전히 두 팔이 이곳에 남아 있 다오. 마지막까지 나에게 은혜를 베풀어 주시면 다행이겠습니다."

다시 그곳으로 가서 팔뼈를 거둔 후 성의 동쪽에 묻어 주었고, 영 암사[41]에서 수륙재를 올려 주었다. 이때부터 저택에서 괴이한 일이 모두 없어졌다.(앞의 두 일화는 모두 자온 한언직이 한 이야기다.)

<hr>

[41] 靈岩寺: 현 강소성 蘇州市 서남쪽 木瀆鎭 木瀆鎭 靈岩山에 있는 절이다. 원래 秀峰 寺였으나 당대에 영암사로 개칭하였고, 송대에는 顯親崇報禪院으로 개칭하였다. 후에 淨土宗 사찰로 유명하였다.

　　崇寧間, 平江有狂僧, 嗜酒亡賴, 好作詩偈, 衝口卽成. 郡人呼爲‘林
酒仙’, 多易而侮之, 唯郭氏一家, 敬待之甚厚. 郭母病, 僧與之藥一盞,
曰: “飮不盡卽止, 勿强進也.” 已而飮三分之二, 僧取其餘棄於地, 皆成
黃金色, 母病卽愈. 且留‘朱砂圓方’與其家, 郭氏如方貨之, 遂致富.

　　蘇人有能傳其詩者曰: “門前綠柳無啼鳥, 庭下蒼苔有落花. 聊與東
君論簡事, 十分春色屬誰家?” “秋至山寒水冷, 春來柳綠花紅. 一點洞
庭萬變, 江村煙雨濛濛.” “金罍又閑泛, 玉仙還欲頹. 莫敎更漏促, 趁取
月明迴.” 他皆類此.

숭녕연간(1102~1106) 평강부에 한 파계승이 살고 있었다. 술을 매
우 좋아하여 무뢰배 같았으나 시나 게문 짓기를 좋아하여 입만 열면
한 편이 완성되었다. 평강부 사람들은 그를 ‘주선 임씨’라고 불렀다.
대부분 사람들이 그를 대수롭지 않게 보고 업신여겼는데 오직 곽씨
집안사람들만 그를 공경하며 매우 후덕하게 대하였다. 곽씨 어머니
가 병이 났는데 그 승려가 탕약 한 잔을 주며 말하길,

“다 마시지 못하시겠거든 그냥 두세요. 너무 억지로 드시지는 마세
요.”

곧 3분의 2 정도 마시자 승려는 그 나머지를 가져다 땅에 버렸는
데, 모두 황금색으로 변하였고 어머니의 병은 바로 나았다. 승려는
또 ‘단사 만드는 방법’을 곽씨 집에 남겨 주었고, 곽씨는 처방대로 만
들어 팔아 마침내 부자가 되었다.

소주 지역 사람들 중에는 그의 시를 외울 수 있는 자가 있었는데,
다음과 같다.

문 앞의 푸른 버드나무에는 우는 새가 없으나,
대청 아래 푸릇푸릇한 이끼에는 꽃잎이 떨어지네.
동쪽에서 온 손님과 이야기를 나누며 어떤 일을 논하니,
완연한 봄 색은 누구네 집을 말함인가?

가을이 되어 산은 차갑고 물은 맑은데,
봄이 오면 버드나무는 푸르고 꽃은 붉어지네.
한 점의 동정호가 만 가지로 변하니,
강촌에는 안개비만 자욱하네.

금으로 된 술잔이 한가로이 떠있고,
옥처럼 아름다운 선녀가 돌아와 기울이려 하네.
다시 나가거나 돌아오라 하는 이 없으니,
달이 밝은 날에나 돌아오려네.

다른 시들도 모두 이와 비슷했다.

　　邊公式家祖塋在平江之蒸山. 宣和元年, 公式爲太學錄, 得武洞清
石本羅漢象十六, 遣家僮致之墳庵. 前一夕, 行者劉普, 因夢十餘僧持
學錄書來求掛搭, 以白主僧慧通, 通難之曰: "庵中所得, 鮮薄尋常, 供
僧行三兩人, 猶不繼, 安能容大衆哉?" 來者一人起, 取筆題詩門左曰:
"松蘿深處有神天." 不憶其他語. 明旦, 話此夢未竟, 而石本至, 公式足
成一章曰: "松蘿深處有神天, 小利何妨納大千. 掛搭定知宜久住, 歌吟
何幸得流傳. 袖中出簡聊應爾, 門上題詩豈偶然. 顧我未除煩惱習, 與
師同結未來緣." 語雖非工, 然皆紀實也.

　　변공식 집안의 선산이 평강부의 증산[42]에 있었다. 선화 1년(1119),
변공식이 태학록이 되었을 때, 무동청[43]이 그린 나한상 탁본 16폭을
얻어 집의 노복을 보내 공덕분암에 두었다. 하루 전날 밤 행자 유보는
꿈에 십여 명의 승려가 태학록의 편지를 가져와 묵을 수 있겠느냐고
청하기에[44] 주지승 혜통에게 말하니, 혜통이 난색을 표하며 이르길,

42　蒸山: 蘇州市 서쪽 교외에 있는 길이 1.5km의 타원형 산으로 높이 162m이다. 산의
　　雲氣가 마치 뜨거운 증기처럼 보인 데서 붙여진 이름이다.
43　武洞清: 荊湖南路 潭州(현 호남성 長沙市)사람으로 유명한 화가인 부친 武嶽으로
　　부터 배웠으나 부친보다 명성이 높았다. 불상과 나한상을 잘 그렸는데 발묵과 구
　　도 등에서 파격적인 모습을 보였고, 붓을 잘 만들었는데 심지어 콧수염으로도 붓
　　을 만들어 유명하였다.
44　掛搭: 승려가 다른 절에서 묵을 때 몸에 지닌 물건들을 승방의 벽에 걸어 두는 것
　　에서 연유하여 유랑하는 승려가 임시로 다른 곳에서 묵는다는 뜻으로 쓰인다.

"암자의 살림살이가 늘 빠듯하여 승려와 행자 두세 사람 생활도 유지하기가 어렵잖으냐. 그러니 어찌 많은 분들을 받을 수 있겠느냐?"

찾아온 사람 중 한 사람이 일어나 붓을 들고 문 왼쪽에 시를 쓰길,

소나무와 쑥이 자란 깊은 곳에 신이 사는 곳이 있는데,

다른 구절은 기억하지 못했다. 다음 날 아침 이 꿈에 대한 이야기를 다 마치기도 전에 탁본을 들고 왔다. 변공식은 족히 시를 완성할 수 있었는데, 다음과 같다.

소나무와 쑥이 자란 깊은 곳에 신이 사는 곳이 있는데,
작은 절이라도 어찌 삼천대천세계[45] 받아들이기를 마다할까.
행랑을 벽에 걸어 두니 응당 오래 머물 것을 잘 알리니,
노래하고 읊조리는 것이 어쩌면 다행히도 전해질 수 있으리.
소매에서 편지를 꺼내 보고 그대에게 답하려 하니,
문 위에 시를 적는 것이 어찌 우연이겠는가.
나 돌아보니 아직도 번뇌하는 습관을 버리지 못하였으니,
스승과 함께 미래의 연을 맺고자 하네.

시구는 비록 다듬어지지 않았지만 그러나 모두 사실을 쓴 것이었다.

---

[45] 大千: 불교에서 말하는 '三千大千世界'의 약칭으로 끝없이 넓은 세계를 뜻한다. 『維摩經』에 따르면, 중앙의 須彌山을 중심으로 사방에 4大洲가 있고 그 바깥 주위를 大鐵圍山이 둘러싸고 있는데 이것을 한 세계라고 하며, 이것이 1천 개가 모여 '一小千世界'를 이루고 1천 개의 소천세계가 모여 '一中千世界'를 이루고 1천 개의 중천세계가 모여 '一大千世界'를 이룬다. 이 일대천세계는 다시 소천·중천·대천 등 3개가 있어 '一大三千世界' 또는 삼천대천세계를 이룬다고 한다.

崑山民沈十九, 能與人裝治書畫, 而其家又以煮蟹自給. 縣人錢五
八, 新繪地藏菩薩象, 倩沈襟飾之, 其傍烹蟹, 蓋不輟也. 夜夢入冥府,
所見獄吏, 皆牛頭阿旁, 左右列大鑊, 擧又置人煮之. 將及沈, 忽有僧
振錫與錢生皆在側, 諭獄吏曰: "但令此人入鑊淨洗足矣." 沈猶畏怖,
吏命解衣而入, 俄頃卽出. 於沸鼎烈焰之中, 衆囚冤呼不可聞, 己獨無
苦趣, 清涼自如, 正如澡浴, 身意甚快. 展轉而寤, 遂戒前業, 賣錫以活
云, 時紹興十二年也.(三事邊維獄說.)

　　소주 곤산현[46] 주민 심십구는 사람들에게 서화를 표구해 주는 일을
잘하였고, 집에서는 삶은 게를 팔아 생계를 유지하였다. 곤산현 사람
전오팔은 새롭게 지장보살상을 그린 뒤 심십구에게 돈을 주고 표구
해 달라고 하였다. 그런데 표구하는 곳 옆에서 게 삶는 일을 멈추지
않았다.

　　밤에 꿈속에서 명계의 관아를 들어갔는데, 그가 본 옥리는 모두 소
머리를 한 지옥의 옥졸이었다. 좌우에는 커다란 가마솥을 걸어 놓고,
집게로 사람을 들어서 던져 놓고 끓이고 있었다. 심십구 차례가 되려
고 할 때 갑자기 한 승려가 지팡이를 떨치며 전오팔과 함께 옆에 있
었다. 그들은 옥리를 타이르며 말하길,

46　崑山縣: 兩浙路 蘇州 崑山縣(현 강소성 蘇州市 昆山市).

"이 사람에게는 그냥 가마솥에 들어가 깨끗이 씻고 나오라고 하면 족할 것이오."

심십구는 여전히 두려워 떨고 있는데, 서리가 옷을 벗고 들어가라고 명하였고, 잠시 후 솥에서 나왔다. 펄펄 끓는 솥에는 뜨거운 열기가 가득하여 여러 죄수들은 원통하게 소리쳤지만 들리지 않았고, 자기만 혼자 고통이 없었다. 청량하고 편안한 것이 마치 목욕하는 것 같았고, 몸과 마음도 아주 가벼웠다. 이리저리 뒤척이다 깨어났는데, 곧 전생의 업을 경계 삼아 그 후 엿을 파는 것으로 생계를 꾸렸다고 전해진다. 소흥 12년(1142)의 일이다.(위의 세 일화는 변유악이 한 이야기다.)

葉審言樞密未第時與衢州士人馬民彝善. 民彝素淸貧, 後再娶峽山
徐氏, 以貲入, 因此頗豐贍, 稱其妻爲十八婆. 紹興三十二年, 葉公自
西府奉祠, 歸壽昌縣故居曰社壩, 時方冬日, 有兩村夫荷轎, 輿一老婦
人, 自通爲馬先生妻來相見. 葉公命其女延之中堂, 視其容貌, 昔肥今
瘠, 絶與十八婆不類, 問其故. 答曰: "年老多事, 形骸銷瘦, 無足怪者."
皆疑之, 扣其僕, 僕曰: "但見從店中出, 指令來此, 不知所自也."

葉氏客徐欽鄰, 觀此嫗面色枯黑, 覺其非人, 又從行小奴, 攜裝匣在
手, 皆紙所爲, 已故弊, 乃送死明器耳, 大呼而入曰: "此鬼也!" 逐出之.
嫗猶作色曰: "謂人爲鬼, 何無禮如是?" 旣出門, 轎不由正道, 而旁入山
崦間, 遂不見. 數日後, 民彝至, 言其妻蓋未嘗出也.(欽鄰說.)

　　추밀사 엽심언이 아직 과거에 급제하지 않았을 때 구주[47]의 사인
마민이와 친하게 지냈다. 마민이는 본래 청빈하였는데, 후에 협산
의 서씨와 재혼하였다. 서씨가 많은 재물을 가지고 시집와서 그 덕
분에 마민이는 제법 부유하게 되었다. 마민이는 아내를 '십팔파'라
불렀다.

　　소흥 32년(1162), 엽심언이 추밀사에서 물러나 사록관을 신청하고
엄주 수창현[48]의 '사감'이라 불리는 전에 살던 집으로 돌아왔다. 이때

47　衢州: 兩浙路 衢州(현 절강성 衢州市).
48　壽昌縣: 兩浙路 嚴州 壽昌縣(현 절강성 杭州市 建德市).

가 바야흐로 겨울이었는데, 두 촌부가 가마를 메고 왔는데 한 노부인
이 타고 있었다. 자신이 마민이의 아내라며 뵙고자 한다고 알리어 왔
다. 엽심언은 노부인을 집 안으로 모시라고 명하였다. 그 용모를 보
니 예전에는 통통하였는데 지금은 삐쩍 말라 있었다. 분명 예전의 십
팔파와는 다른 모습이어서 그 이유를 물었다. 그녀가 답하길,

"나이가 들고 일이 많다 보니 모습이 많이 수척해졌습니다. 이상할
것도 없지요."

모두들 그녀의 말을 의심하여 가마꾼에게 물어보니 답하길,

"점포에서 나오는 것만 보았을 뿐입니다. 지시에 따라 이곳에 왔을
뿐 어디서 온 사람인지는 모릅니다."

엽씨의 손님인 서흠린[49]은 이 노부인의 얼굴색이 마르고 검은 것을
보고는 사람이 아닌 것을 깨달았다. 또 그녀를 따라온 어린 노비가
상자를 손에 지니고 있었는데, 모두 종이로 만든 것이고 또 오래되고
헤져서 마치 죽은 자에게 묻어 준 명기와 같아 큰소리로 외치며 들어
와 "이 노파는 귀신입니다!"라고 하면서 내쫓으려고 하였다. 노파는
화가 나서 얼굴색이 변하며 말하길,

"멀쩡한 사람을 귀신이라고 하다니 어쩌면 이렇게도 무례할 수 있
단 말이오?"

그들이 문을 나선 뒤 가마는 제대로 된 길로 가지 않고, 옆의 산굽
이 사이로 들어가 곧 보이지 않게 되었다. 며칠 후 마민이가 왔는데
자기 아내는 외출한 적이 없다고 말하였다.(서흠린이 한 이야기다.)

---

49 徐欽鄰: 元豐 1년(1078)에 司天監을 지냈다.

　　乾道元年六月, 秀州大疫, 吏人錢瑞亦病旬餘, 忽譫語切切, 如有所
見. 自言被追至官府, 仰視見大理正俞長吉朝服坐殿上. 瑞嘗爲棘寺
吏, 識之, 卽趨拜拱立. 俞曰:"所以呼汝來, 欲治一獄." 左右引入直舍,
驗視案牘, 乃浙西提刑司公事也. 胃罝者凡五六十人, 瑞結正齎呈, 甚
喜, 因懇乞歸, 俞未許.

　　瑞無計, 退立廊左, 見故人寧三囚首立, 揖瑞言:"舊爲漕司吏, 曾誤
斷一事, 逮捕至此. 向來文字在某廚靑紗袋中, 吾累夕歸取之, 家人以
爲寇至, 故不可得. 煩君歸語吾兒, 取而焚寄我." 瑞許之. 望長吉治事
畢, 復出瀝懇, 始得歸. 令人送還, 才出門, 命乘一大舟, 舟乃在平地,
瑞以爲苦, 夢中呼云:"把水灑地." 正盡力叫號, 舟已抵岸, 遂驚覺, 滿
身黑汗如洗. 時長吉知盱眙軍方死. 瑞至今猶存.(景裴弟說.)

　　건도 1년(1165) 6월, 수주[50]에 역병이 크게 돌았다. 서리 전서 역시
병에 걸려 십여 일을 앓고 있었는데, 갑자기 절절하게 헛소리를 하는
것이 마치 무엇인가를 본 것 같았다. 그 스스로 말하길 관아로 잡혀
갔는데, 올려다보니 대리시정[51] 유장길[52]이 관복을 입고 대전 위에 앉

---

[50]　秀州: 兩浙路 秀州(현 절강성 嘉興市).

[51]　大理寺正: 형사안건을 판정하는 大理寺의 관리로서 大理少卿의 뒤를 있는 직책이
다. 司直·評事·丞이 심사한 내용을 卿·少卿과 함께 覆審을 하는 중책을 맡았
다. 송 초에는 종5품하였으며, 元豐 3년(1080) 관제개혁 이후 종7품이 되었다. 약
칭은 大理正이다.

[52]　俞長吉: 兩浙路 鎭江府 金壇縣(현 강소성 常州市 金壇區) 사람이다. 大理寺評事와

아 있었다. 전서는 일찍이 대리시의 서리를 지낸 일이 있어 유장길과 알고 지냈기에 곧 달려가 절을 한 뒤 두 손을 모으고 서 있었다. 유장길이 말하길,

"너를 오라고 한 것은 한 사건을 처리해 주었으면 해서다."

좌우에 있던 사람들이 그를 데리고 숙직하는 방으로 들어가 관련 문서들을 살펴보게 하였는데 바로 절서제점형옥사의 사건이었다. 연루된 자만 모두 50~60명이나 되었는데, 전서가 사건을 처리하여 바로 올려 보내니 심히 기뻐하였다. 이에 집에 돌려보내 달라고 간절히 청하였지만 유장길은 허락하지 않았다.

전서는 방법이 없어 대전에서 물러나 행랑 왼쪽에 서 있었는데, 친구였던 영삼이 봉두난발한 채 죄수[53]처럼 서 있었다. 그는 전서를 붙잡으며 말하길,

"예전에 전운사에서 서리로 있었을 때 사건 하나를 잘못 처리하여 여기에 잡혀 왔다네. 예전 문서들이 어느 함 푸른 비단 주머니 안에 있는데, 내가 여러 차례 밤에 집에 가서 그것을 가져오려 해도 집안 식구들이 나를 도둑이 왔다고 여겨서 가져올 수가 없었다네. 귀찮겠지만 자네가 돌아가 내 아들에게 말해 주고 그것을 갖고 와 태워서 나에게 보내 주오."

전서는 그러마라고 했다. 유장길의 일 처리가 끝나가는 것을 보고 다시 나가 간절히 원하니 비로소 가도 좋다고 하였다. 사람을 시켜 호송하게 하였고 막 문을 나오자 큰 배를 타라고 하였다. 배는 여전

大理寺正을 지냈으며 直秘閣, 盱眙軍지사를 역임하였다.
53 囚首: 머리를 단정하게 묶지 못하고 봉두난발한 것으로 죄수의 모습을 뜻한다.

히 평지에 있었는데, 전서가 힘들어 하며 꿈에서 외치길,

"물을 땅에 뿌려 주시오."

막 전력을 다해 외치고 있는데, 배가 이미 언덕가에 다다랐고 곧 놀라서 깨어났는데, 온몸이 검은 땀으로 젖어 마치 목욕한 것 같았다. 당시 유장길은 우이군 지사였는데 막 죽었다고 하였다. 전서는 지금까지 살아 있다.(경배의 동생이 한 이야기다.)

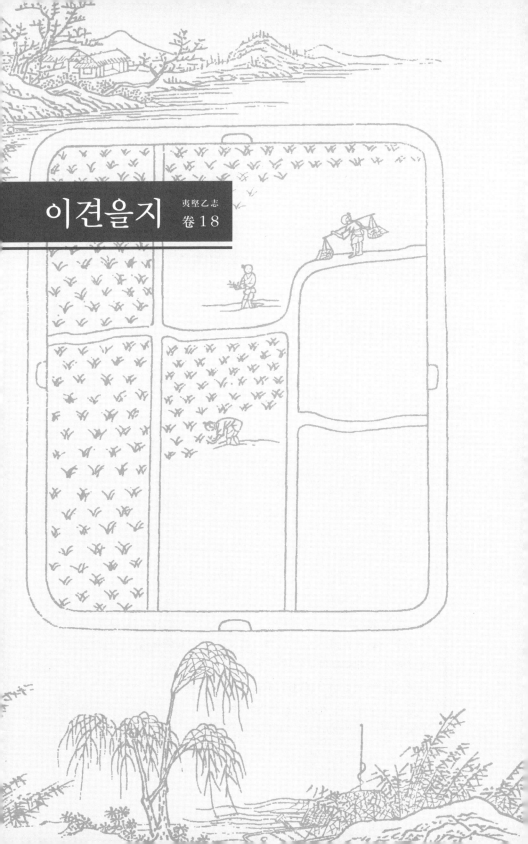

이견을지

夷堅乙志
卷 18

　　衢州人徐逢原, 居郡之峽山, 少年時好與方外人處. 有張淡道人過之, 留館其門, 巾服蕭然, 唯著青巾夾道衣, 中無所有, 雖盛冬不益也. 每月夕, 則攜鐵笛入山間吹之, 徹曉乃止. 逢原學『易』, 嘗閉戶揲大衍數, 不得其法. 張隔室呼之曰:"一秀才, 此非君所解, 明當語子." 明日, 授以軌析算步之術, 凡人生死日時與什器‧草木‧禽畜‧成壞‧壽夭, 皆可坐致. 持以驗之, 不少差.

　　最好飲酒, 時時入市竟日, 必酣醉乃返, 而囊無一錢. 人皆云:"能燒銀以自給." 逢原欲測其量, 召善飲者四人, 更迭與飲, 自朝至暮, 皆大醉, 張元自如. 夜入室中, 外人望見其倒立壁下, 以足掛壁, 散髮置瓦盆內, 酒從髮際滴瀝而出.

　　逢原之祖德詮, 年七十餘矣, 張曰:"十八翁明年五月有大厄, 速用我法禳禬, 可復延十歲." 徐氏不信, 以爲道人善以言相恐, 勿聽也. 語纔出口, 張已知之, 卽捨去, 入城中羅漢寺. 時年五月, 德詮病, 逢原始往請之, 不肯行, 果死.

　　其徒有頭陁一人, 又祕藏紙畫牛一頭, 每與客戲, 則取圖掛壁, 剗生草其旁, 良久, 草或食盡, 或齧齕過半, 遺糞在地可掃也. 後以牛與頭陁, 而令買火麻四十九斤, 紐爲大索, 囑之曰:"吾將死, 死時勿棺殮, 只以索從肩至足通纏之, 掘寺後空地爲坎埋我, 過七日輒一發視." 頭陁謹奉戒. 旣死七日, 發其穴, 面色如渥丹, 至四十九日, 凡七發, 但餘麻絙在, 并敗履一雙, 尸空空矣.

　　逢原嘗贈之詩曰:"鐵笛愛吹風月夜, 夾衣能禦雪霜天. 伊予試問行年看, 笑指松筠未是堅." 張以匹絹大書之, 筆蹟甚偉. 又以匹絹書承法授逢原, 逢原死, 鄕人多求所書法, 其子夢良不欲泄, 擧而焚之. 軌析之術, 徐氏子孫略知其大槪, 而不精矣.(逢原孫欽郞說.)

구주[1] 사람 서봉원은 구주의 협산에 살고 있었는데, 어렸을 때부터 승려나 도사들과 교유하길 좋아하였다. 장담이라는 도인이 그곳을 지나가다가 서봉원의 집에서 유숙하게 되었다. 두건과 의복이 소박하여 청색 두건과 도복만 걸쳤을 뿐 달리 갖고 있는 것이 없었으며, 엄동설한에도 옷을 더 걸치지 않았다. 매번 월말이 되면 쇠로 만든 피리를 들고 산중에 올라가 불었는데, 새벽이 되어서야 비로소 멈추었다. 서봉원은『주역』을 공부하고 있었는데, 일찍이 문을 닫아걸고 대연수[2]로 괘를 따져 보려 했지만 그 방법을 알 수 없었다. 장담이 옆방에서 그를 부르며 말하길,

"일개 수재여, 그것은 그대가 알 수 있는 바가 아니오. 내일 내가 그대에게 가르쳐 주겠소."

다음 날 수명과 운세를 분석하는 방법[3]을 가르쳐 주었는데, 무릇 사람이 살고 죽는 날짜와 시간, 살림살이, 초목, 날짐승과 길짐승, 성공과 실패, 장수와 요절 등을 모두 앉아서 헤아릴 수 있는 것이었다. 그 술법으로 시험하여 보니 조금의 착오도 없었다.

장 도인은 술 마시는 것을 가장 좋아하여 시도 때도 없이 시장에 나가면 하루를 보내기도 하였는데, 반드시 거나하게 취해서 돌아왔고 주머니에는 한 푼도 남기지 않았다. 하지만 사람들이 모두 말하기

---

1 衢州: 兩浙路 衢州(현 절강성 衢州市).
2 大衍數: 天1地2부터 天3地4, 天5地6, 天7地8, 天9地10까지 차례로 늘어나면 天과 地의 수가 각각 5개인데, 각각의 수를 각각 더하면 天이 25, 地가 30이 된다. 천지의 수는 이 둘을 합한 55이며 이것이 변하여 세상이 만들어진다는 것이다.
3 軌析算步之術: 살아온 흔적을 통해 앞날의 수명과 운수를 헤아리는 방법을 뜻한다.

294   이견을지【二】

를,

"은을 만들어 먹고살 수 있는 사람이다."

서봉원은 그의 주량을 알고 싶어 주량이 센 사람 넷을 불러 교대로 그와 마시게 하였는데, 아침부터 저녁까지 모두 만취하였지만 오직 장 도인만 처음 모습 그대로였다. 밤이 되어 장 도인이 방으로 들어갔는데, 밖에 있던 사람들이 보았더니 그는 벽에 거꾸로 기대서서 발을 벽에 걸쳐 놓고 있었다. 머리가 산발이 되어 옹기로 만든 동이에 들어가 있고 머리카락 끝에서는 술이 뚝뚝 떨어지고 있었다.

서봉원의 할아버지 서덕전은 나이가 일흔이 넘었다. 장 도인이 말하길,

"할아버지께서는 내년 5월에 큰 액이 있을 것이오. 속히 나의 도술을 활용해 푸닥거리를 하면 다시 10년 정도 수명을 연장할 수 있소."

서봉원은 그 말을 믿지 않았는데, 도사는 원래 말로 공갈을 잘 치는 사람이라 여겼기 때문이다. 그래서 거절하였는데, 말을 떼기가 무섭게 장 도인은 속내를 알아차리고 조금도 연연하지 않은 채 즉시 떠났다. 장 도인은 구주성 안의 나한사로 들어갔다. 이듬해 5월, 서덕전이 병들자 서봉원은 비로소 장 도인을 찾아가 부탁하였지만 장 도인은 가려 하지 않았고, 서덕전은 정말로 세상을 떴다.

장 도인의 제자 중에 행자승이 한 명 있었다. 장 도인은 종이에 소 한 마리를 그린 뒤 그것을 숨겨 두었다가 매번 손님과 어울려 놀 때마다 그림을 꺼내어 벽에 걸어 놓고 풀을 뜯어다 그 옆에 두었다. 한참 지난 뒤 보면 어떨 때는 소가 풀을 다 먹어 치우기도 하고, 어떨 때는 반만 먹기도 했지만 바닥에 똥을 싸서 빗자루로 치워야 했다. 후에 이 소를 그 행자승에게 주면서 마로 된 붉은색 끈 49근을 사오

게 한 뒤 그것을 꼬아서 굵은 밧줄을 만들라고 하였다. 그에게 당부하길,

"내가 죽게 되면 즉시 염을 하여 관에 넣지 말고, 이 밧줄로 어깨부터 발끝까지 감싸기만 해라. 그리고 절 뒤의 빈터에 구덩이를 파서 묻도록 해라. 그 후 일주일이 지나면 다시 파 보아라."

행자승은 그가 하라는 대로 따랐다. 죽은 지 7일이 되자 그 구덩이를 파 보니 얼굴에서 불그레한 윤기가 났다. 49일이 될 때까지 모두 일곱 번 구덩이를 팠는데, 남은 것이라고는 오로지 마로 만든 밧줄과 헤진 신발 한 켤레뿐, 시신은 어디 갔는지 아무것도 없었다. 서봉원은 일찍이 그에게 시를 지어 주었는데 다음과 같다.

쇠 피리 불기를 좋아하니 바람 불고 달 밝은 밤이라네,
걸친 옷은 얇아도 눈서리 내린 하늘 따뜻하게 감싸네.
너도 나도 오가는 세월에 대해 물어보니,
그저 빙긋이 소나무와 대나무를 가리키며 아직 덜 여물었다 하네.

장 도인은 이 시를 비단에 크게 썼는데, 필적이 매우 힘찼다. 또 비단에 수은 만드는 법을 적어서 서봉원에게 주었다. 서봉원이 죽은 뒤 향리 사람들은 도인이 써 준 수은 만드는 방법을 알려 했지만 아들인 서몽량은 알려지길 원치 않아 그것을 다 태워 버렸다. 수명과 운세를 분석하는 방법에 대해 서씨 자손들도 그 대략을 어느 정도 알았지만 정통하지는 못했다.(서봉원의 손자인 서흠린이 한 이야기다.)

任子諒在太學, 夜過齋後, 於叢竹間見銀百餘笏, 月光照之, 粲爛奪
目. 子諒默禱曰:"天知諒淸貧, 陰有大賜, 然晻昧之物, 終不敢當, 願
歸諸神祇, 他日明中拜賜乃幸耳."遂委而去. 及登廁, 復還至其處, 覺
白物頗動搖屈伸, 訝而注目, 乃巨白蛇, 其長丈餘. 急反室, 明日不復
見. 不知白金之精, 蕩于異物耶? 將蟒怪爲孽, 欲致人害之耶? 二者不
可曉也.(子諒之子良臣說.)

자가 자량인 임량⁴이 태학에 있을 때, 하루는 밤에 숙소 뒤를 지나
는데 대나무 숲 사이로 은으로 된 홀 백여 개가 보였다. 달빛이 환하
게 비추니 찬란한 빛에 눈이 부셨다. 임량은 묵묵히 기도하길,

"하늘이 저의 청빈함을 아시고 눈에 띄지 않게 큰 선물을 주셨는
데, 몰래 주신 물건이라 아무래도 감당하기 어렵습니다. 이것을 신께
다시 바치고자 원하오니 훗날 밝은 가운데 다시 저에게 하사해 주시
면 감사하겠습니다."

4　任諒(1069~1126): 자는 子諒이며, 成都府路 眉州 眉山縣(현 사천성 眉山市 東坡
區) 사람이다. 9세에 고아가 되어 어려운 환경에서 공부해 과거에 급제하였다. 提
點京東刑獄公事 · 徽猷閣待制 · 江淮發運使 등을 지내면서 치밀한 일 처리로 높이
평가받았지만 채경의 정책에 반대하여 한직으로 밀려났다. 하지만 여진과 손을
잡고 연경을 공략한다는 채경의 구상에 거듭 반대하였고 燕山路安撫副使 郭藥師
가 반드시 배반할 것이라고 하여 더욱 미움을 받았다. 하지만 1년도 안 되어 그의
말이 모두 사실로 드러나자 京兆尹으로 임명되었으나 곧 사망하였다.

곧 그것을 포기하고 자리를 떴다. 하지만 변소에 가면서 다시 그곳으로 되돌아가 보니 하얀색 물건이 자못 몸을 꿈틀거리고 굽혔다 폈다 하는 것이 보였다. 의아해서 주시해 보니 바로 커다란 흰 뱀이었고 그 길이가 한 장이 넘었다. 급히 방으로 돌아왔는데 다음 날에는 다시 보이지 않았다. 은의 정기가 기이한 물건으로 흘러들어간 것일까? 아니면 이무기가 괴이한 재앙을 꾸며 사람을 해하려고 그런 것일까? 둘 다 알 수 없는 일이다.(임량의 아들 임량신이 한 이야기다.)

　　邵武光澤縣天寧寺多寄藾, 行者六七人, 前後皆得癡疾, 積勞悴以
死. 唯一獨存, 亦大病, 自謂不免, 已而平安, 始告人曰: "每爲女子誘
入密室中, 幽牕邃閤, 牀褥明麗, 締夫婦之好. 凡所著衣履, 皆其手製,
如是往來, 且一年久. 一日土地神出現, 呼女子責曰: '合寺行者皆爲汝
輩所殺, 豈不留一人給伽藍掃灑事? 自今無得復呼之.' 女拜而謝罪, 流
涕告辭, 自此遂絶." 始能飮食, 漸以復常, 念向來所遊處, 歷歷可想,
乃邑內民家女蕿房, 白其父母發視, 蓋旣死十年, 顔色肌體皆如生. 傍
有一僧鞋, 已就, 兩手又抱隻履, 運鍼未歇, 枕畔烏紗巾存焉. 父母泣
而改殯.

　　소무군 광택현[5]의 천녕사에는 사람들이 임시로 맡겨 놓은 관이 많
았는데, 행자 6~7명이 연이어 모두 멍청해지는 병에 걸려 초췌해지
다 결국 죽고 말았다. 오직 한 명만 살아남았는데, 그 역시 큰 병에
걸려 스스로 죽음을 면할 수 없을 것이라 생각하였다. 하지만 얼마
후 회복되어 비로소 사람들에게 말하길,

　　"매번 한 여자의 유혹에 넘어가 밀실로 들어가 어두운 창문과 깊은
쪽문을 지나면 침상 위의 환하고 아름다운 이불이 있어 부부의 연을
맺었습니다. 입는 옷과 신는 신발 모두 그녀가 손으로 직접 만든 것
이었습니다. 이렇게 왕래한 지 1년이 지났어요. 그런데 하루는 토지

5　光澤縣: 福建路 邵武軍 光澤縣(현 복건성 南平市 光澤縣).

신이 나와 그 여자를 불러 책망하길,

　'절의 모든 행자들이 다 너희 무리에 의해 죽임을 당했구나. 한 명이라도 남겨 절에서 청소라도 할 수 있게 해야지 않겠느냐? 지금부터는 다시 불러서는 안 될 것이다.' 여자는 절을 하며 사죄했고, 눈물을 흘리며 물러났습니다. 이때부터 다시는 오지 않았습니다."

　그때부터 비로소 음식을 먹을 수 있었고 점점 원상태로 회복되었다. 전에 그녀와 놀던 곳을 생각해 보니 하나하나 생생하게 기억났다. 그곳은 바로 현성 안에 있는 민가의 그 여자의 관이 놓인 방이었다. 그 부모에게 사연을 말하고 관을 열어 보니 이미 죽은 지 10년이 되었는데 안색과 피부가 다 살아 있는 것처럼 생생하였다. 옆에는 승려가 신는 신발 한 켤레가 있었는데 이미 완성된 것이었다. 또 두 손으로 신발 하나를 감싸고 있었는데, 바늘로 꿰매다 만 것이었다. 베개 옆에는 흑청색 건이 그대로 있었다. 그녀의 부모는 울면서 장례를 치러 주었다.

趙不他爲汀州員外稅官, 留家邵武而獨往, 寓城內開元寺, 與官妓一人相往來, 時時取入寺宿. 一夕五鼓, 方酣寢, 姑父呼于外曰: "判官誕日亟起賀." 倉黃而出, 趙心眷眷未已. 妓復還曰: "我諭吾父, 持數百錢賂營將, 不必往." 遂復就枕.

明旦, 將具食, 趙之曂友馮八官者來, 妓避之戶內曰: "是嘗過我, 我以君故不忍納. 方蓄憾未解, 不欲出. 馮君嗜石榴, 已留兩顆在廚矣." 及馮入, 與趙飮酒啖榴, 卽去. 妓出對食, 迨晚, 索湯濯足, 夜同臥. 趙之姪適至, 問安否, 妓令趙聳身外向, 己伏于內. 姪揖牀下, 不揭帳, 亦去. 兩人綢繆笑語. 趙忽睡, 夢攜手出寺, 行市中, 至下坊, 妓指一曲曰: "此吾家也, 旣過門, 能爲頃刻留否?" 趙心念身爲見任, 難以至妓館, 力拒之, 遂驚覺, 流汗如洗, 方知獨寢. 呼其僕, 問妓安在, 僕曰: "某人未明歸去, 至今不曾來." 問對食及濯足事, 曰: "公令具兩人食而無他客. 黃昏時又令熁湯盥濯, 然未嘗用也." 始悟其鬼. 自是得大病, 遍身皮皆脫落, 一年乃愈. 自云: "幸不入其家, 入則死矣." (二事光吉叔說.)

조불타는 정주[6]에서 세금 징수를 담당하는 원외랑이 되었다. 소무군[7]에 가족들을 남겨 두고 혼자 정주로 가서 정주성 안의 개원사에서 머물고 있었다. 조불타는 관기 한 사람과 서로 오가며 늘 절로 데리

6　汀州: 福建路 汀州(현 복건성 龍岩市 長汀縣).
7　邵武軍: 福建路 邵武軍(현 복건성 南平市 邵武市, 三明市 建寧縣).

고 와 잠자리를 함께하였다. 하루는 밤 오경 무렵, 막 단잠을 자고 있
는데 기녀의 아버지가 밖에서 부르며 말하길,

"오늘이 판관 생일이니 서둘러 일어나 축하하러 가야 한다."

기녀는 놀라서 서둘러 나갔고, 조불타는 마음속으로 아쉬움을 금
치 못하였다. 그런데 기녀가 다시 돌아와 말하길,

"제가 아버지께 잘 말씀드려 병영의 장수에게 수백 문의 뇌물을 주
게 하였으니 갈 필요가 없어졌습니다."

그리고는 다시 와서 옆에 누웠다.

이튿날 아침 막 음식을 준비하는데, 조불타의 친한 친구 풍팔관이
왔다. 기녀는 그를 피하며 방 안에서 말하길,

"저자가 전에 나를 찾아온 일이 있는데, 나는 당신이 마음에 걸려
차마 받아줄 수 없었습니다. 바야흐로 서운한 감정이 쌓여 아직 풀리
지 않았을 터이니 저는 나가 보지 않겠어요. 풍씨는 석류를 좋아하니
제가 부엌에 석류 두 개를 남겨 두었습니다."

풍팔관이 들어와 조불타와 술을 마시고 석류를 먹고는 곧 갔다. 기
녀가 나와서 함께 밥을 먹고 저녁이 되자 뜨거운 물을 가져와 발을
씻고 밤에 함께 잠자리에 누웠다. 조불타의 조카가 마침 찾아와 문안
을 여쭈었는데, 기녀는 조불타로 하여금 몸만 일으켜 밖을 보게 하였
고, 자기는 안에서 누워 있었다. 장막을 걷지 않은 상태에서 조카는
침상 아래서 인사하고 그 역시 갔다.

두 사람은 서로 뒤엉킨 채 웃으며 이야기를 나누었다. 조불타는 갑
자기 잠이 들었는데, 꿈에 기녀와 함께 손을 잡고 절을 나가 저잣거
리를 돌아다녔다. 한 동네에 이르자 기녀는 골목을 가리키며 말하길,

"저기가 제가 일하는 기루입니다. 기왕에 그 앞을 지나가니 잠시

들어가 계실 수 있나요?"

조불타는 마음속으로 자기가 현직 관원이면서 기루에 들어가서는 안 된다[8]는 생각이 들어 완강하게 거절하다가 곧 꿈에서 깨어났다. 땀이 목욕한 것처럼 흥건했고, 비로소 자기 혼자 자고 있었음을 깨달았다. 조불타는 노복을 불러 기녀가 어디에 있느냐고 묻자 노복이 답하길,

"그녀는 새벽이 되기 전에 돌아갔고 지금까지 온 일이 없었습니다."

같이 밥을 먹고 발을 씻은 일에 관해 묻자 답하길,

"공께서 두 사람의 음식을 준비하라고 하셨지만 다른 손님은 없었습니다. 황혼 무렵 다시 물을 끓여 대야에 받아 오라 하셨지만 물을 쓰시지는 않았습니다."

조불타는 그때 비로소 그녀가 귀신임을 깨달았다. 이때부터 그는 큰 병에 걸렸고, 온몸의 피부가 모두 벗겨졌으며 1년이 지나서야 비로소 다 나았다. 스스로 말하길,

"다행히 그 기루에 들어가지 않았기 망정이지, 들어갔으면 즉시 죽었을 것이다."(위의 두 일화는 광길숙이 한 이야기다.)

---

8 송조는 술을 전매품으로 만들어 태종 때부터 관에서 직접 팔게 했고, 신종 때부터는 관기를 고용하여 술을 팔았다. 유명한 술집 가운데 南外庫 · 北外庫 · 西溪庫 등의 명칭은 바로 주고에 설치된 관이 운영하는 술집임을 나타낸다. 기녀를 포함해서 이곳에서 일하는 사람들은 戶部點檢所가 관리하였다. 하지만 송조는 관리들이 기루에 함부로 드나드는 것은 법으로 금하였다. 조불타가 기녀가 일하는 주루에 들어가기를 완강하게 거부한 까닭은 바로 이런 금령 때문이었다.

紹興二十年, 徐昌言知江州. 其姪琰觀衆客下紫姑神, 啓曰: "敢問大
仙姓名爲誰? 何代人也?" 書曰 "唐朝呂少霞." 琰曰: "琰覬望改秩, 仙
能前知, 可得聞歟?" 曰: "天機不可泄." 琰曰: "但爲書經史, 或詩詞兩
句, 寓意其間, 當自探索之." 遂大書韋蘇州詩曰: "書後欲題三百顆, 洞
庭須待滿林霜." 坐客傳翫, 莫能測其旨. 後十五年, 琰方得京官, 調吳
縣宰, 乃悟詩意, 洞庭正隸吳也. (琰說.)

소흥 20년(1150), 서창언⁹이 강주¹⁰지사일 때 조카 서염은 여러 객
들 사이에 자고신이 있는 것을 보았다. 그래서 여쭤보길,

"신선의 성함이 어떻게 되시는지 감히 여쭤 봐도 되겠습니까? 어느
시대 분이신지요?"

그녀는 다음과 같이 썼다.

"당대의 여소하다."

서염이 말하길,

"저는 감히 승진하길 원합니다. 신선께서는 앞일을 아실 수 있으리
니 말씀을 들을 수 있겠습니까?"

9　徐昌言: 兩浙路 衢州 西安縣(현 절강성 衢州市 衢江區) 사람이다. 江州지사를 역
　임하였으며, 무장원 출신으로 晉寧軍지사 겸 嵐石路沿邊安撫使로 금군과 싸우다
　순절한 徐徽言의 형으로 알려졌다.
10　江州: 江南東路 江州(현 강서성 九江市).

대답하길,

"천기는 누설할 수 없는 것이다."

서염이 말하길,

"경전이나 사서에 빗대어 써 주시거나 아니면 시나 사의 한두 구절만 써 주셔도 됩니다. 그사이에 우의적으로 써 주시면 마땅히 저 스스로 그 뜻을 찾아보겠습니다."

마침내 위응물의 시를 다음과 같이 크게 써 주었다.

편지 말미에 '삼백 개'라고 쓰고 싶지만,
동정산[11] 숲 가득한 서리를 기다려야 한다네.[12]

앉아 있던 손님들이 모두 돌려보며 추정해 보았지만 아무도 그 뜻을 알 수 없었다. 15년 후 서염은 비로소 경관이 될 수 있었고, 오현지사로 전임하였는데 그때서야 비로소 그 시의 뜻을 알 수 있었다. 동정은 바로 오현[13] 관할 구역에 있다.(서염이 한 이야기다.)

---

11 洞庭山: 본문의 동정은 호남성과 호북성을 가르는 경계선인 동정호가 아니라 강소성 太湖에 있는 동정산을 뜻한다. 태호 동남쪽에 있는 동정산은 동(東)동정산과 서(西)동정산 둘로 이루어졌으며, 동동정산은 半島이고 속칭은 東山이며 서동정산은 호숫가에서 4km 떨어진 섬이며 속칭은 西山이다. 송대 귤의 생산지로 유명하였다.

12 韋應物의 시 「答鄭騎曹靑橘絶句」에 나오는 구절이다. 원문은 "憐君臥病思新橘, 試摘猶酸亦未黃. 書後欲題三百顆, 洞庭須待滿林霜"이다. 편지 말미에 '삼백 개'를 드린다고 쓰고 싶지만 귤을 따려면 서리 내릴 때까지 기다려야 한다는 말이다. 병중에 있는 친구를 위해 동정의 귤을 보내 주고 싶지만 아직 다 익지 않아 서리가 내릴 때까지 기다려야 하는 안타까운 심정을 묘사하여 돈독한 우정을 드러내고 있다.

13 吳縣: 兩浙路 平江府 吳縣(현 절강성 蘇州市 吳中區). 지금도 동정산은 蘇州市 吳中區에 속해 있다.

龔濤仲山說, 其母方娠時在衢州, 及期, 將就蓐, 遣呼乳醫, 時已夜
半. 醫居于郡治之南, 過司法廳, 見門外擾擾往來, 云:"官病亟." 及至
龔氏而濤生, 襁褓畢, 復還, 則司法已死. 明日, 爲龔氏言之. 司法君姓
周氏, 爲人潔清, 好策杖著帽, 每出, 必呼小史以二物自隨. 濤三歲能
言, 時常呼人取帽及挂杖, 其家乃知爲周君後身也.

　　자가 중선인 공도[14]가 말하길, 어머니가 자기를 임신하고 있을 때
구주에 살고 있었는데, 예정일이 다 되어 산기를 느끼자 사람을 보내
유의를 불렀다. 그때 이미 한밤중이었는데, 유의는 구주관아의 남쪽
에 살고 있었다. 사법참군사관아를 지나가는데 문 밖에서 사람들이
웅성거리며 오가는 것을 보았다. 누군가 말하길,

"사법참군사께서 매우 위독하십니다."

　　의사가 공씨 집에 도착하자마자 공도가 태어났다. 분만을 다 마친
후 의사가 다시 돌아가는데, 사법참군사가 이미 죽었다고 하였다. 다
음 날 공씨에게 그런 일이 있었다고 알려 주었다.

　　사법참군사의 성은 주씨였는데, 사람이 청렴결백하였고, 지팡이를
짚고 모자 쓰는 것을 좋아하여 매번 외출할 때마다 꼭 어린 시종을

14　龔濤: 양송교체기에 廬州지사 겸 安撫使였는데 금군 공세에 성을 버리고 도주하였
　　다.

불러 그 두 가지를 들고 따라다니라고 시켰다. 공도는 불과 세 살에 말을 할 수 있었고, 수시로 사람을 불러 모자를 달라고 하고 지팡이를 짚곤 하였다. 공씨 집안사람들은 비로소 공도는 관리 주씨가 환생한 것임을 알게 되었다.

衢州超化寺, 在郡城北隅, 左右菱芡池數百畝, 地勢幽閴, 士大夫多
寓居. 寺後附城有雲山閣, 閣下寢堂三間, 多物怪, 無敢至者. 唯曾通
判獨挈家處之, 往往見影響, 猶以爲僕妾妄語, 拒不信. 幼子年二歲,
方匍匐在地, 乳母轉眄與人語, 忽失之. 擧家繞寺求索, 且禱于佛僧,
竟夕不見. 明日, 聞篋中啼聲, 啓鑰見兒, 蓋熟睡方起也. 卽日徙出, 至
今空此室云.(長老說.)

　　구주 초화사는 구주 성 북쪽 모퉁이에 있다. 절의 좌우에는 마름과
가시연밥으로 가득한 연못이 수백 묘나 펼쳐져 있고, 지세가 그윽하
고 한유하여 사대부들이 많이 모여 살았다. 절 뒤편 성벽 부근에는
운산각이 있고, 운산각 아래에는 침실 세 칸이 있었다.

　　그곳에서 괴이한 일들이 많이 일어나서 아무도 감히 들어가 살려
는 자가 없었다. 통판 증씨만 가족들을 데리고 그곳에 살았는데, 종
종 이상한 그림자가 보이고 소리가 났지만 여전히 노복이나 첩들이
하는 황당한 이야기로 여겼고 믿으려 하지 않았다.

　　증씨의 두 살짜리 어린 아들이 막 바닥을 기고 있었는데, 유모가
잠깐 다른 사람과 말을 하느라 눈길을 돌리던 중 갑자기 아이가 사라
졌다. 온 집안 식구들이 절을 돌아다니며 아기를 찾았고, 부처와 승
려에게 기도를 올렸지만 저녁이 되도록 찾지 못했다.

　　다음 날, 궤짝에서 울음소리가 들려 자물쇠를 열고 보니 아기가 그
안에 들어 있었다. 마치 깊은 잠에서 막 깨어난 것 같았다.

증씨의 가족들은 바로 그날 이사 나왔고, 그 집은 지금까지 비어 있다고 한다. (초화사의 장로가 한 이야기다.)

中奉大夫王旦, 字明仲, 興州人. 所居去郡數十里, 前枕嘉陵江. 嘗
晚飲霑醉, 獨行江邊, 小憩磻石上, 望道左松檜, 森蔚成行, 月影在地,
顧而樂之, 憶常時所未見也. 乘興步其中, 且二里, 得一蕭寺, 佛殿屹
立, 長明燈熒熒然, 寂不見人. 稍行, 至方丈, 始有一僧迎揖, 乃故人
也. 就坐良久, 忽悟僧已死, 問曰: "師去世累歲矣, 乃在此邪?" 僧曰:
"然." 語笑如初. 存問交游, 今皆安在. 幾至夜半, 倦欲寐, 僧引入西偏
小室, 使就枕, 戒之曰: "此多惡趣, 毋輒出. 須天且明, 吾來呼公起矣."
遂去.

旦裴回室中, 覺境象荒聞, 不能睡, 俯窺牕外, 竹影參差, 心愈動, 登
牀展轉, 目不交睫. 不暇俟其呼, 徑起出戶, 遙見僧堂燈燭甚盛, 趨就
焉. 衆方列坐, 數僕以杓行粥, 鉢內炎炎有光, 遇而視之, 蓋鎔銅汁也,
熱腥逆鼻, 不可聞. 犇而還, 復見昨僧, 咄曰: "戒君勿出, 無恐否!" 命
行者秉炬送歸, 中塗炬滅, 且蹶于地, 驚而寤, 則身元在石上, 了未嘗
出, 殆如夢游云. (黃仲秉說.)

　　자가 명중인 중봉대부 왕단은 흥주[15] 사람이다. 사는 곳은 흥주성
에서 수십 리 떨어진 곳인데 앞으로 가릉강과 접하고 있었다. 일찍이
밤늦게 술을 마시고 거나하게 취하여 홀로 강변을 걷다가 너럭바위
에서 잠시 쉬고 있었다. 멀리 길 왼쪽으로 소나무와 편백나무가 우거
져 숲을 이루며 쭉 늘어서 있었고, 달빛이 땅에 비추이니 이를 돌아

15　興州: 利州路 興州(현 섬서성 漢中市 略陽縣).

보면서 매우 즐거웠다. 생각해 보니 평소에는 본 일이 없던 풍광이었다.

수레가 그 길 사이로 움직이기 시작해 2리쯤 갔을 때 한적한 절 하나가 보였다. 불전이 우뚝 솟아 있었고, 장명등이 반짝이며 빛났지만 고요하고 사람이 보이지 않았다. 조금 더 가서 주지의 처소로 가니 비로소 한 승려가 그를 맞이하며 인사를 했는데, 마침 예전에 알던 승려였다. 한참동안 함께 앉아 있었는데, 홀연히 그 승려가 이미 죽었다는 것을 깨닫고 묻기를,

"스님께서는 세상을 버린 지 여러 해가 되었는데, 어찌 이곳에 계십니까?"

승려가 대답하길,

"그렇게 되었군요."

태연히 웃으며 말하였다. 함께 교류했던 이들의 안부를 묻기에 지금 모두 편안하게 지낸다고 알려 주었다. 한밤중이 되자 왕단은 피곤하여 잠자려고 하니 승려가 그를 서쪽에 있는 작은 방으로 안내하여 잠을 청하라고 하면서 주의를 주길,

"이곳은 모두 고통의 지옥이니 함부로 나오지 마시오. 반드시 날이 밝기를 기다리시고, 내가 와서 일어나시라고 공께 크게 소리 지르리다."

승려는 곧 가 버렸다.

왕단은 방 안을 배회하다 문득 이곳이 아주 황량하고 적막함을 깨닫고는 잠을 이룰 수 없었다. 고개를 숙여 창밖을 살펴보니 대나무 그림자가 어지러워 마음이 더욱 동하였고 침상에 누워 이리저리 뒤척이며 눈을 붙일 수가 없었다. 그는 승려가 부를 때까지 기다릴 수

가 없어 바로 일어나 문을 나섰고, 멀리 승당에 불이 환한 것을 보고는 서둘러 갔다. 여러 무리가 막 빙 둘러앉자 몇몇 노복들이 국자로 죽을 나눠 주고 있었다. 바리 안에서는 무엇인가 부글부글 끓으며 빛이 나고 있었다. 우연히 그것을 보니 구리를 녹인 것 같았다. 열기와 비린내가 코를 찔러 냄새를 맡을 수 없을 정도였다. 왕단은 달려서 돌아왔는데, 어제 만난 승려가 다시 나타났다. 승려가 꾸짖길,

"그대에게 나오지 말라고 경고했거늘 무섭지도 않단 말인가!"

행자를 불러 횃불을 들고 돌려보내라 하였는데, 가던 도중에 횃불이 꺼졌다. 왕단은 땅바닥에 넘어졌다가 놀라서 깨어났는데, 자기 몸은 원래 앉아 있던 그 너럭바위 위에 그대로 있었다. 어디를 다녀온 적은 없는 것 같았고, 마치 꿈에서 놀고 온 것 같다고 하였다.(황중병이 한 이야기다.)

　　泉州通判李端彦說, 紹興十六年, 在秀州, 識道人趙小哥者, 字進道, 嘗隷兵籍, 不知名, 自云居咸平縣. 狀貌短小, 目視荒荒, 有白膜蒙其上, 尋常能以果實草木治人病, 其所用物, 蓋非方書所傳. 或以冷水調燕支末療痔疾, 或以狗尾草療沙石淋, 皆隨手輒愈. 喜飲酒, 醉後略能談人禍福事. 通判朱君館之舟中, 因熱疾沉困發狂, 躍入水, 偶落漁罔中, 救出之, 汗被體, 卽蘇.

　　後三年來臨安上省吏孫敏脩家, 適臥病, 不食七日, 吐利垂死. 有二走卒持洪州趙都監書來市民陶婆家, 報趙道人死于洪, 蓋平時皆與厚善者. 陶曰:"道人固無恙, 正爾在孫中奉宅." 遽同往問訊. 趙旣聞之, 亟起出, 若未嘗病者. 二人大駭, 拜之不已. 趙但默誦眞誥中語, 殊不答其說, 卽往後市街常知班家. 好事者爭焚香致敬. 趙拱手凝目, 時擧手上下, 不措一詞. 逮夜, 外人散去, 其家遣一子侍, 直至曉, 前後門悉開, 已不知所在.

　　久之, 復歸湖上, 過李氏墳庵, 與端彦相見, 塵垢盈體, 若遠涉萬里狀. 問所往, 不肯言, 但云:"前者爲人所厄苦, 且避之, 今不敢再入城矣." 半年又告去, 曰:"此地疫起, 吾當治藥救人去, 一年然後歸." 端彦問曰:"君爲道人, 亦畏疫癘乎?" 曰:"天災豈可不避!" 自是還往浸闊.

　　紹興三十年, 又來臨安, 館于馬軍王小將家. 進奏官劉某以風痺求醫, 敎以薄荷汁搜附子末服之. 劉餌之過度, 遂死. 其子歸咎, 欲訟于有司, 趙曰:"不須爾." 取所餘藥盡服之, 亦死. 王氏爲買棺, 殮而瘞諸小堰門外, 役者封坎畢, 還憩門側粥肆中, 見趙在前, 呼揖曰:"甚苦諸君見送." 衆人異之, 急返窆處, 啓其柩, 空無一物矣.

천주[16] 통판 이단언[17]이 한 이야기다. 소흥 16년(1146), 그가 수주[18]에 있을 때 자가 진도인 조소가라는 도인을 알게 되었는데, 일찍이 병적에 등록되어 있던 인물로서 이름은 알지 못하나 스스로 함평현[19]에 살았다고 말하였다. 겉모습은 왜소하고, 무엇인가를 볼 때는 눈빛이 멍해 보였는데, 흰색 막이 눈동자를 덮고 있었다. 평소 과일이나 풀과 나무로 사람들의 병을 치료하였는데, 그가 사용하는 약재는 대체로 의서 등에 실려 있는 것이 아니었다. 어떨 때는 찬물로 연지 분말을 조제하여 치질을 고치기도 하였고, 어떨 때는 강아지풀로 방광결석[20]을 치료하기도 했는데, 그의 손이 닿는 곳마다 병이 모두 나았다. 술 마시기를 좋아했고 취한 후에도 사람들의 길흉화복에 관해 어느 정도 이야기할 수 있었다. 통판 주씨가 그를 배에서 묵게 하였는데, 열병으로 기진맥진한 상태에서 발광하여 강물로 뛰어들었다. 마침 어망 가운데 떨어져 구해낼 수가 있었고 땀으로 온몸이 흠뻑 젖더니 곧 깨어났다.

조소가는 3년 후 임안부[21]에 와서 중앙부서 관리[22]인 손민수[23]의 집

---

16 泉州: 福建路 泉州(현 복건성 泉州市).

17 李端彦: 兩浙路 常州 晉陵縣(현 강소성 常州市 武進區) 사람이다. 崇寧 2년(1103) 과거에서 3등으로 급제하였다.

18 秀州: 兩浙路 秀州(현 절강성 嘉興市).

19 咸平縣: 開封府 咸平縣(현 하남성 開封市 通許縣). 본래 扶溝縣 通許鎭으로 대운하가 통과하는 요충지여서 咸平 5년(1002)에 현을 설치하였다. 현의 이름은 연호에서 취한 것이다.

20 沙石淋: 방광결석의 일종으로 소변에 모래처럼 작은 결석이 섞여 나오는 질병이다. 沙淋·石淋이라고도 한다.

21 臨安府: 남송 兩浙路 臨安府(현 절강성 杭州市).

22 상서성 등 중앙정부 및 三館에서 근무하는 관리를 뜻한다.

23 孫敏修: 紹興연간(1131~1162)에 大理評事·大理丞·刑部員外郞·刑部郞中·大

이견을지【二】

에 들렀다가 마침 병이 들어 누워 있었다. 7일 동안 아무것도 먹지 않고 토하고 설사하여 거의 죽을 지경이었다. 두 전령이 홍주[24] 병마도감 조씨의 서신을 들고 와서 저잣거리에 사는 주민 도씨 노파 집에 왔는데, 조 도인이 홍주에서 죽었다고 알렸다. 평상시 모두 그와 잘 지냈던 사이였던 듯하다. 하지만 도씨 노파가 말하길,

"도인은 정말 아무 일도 없고 지금 바로 중봉대부 손민수의 저택에 계신데?"

이에 서둘러 함께 가서 알아보았다. 조소가는 그 이야기를 듣더니 급히 일어나 나왔는데, 마치 전혀 아픈 일이 없었던 사람 같았다. 두 전령은 깜짝 놀라 그에게 쉬지 않고 절하였다. 조소가는 『진고』의 구절을 묵묵히 암송하며 그들의 말에는 따로 답하지 않고 곧 후시가[25]에 있는 지반관[26] 상씨의 집으로 갔다. 호사가들은 앞다투어 향을 피우며 공경을 표하였다. 조소가는 두 손을 모으고 응시하며 때때로 손을 위아래로 오르내릴 뿐 한마디도 하지 않았다. 밤이 되어 밖에서 온 사람들은 다 흩어져 돌아가고 상씨 집에서 아들 하나를 보내 시중들게 하였는데, 새벽에 앞뒷문을 모두 열어 보니 이미 그가 어디 있는지 알 수 없었다.

理少卿 등 대리시에서 주요 관직을 역임하였다.

24 洪州: 江南西路 洪州(현 강서성 南昌市).

25 後市街: 臨安府 太平坊에 속하는 거리 이름으로 현 中山中路의 서쪽에서 남북으로 병행한 거리다(남쪽은 河坊街에서 북쪽으로 惠民路를 거쳐 羊壩頭까지). 哲宗의 황후이자 고종의 후견인이었던 孟太后와 光宗의 李皇后 저택, 理宗의 潛邸인 龍翔宮이 있었으며, 거리 곳곳에 歌館도 있었다고 전한다.

26 知班官: 御史臺 前司에 소속된 서리로서 조회 때 시립하는 순서를 배열하거나 제사 등의 大禮 때 禁衛를 규찰하고 질서를 유지하는 역할을 담당하였다.

한참 지난 뒤 조소가는 다시 호숫가로 돌아와 이씨네 공덕분암으로 가서 이단언을 만났다. 먼지와 때가 온몸을 덮고 있어서 마치 멀리 만 리 길을 다녀온 사람 같았다. 어디를 가느냐고 물었지만 답하려 하지 않고 그저 말하길,

"전에는 사람들의 액 때문에 고통을 받아 그것을 피한 것입니다. 지금 감히 다시 성안으로 들어갈 수가 없습니다."

반년이 지나자 또 떠난다고 고하며 말하길,

"이 지역에 역병이 창궐할 것이니 내가 마땅히 약으로 사람들을 구하기 위해 떠나야 합니다. 일 년 후에 돌아올 것입니다."

이단언이 묻기를

"그대는 도인인데, 어찌 역병을 무서워하는가?"

대답하길,

"하늘의 재앙을 어찌 피하지 않을 수 있겠습니까!"

이때부터 왕래가 점점 뜸해졌다.

소흥 30년(1160)에 다시 임안부로 왔는데 시위친군마군사[27]의 환위관[28] 왕씨 집에서 머물렀다. 진주관[29] 유모 씨가 중풍으로 마비가 되

---

27 侍衛親軍馬軍司: 송조의 금군 최고 지휘부는 殿前司·侍衛親軍馬軍司·侍衛親軍步軍司로 이루어졌고, 이 3개 司를 총칭하여 三衙라 하였다. 侍衛親軍馬軍司의 약칭은 馬軍司고, 장관인 侍衛親軍馬軍司都指揮使의 약칭은 馬軍이다. 본문의 '馬軍'은 '馬軍司'의 오기로 보인다.

28 小將軍: 당조의 16衛 제도를 이어받아 송조가 武散官제도로 운영한 環衛官 소속 諸衛將軍의 총칭이다. 종2품 金吾衛上將軍부터 종4품 千牛衛將軍까지를 포괄한다.

29 進奏官: 황제의 조칙과 중앙 부처의 공문을 각 지역에 전달하고, 각 지역의 공문을 조정 각 부처로 발송하는 업무를 담당한 進奏院 소속 서리다. 송 초에는 자신이 속한 각 주 進奏院의 통솔을 받았으나 太平興國 7년(982), 중앙에 都進奏院을 설치

어 치료해 달라고 부탁하자 그에게 박하즙에 부자 분말을 타서 먹으
라고 하였다. 유씨가 그것을 먹었는데 용량을 초과하여 곧 죽고 말았
다. 유씨 아들이 조소가의 과실이라며 관할 관청에 제소하려고 하였
다. 조소가가 말하길,

"그럴 필요 없소."

남은 약을 갖다가 다 먹은 뒤 조소가 역시 사망하였다. 왕씨가 관
을 사서 염을 하고 소언문[30] 밖에 묻어 주었다. 일하는 사람들이 무덤
을 다 쌓고 돌아와 성문 옆 죽 파는 가게에서 쉬고 있는데 조소가가
그들 앞을 지나는 것을 보았다. 조소가는 그들을 불러 인사하며 말하
길,

"나를 송별하느라 여러분들이 수고가 많았소이다."

인부들이 기이하게 생각하고 급히 무덤으로 돌아가 관을 열어 보
니 텅 비어 있었고 아무것도 없었다.

하고 150명의 진주관을 선발, 각 路·州의 일을 담당하게 하였다. 진주관은 각각
'某州進奏院'으로 표기하였고 2~3곳을 겸임하기도 하였다. 근무성적이 우수한 5
명은 3년 1회 거행하는 郊祠에서 8품 무관으로 특진시켜 주었다.

30 小堰門: 임안부 외성 保安門의 속칭이다. 임안부의 성문은 황성 3개(和寧門·東華
門·西華門), 외성 18개인데 그 가운데 13개의 일반 성문(便門·候潮門·保安
門·新開門·崇新門·東青門·艮山門·嘉會門·餘杭門·錢湖門·清波門·豐豫
門·錢塘門)과 5개의 배가 다니는 성문(保安門·南水門·北水門·天宗門·餘杭
門)이 있다.

休寧張村民張五, 以弋獵爲生, 家道粗給. 嘗逐一麂, 麂將二子行, 不能速, 遂爲所及, 度不可免, 顧田之下有浮土, 乃引二子下, 擁土培覆之, 而自投於罔中. 張之母遙望見, 奔至罔所, 具以告. 其子卽破罔出麂, 并二雛皆得活. 張氏母子相顧, 悔前所爲, 悉取罝罘之屬焚棄之, 自是不復獵.

休寧多猴, 喜暴人稼穡, 民以計, 籠取之, 至一檻數百, 然後微開其板, 纔可容一猴, 呼語之曰: "放一枚出, 則釋汝." 群猴共執一小者推出之, 民擊之以椎, 卽死. 檻中猴望而號呼, 至於墮淚. 則又索其一, 如是至盡, 乃止. 土人云: "麥禾方熟時, 猴百十爲群, 執臂人立, 爲魚麗之陣, 自東而西, 跳踉數四, 禾盡偃, 乃攫取之, 餘者皆摔踏委去. 丘中爲空, 故惡而殺之." 然亦不仁矣.(朱晞顔說.)

휘주 휴녕현[31] 장씨촌에 사는 촌민 장오는 사냥으로 생계를 유지했는데, 집안 형편은 거우 밥을 먹고 사는 정도였다. 일찍이 문착[32] 한마리를 쫓고 있었는데, 문착은 새끼 두 마리를 데리고 있어 빨리 달릴 수가 없어 곧 잡히게 되었다. 문착은 도망갈 수 없다는 것을 알았는지 밭 아래 부토가 있는 것을 보고 두 새끼를 그 아래 넣고는 흙으

31　休寧縣: 江南東路 徽州 休寧縣(현 안휘성 黃山市 休寧縣).

32　麂: 몸집이 작아 '아기사슴'이라고 하며, 우는 소리가 독특해 '우는 사슴'이라고도 한다. 그 밖에 문착이라고 한다. 아기사슴이란 이름과 어린 사슴이 혼동을 불러일으키기 쉬워 문착이라고 번역한다.

로 두둑하게 덮어 가려 주었다. 그리고 자신은 그물로 몸을 던졌다. 장오의 모친은 멀리서 그것을 보고는 그물을 친 곳으로 달려가 아들에게 본 것을 다 말해 주었다. 장오는 즉시 그물을 잘라 문착을 꺼내 주었고, 두 새끼들까지 모두 살려 주었다. 장씨 모자는 서로 바라보며 지금껏 사냥해 온 것을 후회하였고 그물 등 사냥 도구를 모두 가져다 태워 버렸다. 이때부터 다시는 사냥하지 않았다.

휴녕현에는 원숭이가 많았는데, 사람들이 농사지어 놓은 곡식을 짓밟길 좋아했다. 주민들은 계책을 세워 대나무 상자로 원숭이들을 잡았다. 우리 하나에 잡힌 원숭이가 수백 마리나 되었다. 그런 뒤에 겨우 한 마리 나올 수 있을 정도로 뚜껑을 조금 연 뒤 원숭이들에게 소리쳐 말하길,

"한 마리를 내보내 주면 너희 모두 풀어 주겠다."

원숭이 무리는 새끼 원숭이 한 마리를 잡아서 밀어 내보냈다. 주민들은 그것을 망치로 때려 즉사시켰다. 대상자 안에 있던 원숭이들은 이를 보고 부르짖었고, 눈물까지 떨구었다. 그 후 또 한 마리를 내보내라고 했고, 이렇게 다 죽인 뒤에야 비로소 멈추었다. 당시 그 지역 사람이 말하길,

"보리와 벼가 막 익고 있을 때 원숭이들이 백 마리, 열 마리씩 무리를 지어 어깨를 잡고 사람처럼 서서 '어려진'[33]을 만들어 동쪽에서 서

---

33 魚麗之陣: 『左傳』 '桓公五年'의 기록에서 유래된 진법으로, 둥글고 길게 서서 마치 고기 떼가 무리지어 다니는 모양이라고 하여 붙여진 이름이다. 이 진법은 전차전에서 보병의 역할을 최대한 발휘하게 하는 장점이 있다. 먼저 전차로 진격한 뒤 보병이 전차를 둘러싼 대형을 만들어 전차 사이의 간극을 메워 효과적으로 작전을 벌인다.

쪽으로 펄쩍펄쩍 뛰면서 네 번이나 다니니 벼란 벼는 모두 쓰러졌다. 또 보리와 벼를 움켜쥐고 나머지는 모두 뽑고 밟은 뒤 버리고 가 버렸다. 밭이 모두 텅 비게 되었다. 그러니 미워서 원숭이들을 죽인 것이다." 그래도 사람들이 너무 잔인했다.(주희안이 한 이야기다.)

史丞相直翁代魏丞相南夫爲餘姚尉, 方受代, 魏夢與史同至一處, 皆
稱宰相, 而己所服乃緋衣, 覺以告史, 殊不曉服章之說. 後十五年, 史
公爲右相, 魏公以工部郎中輪對, 宰相奏事退, 卽繼上殿, 正著緋袍,
恍憶所睹, 殆與夢中無異, 謂已應之矣. 史去位三年, 而魏拜右僕射,
正踐其處.

陳阜卿爲吏部侍郎, 夢與王德言爲交代, 德言仕至知樞密院, 阜卿其
所薦也, 亦甚喜, 謂且登政路. 未幾, 除建康留守, 思德言所終之地, 大
惡之. 旣至, 凡居室燕寢, 皆避不敢往, 纔踰月而卒. 二夢吉凶榮悴, 相
反如此.

훗날 둘 다 재상이 된 자가 직옹인 사호가 자가 남부인 위기[34]의 후
임으로 월주 여요현[35]의 현위가 되어 막 업무 인수인계를 할 무렵이
었다. 당시 위기는 꿈 속에서 사호와 함께 어느 곳에 갔는데, 서로 재
상이라고 부르고 있었다. 그리고 자신이 입고 있던 옷은 붉은색을 누

---

[34] 魏杞(1121~1184): 자는 南夫이며 淮南西路 壽州 壽春縣(현 안휘성 揚州市 壽縣)
사람이다. 효종이 야심차게 추진한 북벌이 좌절되고 隆興 2년(1164) 금군이 대거
공세를 폈을 때 通問使로 임명되어 어려운 조건하에서도 기개를 떨쳐 금과의 협상
을 잘 수행하였다. 隆興화의 성립 후 그 공으로 參知政事·右僕射 겸 樞密使 등을
역임했고, 이후 平江府지사·端明殿學士를 지냈다. 본문의 여요현 현위로 부임한
것은 紹興 12년(1142) 과거에 급제한 직후였고, 사호가 후임으로 부임한 것은 紹
興 14년(1144)에 있었던 일이다.

[35] 餘姚縣: 兩浙路 越州 餘姚縣(현 절강성 寧波市 餘姚市).

인 관복이었다. 꿈에서 깨어난 후 꿈꾼 것을 사호에게 말하였는데 관복에 관한 것을 잘 이해할 수가 없었다.

15년 뒤 사호가 우재상이 되었고, 위기는 공부낭중으로 순서를 기다려 황제를 알현하려고 하는데, 사호가 상주를 마치고 물러난 뒤 곧이어 위기가 대전에 올랐다. 그때 마침 붉은색을 누인 도포를 입고 있었다. 꿈에서 본 것이 어렴풋이 기억났는데, 꿈의 내용과 다를 바가 없어 꿈이 현실로 나타난 것이라 여겼다. 사호가 재상에서 물러난 뒤 3년 만에 위기는 상서우복야[36]에 제수되었으니 바로 사호의 자리로 간 것이다.

자가 부경인 진자모[37]가 이부시랑이었을 때 꿈을 꾸었는데 자가 덕언인 왕륜[38]과 자리를 인수인계하는 꿈이었다. 왕륜은 관직이 추밀원 지사에까지 올랐기에[39] 진자모는 자신이 추천될 줄 알고 매우 기뻐하며 곧 그와 같은 관직의 길에 오를 것이라 여겼다.[40] 오래지 않아 건

---

36 右僕射: 상서성을 총괄하는 재상인 상서좌·우복야 겸 門下侍郞을 建炎 3년(1129)에 상서좌·우복야, 同中書門下平章事로 개칭하였고, 乾道 8년(1172)에 다시 좌·우승상으로 개칭하였다. 원풍개혁 이후 정2품이었다.

37 陳子茂: 자는 阜卿이며 이부시랑·兩浙전운사·建康府지사 등을 역임하였다. 紹興 23년(1133)에 양절전운사로 과거 主考官이 되어 권신 秦檜의 손자 대신 陸游를 장원으로 선발하였다가 미움을 받고 불이익을 당한 일이 있었다. 이 사건으로 조야에 명망이 높았다.

38 王綸: 자는 德言이며 남송 江南東路 建康府(현 강소성 南京市) 사람이다. 각지 教授와 權國子正을 거쳐 감찰어사가 되었으나 秦檜와 불화하여 興國軍지사가 되었다. 진회 사후 비로소 起居舍人·權禮部侍郞·試中書舍人 겸 侍講을 거쳐 工部侍郞이 되었다. 금조에 사신을 다녀왔고 福州지사·建康府지사 겸 行宮留守를 역임하였다.

39 『송사』「王綸傳」에는 왕륜이 추밀사가 되었다는 기록이 없으나 당시 금조에 수차 사신으로 파견되었던 曹勳(1098~1174)의 시 가운데「王德言樞密生日十首其十」이 있다.

이견을지【二】

강부[41] 행궁유수[42]로 제수되었는데, 왕덕언이 사망한 곳이라는 것을 생각하니 매우 가고 싶지 않았다. 건강부에 도착한 후 무릇 왕덕언이 거주했던 방과 침식[43] 등을 모두 피해가며 감히 갈 생각도 하지 않았다. 그럼에도 겨우 한 달을 넘기고 사망하였다. 두 꿈의 길흉화복이 이처럼 상반되었다.

---

40 政路: 벼슬길 또는 관료 경력을 의미한다.
41 建康府: 남송 江南東路 建康府(현 강소성 南京市).
42 留守: 남아서 관리한다는 뜻으로 황제가 親征 등으로 도성을 떠날 때 親王이나 재상이 황제를 대신하여 도성을 관리하는 것을 뜻한다. 진자모가 맡은 建康府지사 겸 行宮留守는 紹興 8년(1138)에 전임 재상 呂頤浩를 임명한 일이 있으나 부임하지 않았고, 紹興 31년(1161)에 張浚을 임명한 사례로 보아 상설하지는 않은 것으로 보인다.
43 燕寢: 본래 제왕이 한가하게 거처하는 전각을 가리키나 한가로운 곳 또는 침실 등을 뜻하기도 한다.

張山人自山東入京師, 以十七字作詩, 著名於元祐‧紹聖間, 至今人
能道之. 其詞雖俚, 然多穎脫, 含譏諷, 所至皆畏其口, 爭以酒食錢帛
遺之. 年益老, 頗厭倦, 乃還鄉里, 未至而死於道. 道旁人亦舊識, 憐其
無子, 爲買葦席, 束而葬諸原, 楬木書其上. 久之, 一輕薄子至店側, 聞
有語及此者, 奮然曰: "張翁平生豪於詩, 今死矣, 不可無紀述." 卽命筆
題于楬曰: "此是山人墳, 過者應惆悵. 兩片蘆席包, 勅葬." 人以爲口業
報云.(吳傳朋說.)

　　도사 장씨는 산동에서 도성으로 왔는데, 17개의 글자로 시를 지을
수 있었으며, 원우 및 소성연간(1086~1097)에 이름을 날렸다. 지금도
사람들 중에는 그의 시를 욀 수 있는 자가 있다. 그의 시는 비록 우아
하지는 않지만 재기 넘쳤고, 날카로운 풍자도 담고 있어 그가 가는
곳마다 그가 내뱉는 말이 무서워 앞다투어 술과 안주, 돈과 비단을
보내 주었다.

　　나이가 들어갈수록 자못 권태로워하며 고향으로 돌아가려고 했지
만 고향에 도달하기도 전에 길에서 죽고 말았다. 길가에 살던 사람이
마침 예전부터 알던 사이라 그가 자손이 없는 것을 불쌍히 여겨 갈대
로 만든 자리를 사서 그를 싸서 언덕에 묻어 주었고, 나무 푯말을 세
워 그 위에 표시해 주었다. 한참 뒤 한 경박한 사람이 점포 옆을 지나
다가 사람들이 도인 장씨에 대해 말하는 것을 듣더니 흥분해 일어나
말하길,

"장씨 어르신은 평생 시로 이름을 떨쳤는데, 지금 죽고 말았다. 기록을 남기지 않을 수 없다."

곧 붓을 가져오라 하여 푯말 위에 다음과 같은 글을 썼다.

이곳은 도인의 무덤이니 지나가는 자는 응당 슬퍼해야 하리라.
두 조각의 갈대자리로 싸서 위로하며 장사 지냈노라.

사람들은 그가 입으로 지은 업에 대한 응보라고 말했다.(자가 부붕인 오설[44]이 한 이야기다.)

---

44 吳說: 자는 傅朋이며 양절로 杭州 錢塘縣(현 절강성 杭州市) 사람이다. 행서와 초서에 일가견을 이룬 인물이며 가는 실이 끊이지 않고 이어진 듯한 '遊絲書'라는 독자적인 서체를 만들었다.

龍大淵深父, 始事潛邸時, 得傷寒疾, 越五日而汗不出, 膝下冷氣徹骨, 舌端生白膏, 醫者束手, 以爲惡證. 是夕, 灼艾罷, 昏寢, 夢若至諸天閣下, 四顧無人, 獨仲子乳母在傍. 方竚立, 有騶導從東來, 相續數百輩, 身皆長大, 著淡素寬袍. 中車垂簾, 色盡白, 杳杳望西北方去. 行聲稍絶, 又有繼其後者, 侍衛皆青衣女童, 各執芙蓉花, 麾纛旂幢, 夾列左右. 一人乘輅如王者, 戴捲雲玉冠, 被青衣, 兩綬自頂垂至腰, 縹縹然, 容貌清整, 微有鬚, 似十三四歲男子.

深父望之, 以手加額, 輅旣過, 一女童招深父使前, 顧曰: "識車中尊神乎? 曾施敬否?" 曰: "車過速, 僅得擧首瞻仰耳." 曰: "甚善甚善! 此青童神君也, 使子遇白輿中人, 已成齏粉, 然當再回, 不可不避." 以手中花予深父, 顧其後武士, 令導往對街雙闕門, 曰: "宜亟入, 徐則及禍." 趨至門, 門內人問曰: "用何物爲驗?" 示以花, 卽引使入. 乳嫗繼進, 戶者止之, 武士取花房下小礪置其手, 亦得入, 遂登高樓. 樓施楯檻, 檻外飛閣繚繞, 躡虛而成, 四望極目. 少選, 白輿從西北轔轔復來, 前後素衣紛紜, 漸化爲白氣一道, 長數百丈, 霹靂從中起, 聲震太空, 望東北而去. 凡所經亘, 室屋垣牆, 山阜林木, 不以巨細高卑, 在坑在谷, 皆爲微塵, 獨門內樓檻, 屹立不動. 深父悸不自定, 俯瞰閣下, 澄潭瑩澈如大圓鏡. 正窺水小立, 有人擠之, 墜潭中, 蹶然而寤, 汗流浹膚, 鍾旣鳴矣. 急呼其子, 記神名, 設香火位, 詰朝益愈, 方能言其事. 道士云: "此東海青童君也. 白車者, 疑爲蓐收白虎之屬." 吁! 可畏哉.

자가 심보인 용대연[45]은 처음 잠저[46]에서 일을 할 때 상한병에 걸려 닷새가 지나도록 땀이 나지 않았고 냉기가 무릎 아래 뼈를 파고드는 듯 아팠으며, 혀끝에는 백태가 심하게 꼈다.[47] 의사는 속수무책이었고, 아주 심각한 증상이라 여겼다. 이날 저녁 쑥뜸을 뜬 후 혼미해져 잠이 들었는데 꿈에 제천각 아래 다다랐다. 사방으로 둘러보아도 사람이 없고, 오직 둘째 아들의 유모만 옆에 있었다.

마침 우두커니 서 있는데, 길 안내를 하는 마부가 동쪽에서 왔고, 연이어 수백 명이 왔는데, 모두 기골이 장대했고, 옅은 색깔의 넓은 도포를 입고 있었다. 중간에 있는 수레는 발이 쳐져 있었고, 모두 하얀색이었으며 아득히 멀리 서북쪽을 향하여 지나갔다.

행렬의 소리가 점차 끊어지는가 하면 또 그 뒤를 잇는 자들이 있었다. 시중드는 이들은 모두 청색 옷을 입은 여자아이들이었고, 각각 부용화를 들고 있었으며 깃발을 들고 휘장을 날리며 좌우로 행렬에 끼어 나열하여 있었다. 한 사람이 왕처럼 수레에 올랐고, 새털구름과 같은 옥관을 머리에 썼으며 푸른 옷을 입었고, 정수리에서 허리까지 늘어뜨린 두 가닥 끈이 표표히 날리었다. 용모는 깨끗하고 단정했으며 수염이 조금 나 있었다. 대략 13~14세쯤 되는 남자였다.

용대연은 그를 바라보다 손으로 이마를 만지고 있었는데, 수레가 지나간 후에 한 여자아이가 용대연을 앞으로 나오라고 손짓하면서

---

45 龍大淵(?~1168): 紹興 30년(1160) 孝宗이 즉위하기 전 潛邸에서 曾覿와 함께 建王內知客으로 일하였으며, 이후 宜州觀察使·知閣門事 겸 皇城司·昭慶軍承宣使·寧武軍節度使 등 주로 명예직을 역임하였다.

46 潛邸: 太子의 신분이 아닌 상태로 즉위한 황제가 즉위 전까지 머물렀던 곳을 뜻한다. 대개 즉위 후에는 잠저를 宮으로 승격하고 해당 주현 역시 승격시켜 주는 것이 관례다.

47 白膏: 몸의 열기 등으로 인해 혓바닥에 끼는 누르스름한 물질을 통상 白苔라고 한다. 입자가 두껍고 건조한 경우 白膩苔 또는 白膏라고 구분하기도 한다.

그를 바라보며 말하길,

"수레 안의 존귀한 신을 아십니까? 방금 인사를 드렸는지요?"

그가 대답하길,

"수레가 너무 빨리 지나가서 삼가 머리를 들고 올려다볼 수 있을 뿐이었다."

그녀가 대답하길,

"정말 잘하셨습니다! 정말 잘하셨습니다! 그분은 청동신군으로 당신에게 하얀 수레 안의 사람을 만나게 하였다면 이미 잘게 부서져 가루가 되었을 것입니다. 그러나 지금 다시 돌아올 수 있으므로 피하지 않으시면 안 됩니다."

손에 들고 있던 부용화를 용대연에게 주며 그 뒤의 무사들을 살펴보고 그를 맞은편 거리의 쌍합문으로 가도록 안내하라면서 말하길,

"빨리 들어가서야 합니다. 천천히 가다간 화가 닥칠 것입니다."

용대연은 뛰어서 문에 이르자 문안에 있던 사람들이 묻기를,

"어떤 물건으로 너를 확인할 수 있는가?"

꽃을 보여주니 곧 이끌며 안으로 들어오게 하였다. 유모가 이어서 들어왔는데, 문을 지키고 있던 자가 그녀를 막아섰다. 무사가 꽃을 받고 방 아래 작은 꽃을 주어 그의 손에 쥐어 주자 이에 들어갈 수 있었다. 용대연은 곧 높은 누각에 올랐다. 누각은 난간으로 꾸며져 있었고, 난간 밖으로는 나르는 듯 처마가 감기어 있었다. 허공을 밟는 것 같았고 사방으로 바라보니 끝이 없었다.

잠시 후 하얀 수레가 서북쪽에서 소리를 내며 다시 왔고, 전후로 하얀색 옷을 입은 자들이 떠들썩하였는데 점점 길 가득히 하얀색 기운으로 변하더니 그 길이가 수백 길이나 되었다. 벼락이 그 가운데서

일어나더니 우레 같은 소리가 허공에 크게 울리었고 동북쪽을 향해 떠났다. 무릇 지나간 곳은 끊이지 않고 이어져 있었고, 집의 담장과 산과 언덕의 숲과 나무 등 크기와 높낮이에 상관없이, 또 구덩이나 계곡에 상관없이 있는 것 모두 먼지로 덮였는데 오직 문안의 누각 난간만 홀로 우뚝 서서 미동도 하지 않고 있었다.

용대연은 두근거리며 안정을 취하지 못하다가 고개를 숙여 누각 아래를 내려다보니 맑은 못이 커다랗고 둥근 거울처럼 영롱하고 맑게 보였다. 마침 물을 들여다보며 잠시 서 있는데, 어떤 사람이 그를 못 안으로 밀어 넣으려 하여 벌떡 일어나다 깨었다. 땀이 온몸을 적셨고, 북소리가 이미 울리고 있었다. 급히 아들을 부르고 신의 이름을 쓰게 한 뒤 신위를 모시어 향을 피우니 다음 날 아침 몸이 더욱 좋아졌다. 비로소 있었던 이야기를 할 수 있게 되었다. 어느 도사가 말하길,

"그는 동해 청동군입니다. 하얀 수레는 아마도 욕수[48]나 백호 같은 부류였을 것입니다."

아! 실로 무서운 일이었다!

---

[48] 蓐收: 두 마리의 용을 타고 다니는 白帝의 수호신으로 서방과 가을을 관장하는 신이다. 司秋라고도 한다.

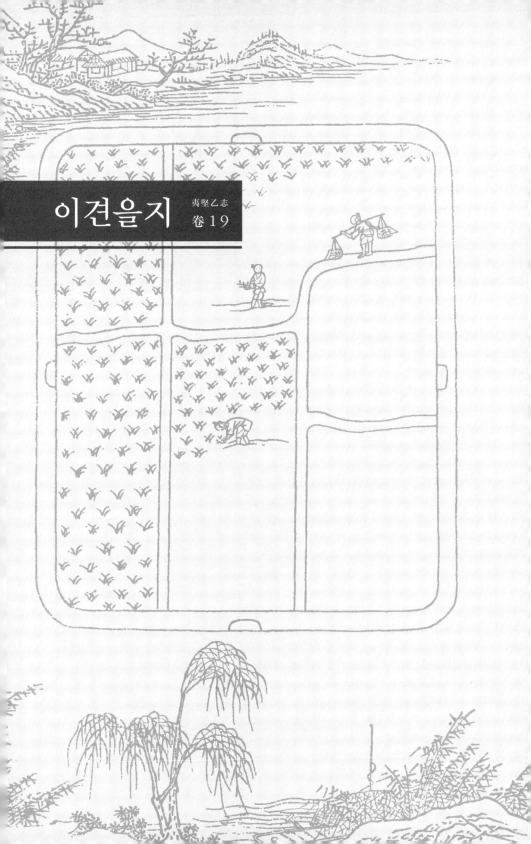

이견을지

夷堅乙志
卷 19

賈成之者, 寶文閣學士讜之子, 通判橫州, 有吏材, 負氣不肯處人下.
太守鄱陽王翰不與校, 以郡事付之, 得其歡心, 凡同寮四年. 而後守趙
持來, 始至, 卽與賈立敵, 盡捕通判輩吏械于獄, 必令列其官不法事.
吏不勝笞掠, 强誣服, 云: "通判每納經制銀, 率取耗什三以入己." 持以
告轉運判官朱芑, 芑知其不然, 移檄罷其獄, 且召賈入莫府.

持慮爲己害, 與所善鄧教授謀, 遣軍校黃賜采毒草于外, 合爲藥, 而
具酒延賈. 中席更衣, 呼其子以藥授官奴阮玉, 投酒中, 捧以爲壽, 寧
浦令劉儼時在坐. 酒入賈口, 便覺腸胃掣痛, 眼鼻血流, 急命駕歸, 及
家, 已冥冥. 妻子環坐哭, 賈開目曰: "勿哭, 我落人先手, 輸了性命. 不
用經有司, 吾當下訴陰府, 遠則五日, 近以三日爲期, 先取趙持, 次取
鄧某, 然後及儼·玉輩." 經夕而死, 臨入棺, 頭面皆坼裂.

郡人見通判騎從如常日儀, 趨詣府, 閽者入白, 持泮然如斗水沃體.
明日, 出視事, 未至廳屛, 有撒沙自上而下, 每著身處, 皆成火燃, 典客
立于傍, 一沙濺之, 亦遭灼, 良久乃止. 又明日, 坐堂上, 小孫八九歲,
方戲劇, 驚曰: "賈通判掣翁翁頭巾颺空去." 持摸其首, 則巾乃在地上,
遂得病. 時時拊膺曰: "節級緩縛我, 待教授來, 我卽去." 越三日死, 時
乾道元年七月也.

鄧教授考試象州, 與監試簽判王粲然·試官盧覺參語, 忽起, 與人
揖, 回顧曰: "賈通判相守, 勢須俱行, 煩鄉人爲我治後事." 鄉人者, 覺
也. 二人曰: "白晝昭昭, 焉有是事? 君豈以心勞致恍忽邪?" 鄧指廡下
曰: "彼在此危立久矣." 趨入室, 仆牀上, 小吏喚之, 已絕. 黃賜·阮玉
不數句繼死. 劉儼罷官, 如桂林, 乘舟上灘水, 見賈來壓其舟, 遂病死,
旣而復蘇, 如是者至于再, 不知今爲如何. 持之子護喪至貴州, 亦暴卒
復生, 然昏昏如狂醉矣. (王翰說.)

가성지라는 이는 보문각학사[1] 가당[2]의 아들로 횡주[3] 통판이었다. 관리로서 재능이 있었지만 참지 못하는 성격[4]으로 남에게 지기 싫어 하였다. 횡주지사인 파양현[5] 사람 왕한은 그와 다투지 않으려 주의 업무를 모두 맡겨 그의 환심을 샀다. 함께 일을 한 지 4년이 지나서 후임 지사로 조지가 왔는데, 처음 오자마자 곧 가성지와 사이가 틀어 져 통판 소속 서리들을 모두 잡아다 형틀을 씌워 하옥시키고, 기어코 통판의 불법적 일들을 열거하게 하였다. 서리들은 태형과 고문을 이 기지 못해 억지로 거짓 자복하기를,

"통판은 매번 경제은[6]을 받을 때마다 항상 3/10을 떼어 자기가 챙 겼습니다."

조지는 이를 전운판관 주기에게 보고하였고 주기는 가성지가 그렇 게 하지 않았다는 것을 알았기에 문서를 이관 공지하고[7] 옥사를 기각 하였다. 게다가 가성지를 불러 수하 막료로 들어오게 하였다.[8]

---

1 寶文閣學士: 보문각학사는 治平 4년(1067) 처음 설치되었고, 약칭은 寶文學士이 다.
2 賈讜: 兩浙路 蘇州 吳縣(현 절강성 蘇州市 吳中區) 사람으로 將作監·左正奉大 夫·寶文閣直學士 등을 역임하였다.
3 橫州: 廣南西路 橫州(현 광서자치구 南寧市 橫縣).
4 負氣: 질책을 받거나 불만스러울 경우 감정을 억제하지 못하고 성질대로 발산한다 는 뜻이다.
5 鄱陽縣: 江南東路 饒州 鄱陽縣(현 강서성 上饒市 鄱陽縣).
6 經制銀: 부가세인 經總制錢을 은으로 환산하여 납부한 것을 말한다. 經總制錢은 經制錢과 總制錢을 합하여 부르는 것으로, 宣和 4년(1122)부터 징수하기 시작하 였다. 군비조달을 명목으로 토지 매매에 필요한 인지세를 비롯해 각종 부가 잡세 를 거두었다. 각지에서 징수한 동전 액수가 커서 운반하기가 곤란하자 은으로 환 산하여 거두기 시작하였는데, 이를 가리켜 '경제은'이라 한다.
7 移檄: 관에서 문서를 이관하거나 격문을 붙여 공지하는 것을 뜻한다.
8 幕府: 본문의 '莫府'는 '幕府'의 오기로 보인다.

조지는 가성지가 자기에게 해를 끼칠까 우려하여 평소 잘 지내던 교수 등씨와 모의하여 군교[9] 황사를 내보내 밖에서 독초를 뜯어 오게 하여 섞어서 독약을 만들게 하고 술상을 준비해 가성지를 초대하였다. 조지는 술자리 도중 잠시 자리에서 일어나 아들을 부른 뒤 독약을 관노인 완옥에게 주어 술에 타게 하였다. 그리고는 잔을 들어 건배하였다. 영포현[10]지사 유엄이 당시 그 자리에 있었다.

가성지는 술을 마시자 곧 위장과 창자가 당기는 듯한 통증이 느껴졌고 눈과 코로 피가 흘렀다. 서둘러 탈 것을 가져오게 하여 귀가하였는데, 집에 도착할 때 이미 정신이 혼미해졌다. 처자식이 둘러앉아 통곡하였고, 가성지는 눈을 뜨고 말하길,

"울지 마라. 나는 그자가 선수 친 것에 당해서 목숨을 잃고 말았다. 관아에 고소할 필요도 없다. 나는 당연히 명계의 관부에 고소할 것이다. 오래 걸리면 닷새고 빠르면 사흘을 기한으로 해서 먼저 조지를 잡아갈 것이고, 그 다음 등모 씨, 그 연후에 유엄과 완옥 등이 될 것이다."

저녁이 지나자 사망하였다. 입관할 때가 되자 머리와 얼굴이 모두 터지고 갈라져 있었다.

횡주 사람들은 말을 타고 통판 가성지를 수행하던 시종들이 평소처럼 의례를 갖추고 횡주 관아로 서둘러 가는 것을 보았다. 문지기가 들어가 사정을 아뢰자 조지는 땀을 비 오듯 흘렸는데 마치 물 한 말을 몸에 끼얹은 것 같았다. 다음 날 나와서 업무를 보는데, 미처 대청

---

9 軍校: 정식 관직명은 아니고 하급 군관을 뜻하는 속칭이다.
10 寧浦縣: 廣南西路 橫州 寧浦縣(현 광서자치구 南寧市 橫縣).

병풍 아래 앉기도 전에 누군가가 위에서 아래로 모래를 뿌렸고, 모래가 몸에 닿을 때마다 모두 불꽃으로 변하였다. 전객[11]이 옆에 서 있었는데, 모래 한 알이 그에게 튀자 불타기 시작해 한참 후에야 비로소 꺼졌다. 또 이튿날 조지가 대청에 앉아 있었는데, 8~9세 된 어린 손자가 한참 놀고 있다가 놀라서 말하길,

"가 통판께서 할아버지 두건을 잡아당겨 공중으로 날려 보냈어요."

조지가 자기 머리를 만져 보니 두건이 땅바닥에 떨어졌다. 조지는 곧 병이 들어 수시로 가슴을 두드리며 말하길,

"옥리야, 나를 천천히 묶거라. 등 교수가 오면 내가 곧 가겠다."

사흘이 지난 후 죽었다. 이때가 건도 1년(1165) 7월이었다.

등 교수는 상주[12]에서 과거를 주관하고 있었는데, 시험을 감독하던 첨서판관청공사 왕찬연과 시험관 노각과 이야기를 하다 갑자기 일어나더니 사람들에게 공손히 인사하고 뒤돌아보며 말하길,

"가 통판이 지키고 있는데 반드시 같이 가야 할 상황인 것 같습니다. 번거롭겠지만 부디 고향 사람이 나를 위해서 뒷일을 처리해 주십시오." 고향 사람은 바로 노각이었다. 두 사람은 말하길,

"백주 대낮으로 날이 훤한데 어찌 그런 일이 있단 말이오? 그대는 어쩌다 정신이 멍할 정도로 심적으로 피곤하게 되었단 말입니까?"

등 교수는 곁채 아래를 가리키며 말하길,

---

11 典客: 외국 사신 접대와 장례 주관 업무를 맡은 鴻臚寺의 별칭이기도 하지만 紹興 25년(1155)에 폐지하였다. 예부 소속 主客司가 외국 사신 접대 업무를 맡았는데 主客·典客은 그 별칭이다. 횡주가 국경지역에 있어 전객이 파견되었을 가능성도 있다.

12 象州: 廣南西路 象州(현 광서자치구 來賓市 象縣).

"가 통판이 여기에서 반듯이 서 있은 지 한참 되었다오."

급히 방으로 뛰어 들어가더니 침상에 엎어졌다. 소사가 그의 이름을 불렀지만 이미 명이 끊어진 상태였다. 황사와 완옥도 몇 십 일 만에 연이어 죽었다. 유엄은 관직에서 물러나 계림[13]으로 가고 있는데, 배를 타고 이강[14]을 거슬러 올라가고 있는데, 가성지가 와서 그 배를 누르는 것을 보았다. 곧 병이 들어 죽었지만 얼마 되지 않아 다시 깨어났다. 이처럼 죽었다 깨어나기를 반복했는데 지금은 어떻게 되었는지 모른다. 조지의 아들은 운구하여 귀주[15]에 도착하였는데 그 역시 갑자기 죽었다 살아났지만 혼미한 것이 마치 미치광이나 술 취한 사람 같았다.(왕한이 한 이야기다.)

13 桂林: 廣西南路 桂州(현 광서자치구 桂林市).
14 灘江: 광서자치구 동북부에 위치한 길이 164km의 강이다. 珠江의 西江水系에 속하며 상류 河段을 大溶江, 하류 하단을 桂江으로 구분하기도 한다. 강물이 맑고 기암괴석으로 유명하여 '계림의 산수는 천하제일이다(桂林山水甲天下)'라는 명성을 자랑한다.
15 貴州: 廣南西路 貴州(현 광서자치구 貴港市). 貞觀 9년(635)에 처음 설치되어 송대로 이어졌다.

　　馬識遠, 字彥達, 東州人, 宣和六年武擧進士第一. 建炎三年爲壽春守, 虜騎南侵, 過城下. 識遠以靖康時嘗奉使至虜, 虜將知之, 扣城呼曰: "馬提刑與我相識, 何不開門?" 壽春人籍籍言, 郡守與虜通. 識遠懼, 不敢出, 以印授通判. 通判本有異志, 卽自爲降書, 啓城迎拜. 虜亦不入城, 但邀識遠至軍, 與俱行.

　　通判又欲以虜退爲己功, 乃上章言郡守降虜, 已獨保全一城. 奏方去而識遠得回, 纔留北軍三日. 通判窘懼, 卽爲惡言動衆, 亡賴少年相與取識遠殺之, 家人子弟多死. 朝廷嘉通判之功, 擢爲本郡守. 大喜過望, 受命之日, 合樂享吏士, 酒纔三行, 於坐上得疾, 如有所見, 叩頭悲泣, 引罪自責曰: "某實以城降, 乃冒以爲功, 而使公罹非命, 某悔無及矣." 卽仆地死.

　　至紹興十年, 復河南地, 觀文殿學士孟富文庾爲西京留守, 辟掾屬十人, 每日會食. 承議郎王尚功者, 忽以病不至, 公遣掌客邀之, 良久不反命. 復遣一人焉, 至于四五, 皆不來, 滿坐怪之. 旣而數輩同至, 皆面無人色, 言曰: "王制幹瞪坐于地, 頭如栲栳, 形容絶可怖, 見之皆驚蹙, 氣絶移時乃蘇, 是以後期至."

　　孟公率幕府步往視之, 王猶能言, 曰: "乞與召嵩山道士." 時道士適在府, 卽結壇召呼鬼神. 俄有暴風蕭然起於庭, 風止, 一人長可尺餘, 紫袍金帶, 眉目皆可睹, 冉冉空際, 詰道士曰: "吾以寃訴于上帝, 得請而來, 非祟也. 師安得以法繩我?" 道士不敢對.

　　孟公親焚香問之, 始自言爲馬識遠, 曰: "方守壽春時, 王生爲法曹, 嘗夜相過, 說以迎虜, 識遠拒不可, 遂與通判謀翻城, 又矯爲降文, 宣言于下, 以致吾殺身破家之禍. 通判旣攘郡印有之, 王生亦用保境受賞, 嗟乎寃哉!" 言訖泣下, 獻欷曰: "帝許我報有罪矣." 瞥然而逝. 王生明日死. (前一說聞之馬氏子. 後一說聞之陳桷元承世所傳或誤以爲一事云.)

자가 언달인 동주[16] 사람 마식원[17]은 선화 6년(1124) 무과에서 일등으로 진사급제를 하였다. 건염 3년(1129)에 수춘부[18] 지사가 되었는데, 금군 기병이 남침하여 수춘성 아래를 지나고 있었다. 마식원은 정강연간(1126~1127)에 일찍이 황제의 명을 받들어 금국에 사신으로 간 적이 있었다. 금군 장수가 그 사실을 알고 성문을 두드리며 그를 부르며 말하길,

"제점형옥공사 마식원은 나와 잘 아는 사인데 어찌 성문을 열어 주지 않는가?"

수춘성 사람들은 수군거리며 말하길, 지사가 금국과 내통하고 있다고 했다. 마식원은 두려워서 감히 나서지 못하고 지사 인장을 통판에게 넘겨주었다. 통판은 본래 다른 뜻이 있어 곧 스스로 투항하는 서신을 써서 성문을 열고 금군을 맞이하며 절하였다. 금군 역시 성으로 들어오지는 않았고,[19] 다만 마식원을 군영에 오라고 부른 뒤 자신들과 함께 갔다.

통판은 다시 금군이 퇴각한 것을 자기의 공으로 삼고자 곧 상주하길 지사가 금군에 항복했지만 이미 자기 혼자 성 전체를 지켜 냈다고 하였다. 상주문을 막 보냈는데, 마식원이 돌아왔다. 그가 금군 군영

---

16 東州: 永興軍路 京兆府와 京西南路 鄧州 일대(현 섬서성 西安市와 하남성 南陽市 일대).

17 馬識遠: 자는 彦達이며 閤門宣贊舍人·提點刑獄公事 등을 거쳐 建炎 3년(1129)에 壽春府지사 겸 淮南西路安撫使에 임명되었다.

18 壽春府: 淮南西路 壽春府(현 安徽省 六安市 壽縣).

19 성을 함락시키면 군인들에게 최소 사흘간의 공개적 약탈을 허용하는 것이 관례였다. 반면 자진 투항의 경우 군인을 입성시키지 않는 것이 상례다. '금군 역시 성안으로 들어오지 않았다'는 말은 자진 투항하였음을 말한다.

에 머문 것은 겨우 사흘이었다. 통판은 궁색하기도 하고 두렵기도 해 곧 헛소문을 퍼뜨려 군중을 선동하자 무뢰배 소년들이 투합하여 마 식원을 붙잡아 죽였다. 가족들과 자식도 여럿 죽었다.

조정에서는 통판의 공로를 가상하게 여겨 수춘부 지사로 발탁하여 주었다. 기대 이상의 결과에 크게 기뻐하며 임명을 받은 날 음악을 연주하며 서리들과 사졸들에게 잔치를 베풀었다. 술잔이 겨우 세 번 돌았을 때 통판은 앉은 자리에서 병에 걸렸다. 마치 무언가가 보이는 듯 머리를 땅에 박으며 슬피 울면서 스스로 죄를 열거하며 자책하길,

"제가 실은 성을 들어 항복해 놓고 거짓으로 나의 공으로 만들었습 니다. 그리고 지사로 하여금 비명에 죽게 하였습니다. 저는 후회스럽 지만 이미 늦었습니다."

즉시 땅에 엎어져 죽고 말았다.

소흥 10년(1140)이 되어 하남 땅을 수복한 뒤, 자가 부문인 관문전 학사 맹유[20]가 서경 유수[21]가 되었다. 보좌관 10명을 불러 매일 모여 식사하였다. 승의랑[22] 왕상공이라는 자가 갑자기 병이 났다며 오지 않자 맹유가 장객[23]을 보내 그를 데려오라고 하였는데, 한참 후에도 소식이 없었다. 다시 한 사람을 보냈는데 마찬가지여서 4~5명이나

---

20 孟庾: 자는 富文이며 京東西路 濮州(현 산동성 荷澤市 鄄城縣) 사람이다. 戸部侍 郞 등을 거쳐 紹興 5년(1135)에 參知政事가 되어 總制司를 설치하고 經制錢 체제 를 모방해 總制錢을 징수하여 군비에 충당하였다.

21 王明淸의『玉照新志』卷1의 기록에 의하면 紹興 10년(1140)에 금은 송에 하남을 돌려주기로 하여 맹유를 東京留守로 임명하였다고 하였다.

22 承議郞: 문관 寄祿官 30개 품계 중 23위로 품계는 종7품이다. 元豐 3년(1080) 관 제개혁 이후 左・右正言・太常博士・國子博士 등을 대신하였다.

23 掌客: 본래 사절단이나 빈객을 접대하는 업무를 담당하는 관리를 뜻한다. 정식 관 직명은 아니다.

보냈는데도 아무도 오지 않아 자리에 있던 사람들 모두 기이한 일이라고 생각하였다. 잠시 후 보냈던 이들이 함께 왔는데, 모두 낯빛이 좋지 않았다. 그들이 말하길,

"제간[24] 왕상공이 눈을 부릅뜬 채 땅바닥에 앉아 있는데, 머리는 대바구니 모양이고, 모습이 너무 무서워 모두 그를 보고 놀라 쓰러져 기절했다가 시간이 조금 지나서 비로소 깨어났습니다. 이런 이유로 시간을 지체하였습니다."

맹유는 막료들을 데리고 걸어서 그를 보러 갔다. 왕상공은 여전히 말을 할 수 있었는데, 그가 말하길,

"숭산의 도사를 불러 주시길 부탁드립니다."

당시 도사가 마침 관아에 와 있어서 즉시 제단을 만들고 귀신을 불렀다. 잠시 후 뜰에서 서늘한 바람이 거세게 일더니 바람이 그치자 키가 한 척 정도 되는 사람이 하나 나타났는데, 자색 도포와 금색 허리띠를 하고 있었다. 얼굴은 모두 분간할 수 있었고 서서히 허공을 향해 걷다가 도사에게 힐책하길,

"나는 상제에게 원통함을 호소하고 있었소. 청을 드리고자 온 것이지 요괴가 아닌데 도사는 어찌 법술로 나를 묶으려 하시오?"

도사는 감히 대응할 수 없었다.

맹유가 친히 향을 피우고 물어보니 비로소 그자는 자신이 마식원이라고 말하였다. 그가 말하길,

"내가 마침 수춘부 지사로 있을 때 왕상공이 사법 담당 관원이었는

---

24 制幹: 制置使司에서 문서를 작성하고 관리하는 업무를 맡은 막료다.

데, 한번은 밤에 함께 거닐며 금군에게 항복하라며 나를 설득하였고 나는 안 된다고 거부하였소. 그는 곧 통판과 모의하여 성을 뒤집고 또 거짓으로 항복한다는 글을 썼소. 그리고 아랫사람들에게 헛소문을 퍼트려 나는 죽고 집안이 결딴나는 화를 입었소이다. 통판은 이미 지사의 인장을 빼앗아 갔고, 왕상공 역시 경내를 잘 지켰다는 공으로 상을 받았소. 아, 그러니 내가 얼마나 원통하겠소!"

말을 마치고 눈물을 흘리며 한숨쉬며 말하길,

"상제께서는 나에게 죄를 지은 자에게 원수를 갚도록 허락하셨습니다."

그는 눈 깜빡할 사이에 가 버렸다. 왕상공은 다음 날 죽었다.(앞의 이야기는 마식원의 아들에게서 들었다. 뒤의 이야기는 자가 승세인 진각원이 전한 것인데, 혹은 잘못되어 하나의 이야기로 전해진 것일 수도 있다.)

臨安光祿寺在漾沙坑坡下, 初爲官舍, 吳信叟嘗居之. 其妻晝寢, 有
沙紛紛落面上, 拂去復然, 驚異自語曰: "屋下安得此?"則有自屋上應
者曰: "地名漾沙坑, 又何怪也?"吳氏懼, 卽徙出. 蔣安禮爲光祿丞, 齋
宿寺舍, 因噴嚏, 鼻涕墮卓上, 皆成小木人, 雕刻之工極精, 攬取之, 則
已失. 頃之復爾, 凡墮木人千百, 蔣一病不起. 杭人云: "舊爲僞福國公
王宅, 華屋朱門, 積殺婢妾甚衆, 皆埋宅中, 是以多物怪."今無敢居之
者.(王嘉叟說.)

임안부의 광록시[25]는 양사갱[26] 언덕 아래 있었는데, 처음에는 관사
였다. 오신수가 일찍이 거기에 살았었는데, 그의 아내가 대낮에 낮잠
을 자는 중에 얼굴 위로 모래가 흩날리자 털어 냈는데도 다시 흩날리
기를 반복하였다. 놀랍기도 하고 기이하기도 하여 혼잣말로 이르길,

"방 안에 어찌 모래가 있지?"

그러자 천장에서 누군가가 대답하길,

"이곳 이름이 양사갱(모래가 흩날리는 구덩이)인데 무엇이 이상하단
말인가?"

---

25 光祿寺: 중앙 정부의 9시 5감 가운데 하나로 제사·조회·연회에 필요한 음식·
술 등의 출납을 담당했던 부서다. 장관은 光祿寺卿(종4품), 차관은 少卿(정6품)이
며 그 아래로 丞(정8품)·主簿(종8품)가 있었다.
26 漾沙坑: 吳自牧의 『夢粱錄』에 따르면 임안부의 諸司諸軍 糧料院이 있던 곳으로
그 위치는 錢塘縣 남쪽이며, 원래 7개의 관사가 있었다고 한다.

오신수는 무서워 곧바로 이사를 나왔다.

장안례가 광록시승이 되어 관사에서 재숙[27]을 하는데, 재채기를 하다가 콧물이 책상으로 떨어졌는데 모두 작은 나무 인형으로 변하였다. 조각이 매우 정교했는데, 그것을 잡으려 하니 곧 없어졌지만 곧이어 다시 나타났다. 나무 인형을 수없이 많이 떨어뜨리더니 장안례는 그만 병이 나서 다시는 회복하지 못하였다. 항주 사람들은 말하길,

"이곳은 예전에 가짜 복국장공주[28]의 집이었는데, 화려한 집에 붉은색 문을 하고 있었다. 공주는 하녀와 첩을 많이 죽였고 모두 이 집 안에 묻었다. 그래서 괴이한 일이 많은 것이다."

지금은 감히 여기에 살려는 이가 아무도 없다.(왕가수가 한 이야기다.)

---

27 齋宿: 제사나 典禮가 있기 전날 목욕재계하면서 혼자 잠을 자 신에게 경건함을 표하는 것을 뜻한다.
28 柔福帝姬(1111~1141): 徽宗의 20번째 딸로 懿肅貴妃 王氏 소생이다. 본명은 趙多富고 小名은 嬛嬛이며 柔福帝姬에 봉해졌다. 帝姬는 徽宗이 周의 제도를 본떠 공주를 제희로 개칭한 것이다. 북송 멸망 때 휘종·흠종 두 황제를 비롯해 종실과 대신 등 3천 명이 포로가 될 때 유복제희도 끌려가 노예가 되었다. 그런데 紹興 11년(1141), 송군이 도적을 평정하던 중 포로 가운데 한 여자가 자신이 유복제희라고 주장하였다. 그것이 사실이라면 고종의 여동생이므로 그녀는 임안부로 보내졌고, 사실 확인에 들어갔는데, 발이 큰 것 빼고는 궁중에서의 생활을 상세히 알고 있고 고종의 아명까지 알고 있어 의심의 여지가 없었다. 게다가 발이 커진 것은 금군에 끌려갔다 탈출하는 과정에서 그리되었다고 하여 고종의 친동생으로 인정받아 福國長公主로 봉해져 부귀영화를 누렸다. 후에 금과 송이 화의를 맺고 고종의 생모 韋貴妃가 귀국한 뒤 위귀비는 유복제희가 금국에서 죽었다고 알려줘 조사해 보니 靜善이라는 여자가 궁중에서 일하던 張喜兒라는 궁녀에게서 들은 이야기를 갖고 거짓말을 한 것이 밝혀져 참형에 처해졌다. 하지만 한편으로는 금국에서 있었던 치욕스러운 사정을 알고 있을까 우려한 위귀비가 죽인 것이라는 소문도 있어 민간에서는 각종 소문이 꼬리를 물었다. 후에 僞福國公主라 불렸다.

04 꽃의 정령 진노秦奴花精

劉縡, 字穆仲, 予外姑之弟也. 少年時從道士學法籙, 後隨外舅守姑蘇, 與家人俱游靈岩寺. 夜宿僧舍, 遙聞山中呼劉二官人, 久之, 聲漸近. 舍中人亦睡覺, 縡問曰: "聞此聲否?" 皆笑曰: "蒙天心正法力, 宜如是." 明日, 縡爲牒責土地神曰: "吾至誠行法, 未嘗有破戒犯禁事, 山鬼安得輒侮我?" 是夕, 夢神告曰: "已戒從吏搜索, 乃花精所爲, 非鬼也, 行且治之矣." 縡還家, 夢其故妾秦奴者來曰: "寺後呼君者, 蓋我耳. 君若不相忘, 無令伽藍神急我." 縡又爲牒, 如世間繳狀, 遣人投于祠. 數日, 又夢妾來別曰: "君已投狀, 我不敢復留." 泣而去. 秦奴者, 京師人, 死於臨安, 至是時已六年矣.

자가 목중인 유재는 필자 장모님의 동생이다. 어렸을 때 도사를 따라 법록을 배웠고 후에 장인어른을 따라 소주[29]를 다스렸는데, 집안 사람들과 함께 영암사를 유람한 적이 있다. 밤에 승방에서 잠을 자고 있는데, 멀리 산중에서 '관원 유이'를 부르는 소리가 들렸다. 한참 지나자 소리가 점점 가까워졌다. 방안의 사람들도 잠에서 깼는데, 유재가 묻기를,

"이 소리를 들었나?"

모두 웃으며 말하길,

"도가의 천심정법[30]을 깨친 사람도 역시 마찬가지군요!"[31]

29 姑蘇: 兩浙路 蘇州(현 강소성 蘇州市).

이튿날 유재는 편지를 써서 토지신을 책망하길,

"나는 정성을 다해 술법을 행하며 일찍이 계율을 어기고 금기를 범한 적이 없는데 산귀신 따위가 어찌 나를 업신여긴단 말이냐?"

이날 밤 꿈에 토지신이 나타나 말하길,

"이미 따르는 서리를 보내어 알아보라 하였더니 꽃의 정령이 한 일이지 제가 한 일이 아닙니다. 가서 이미 잘 처리하였습니다."

유재가 집으로 돌아왔는데 꿈에 죽은 첩 진노라는 이가 와서 말하길,

"절 뒤에서 당신을 부른 이는 저였어요. 당신이 만약 옛정을 잊지 않고 계시다면 가람신이 서둘러 저를 쫓아내지 않게 해 주세요."

유재는 다시 가람신에게 편지를 보냈는데, 마치 속세에서 교부하는 문서 같았다. 사람을 보내 절에 주고 오라고 하였다. 며칠 뒤 꿈에 첩이 다시 와서 이별을 고하며 말하길,

"당신이 이미 편지를 보냈으니 제가 감히 다시 머무르지는 않을 것입니다."

그녀는 울면서 떠났다. 진노라는 첩은 도성 사람인데 임안부[32]에서 죽었다. 이때는 죽은 지 이미 6년이 되던 해였다.

---

30 天心正法: 자연현상인 우뢰의 힘을 몸에 받아들여 악령을 격퇴하는 힘으로 삼는다는 것이다. 雷神을 소환하고 그 힘을 이용한다는 이 방법은 2세기 후반 張陵에 의해서 창시된 天師道에서 유래한 것으로서 송대에는 天心派라고도 하였다.

31 유재의 집안에서의 이름이 劉二였던 것으로 보인다. 항렬에 따라 劉一, 劉二 등으로 취한 이름은 집안에서 아이들을 상대로 한 小名이므로 관리에게 공개적으로 부르는 것은 실례가 된다. 따라서 관리인 데다 도가의 천심정법까지 익혔는데도 귀신의 업신여김이 된 것에 대해 사람들이 웃으며 놀렸다는 말이다.

32 臨安府: 남송 兩浙路 臨安府(현 절강성 杭州市).

宣和中, 內侍楊戩方貴幸. 其妻夜睡覺, 見紅光自牖入, 徹帳粲爛奪目, 一道人長尺許, 繞帳乘空而行, 徐於腰間取一盃, 鬐中取小瓢, 傾酒滿之, 其香裂鼻. 笑顧戩妻曰: "能飲此否?" 妻疑懼, 不敢應. 道人旋繞數匝, 再三問之, 終不應. 道人曰: "然則吾當自飲." 一引而盡, 倏然乘紅光復出, 遂不見. 其家聞酒香, 經數日乃歇.

戩新作書室, 壯麗特甚, 設一榻其中, 外施緘鐍, 他人皆不得至. 嘗上直, 小童入報有女子往來室中, 妻遽出視之, 韶顏麗態, 目所未睹, 回眸微笑, 擧止自若. 需戩歸, 責之曰: "買妾屛處, 顧不使我知." 戩自辯數, 且相與至室外, 望之, 信然. 及啓鐍, 女亟登榻, 引被蒙首坐. 戩夫婦率妾侍幷力掣之, 牢不可取. 良久, 回面向壁, 身稍偃, 意其已困, 復揭之. 但見巨蟒正白, 蟠屈十數重, 其大如臂, 僵伏不動, 家人皆駭走. 戩遣悍卒十輩, 連榻舁出, 棄諸城外草中, 不敢回顧. 未幾時, 戩死.(吳元美仲實說. 前一事嘉曳說.)

선화연간(1119~1125)에 내시 양전³³은 바야흐로 황제의 총애를 받고 있었다. 그의 아내³⁴가 밤에 잠에서 깨어나 붉은빛이 들창에서 들

33　楊戩(?~1124): 화원을 관리하던 환관이었으나 徽宗의 심중을 잘 헤아려 총애를 받기 시작해 政和 4년(1114)에 彰化軍절도사가 되어 황제 출행 때 호위를 담당하였으며 鎭安·淸海·鎭東절도사를 거쳐 檢校少保와 太傅로 승진하는 등 부귀공명을 누리면서 북송의 부패와 쇠락에 일조하였다.

34　송대 내시 중에는 가정을 이루고 살다가 경제적인 이유 등으로 인해 자진해서 내시가 된 경우가 적지 않다. 童貫의 경우도 아내는 물론 자식도 있는 상태에서 내시가 되었는데, 양전 역시 마찬가지였던 것으로 보인다.

어오는 것을 보았고, 빛은 장막을 통과하여 찬란하게 빛나 눈이 부셨다. 키가 1척쯤 되는 도인이 침상의 복장을 돌면서 허공을 날았다. 도인은 천천히 허리춤에서 사발을 꺼내고 상투에서 작은 표주박을 꺼내더니 술을 따라 가득 부었는데 그 향이 코를 찔렀다. 빙긋 웃으며 양전의 아내를 보면서 말하길,

"이 술 한 잔 하겠소?"

양전의 아내는 의아하기도 하고 무섭기도 하여 감히 아무 대답도 할 수 없었다.

도사는 여러 바퀴를 빙빙 돌더니 거듭 그녀에게 물었지만, 그녀는 끝내 답하지 못했다. 도사가 말하길,

"그러면 나 혼자 마시겠소."

그는 한 번에 다 마시더니 갑자기 붉은빛을 타고 다시 나가더니 곧 보이지 않았다. 집안에서는 술 향기가 며칠이 지나서야 겨우 빠졌다.

양전은 새로 서재를 만들었는데, 매우 장엄하고 화려했다. 그 한가운데 침상을 두었다. 외부로는 문을 잠그고 자물쇠를 채워 어떤 사람도 들어갈 수 없게 하였다. 일찍이 궁전에서 당직을 서고 있어 집에 없는데, 어린 시종이 와서 고하기를 어떤 여자가 서재 안에 들어와 있다고 하였다. 아내가 급히 가서 보았는데, 예쁜 얼굴에 자태가 고왔으며 시선을 둘 곳이 없는지 눈동자를 돌리며 미소만 짓고 있었는데 행동거지가 차분하였다. 아내는 양전이 귀가하기를 기다렸다 책망하며 말하길,

"첩을 사서 감춰 두고, 오히려 나에게는 알리지도 않았네요."

양전 자신은 (그런 일이 없다고) 거듭 변명하면서 함께 서재 밖에 와서 그 안을 들여다보니 정말 여자가 있었다. 자물쇠를 열자 여자는

급히 침상 위로 올라갔고, 이불을 끌어다 머리에 덮어쓰고 앉았다. 양전 부부는 시종과 첩들을 데리고 온 힘을 다해 그녀를 끌어내리려 하였지만 꼼짝도 하지 않아 방법이 없었다.

제법 시간이 지난 뒤 여자는 얼굴을 돌려 벽을 바라보더니 몸이 점점 기울어졌다. 마치 지쳐서 그런 것처럼 여겨지기에 다시 이불을 걸어 보았다. 그랬더니 하얀색의 거대한 이무기가 바로 눈앞에 있었다. 십여 겹으로 똬리를 틀고 있었고, 그 굵기는 팔뚝만 했으며 뻣뻣하게 엎드려 꼼짝도 하지 않았다. 집안사람들 모두 놀라서 달아났다. 양전은 힘센 병졸들 십여 명을 보내 침상째 함께 들어서 성 밖의 풀밭에다 내다 버리라고 하였고, 감히 뒤돌아보지도 못했다. 얼마 지나지 않아 양전은 죽었다.(자가 중실인 오원미가 한 이야기다. 앞의 이야기는 왕가수가 한 이야기다.)

　　吳幵正仲娶劉仲馮樞密女, 生一子, 曰祖壽. 建炎中, 隨父責居韶州, 夢有人著唐衣冠, 如舊相識, 來謁曰: "吾相尋二百年, 天涯地角, 游訪殆遍, 不謂得見於此." 祖壽曰: "君爲何人? 有何事見尋如是其切?" 其人曰: "君當唐末爲縣令, 吾一家十口, 皆以非罪死君手, 歲月久矣, 君忘之邪?"

　　因邀往一處, 稍從容, 祖壽問曰: "君處地下久, 當能測人未來事, 吾欲知前程壽夭通塞, 盍爲我言之." 曰: "君命只止此. 官爵年壽, 榮富福祿, 皆如是而已, 無一可言者." 祖壽愀然不樂, 夢中鞅鞅成氣疾, 瘤生於肩, 驚而寤, 覺枕畔如有物, 捫之, 眞有小瘤在肩上, 明日而浸長, 俄成大癭, 高與頭等, 痛楚徹骨, 不可臥. 劉夫人迎醫召巫, 延道士作章醮, 萬方救療之, 竟不起.(正仲侍妾春鶯後歸外舅, 其說如此.)

자가 정중인 오견[35]은 첨서추밀원사[36]를 지낸 자가 중빙인 유봉세[37]

35　吳幵: 자는 正仲이며, 淮南東路 滁州 全椒縣(현 안휘성 滁州市 全椒縣) 사람이다. 紹聖 4년(1097) 진사급제하여, 翰林學士承旨 등을 역임하였다. 저서로는 『優古堂詩話』가 있다.

36　簽書樞密院事: 첨서는 공문서에 서명한다는 말이다. 처음에는 樞密直學士라고 하였는데 경력이 부족한 학사가 추밀원 업무에 관여할 수 있도록 서명권을 부여한 데서 시작하였다.

37　劉奉世(1041∼1113): 자는 仲馮이며, 江南西路 臨江軍 淸江縣(현 강서성 宜春市 樟樹市) 사람이다. 神宗 때 天章閣待制·戶部侍郞·吏部侍郞·權戶部尙書·樞密直學士·簽書樞密院事 등을 역임하였다. 哲宗 즉위 후 章惇과 불화하여 章德軍·眞定府·成都府지사로 나갔고, 계속 원우당인으로 몰려 귀양갔다가 휘종 즉위로 다시 복직되었다.

의 딸을 아내로 맞아 아들을 한 명 낳았는데 이름은 오조수다. 건염연간(1127~1130)에 오건이 폄적되자 오조수는 아버지를 따라 소주[38]로 가서 살았는데, 꿈에 당조의 의관을 차려입은 사람이 나타나 마치 오래전부터 알고 지낸 사이인 듯 다가와 아는 척하길,

"내가 당신을 찾은 지 200여 년, 하늘 끝과 땅 끝까지 찾아다니지 않은 곳이 없는데, 이곳에서 만날 줄이야 생각도 못했소."

오조수가 묻길,

"댁은 누구십니까? 무슨 일로 이렇게 절박하게 나를 찾았단 말입니까?"

그 사람이 말하길,

"당조 말기에 당신이 현지사로 있을 때 우리 가족 10명 모두 당신 손에 억울한 누명을 쓰고 죽었다오. 세월이 오래 지났지만 당신은 그것을 잊었단 말이오?"

이에 그 사람은 한 곳으로 오조수를 안내하였고, 오조수도 조금씩 차분해졌다. 오조수가 묻길,

"그대는 지하 세계에서 오래 있었으니 마땅히 사람들의 앞날을 점칠 수 있겠지요. 나는 내 앞날과 수명, 그리고 앞날이 얼마나 순조로울지 그렇지 못할지 알고 싶소. 나를 위해서 말씀해 주시지 않으시겠소?"

그가 대답하길,

"당신의 명은 여기까지라오. 벼슬과 수명, 부귀와 영화, 타고난 복

---

38 韶州: 廣南東路 韶州(현 광동성 韶關市).

과 봉록 모두 여기에서 끝이라오. 하나라도 더 말해 줄 수 있는 게 없소이다."

　오조수는 절망적인 말을 듣고 낙담하였고, 꿈에서 답답해하다 기가 꽉 막히더니 병이 나서 어깨에 혹이 하나 생겼다. 놀라서 깨어 보니, 베개 옆에 무엇인가가 있는 것이 느껴졌고, 어루만져 보니 정말로 어깨 위에 작은 혹이 하나 있었다. 다음 날 혹이 점점 커졌고, 얼마 후 아주 큰 혹이 되어 머리 높이까지 커졌다. 통증이 아주 심하여 뼛속을 파고들었고 누울 수도 없었다. 어머니 유씨는 의사를 부르고 무당을 찾고, 도사를 불러 재를 지내기도 하며 백방으로 고쳐 보려고 했지만 오조수는 끝내 일어나지 못했다.(오건의 시첩 춘앵이 후에 장인을 모셨는데, 그녀가 이와 같이 말하였다.)

僧聞修, 姓陳氏, 行脚至廬山, 將往東林. 値日暮, 微雪作, 不能前, 乃入路側一小刹求宿. 知客曰: "略無閑房, 唯僧堂頗潔, 但往年有客僧 以非命死其下, 時出爲怪, 過者多不敢入." 聞修自度不可他適, 又疑寺 中不相容, 設爲此說, 竟獨處焉. 知客爲張燈燍火, 且告以僧名, 慰勞 而出.

逮夜, 趺坐地爐上, 衲帔蒙頭, 默誦經呪. 微睡未熟, 隱約見一僧相 對, 亦蒙頭誦經, 知其鬼也, 厲聲詰之曰: "同是空門兄弟, 生死路殊, 幸且好去." 不答, 亦不起. 聞修閉目合掌, 誦大悲呪, 亦梵聲相應和, 聞修心動, 稱其名叱之曰: "汝是某人耶?" 其人遽起, 含唾噀聞修面, 滿 所披紙衾上, 皆鮮血, 遂不見. 知客聞叱吒聲, 知有怪, 亟來視之, 紙衾 蓋白如故, 遂邀與歸同宿. 天明卽下山.(聞修說.)

승려 문수는 원래 성이 진씨였다. 여러 곳을 떠돌아다니다 여산에 이르러 동림사로 가려고 하였다. 날이 저물 즈음 조금씩 눈이 내리기 시작하였고, 앞으로 더 나갈 수가 없어 길옆 작은 암자에 들어가 하룻밤 묵기를 청하였다. 암자의 지객승이 말하길,

"빈방이 없습니다. 오직 승방이 하나 있는데 대체로 깨끗합니다. 다만 예전에 손님으로 온 한 승려가 그곳에서 비명횡사하여 때때로 괴이한 일이 일어나 이곳을 지나는 사람 가운데 감히 그 방을 들어가려고 한 이가 없었습니다."

문수는 스스로 생각해 보니 달리 갈 곳도 없고, 또 이 암자에서 손님을 받기 싫어서 이런 말을 만들어 낸 것이 아닐까 의심도 들어 결

국 혼자 그 승방에 묵기로 하였다. 지객승은 등을 켜 주고 방에 불을 지펴 주면서 또 그 죽었다던 승려의 이름을 가르쳐 주며 잘 쉬라고 하면서 나갔다.

밤이 되자 문수는 화로 옆에 가부좌를 틀고 앉았고, 옷가지와 수건으로 머리를 덮어쓰고 조용히 경문과 축문을 외웠다. 조금 졸리기는 했으나 아직 깊이 잠들지 않았는데, 어렴풋이 한 승려가 마주 앉아 있는 것이 보였다. 그 역시 머리에 무언가를 걸쳤고 경문을 외우고 있었다. 그가 귀신이라는 것을 안 문수는 엄한 목소리로 그를 꾸짖길,

"우리는 똑같은 불법을 구하는 형제이나 생사의 길이 서로 다르니 좋게 돌아가시길 바라오."

그자는 답이 없었고 또 일어나지도 않았다. 문수는 눈을 감고 합장한 채「대비주」를 외웠다. 그러자 그자도 불경을 따라 외워 화답하니 문수는 마음이 불안해져 그자의 이름을 부르며 꾸짖길,

"네가 모모이구나!"

그자는 급히 일어나더니 침을 머금고 있다 문수의 얼굴에 뱉었는데, 덮고 있던 종이 이불이 모두 붉은 피로 흥건해졌다. 마침내 그자는 사라졌다. 지객승은 꾸짖는 소리를 듣더니 괴이한 일이 벌어지고 있다는 것을 알고 급히 와서 보았으나 종이 이불은 전처럼 하얬다. 지객승은 곧 문수에게 자신과 함께 자자고 청하였다. 날이 밝자 문수는 하산하였다.(문수가 한 이야기다.)

京師二相公廟在城西內城脚下, 擧人入京者, 必往謁祈夢, 率以錢置
左右童子手中, 云最有神靈. 崇寧二年, 毗陵霍端友·桐廬胡獻可·開
封柴天因三人求夢, 皆得詩兩句. 霍詩曰: "已得新消息, 臚傳占獨班."
柴曰: "一擲得花王, 春風萬里香." 胡曰: "黃傘亭亭天仗近, 紅綃隱隱
鳳鞘鳴." 旣而霍魁多士, 胡與柴皆登第. 鄕人余國器應求崇寧五年赴
省試, 其父石月老人攜往廟中焚香, 作文禱之. 夜夢一童子, 年可十三
四, 走馬至所館門外, 告曰: "送省牓來." 覺而牓出, 果中選. 其他靈驗
甚多, 不勝載.(石月老人說.)

　도성에 있는 이상공묘는 성의 서쪽 내성 아래에 있는데, 성시를 보
러 도성에 들어오는 거인은 반드시 가서 배알하고 앞날을 점지해 주
는 현몽을 간구하였다. 대부분 신상 좌우에 있는 동자의 손에 돈을
두고 갔는데, 그렇게 하는 것이 가장 영험하다고 말하였다. 숭녕 2년
(1103)에 상주[39] 사람 곽단우,[40] 항주 동려현[41] 사람 호헌가, 개봉부[42]
사람 시천인[43] 등 세 사람은 현몽을 간구하여 모두 시 두 구절을 받았

39　毗陵: 兩浙路 常州(현 강소성 常州市).

40　霍端友(1066~1115): 자는 仁仲이며 兩浙路 常州 武進縣(현 강소성 常州市 武進
區) 사람이다. 崇寧 2년(1103) 과거에서 장원급제하였다. 宣議郎·中書舍人·給
事中·禮部侍郎을 거쳐 顯謨閣待制로서 平江府·陳州지사를 역임했다. 通議大夫
까지 올랐다.

41　桐廬縣: 兩浙路 杭州 桐廬縣(현 절강성 杭州市 桐廬縣).

42　開封府: 東京 開封府(현 하남성 開封市).

다. 곽단우가 받은 시는 다음과 같다.

이미 새로운 소식을 받았는데,
진사급제하여 황제를 알현하는 자리에서 홀로 대열 앞에 우뚝 섰네.

시천인의 시는 다음과 같았다.

한 번 던졌는데 꽃의 왕 자리를 얻어,
꽃향기 봄바람에 만 리까지 퍼지네.

호헌가의 시는 다음과 같았다.

황금빛 양산 우뚝 솟은 천제의 의장이 가까워 오는데,
붉은 비단 은은하며 칼집의 수놓은 봉황새가 우네.

얼마 후 곽단우는 여러 선비들 사이에서 장원급제하였고, 호헌가
와 시천인도 모두 급제하였다. 자가 국기인 동향 사람 여응구는 숭녕
5년(1106) 성시를 쳤는데, 그 아버지 석월 노인은 그를 데리고 이상공
묘에 가서 향을 피우고 글을 지어 기도를 하였다. 그날 밤 꿈에 13~
14세 정도 되어 보이는 한 동자가 나타나 말을 타고 그들이 묵고 있
는 곳 문밖에 와서 고하기를,

---

43 柴天因: 開封府(현 하남성 開封市) 사람으로 元符 3년(1100)에 과거에 급제하였
    다. 靖康 2년(1127)에 京東路 轉運司判官을, 建炎 2년(1128)에는 轉運副使 등을
    역임했다.

이견을지【二】

"상서성의 방문을 가져왔습니다."[44]

깨어나 보니 방이 붙었고, 과연 급제하였다. 이 밖에 영험한 일화는 매우 많아 일일이 다 적기가 어렵다.(석월노인이 한 이야기다.)

---

44 省膀: 省試를 주관하는 부서는 禮部이고 예부를 관할하고 있는 부서가 尚書省이라서 시험 명칭을 가리켜 省試, 합격자 명단을 적은 방문을 가리켜 省膀이라고 하였다.

廣西某州, 隔江崖壁峭絶, 有望仙巖, 自來無人能至. 對巖曰望仙鋪, 鋪兵饒俊, 老矣, 唯嗜酒不檢. 宣和末, 有道人過之, 已醉, 從俊寓宿. 至晚, 吐穢淋漓, 呼俊曰:"爾且起, 以所寢牀借我." 如其言. 夜過半, 又呼曰:"飢甚, 思一雞食, 幸惠我." 俊唯有所養長鳴雞, 殺而與之食. 至曉辭去, 書一詩授俊曰:"饒俊饒俊聽我語, 仙鄕咫尺沒寒暑. 與君說盡止如斯, 莫戀浮生不肯去."

轉眄間, 道人騰至巖上, 端坐含笑. 俊望之, 如在雲霄, 大叫曰:"先生何不帶我去?" 久之不應, 卽踴身投江. 同輩驚號曰:"饒上名落水." 相率救之. 俊乍見乍沒, 入波愈深, 且溺矣. 道人忽如飛翔, 徑到波面, 攜俊髻以行. 傍人見祥雲涌起, 卽時達巖畔. 後還家, 與妻子別, 告人云:"此呂翁也." (黃道人說, 州名不眞.)

　광남서로의 어느 주에 강을 사이에 두고 낭떠러지가 있는데 절벽이 깎아지른 듯 가팔랐다. 거기에 망선암이라는 곳이 있는데, 예부터 올라갈 수 있는 사람이 아무도 없었다. 바위를 마주한 곳에 망선포가 있다. 망선포의 병사 요준은 나이가 들었는데, 오로지 술만 좋아할 뿐 절제할 줄 몰랐다. 선화연간(1119~1125) 말, 한 도인이 그곳을 지나가고 있었는데 이미 만취한 상태였다. 그는 요준을 따라가 그의 집에 하룻밤 투숙했다. 밤이 깊자 그는 오물을 토하여 이불을 다 적시고는 요준을 불러 말하길,

　"자네는 일어나서 자네가 자고 있는 침상을 나에게 빌려주기 바라네."

요준은 그의 말대로 했다. 밤이 더욱 깊어지자 또 요준을 불러 말하길,

"배가 아주 고프네. 닭 한 마리 먹고 싶으니 나에게 줄 수 없겠나?"

요준이 기르고 있던 닭은 장명계[45] 한 마리뿐이었는데, 그것을 잡아 도인에게 먹으라고 주었다. 날이 밝자 그 도인은 가면서 인사라고 요준에게 시를 한 편 써 주었다.

요준이여, 요준이여, 나의 말을 들어라.
신선이 사는 곳은 지척에 있고, 그곳은 추위도 더위도 없다네.
그대에게 이와 같이 다 말하여 주었는데,
덧없는 인생살이에 미련을 두어 가지 않는다고 하지 말게나.

잠시 돌아보는 사이 도사는 망선암 위로 올라가서 단정히 앉아 빙긋이 웃고 있었다. 요준이 그를 바라보니 구름 속에 있는 것 같아 보였다. 요준이 크게 외치길,

"선생님께서는 어찌 나를 데려가지 않으셨습니까?"

한참 후에도 대답이 없자 곧바로 뛰어올라 몸을 강에 던졌다. 함께 있던 무리들이 놀라 소리치며 말하길,

"요준[46]이 물에 빠졌다."

서로 앞다투어 그를 구하려 하였다. 요준은 물 위로 솟구쳤다가 가

---

45 長鳴雞: 대리의 특산으로 유명한데, 본문의 배경이 대리와 인접한 광남서로이고 장명계라고 밝힌 것을 고려하면 대리의 장명계일 가능성이 크다.

46 饒上名: 상명이 요준의 자인지 혹은 다른 뜻이 있는지 확인할 수 없어 요준으로 번역하였다.

라앉기를 반복하면서 점점 물속으로 깊이 들어가 곧 익사할 것 같았다. 그때 도인이 갑자기 나는 듯이 곧바로 수면으로 오더니 요준의 상투를 잡고 가 버렸다. 옆에 있던 사람들은 상서로운 구름이 솟구치듯 이는 것을 보았고, 도인은 곧 망선암 기슭에 다다랐다. 잠시 후 요준이 집으로 돌아와 처자식에게 이별을 고하였고, 다른 사람들에게 말하길,

"저 도인은 여동빈이었소."(황도사가 한 이야기다. 그가 말한 주의 이름은 진짜가 아니다.)

唐州倡馬望兒者, 以能歌柳耆卿詞著名籍中. 方城人張二郎遊狎其
家累年, 旣而挈以歸. 後虜騎犯京西, 張氏避地入巴峽, 望兒死於峽州
宜都縣, 時夜過半, 未及殮, 輿置空室中. 明日, 買棺至其處, 獨衣服委
地如蛻, 不見尸矣. 求之, 乃在門掩間倚壁立, 自頂至踵, 無寸縷著體,
人謂其爲娼時, 少年來遊, 或謝錢不如意, 并衣冠皆剝取之, 是以及此
報.

生一子曰運, 居宜都田間. 紹興二十七年六月, 與其僕過江視胡麻,
農人在田者數輩, 天正熱, 日光赫然, 忽片雲從中起, 正罩運身. 頃之,
陰翳如墨, 對面不相識, 傍人但聞運連呼曰: “告菩薩.” 如一食頃, 天氣
復淸, 運已仆於地, 親身之衣皆焚灼, 而汗衫碧裙無傷, 氣殗殜未盡.
衆共扶掖行數十步, 入一民家, 猶呻吟稱苦苦數聲, 遂死, 時年三十四.

당주⁴⁷에 마망아라는 기녀가 있었는데, 자가 기경인 유영⁴⁸의 사를
잘 불러서 기녀 가운데 유명하였다. 당주 방성현⁴⁹ 사람 장이랑은 여

47　唐州: 京西南路 唐州 桐柏縣(현 하남성 南陽市).

48　柳永(987?~1053?): 자는 景莊 또는 耆卿이며 福建路 建寧軍 崇安縣(현 복건성 南
平市 武夷山市) 사람이다. 관료 집안에서 태어나 어렸을 때부터 詩詞를 공부하였
으며 여러 차례 과거에 낙방한 뒤 항주와 소주 일대를 유랑하며 詞를 짓는 데 몰두
하여 婉約派의 대표적 인물이 되었다. 景祐 1년(1034) 40대 후반에 과거에 급제하
여 睦州團練推官・餘杭縣지사・泗州判官・著作郎・太常博士 등을 역임한 뒤 屯
田員外郞으로 사직하였다. 유영은 詞에 속어를 사용하여 애정과 이별을 노래하였
으며 음악에도 심취하여 그의 작품은 후대까지 큰 영향을 끼쳤다.

49　方城縣: 京西南路 唐州 方城縣(현 하남성 南陽市 方城縣).

러 해 동안 그녀의 기루에 드나들다가 얼마 후 그녀를 집으로 들였다. 후에 금군이 경서남로 일대를 침공하자 장씨는 파협[50]으로 피난을 갔는데, 마망아는 협주 의도현에서[51] 죽었다. 때는 한밤중이었는데, 염도 채 하지 못하고 시신을 수레에 담아 빈방에 두었었다.

다음 날 관을 사서 방에 가 보니 마치 허물을 벗은 듯 옷만 땅에 버려져 있었고 시신은 보이지 않았다. 시신을 찾다가 문틀 사이에 보니 벽에 기대고 서 있었는데, 머리부터 발끝까지 실오라기 하나 걸치지 않고 있었다. 사람들은 그녀가 창기로 일할 때, 젊은 사람이 와서 놀고 가면서 혹 사례비가 마음에 들지 않으면 의관을 다 빼앗곤 했는데 그 때문에 이런 응보를 받는다고 생각했다.

아들을 하나 낳았는데 이름이 장운이며, 의도현의 농촌에서 살았다. 소흥 27년(1157) 6월, 그는 노복들과 함께 강을 건너 깨밭을 살펴보고 있었다. 밭에서 일하는 농민이 여럿 있었는데, 날이 아주 더웠고 햇살이 뜨거웠다. 갑자기 한 조각구름이 하늘 가운데서 일더니 장운의 몸을 가렸고 순식간에 검은 구름이 해를 가리어 깜깜해졌다. 상대방 얼굴도 알아볼 수 없을 정도였는데, 옆에 있던 사람들은 그저 장운이 연이어 소리치는 것만 들었다.

"보살님께 말씀해 주세요."

한 식경이 지나 날씨가 다시 맑아졌고, 장운의 몸은 땅에 엎어져 있었다. 몸에 걸치고 있던 옷은 모두 불태워졌지만, 땀에 젖은 적삼과 푸른 속옷은 그대로였다. 기진맥진하였으나 완전히 숨이 끊어진

---

50 巴峽: 重慶 동쪽에 위치한 石洞峽 · 銅鑼峽 · 明月峽을 통칭하여 巴峽이라고 한다.
51 宜都縣: 荊湖北路 峽州 宜都縣(현 호북성 宜昌市 宜都縣).

이견을지【二】

것은 아니었다. 여럿이 그를 부축하여 몇 십 발짝을 걸어 한 민가로 들어갔다. 장운은 여전히 신음하면서 몇 차례 끙끙거리는 소리를 내더니 곧 죽고 말았다. 당시 나이가 34살이었다.

鄱陽士人沈傳, 早游學校, 鄕里稱善人, 家居北關外五里堠之側. 年
四十餘歲, 得傷寒疾, 八九日未愈, 方困頓伏枕. 正黃昏時, 一黃衣持
藤棒徑從外入, 直至牀前, 全類郡府承局, 端立不語, 時時回顧寢門外.
又一人黑幘而綠袍, 捧文書在手, 欲入未入. 黃衣搖手謂曰: "善善." 綠
袍於袖中取筆展簿, 勾去一行, 兩人遂繼踵而去. 傳驚愕良久, 問妻子,
皆無所睹, 怖愈甚, 卽時汗出如洗, 越一日乃瘳. 後以壽終.

　　요주 파양현의 선비 심전은 어렸을 때부터 학교를 다니며 공부했
고, 향리 사람들은 그를 착한 사람이라 칭찬했다. 집은 북쪽 관문 밖
에서 5리 지점에 만들어 놓은 이정표용 돈대⁵² 옆에 있었다. 나이가
40여 세가 되었을 때 상한병에 걸렸는데 8~9일이 지나도 낫지 않아
마침내 괴로워하며 엎어져 누웠다. 마침 황혼 무렵이었는데, 누런색
옷을 입은 사람 하나가 등나무 지팡이를 짚고서 밖에서 곧바로 안으
로 들어와 침상 밑까지 왔다. 전체 모습이 주 관아의 하급무관 같아
보였다. 단정하게 서서 아무 말도 하지 않았고, 수시로 고개를 돌려
침실 문밖을 내다보았다.

　　또 한 사람이 흑청색 건을 쓰고 녹색 도포를 입은 채 장부를 손에

52　堠: 적정을 살피기 위해 만든 망루란 뜻도 있지만 거리를 표시하기 위해 일정한 거
　　리마다 쌓아 놓은 이정표용 흙더미를 뜻하기도 한다. 본문에서 어떤 뜻으로 썼는
　　지 확실치 않으나 이 지역이 군사적 요충지가 아니므로 후자로 번역하였다.

들고 들어오려다 미처 들어오지 못하고 있었다. 누런색 옷을 입은 자가 손을 흔들며 말하길,

"잘 하셨소, 잘 하셨소이다."

녹색 도포를 입은 자는 소매에서 붓을 꺼내고 장부를 펴더니 한 곳에 줄을 그어 없앴다. 두 사람은 곧 연달아 떠났다. 심전은 한참 동안 놀랍고도 무서웠다. 하지만 처자식에게 물어보니 모두 아무것도 본 것이 없다고 하여 더욱 두려웠다. 즉시 땀이 목욕한 것처럼 흘렀지만 하루가 지난 후 병이 나았다. 그 후에 천수를 다 누리고 생을 마쳤다.

臨州有人以弄蛇貨藥爲業. 一日, 方作場, 爲蝮所齧, 即時殞絕, 一
臂之大如股, 少選, 遍身皮脹作黃黑色, 遂死. 一道人方傍觀, 出言曰:
"此人死矣, 我有藥能療, 但恐毒氣益深, 或不可活, 諸君能相與證明,
方敢爲出力." 衆咸竦踊勸之, 乃求錢二十文以往. 纔食頃, 奔而至, 命
汲新水, 解裹中藥, 調一升, 以杖抉傷者口, 灌入之. 藥盡, 覺腹中㨉㨉
然, 黃水自其口出, 腥穢逆人, 四體應手消縮, 良久復故, 已能起, 與未
傷時無異, 遍拜觀者, 且鄭重謝道人.

道人曰: "此藥不難得, 亦甚易辦, 吾不惜傳諸人, 乃香白芷一物也.
法當以麥門冬湯調服, 適事急不暇, 姑以水代之. 吾今活一人, 可行
矣." 拂袖而去. 郭邵州雲得其方, 鄱陽徽卒夜直更舍, 爲蛇齧腹, 明旦,
赤腫欲裂, 以此飮之, 即愈.(郭絜己說.)

임주[53]에 사는 한 사람은 뱀에게 재주를 부리게 한 뒤 약을 팔아서
먹고살았다. 하루는 막 장을 펼치자마자 살무사에게 물리어 곧바로
쓰러져 혼절하였다. 한쪽 팔이 허벅지처럼 부어올랐고 조금 뒤에는
온몸의 피부가 부어올라 누렇고 검은색을 띠더니 죽고 말았다. 한 도
인이 마침 옆에서 지켜보더니, 나와서 말하길,

"이 사람은 죽었습니다. 나는 치료할 수 있는 약을 가지고 있는데,

---

53 臨州: 夔州路 忠州(현 중경시 忠縣). 충주는 진·한대 臨江縣이며, 553년 臨州를
　설치한 이래 일시 변동이 있기는 했지만 임강과 임주는 오랫동안 충주의 별칭으로
　쓰였다.

다만 독기가 이미 너무 심하게 퍼져 혹 살릴 수 없을지도 모르겠습니다. 여러분들이 기꺼이 증인이 되어 준다면 내가 용기를 내어 한번 살려 보겠습니다."

많은 사람들이 모두 그를 격려하며 치료해 보라고 권하였다. 도인은 돈 20문을 달라고 하더니 어딘가로 가 버렸다. 한 식경이 지나 달려왔는데, 깨끗한 물을 가져오라 시키고, 꾸러미를 풀어 약을 꺼내 1되를 만든 뒤 막대기로 환자의 입을 벌리어 약을 흘려 넣어 주었다.

약이 다 들어가자 뱃속에서 꾸룩꾸룩 소리가 나더니 누런 물이 그의 입에서 나왔는데, 비리고 더러운 냄새가 매우 역했다. 부어올랐던 사지가 점점 수축되기 시작했다. 한참 후에는 예전과 같이 회복되어 일어날 수 있게 되었으며 뱀에 물리기 전과 별 차이가 없었다. 그는 지켜본 사람들을 두루 찾아다니며 인사하고 또 도인에게 정중하게 감사의 뜻을 전했다.

도인이 이르길,

"이 약은 구하기 어려운 것이 아니며 또 조제하기도 아주 쉽습니다. 내가 아까워하지 않고 사람들에게 전할 것은 바로 향백지[54]라는 약재입니다. 원칙적으로는 맥문동[55]과 함께 끓여 조제한 후 복용하는 것이 마땅하지만 마침 상황이 위급하고 시간이 없어 잠시 물로 그것을 대신하였습니다. 내가 지금 한 사람을 살리었으니 앞으로 그렇게

---

54 香白芷: 구릿대라고 하며 진통 · 소종의 효능이 있어 각종 통증과 대장염 · 대하증 · 痔漏 · 악성종기 등에 쓴다. 주로 뿌리줄기를 물에 달이거나 가루로 빻아 복용한다. 치루와 악성종기에는 가루로 빻은 것을 기름에 개어 환부에 바른다.

55 麥門冬: 뿌리가 보리와 같고 겨울에도 푸르기 때문에 붙여진 이름이다. 뿌리는 소염 · 강장 · 진해 · 거담제 및 강심제로 쓴다.

하시면 됩니다."

도사는 소매를 떨치며 가 버렸다. 소주[56]지사 곽운이 그 처방을 얻었는데, 파양현의 순찰 병졸이 밤에 당직하려고 교대하다 뱀에게 배를 물리었다. 다음 날 새벽 붉게 부어올라 터질 것 같았는데 이 약을 마시게 하니 곧 나았다.(곽결기가 한 이야기다.)

---

56 邵州: 荊湖南路 邵州(현 호남성 邵陽市).

江浙之俗信巫鬼, 相傳人死則其魄復還, 以其日測之, 某日當至, 則
盡室出避于外, 名爲避放. 命壯僕或僧守其廬, 布灰于地, 明日, 視其
跡, 云受生爲人爲異物矣. 鄱陽民韓氏嫗死, 倩族人永寧寺僧宗達宿
焉. 達瞑目誦經, 中夕, 聞嫗房中有聲嗚嗚然, 久之漸厲, 若在甕盎間,
蹴蹋四壁, 略不少止, 達心亦懼, 但益誦首楞嚴呪, 至數十過. 天將曉,
韓氏子亦來, 猶聞物觸戶聲不已, 達告之故, 偕執杖而入. 見一物四尺,
首戴一甕, 直來觸人. 達擊之, 甕卽破, 乃一犬呦然而出. 蓋初閉門時,
犬先在房中矣, 甕有穄, 伸首呧之, 不能出, 故戴而號呼耳. 諺謂"疑心
生暗鬼", 殆此類乎.(宗達說.)

강절 지역은 무당과 귀신을 잘 믿는 풍속이 있다. 그 지방 사람들
이 전하길, 사람이 죽으면 그 혼백이 다시 돌아오는데, 죽은 날짜로
계산을 하면 어떤 특정한 날에 분명 돌아온다고 하여 그때는 방을 모
두 비워 두고 밖으로 나가 피해 있어야 하는데, 이를 '피방'⁵⁷이라 불
렀다. 건장한 노복과 승려를 보내어 그 집을 지키게 하고 재를 바닥
에 뿌려 놓고 다음 날 그 발자국을 보면 다음 생에서 사람으로 환생
하는지 아니면 다른 무엇이 되는지 알 수 있다고 한다.

---

57 避放: 강절 지방의 장례 풍속 가운데 하나로, 사람이 죽은 후 며칠이 지나면 혼백
이 나쁜 기운을 몰고 생전에 살던 집에 잠시 돌아와 살아 있는 사람들에게 해를 입
힌다고 알려져 있다. 가족들은 이날을 잘 계산하여 외출하여 피해야 하는데, 이를
피방 또는 避煞이라 한다.

파양현 주민인 한씨 노파가 죽었는데, 집안사람인 영녕사 승려 종달을 불러다 그곳에 묵게 하였다. 종달은 눈을 감고 불경을 외웠는데, 한밤이 되자 노파가 놓인 방에서 슬프게 탄식하는 소리가 들렸다. 시간이 한참 지나자 소리가 점점 더 무시무시해지더니 마치 큰 항아리 사이에서 나는 듯했고, 사방 벽을 발로 차는 듯하더니 잠시도 멈추지 않았다. 종달도 속으로 두려워서 그저 『능엄주』를 더 암송하여 수십 번이나 외웠다.

날이 밝기 시작할 무렵 한씨 아들이 왔는데 여전히 무엇인가가 문을 두드리는 소리가 그치지 않고 들렸다. 종달은 자초지종을 말해 주었고, 함께 몽둥이를 들고 방으로 들어갔다. 4척 정도 되는 물건이 보였는데, 머리에는 항아리를 쓰고 있었고, 곧바로 다가와 사람에게 부딪혔다. 종달은 그것을 쳤고, 항아리는 곧 깨졌다. 그러자 개 한 마리가 짖으면서 그 안에서 나왔다.

아마 처음 문을 닫았을 때 개가 이미 그 방에 들어가 있었던 것 같다. 항아리에 겨가 담겨 있어 대가리를 넣고 먹다가 빼지 못하자 항아리를 둘러쓴 채 짖었던 것일 뿐이었다. 속담에 "의심하는 마음이 귀신을 만든다"고 하였는데, 바로 이 같은 상황을 두고 한 말이다.(종달이 한 이야기다.)

이견을지

夷堅乙志
卷20

　　樂平桐林市童銀匠者, 爲德興張舍人宅打銀. 每夕工作, 有婦人年
二十餘歲, 容貌可觀, 携酒殽出共飮, 飮罷則共寢, 天將曉乃去. 凡所
持器皿, 皆出主人翁家, 疑爲侍婢也, 不敢却, 亦不敢言. 往來月餘, 他
人知之者, 謂曰: "吾聞昔日王氏少婢, 自縊於此, 常爲惑怪, 爾所見,
得非此鬼乎? 幸爲性命計." 童甚恐. 是夜, 復以酒至, 卽迎告之曰: "人
言汝是自縊鬼, 果否?" 婦人驚對曰: "誰道那?" 遽升梁間, 吐舌長二尺
而滅. 童不敢復留, 明日辭去.

　　요주 낙평현[1] 동림의 저잣거리에서 일하는 은기술자 동씨는 요주
덕흥현[2]의 사인 장씨 집에서 은을 세공해 주고 있었다. 매일 저녁 일
을 마치면 스무 살 정도 되는 용모가 볼 만한 한 여인이 술과 안주를
가지고 와서 함께 마시고 술을 마신 후에는 같이 잠자리에 들었으며
날이 밝을 무렵 돌아갔다. 가지고 오는 그릇마다 모두 주인어른 집에
서 가져 나온 것이라 동씨는 그녀가 장씨 댁의 시녀라고 생각해서 감
히 물리칠 수도 없었고, 또 다른 사람에게 말할 수도 없었다. 왕래한
지 한 달여가 지났을 때 이를 알게 된 사람이 동씨에게 말하길,

　　"내가 듣기로 예전에 왕씨라는 어린 하녀가 여기에서 목을 매 죽고
난 이후 종종 사람을 미혹시키는 괴이한 일이 일어났다고 하는데, 당

1　樂平縣: 江南東路 饒州 樂平縣(현 강서성 景德鎭市 樂平市).
2　德興縣: 江南東路 饒州 德興縣(현 강서성 饒州市 德興市).

신이 본 여자가 혹 이 귀신이 아니겠소? 당신 목숨을 위하여 잘 생각하시기 바라오."

동씨는 몹시 무서워졌다. 그날 밤 그녀가 다시 술을 가지고 왔는데, 곧바로 그녀를 맞으면서 말하길,

"사람들이 말하길 당신이 이곳에서 목을 매고 자살한 귀신이라고 하는데 과연 그러하오?"

여인은 놀라며 대답하길,

"누가 그런 말을 하던가요?"

그녀는 급히 대들보 사이로 올라가 2척이나 되는 혀를 내밀더니 사라졌다. 동씨는 감히 더 머무를 수가 없어 다음 날 곧 떠났다.

　福州福淸縣大平鄕修仁里石竹山, 俗曰蝦蟆山, 去邑十五里. 乾道
二年三月三日夜半後, 居民鄭周延等咸聞山上有聲如震雷, 移時方止,
或見門外天星光明, 迹其聲勢, 在瑞雲院後石竹山上. 明旦, 相與視之,
山頂之東南有大石, 方可九丈, 飛落半腰間, 所過成蹊, 闊皆四尺, 而
山之木石, 略無所損. 縣士李槐云: "山下舊有碑, 刊囊山妙應師讖語,
頃因大水, 碑失, 今復在縣橋下, 其語曰: '天寶石移, 狀元來期. 龍爪花
紅, 狀元西東.'" 邑境有石陂, 唐天寶中所築, 目曰天寶陂, 距石竹山財
十里. 是月, 集英廷試多士, 永福人蕭國梁魁天下. 永福在福淸西, 閩
人以爲應讖矣. 又三年, 興化鄭□繼之, 正在福淸之東. 狀元西東之
語, 無一不驗云.

　복주 복청현[3] 대평향 수인리에는 석죽산[4]이 있는데, 속칭은 두꺼비
산이다. 현성에서 15리 떨어진 곳에 있다. 건도 2년(1166) 3월 3일,
한밤중에 그 지역 주민 정주연 등 모두가 산 위에서 우레와 같은 소
리가 나는 것을 들었고, 어느 정도 시간이 지난 뒤 비로소 멈췄다. 어
떤 사람은 문 밖으로 하늘의 별이 환하게 빛나는 것을 보았다. 그 소
리의 기세를 따라가 보니 서운원 후원의 석죽산 위였다.

3　福淸縣: 福建路 福州 福淸縣(현 복건성 福州市 福淸市).
4　石竹山: 복건성 福州市 福淸에 위치한 산으로 정상은 높이 534m의 狀元峰이다.
　　이름 그대로 기이한 바위와 수려한 대나무로 유명하며, 石竹寺 외에도 도교의 명
　　산답게 紫雲洞·桃源洞·通天洞·日月洞 등 기암괴석들이 많아 장관을 이룬다.

다음 날 아침에 다들 함께 가서 보니 산 정상의 동남쪽에 대략 사방 9장 정도 되는 큰 바위가 날아와 산 중턱에 걸려 있고, 바위가 지나온 곳에는 길처럼 패였는데 너비가 4척 정도 되었다. 그러나 산의 초목과 돌은 대체로 크게 손상을 입지는 않았다. 복청현의 사대부 이괴가 말하길,

"산 아래에 예로부터 비석이 하나 있었는데, 낭산[5]의 묘응법사의 예언을 새겨 두었다. 근자에 큰 홍수가 있어 비석이 유실되었는데 근자에 다시 현성 다리 아래서 발견되었다고 한다. 그 비석에는, '천보석이 움직이면 곧 장원급제가 나타난다. 용이 붉은 꽃을 잡으면 장원이 서쪽과 동쪽에서 나온다'라고 쓰여 있다."

복청현 경내에는 돌로 만든 둑이 있는데 당 천보연간(742~756)에 수축한 것이어서 '천보둑'이라 이름 붙였다. 석죽산에서 겨우 10리 정도 떨어진 곳이다. 이 달에 집영전[6]에서 많은 선비들이 전시를 보았는데, 영복현[7] 사람 소국량[8]이 천하제일의 장원급제자가 되었다. 영복현은 복청현의 서쪽에 있다. 복주 사람들은 예언이 들어맞았다고 생각했다. 다시 3년 후에 흥화현[9] 사람 정□가 뒤를 이었는데, 홍

---

5 囊山: 현 복건성 莆田市 서북쪽 20km 지점에 위치한 산으로 높이 639m이며, 화강암으로 이루어져 다양한 기암괴석으로 유명하다.

6 集英殿: 개봉 황궁의 건물 가운데 하나로 본래 명칭은 廣政殿이었으나 후에 集英殿으로 바뀌었다. 황제가 연회를 베풀 때 또는 전시를 치를 때 시험 공간으로 사용하였다.

7 永福縣: 福建路 福州 永福縣(현 복건성 福州 永泰縣).

8 蕭國梁: 자는 挺之이며 福建省 福州市 永福縣(현 복건성 福州 永泰縣) 사람이다. 乾道 2년(1166) 전시에서 장원급제하였다. 著作郎・太子侍講 兼 禮部郎中・朝奉郎・廣東通判・漳州지사 등을 역임하였다.

9 興化縣: 福建路 興化軍 興化縣(현 복건성 莆田市).

화현는 바로 복청현의 동쪽이다. 장원이 동서에서 나온다는 말 등 하
나도 맞지 않는 것이 없다고 전한다.

趙公時需侍郎, 政和八年冬爲無爲軍敎授. 通判祖翱者, 濟南人, 本
法家, 嘗歷大理丞, 處身廉謹, 以律法爲己任. 趙嘗夢游一小寺, 寺旁
有池, 方不踰尋丈, 四周朱欄三重, 內一重可高二尺, 中高三尺, 其外
四尺許. 趙身在重欄內, 去水止三四步, 視池中有一浮屍, 惡之. 方欲
越欄出, 擧足極艱, 屍忽起逐人, 趙蹴之於水. 再欲出, 又起如初, 復蹴
之.

至于三, 其行稍緩, 其容戚戚然若有所訴, 詢之, 云: "昔日罪不至死,
爲通判祖寺丞枉殺, 抱冤數年矣." 趙曰: "祖丞明習法律, 於刑獄事尤
詳敬, 決不妄殺人." 答曰: "此事固非祖公意, 然因其疑, 遂送他所, 竟
以死罪定斷. 故冤有所歸, 渠壽命不得久, 將死矣, 聊欲君知之." 言訖,
卽躍入水. 趙睨重欄愈高, 唯四角差低, 甚易之, 然卒不可踰越.

屍自水中指云: "從高處過甚易." 遂如其言, 跟躋一擧, 已出平地.
復賀曰: "旣過此欄, 前程無留礙矣." 覺而驚異之. 時翱適出外邑, 迨其
歸, 纔五日, 得內障目疾, 日以益甚, 至不能瞻視, 乃丐宮祠. 又月餘,
目頓愈, 忽中風淫, 手足遂廢. 及得請而歸, 過梁山濼口, 舟壞水入, 篙
師急救拯, 僅能登岸. 翱驚懼暴亡, 距趙夢不數月. 噫! 囹圄之事, 深可
畏哉! 趙夢中不能問其姓名及所坐何事, 爲可惜也. (趙公自記此事.)

자가 공시이고 후에 공부시랑을 역임한 조패¹⁰는 정화 8년(1118)에

10　趙需: 자는 公時이며 兩浙路 衢州 西安縣(현 절강성 衢州市 衢江區) 사람이다. 政
和 5년(1115)에 과거에 급제하였다. 工部侍郎 · 徽猷閣直學士 · 平江府지사 · 左朝
議大夫 등을 역임하였다.

무위군[11] 교수가 되었다. 제남부[12] 사람인 통판 조고는 본래 법률에 밝아 일찍이 대리시승을 역임하였으며, 청렴하고 근면하게 처신하면서 법률 수호를 자신의 임무로 여겼다.

조패가 한번은 꿈속에서 한 작은 절에 놀러 갔다. 절 옆에는 연못이 있었는데 그 크기가 사방 8척에서 1장 정도였다.[13] 사방으로 붉은색 난간이 3중으로 쳐져 있었는데, 안의 것은 높이가 2척 정도였고, 중간 것은 3척, 가장 밖의 것은 4척쯤 되었다. 조패의 몸은 중간 난간의 안에 있었는데, 물에서 겨우 서너 발짝 떨어진 곳이었다. 조패는 연못에 떠 있는 시체를 봤는데, 매우 혐오스러웠다. 그래서 막 난간을 뛰어넘어 나가려고 했지만 발을 드는 것조차 몹시 힘들었다.

시체가 갑자기 일어나 조패를 쫓아왔는데, 조패는 시체를 발로 차서 연못에 빠트리고 다시 난간을 빠져나오려고 하였다. 시체는 처음처럼 다시 일어났고, 조패는 다시 발로 찼다.

시체는 세 번이나 그렇게 하더니 그 행동이 조금 둔해졌고, 얼굴에는 근심스러운 기색이 있었는데, 뭔가 하소연할 것이 있는 것 같았다. 이에 조패가 물어보니, 그가 말하길,

"예전에 죄가 사형을 당할 정도는 아니었는데 당시 대리시승이었던 통판 조고에 의해 억울하게 죽었습니다, 원통함을 품고 지낸 지

---

11 無爲軍: 淮南西路 無爲軍(현 안휘성 蕪湖市 無爲縣 · 巢湖市 巢縣 · 合肥市 廬江縣).

12 濟南府: 京東東路 濟南府(현 산동성 濟南市). 政和 6년(1116)에 齊州에서 濟南府로 승격하였다.

13 尋丈: 8尺(2.4m)~1丈(3m) 사이의 길이를 뜻한다. 1척은 0.3m, 1尋은 8척, 1丈은 10척을 가리킨다.

벌써 여러 해가 되었습니다."

조패가 말하길,

"대리시승 조고는 법률에 밝고 형사 사건은 더욱 상세하고 조심스레 처리한다. 절대로 함부로 사람을 죽이지는 않았을 것이다."

그가 대답하길,

"그 일이 이렇게 된 것은 분명 조공의 본뜻은 아니었습니다. 하지만 그가 의심하여 다른 부서로 사건을 이첩하는 바람에 결국 사형으로 판결이 났습니다. 그러니 나의 원통함은 그에게 귀책사유가 있는 것이지요. 그의 명은 오래지 못할 것입니다. 곧 죽을 것이지만 그저 당신이 그런 일이 있었음을 알기라도 했으면 좋겠다 싶어서 그러는 것뿐입니다."

말이 끝나자 곧 연못으로 뛰어 들어갔다. 조패는 겹으로 싸인 난간이 더욱 높아진 것처럼 보였고, 사방의 모서리 부분만 조금 낮게 보여 쉽게 넘어갈 수 있을 것이라 생각하였지만 아무래도 넘을 수가 없었다.

시체가 연못에서 손으로 가리키며 말하길,

"높은 곳에서 넘어가면 가장 쉽습니다."

마침내 그의 말대로 해 보았더니 한 번에 높이 뛰어넘어 금방 평지로 나올 수 있었다. 시체는 다시 축하하며 말하길,

"이미 이 난간을 넘었으니 당신의 앞날은 걸림돌이 없을 것입니다."

깨어나 보니 꿈이 놀랍고도 기이했다. 그때 조고는 마침 다른 현에 출타 중이었는데 돌아온 지 겨우 닷새 되었을 때 백내장을 앓게 되었다. 날이 갈수록 증세가 더욱 심해져 앞을 볼 수 없는 지경에 이르자

도관과 사묘를 찾아가 빌었다. 다시 한 달여를 지나자 눈은 그런대로 나아졌는데 갑자기 중풍이 들어 수족을 거의 쓸 수 없게 되었다.

사직하고 집으로 돌아가는 길에 양산박 입구를 지나는데, 배가 부서져 물이 들어왔다. 뱃사공이 급히 그를 구해 내어 겨우 언덕 위로 올라갔다. 조고는 놀라고 두려워하다 갑자기 죽었는데, 조패가 꿈을 꾼 때로부터 몇 개월 지나지 않아서였다. 아! 대리시의 일은 참으로 두렵구나! 조패가 꿈에서 그의 성명과 어떤 일로 처벌받았는지 물어볼 수 없었음은 매우 아쉬운 일이다.(조패가 직접 이 일을 기록하였다.)

龍深父, 生於辛卯. 年二十五歲時, 夢入大宮殿, 及門, 武士門焉, 旁
列四兔. 顧深父曰: "以一與爾." 俯而取之, 得第一枚, 褐身而紫脊, 抱
置于手. 武士又呼其後一人, 授以次兔. 俄又呼深父, 復與其一, 腹白
而毫紫者. 負于肩以歸, 乃寤.

時妻方娠, 卽語之曰: "我夢如此, 當得子不疑. 然必當孿生, 汝勿
恐!" 妻聞之懼泣, 以告其姑. 姑責深父曰: "婦人未產子, 而以此言恐
之, 奈何?" 後三月, 免身, 但生一男子, 時乙卯年也. 已悟首兔之兆. 其
子名雰, 亦以二十五歲得男子, 又已卯年也. 然則再得兔, 蓋有孫之祥.
三世皆生於卯, 亦異矣.

　　용심보는 정화 1년(1111)인 신묘년에 태어났다. 25세가 되었을 때
꿈에 큰 궁전에 들어가게 되었는데, 대문에 이르자 무사가 문을 지키
고 있었고 옆에는 네 마리의 토끼가 나란히 있었다. 그는 용심보를
보더니 말하길,

　"한 마리를 너에게 주겠다."

　그는 고개를 숙이며 토끼를 잡더니 맨 앞의 한 마리를 주었다. 몸
은 갈색이었고, 등은 자줏빛이었다. 용심보는 토끼를 손으로 감싸 안
았다. 무사는 그 뒤의 한 사람을 또 부르더니 그 다음 토끼를 주었다.
잠시 후 다시 용심보를 부르더니 그에게 또 한 마리를 주었다. 배가
하얗고 털이 자줏빛이었다. 모두 어깨에 메고 돌아왔고 이내 잠에서
깨었다.

당시 용심보의 아내는 마침 임신 중이었는데, 곧 아내에게 말하길,

"내가 이 같은 꿈을 꾸었으니 아들을 낳는다는 것은 당연히 의심할 여지가 없을거요. 하지만 반드시 쌍둥이를 낳을 것이니 당신은 너무 무서워 말아요!"

그의 아내는 이를 듣고 무서워 울면서 시어머니에게 말하였다. 시어머니는 용심보를 질책하길,

"아내가 아직 아이를 낳기도 전에 이런 말을 해서 겁을 주니 뭐하는 일이냐?"

3개월 후 분만하였는데, 사내아이 한 명만 낳았다. 그해가 을묘년이었다. 이미 첫 번째 토끼의 징조가 무엇인지 깨달을 수 있었다. 그 아들은 이름이 방이었는데, 역시 25세 되던 해 아들을 얻었다. 그해 또한 기묘년이었다. 그러한즉 두 번째 토끼를 얻은 것은 대개 손자가 있다는 징조였던 셈이다. 삼대가 모두 토끼해에 태어났으니, 이 또한 기이한 일이다.

　　龍世淸, 建炎中爲處州鈐轄, 暫攝州事. 其後郡守梁頤吉至, 以交承
之故, 凡倉帑事務, 悉委之主領, 又提擧公使庫. 有過客至郡, 梁餉以
錢三十萬, 吏白以謂故事未嘗有, 龍爲作道地, 分爲三番以與客. 梁視
事三月, 坐寇至失守, 罷去. 繼之者有宿怨, 劾其請供給錢過數, 卽州
獄窮治, 一郡官稍涉纖芥者, 皆坐獄. 龍亦收繫, 懼不得脫, 夜夢入荒
野間, 登古冢, 視其中杳然以深, 暗黑可畏, 手攀墓上草, 欲墜未墜. 一
人不知從何來, 持其臀擲于平地, 顧而言曰: "我高進也." 遂驚覺. 後兩
日, 溫州判官高敏信來, 置院鞫勘, 一見龍獄辭, 曰: "太守自以庫金與
客, 何預他人事?" 釋出之, 乃知所謂高進者此也. 及獄具, 梁失官, 同
坐者皆以謫去, 獨龍獲免.

　　용세청은 건염연간(1127~1130)에 처주[14] 검할이 되었는데, 잠시 지
사 업무를 대행하고 있었다. 그 뒤로 양이길[15]이 주지사로 부임하자
업무 인계를 하여 곡물창고와 금고에 관한 업무를 모두 용세청에게
주관하게 하였고, 제거공사고 업무도 맡게 하였다.

　　한 과객이 처주에 오자 양이길은 30만 전을 들여 대접했고, 서리는
선례에 비추어 볼 때 보면 그렇게 대접한 경우가 없다고 말하였다.
용세청은 처신의 여지를 남겨 두기 위해[16] 세 번으로 나누어 그 과객

14　處州: 兩浙路 處州(현 절강성 麗水市).
15　梁頤吉: 建炎 4년(1130) 6월에 朝請大夫로 處州지사였다. 패잔병들이 婺州를 격파
　　하고 진격해 왔는데 방어에 실패하자 처주를 포기하고 도주한 죄로 파면되었다.

에게 돈을 주었다.

양이길은 주지사로 재직한 지 3개월 만에 도적들의 침공을 당했는데, 방어에 실패하고 주성을 함락당하여 지사직에서 파면되었다. 후임자는 양이길과 오랜 원한 관계에 있던 사람이어서 그가 과객에게 제공하려고 청구한 액수가 과도했다고 탄핵하였고, 주에서 옥사를 일으켜 샅샅이 조사하였다. 주의 관원들 중 티끌만큼이라도 관련이 있는 사람들은 모두 하옥되었다. 용세청 역시 체포되어 구금되었으며 벗어나기 힘들 것이라 여겨 두려워하였다.

용세청은 밤에 꿈을 꾸었는데, 황량한 들판에 들어가 오래된 무덤 위에 올랐다. 그 가운데를 보니 끝 모르게 아득했고, 어둡고 캄캄하여 두려웠다. 묘지 위에 난 풀을 뜯어 던지려 했지만 던져지지가 않았다. 어디서 왔는지 알 수 없는 한 사람이 용세청의 상투를 잡고 그를 평지로 내던졌다. 그리고 돌아보며 말하길,

"나는 고진이다."

놀라서 곧 잠에서 깨어났다. 이틀 후 온주[17] 판관 고민신이 와서 임시 기구를 만들어 심문하고 검사하였는데, 용세청이 감옥에서 진술한 내용을 보고 말하길,

"지사 스스로 창고의 돈을 그 과객에게 준 것이니 어찌 다른 사람이 관여할 수 있는 일이겠는가?"

용세청을 석방하여 내보내 주었다. 이에 비로소 꿈에 고진이라고 한 사람이 바로 이 사람임을 깨달았다.

---

16 道地: 다른 사람을 대신해 사전에 준비하여 여지를 남겨 둔다는 뜻이다.
17 溫州: 兩浙路 溫州(현 절강성 溫州市).

형이 확정되자 양이길은 파직되었으며 관련자 모두 폄적되었는데,
오직 용세청만 이를 면할 수 있었다.

　湖州烏程縣霅溪村民徐三者,　紹興十五年七月中暴死,　四日而蘇,
言:"追至冥府,　主者據案,　皂吏滿前,　引問平生,　旣畢,　授以鐵筆,　使爲
獄卒,　立殿下.　凡呼他囚姓名,　卽與同列驅而進,　吏前數其過惡,　令持
筆笞擊,　應手爲血,　以水噀之,　乃復爲人,　如是者非一.

　良久,　事稍間,　縱步廡下,　過一室,　牓曰'判官院',　陳列幃帳几格,　細
視其人,　蓋故主翁王蘊監稅也.　詢所以來,　備言始末,　且力丐歸,　蘊許
諾,　與俱過他府,　令坐門外.　須臾,　出呼曰:'汝未當來此,　今可復生.'手
書牒見付,　使亟還,　且云:'我在此極不惡,　但乏錢及紙筆爲用.　汝歸語
吾家,　速焚錢百萬,　紙二百張,　筆二十枝寄我.　陽間焚錢不謹,　多碎亂,
此中無人能串治,　當用時殊費力,　宜以帕子包而焚之,　勿忘也.'又取首
掠繫左臂,　曰:'恐吾家人不汝信,　此吾終時物,　可持以爲驗.'卽泣謝,
踴躍而出.　中路頻有鬼神呵阻,　示以牒,　乃免.　益疾走,　登高山,　跌而
寤."

　未暇詣王氏,　旣而復死.　明日,　王氏遣信來責曰:"昨夜夢監稅言向來
事,　何不早告我?"自是三日,　始再蘇,　言某神遮留,　令作競渡戲.　視左
臂所繫首掠猶存,　封識宛然.　徐後七年至秀州魏塘,　爲方氏傭耕.　又七
年,　以負租穀不能償,　泛舟遁歸其鄕,　過太湖,　全家溺死.(予弟景裴說,
方氏壻也.)

　호주 오정현[18] 심계촌의 주민 중에 서삼이라는 사람이 있었는데,

<hr>

18　烏程縣: 兩浙路 湖州 烏程縣(현 절강성 湖州市 吳興區).

소흥 15년(1145) 7월 중에 갑자기 죽었다가 나흘 만에 다시 깨어나 다음과 같이 말하였다.

"명계의 관청으로 잡혀갔는데, 주관 관원이 탁자에 기대고 있고, 검은 옷을 입은 서리가 그 앞에 가득하였습니다. 저에게 평생 어떻게 살았는지 물어보더니 심문을 마치고 나서 쇠로 만든 채찍을 주고는 저에게 옥졸을 하라고 하면서 대전 아래 서 있으라고 하였습니다. 다른 죄수를 호명하기만 하면 나는 곧 함께 줄서 있던 옥리들과 함께 그 죄수를 몰고 와 앞으로 보냈습니다. 그러면 서리들은 앞에서 그들의 과오를 하나하나 열거하였고, 채찍을 들고 때려서 벌을 주라고 하였습니다. 익숙하게 때려서 피가 나면 물을 뿜어 주는데, 그러면 다시 사람 모습이 되었습니다. 이렇게 한 것이 한두 번이 아니었습니다.

한참 후 일에 점점 여유가 생겨 회랑 아래를 자유롭게 돌아다녔는데, 어떤 방을 지나가게 되었습니다. '판관원'이라고 명패가 붙어 있었는데, 휘장이 늘어진 주방 가구가 놓여 있었습니다. 그 안에 있는 사람을 자세히 보니 옛날에 모시던 주인어른인 감세[19] 왕온 같았습니다. 그는 이곳에 오게 된 이유를 물었고, 저는 자초지종을 모두 말씀드린 다음 돌아갈 수 있게 해 달라고 간곡히 요청하니, 왕온 어른이 허락해 주었습니다.

---

19 監稅: 각종 조세 징수·창고 관리·전매를 담당하는 파견직을 총칭하여 監當官이라고 하는데, 행정단위마다 업무영역마다 방대한 수의 하급관리로 이루어졌다. 통상 연간 징수액이 정해져 징수액에 따라 고과를 매겼다. 監稅는 監當官 가운데서 상세를 징수하는 관리로서 근무처의 명칭은 상황에 따라 都稅院·都稅務·都商院·商稅務·城商稅 등 매우 다양하였다.

이견을지【二】

그와 함께 다른 관부로 갔는데, 저보고 문밖에 앉아 있으라고 하고, 금방 나와 저를 불러 말하길,

'너는 아직 이곳에 오지 않아도 되니 지금 다시 살아나도 무방하다.'

그러면서 손으로 쓴 공문을 주면서 빨리 돌아가라고 하였습니다. 또 말하길,

'나는 이곳 생활이 그리 나쁘지는 않다. 다만 돈과 종이, 그리고 붓이 쓰기에 부족할 뿐이다. 그러니 너는 돌아가 우리 집에 얘기를 좀 해 주어라. 속히 돈 백만과 종이 이백 장, 붓 이십 자루를 태워 나에게 부치라고 전하여라. 이승에서 돈을 태울 때 조심하지 않아 상당량이 찢어지고 뒤엉키는데, 이곳에는 그것을 잘 꿰어 정리할 수 있는 사람이 없어 사용할 때 아주 힘이 든다. 마땅히 보자기로 잘 싸서 태우라고 당부해라. 잊지 말거라.'

또 머리빗을 꺼내어 왼쪽 팔에 묶어 주며 말하길,

'우리 집 사람들이 너의 말을 믿지 않을까 걱정되는구나. 이것은 내가 죽을 때 쓰던 물건이니 가지고 가서 증거로 삼거라.'

저는 즉시 울면서 감사를 표하고 뛰어나왔습니다. 중간에 여러 차례 귀신들의 저지를 받았지만, 공문을 보여 주어 피해 갈 수 있었습니다. 더욱 빨리 달려 높은 산에 올랐다가 넘어지면서 깨어났습니다."

하지만 서삼은 왕씨 집에 갈 겨를도 없이 얼마 후 다시 죽었다. 다음 날 왕씨 집에서 편지를 보내와 서삼을 꾸짖으며 말하길,

"어젯밤 꿈에 감세관이 와서 지난번 일을 얘기하였는데, 어찌 빨리 우리에게 와서 말하지 않았는가?"

그로부터 사흘 뒤 비로소 다시 깨어나 말하길, 어떤 신이 막아서서 가지 못하게 하더니 배를 빨리 젓는 내기를 하도록 시켰다고 말하였다. 왼쪽 팔을 보니 묶여 있는 머리빗이 여전히 그대로 있었고 묶인 표식이 완연하였다. 서삼은 7년 후 수주 위당진[20]으로 가서 방씨의 전호가 되었다. 다시 7년 후 빚으로 남은 토지세를 갚을 수가 없어 배를 타고 고향으로 도망치다 태호[21]를 지나면서 온 가족이 물에 빠져 죽었다.(필자의 동생인 홍경배가 한 이야기다. 동생은 방씨의 사위다.)

---

20 魏塘鎭: 兩浙路 秀州 嘉興縣 魏塘鎭(현 절강성 嘉興市 嘉善縣 魏塘鎭).
21 太湖: 장강 하류 삼각주에 위치한 2,425㎢에 달하는 호수로 중국에서 3번째 큰 규모다. 지반이 계속 침강하는 한편 沿海지방에 진흙과 모래가 퇴적되어 접시 모양의 窪地가 형성되어 대형 호수가 되었다. 태호는 송대에 크게 확대되었으며, 그 뒤로도 지속적으로 커졌다. 그러나 넓이에 비해 깊이는 2m 내외로 얕은 편이다.

　　古象戴確者, 京師人. 年十二歲時, 從父兄游常州, 入神霄宮, 訪道士不遇. 出至門, 有商人語閣者:“吾欲見知宮.” 時道教尊重, 出入門皆有厲禁, 閣者索姓名及刺謁, 此人不與, 紛爭良久, 捽閣于地, 毆之, 徑入戶. 諸戴恐其累己, 皆捨去. 此人旣入, 卽不見, 而於廚屋內遍壁上下, 皆書“呂洞賓至”四字. 知宮者聞之, 拊膺太息曰:“神仙過我而不得見, 命也.” 明日, 讙傳一州. 後三日, 戴氏諸人飯于僧寺, 確起如廁, 還就石槽盥手. 傍一人俛首滌籌, 一客相對與共語, 確望客容貌, 蓋神霄所見者, 趨前再拜. 其人驚問何故, 曰:“公乃呂先生也.” 具以前事告. 其人笑命就甕取水一杯, 自飮其半, 以其半與確. 確飮之, 出白其父, 奔至廁所訪之, 無及矣.

　　確旣長, 能爲費孝先軌革卦影, 名曰‘古象’, 後居臨安三橋爲卜肆. 有丐者, 結束爲道人, 藍縷憔悴, 以淘渠取給. 嘗爲倡女舍後除穢, 確心竊憐之. 明日, 延之坐, 具食謂曰:“君名爲道人, 須有所奉事高眞像貌. 今日日從役汚渠中, 所得幾何? 況於倡家, 衣服手足, 皆不潔淸, 得無反招罪咎.” 道人謝:“實有之, 特牽於餬口, 不暇恤.”

　　確贈以錢二百, 忽笑曰:“頗相憶乎?” 確愕然不省, 曰:“方見君於此, 不憶也.” 道人曰:“五十年前, 君遇呂翁於常州僧寺, 時有據石滌籌者, 識之乎? 我是也.” 確驚謝, 方欲詢姓名, 長揖而去, 自是不復見. 確自飮殘水後, 至七十餘歲, 無一日病苦.(趙綱立說.)

　　‘용한 점쟁이’²²라 불리는 대확이라는 자는 도성 사람이다. 12살이

22　古象: 점을 잘 보는 사람으로 번역하였다.

되던 해 아버지와 형을 따라 상주[23]를 유람하다가 신소옥청궁[24]에 들어가 도사를 만나려고 하였지만 만나지 못하고 나오다가 대문에 이르렀을 때, 어떤 상인이 문지기에게 말하길,

"나는 신소옥청궁의 주지[25]를 만나고 싶습니다."

당시 도교는 조정으로부터 존중받아 대문을 출입하는 사람은 누구든 엄격하게 통제하였다. 문지기는 성명을 묻고 이름을 적은 종이를 달라고 하였지만 이 사람은 주지 않고, 오랫동안 티격태격하더니, 문지기를 잡아 땅바닥에 패대기치고 두들겨 팬 다음 곧바로 대문 안으로 들어갔다. 대씨 부자는 자기들도 잘못 연루될까 두려워 모두 포기하고 갔다.

그 사람은 이미 신소옥청궁 안으로 들어가서 곧 보이지 않았다. 그런데 주방 안 벽 전체에 위아래로 모두 '여동빈이 왔다'라는 4글자가 쓰여 있었다. 신소옥청궁의 주지는 이 일을 전해 듣고는 가슴을 두드리며 크게 한숨 쉬면서 말하길,

"신선이 나를 지나쳤는데 내가 그를 보지 못했으니 실로 운명이구

---

23 常州: 兩浙路 常州(현 강소성 常州市).

24 神霄玉淸宮: 휘종의 도교 숭상으로 인해 宣和연간(1119~1125)에 상주의 能仁寺 · 天寧寺 · 報恩寺 등 다수의 사찰이 神霄玉淸宮으로 바뀌었다. 따라서 본문의 신소궁이 어디인지 구체적으로 특정할 수는 없다. 신소궁은 북송 멸망과 개봉 함락에 대한 도교의 책임론이 부상하면서 建炎 4년(1130)에 불교 사찰로 회복되었다. 신소는 9重天(九霄) 가운데 가장 높은 하늘을 뜻한다. 神霄宮 또는 玉淸宮이라고도 하였다.

25 知宮: 도관을 총괄하는 도사의 호칭은 불교와 마찬가지로 住持나 方丈이라고 하며, 觀主 · 監院이라고도 한다. 住持는 본래 오래 머물면서 불법을 보호한다는 뜻에서 나온 말로 사찰을 총괄하는 승려를 가리키는데, 道敎의 全眞敎에서 불교의 주지 제도를 수용하여 도관을 총괄하게 한 뒤 널리 쓰였다. 이에 知宮을 주지로 번역하였다.

이견을지【二】

나.”

　다음 날 상주 전역에 이 소문이 파다하게 났다. 사흘 뒤 대씨 부자
는 절에서 밥을 먹고 있었는데, 대확이 일어나 변소를 갔다 오면서
돌로 만든 물통에서 손을 씻고 있었다. 옆에 한 사람이 머리를 숙이
고 산가지를 씻고 있었고, 또 한 과객은 그와 마주 보고 이야기를 나
누고 있었다. 대확은 그 과객의 용모를 보니 대략 신소옥청궁에서 본
사람이어서 앞으로 달려 나가 거듭 절하였다. 그 사람이 놀라며 무슨
까닭에 절을 하느냐고 묻기에 대답하길,

　“공이 여 선생님이시죠.”

　그는 앞서 있었던 일을 모두 고하였다. 그 사람은 웃으며 항아리에
가서 물 한 잔을 따라오라고 시켰다. 그리고 자신이 그 물을 반쯤 마
시고 나머지 반을 대확에게 주었다. 대확은 그 물을 마셨고, 나가서
아버지에게 말하니, 아버지는 변소로 달려가 여동빈을 찾았으나 이
미 아무도 없었다.

　대확은 장성하여 비효선의 쾌영점을 이해하여 ‘고상’이라 불렀다.
후에 임안부[26]의 삼교 아래 살면서 점집을 차렸다. 한 걸인이 있는데
의관은 도인의 모습이었지만 옷이 남루하고 모습이 초췌하였으며 도
랑을 치워 주는 일을 하며 생계를 유지하고 있었다. 한번은 그가 창
녀의 집 뒤에서 오물을 치워 주고 있었는데, 대확은 속으로 그를 불
쌍하게 여겼다. 다음 날 그를 불러와 앉히고 밥상을 차려 주며 말하
길,

　26　臨安府: 남송 兩浙路 臨安府(현 절강성 杭州市).

"그대는 명색이 도인인데, 당연히 신선[27]을 모시는 일을 해야 당신 모습에 어울리는 일이 아니겠습니까? 지금 매일 더러운 도랑을 치우는 일을 하니 얼마나 버시겠소? 하물며 창녀의 집을 드나들고 의복과 손발이 모두 더러우니, 돌아오는 것은 없고 허물만 자초하는 것입니다."

도사가 사죄하며 말하길,

"실제로 그러하오. 입에 풀칠이라도 하려고 매달리다 보니 달리 몸을 돌볼 겨를이 없다오."

대확이 그에게 200문을 주자 그는 갑자기 웃으며 말하길,

"그런대로 나를 기억하시겠지요?"

대확은 놀라며 무슨 뜻인지 몰라 묻길,

"지금 막 여기서 그대를 만났으니 무슨 말씀인지 모르겠습니다."

도사가 말하길,

"50년 전에 그대는 상주의 절에서 여동빈을 만났잖소. 당시 돌로 된 물통에 산가지를 씻고 있던 자가 있었는데, 기억나시오? 바로 나라오."

대확은 놀라 사죄하며 이름을 묻고자 했으나 한참을 읍하며 인사한 뒤 가 버렸다. 그때부터 다시 나타나지 않았다. 대확은 그가 남겨준 물을 마신 후 70여 세가 되도록 하루도 병으로 아픈 적이 없었다. (자가 강립인 조진보가 한 이야기다.)

---

27 高眞: 天宮에 사는 존귀한 신선을 가리키는 말이다.

　　建康士人陳堯道, 字德廣, 死之三年, 同舍郭九德夢之如平生. 郭曰:
"公已死, 那得復來?" 陳云:"吾爲城隍作門客, 掌牋記, 甚勞苦. 今日主
人赴陰山宴集,(原註: 陰山廟在南門外十里.) 始得暇, 故來見君." 因問其
家父母兄弟, 泣下久之. 郭曰:"公旣爲城隍客, 當知吾鄕今歲秋擧與來
春登科人姓名." 曰:"此非我所職, 別有掌桂籍者, 歸當扣之." 居數日,
又夢曰:"君來春必及第, 我與君雅素, 故告君. 他雖知之, 不敢泄也."
郭果以明年第進士.

　　又有劉子固者, 與堯道同里巷. 其妹壻黃森賢而有文, 父爲吏, 負官
錢, 身死家破, 森亦不得志以死. 死數月, 其妻在兄家, 忽著森在時衣,
與兄長揖, 容止音聲如眞. 子固驚愴, 呼其字曰:"元功, 君今安在?" 曰:
"森平生苦學, 望一靑衫不可得. 比蒙陳德廣力, 見薦於城隍爲判官, 有
典掌, 綠袍槐簡, 絶勝在生時. 恐吾妻相念, 故來告之." 子固問:"來春
鄕人誰及第?" 曰:"但有郭九德一人耳." 有頃乃去, 其言與前夢合.(方
務德說.)

　　자가 덕광인 건강부[28]의 사인 진요도는 죽은 지 3년이 지났다. 함
께 숙사에 살던 동기생 곽구덕은 꿈에서 평소처럼 그를 보았다. 곽구
덕이 말하길,

　　"그대는 이미 죽었는데, 어찌 다시 돌아왔소?"

　　진요도가 답하길,

28　建康府: 남송 江南東路 建康府(현 강소성 南京市).

"나는 성황신의 문객이 되어 문서 기록을 담당하고 있는데 일은 아주 고되오. 오늘 성황신께서 음산의 연회에 가신다 하기에(음산묘는 남문 밖 10리에 있다) 비로소 여유가 생겨서 그대를 보러 왔다오."

이에 집안 부모형제의 안부를 물으며 한참 동안 눈물을 흘렸다. 곽구덕이 말하길,

"그대가 성황신의 문객으로 있다면 응당 우리 마을 금년 가을의 향시와 내년 봄 성시급제자 이름을 알고 있겠구려."

진요도가 대답하길,

"그것은 내가 맡고 있는 일이 아니오. 따로 과거합격자 명부[29]를 관리하는 자가 있다오. 내 돌아가 그에게 물어보리다."

며칠이 지나 진요도가 다시 꿈에 나타나 말하길,

"그대는 내년 봄 성시에 반드시 급제할 것이오. 내가 그대와 본디 잘 아는 사이라 그대에게 말해 주는 것이지 다른 사람이라면 비록 알더라도 감히 누설할 수 없다오."

곽구덕은 과연 이듬해 과거에 급제하여 진사가 되었다.

또 유자고라는 이가 있었는데, 진요도와 같은 마을 이웃에 살았다. 그의 매제 황삼이 현명하고 학문이 있었다. 그의 아버지는 서리였었는데, 관의 돈을 빚지고 죽어서 집안이 파산하였다. 황삼 역시 뜻을 이루지 못하고 죽었다. 죽은 지 몇 개월 후 그의 아내가 오빠인 유자고의 집에 있었는데, 갑자기 황삼이 살았을 때의 옷을 입고 유자고에

---

29 桂籍: 晉武帝가 雍州刺史로 부임하는 郤詵에게 스스로를 평가해 보라고 하자 자신을 '월궁에 있는 계수나무 가지와 곤륜산의 옥조각(猶桂林之一枝, 昆山之片玉)' 같다고 자화자찬한 데서 유래하여 唐代부터 '월궁에서 계수나무 가지를 꺾는다'는 말은 과거에 급제함을, 桂籍은 과거합격자 명부를 뜻하게 되었다.

게 정중하게 인사를 올렸다. 행동거지와 목소리가 진짜 황삼과 같았다. 유자고는 깜짝 놀라기도 하고 마음 아파서 그의 자를 부르며 말하길,

"원공, 그대는 지금 어디에 있소?"

대답하길,

"저는 평소 힘들게 공부하며 낮은 관직이라도 바랐지만 이룰 수가 없었습니다. 얼마 전에 진요도의 도움을 받아 지금 성황신 판관으로 추천을 받았다오. 관장하는 직책도 있고, 푸른 관복과 괴목으로 만든 홀을 들고 있으니 살았을 때보다 훨씬 나은 편이지요. 아내가 그리워할 것을 걱정해 와서 말씀드립니다."

유자고가 묻길,

"내년 봄 과거에 우리 마을 사람 중 누가 급제를 하겠소?"

그가 답하길,

"오직 곽구덕이라는 사람 한 명뿐입니다."

잠시 후 사라졌다. 그의 말은 위의 꿈 내용과 꼭 같았다.(방무덕이 한 이야기다.)

　　潞州簽判廳在府治西, 相傳彊鬼宅其中, 無敢居者, 但以爲防城油藥庫. 安陽王審言爲司法參軍, 當春時, 與同寮來之邵·綦亢數人携妓載酒往游焉, 且詣後園習射, 射畢, 酣飮于堂. 忽聞屛後笑聲如偉丈夫, 一坐盡驚. 客中有膽氣者呼問曰: "所笑何事?" 答曰: "身居此久, 壹鬱不自聊. 知諸君春游, 羨人生之樂, 不覺失聲耳."

　　"能飮乎?" 曰: "甚善!" 客起酌巨杯, 翻手置屛內, 卽有接者, 又聞引滿稱快聲, 俄擲空杯出. 客又問曰: "君爲烈士, 當精於弓矢, 能一發乎?" 曰: "敢不爲君歡, 然當小相避也." 旣以弓矢入, 衆各負壁坐. 少焉, 一矢破屛紙而出, 捷疾中的不少偏, 始敬異之, 皆起曰: "敢問君爲何代人? 姓名爲何? 何以終此地?" 曰: "吾姓賀蘭, 名鋬." 語未竟, 或哂其名不雅馴, 怒曰: "君何不學, 豈不見『詩·小戎』篇'陰靷鋬續'者乎?"

　　遂言曰: "鋬生於唐大歷間, 因至昭義, 謁節度使李抱眞, 干以平山東之策, 爲讒口所譖, 見殺於此地, 身首異處, 骸骨棄不收. 經數百年, 逢人必申訴, 往往以鬼物見待, 怖而出, 故沉淪至今. 諸君俊人也, 頗相哀否?" 坐客皆愀然. 有問以休咎者, 一一詢官氏, 徐而語曰: "來司戶位至侍從, 然享壽之永, 則不若王司法."

　　時諸曹吏士及官奴見如是, 皆奔歸, 讙傳一州. 太守馬珝中玉獨不信, 以爲僚吏湎于酒, 與妄言, 盡械系其從卒, 且將論劾之. 衆懼, 各散去. 明日, 中玉自至其處察視之, 屛上穴紙固在. 命發堂門鑰, 鑰已開, 門閉如初. 呼健卒倂力推扉, 牢不可啟. 已而大聲起於梁間, 叱曰: "汝何敢爾, 獨不記作星子尉時某事耶?" 中玉趨而出, 自是無人復敢往. 司戶乃來之邵, 果爲工部侍郞, 審言以列大夫知萊州, 壽七十五而卒. (王公明說, 萊州乃其伯祖也, 余中牓及第. 『括異志』亦載此事, 甚略, 誤以審言爲王丕, 它皆不同.)

노주[30] 첨서판관청 관아는 융덕부[31] 관아 서쪽에 있었는데, 힘이 아주 센 귀신이 그 안에 살고 있다고 전해져 감히 그곳에 살려고 하는 자가 아무도 없었다. 그래서 단지 성을 방어하는 데 사용하는 기름과 화약 저장고로만 썼다.

안양[32] 사람 왕심언이 사법참군이 되어 봄을 맞아 동료인 내지소·기항 등 몇 사람과 기녀를 대동하고 술을 챙겨 그곳에 가서 놀았다. 또 후원에 가서 활쏘기를 하고 활을 다 쏜 다음에는 방에서 거나하게 술을 마셨다.

그런데 갑자기 병풍 뒤에서 웃음소리가 들렸는데 건장한 대장부 같았다. 일행은 모두 깜짝 놀랐다. 같이 온 손님 중에 담이 큰 사람이 큰소리로 묻길,

"무슨 일로 웃은 것이냐?"

대답하길,

"내가 이곳에 산 지 오래되었는데, 하도 울적하고 무료해서 그랬습니다. 여러분들이 봄놀이 온 것을 알고 인생의 즐거움이 부러워 나도 모르게 소리를 내고 말았소이다."

"술을 좀 드실 줄 아시오?"

대답하길,

---

30 潞州: 河東路 潞州(현 산서성 長治市).

31 隆德府: 河東路 隆德府(현 산서성 長治市). 潞州를 隆德軍으로 승격시켰다가 崇寧 3년(1104)에 다시 隆德府로 승격시켰다. 하지만 노주는 당대부터 사용한 지명이어서 행정지명의 변경과 무관하게 별칭으로 쓰였다.

32 安陽: 河北西路 相州(현 하남성 安陽市). 안양은 진시황이 중국을 통일하고 설치한 安陽縣에서 유래한 오랜 지명이어서 행정지명과 무관하게 별칭으로 쓰였다.

"아주 좋아합니다."

한 사람이 일어나 큰 잔에 술을 따라 손에 손으로 넘겨 병풍 안으로 넣어 주자 곧 그것을 받는 자가 있었다. 또 한입 가득 마시고 시원하게 넘어가는 소리가 들렸다. 잠시 후 빈 잔이 던져져 나왔다. 손님이 또 묻길,

"그대가 용맹한 무사라면, 당연히 활쏘기에도 능할 텐데 한번 쏘아 보시겠소?"

대답하길,

"감히 그대들의 흥을 돕지 않을 수 있겠소? 그러나 조금 물러서 줘야 할 걸요."

활과 화살을 들여 넣어 줬고, 사람들은 각각 벽에 기대어 앉았다. 잠시 후 화살 하나가 병풍 종이를 뚫고 나왔는데, 매우 빠르게 날아가 조금의 편차도 없이 과녁에 적중했다.

사람들은 비로소 그를 경이롭게 생각했고, 모두 일어나 말하길,

"그대가 어느 시대 사람인지 감히 물어봐도 되겠소? 이름은 무엇이오? 어찌하여 이곳에서 죽었소?"

대답하길,

"나는 성이 하란이고, 이름은 옥이라 하오."

말이 끝나기도 전에, 어떤 사람이 이름으로는 점잖지 못하다고 비웃으니, 화를 내며 말하길,

"그대는 어찌 그렇게 무식한가? 『시경』의 「소융」편에 있는 '음판 앞의 가죽 끈과 수레의 백금 고리'[33] 라는 구절도 못 봤는가?"

마침내 말하길,

"나는 당 대력연간(766~779)에 태어났는데, 소의군[34]에 이르러 절

도사 이포진[35]을 만나 산동을 평정하는 계책을 논의하고 있었는데, 비방하는 자들의 참언을 당해 이곳에서 살해당하였소.

몸과 머리가 잘려져 서로 다른 곳에 흩어졌고 해골은 버려져 거두어지지 못하였다오. 수백 년이 지나 만나는 사람이 있으면 꼭 호소하였는데, 종종 나를 귀신으로만 대하여 무서워하며 달아납디다. 그래서 지금까지 이곳에 파묻혀 있다오. 여러분들은 준걸들이시니 내 사정을 그런대로 안타깝게 여겨 주시겠지요?"

앉아 있던 사람들 모두 숙연해졌다. 어떤 사람이 앞날의 길흉을 묻자 그는 일일이 관직과 성씨를 물어보며 천천히 답하여 이르길,

"사호참군 내지소는 시종관에 이를 것이나 장수를 누리는 복은 사법참군 왕심언을 따라가지 못할 것이오."

당시 여러 부서의 서리와 병졸, 그리고 관청의 노복들 모두 이 같은 상황을 보았기에 다들 급히 돌아간 뒤 노주 전역에 소문이 파다하

33 陰靷鋈續: 『시경』「秦風 · 小戎」에 실린 말로서 陰은 수레 바닥나무인 '軓'에 수레 옆을 가로대는 판자를 가리키는데, 그림자가 은은히 비추기 때문에 陰板이라 한다. 靷은 두 가닥의 가죽끈으로 앞부분은 두 驂馬의 목에 매고 뒷부분은 陰板 위에 맨다. '鋈續'은 음판 위에 끈을 이은 고리가 있는데, 여기에 은을 녹여서 고리에 부어 만든 장식을 이른다.
34 昭義軍節度使: 唐 肅宗 때 설치하였으며, 하북성 · 하남성 · 산서성의 교계지에 위치한 전략적 요충지였다. 관할 지역은 澤州(현 산서성 晉城市) · 潞州(현 산서성 長治市) · 相州(현 하남성 安陽市) · 衛州(현 하남성 新鄕市 · 鶴壁市) · 貝州(현 하북성 邢台市) · 邢州(현 하북성 邢台市) · 洺州(현 하북성 邯鄲市 · 邢台市) 등 7개 주다.
35 李抱眞(733~794): 본래 성은 安씨였다. 자는 太玄 또는 太元이며 河西사람이다. 과묵하고 계책을 잘 세운 데다 아랫사람을 존중하여 명장으로 이름을 떨쳤다. 산동에서 강군을 양성하여 당조의 안정과 통일에 크게 기여하였다. 하지만 말년에는 향락을 추구하고 장생불사를 추구하다 생을 마감하였다.

게 났다. 하지만 자가 중옥인 주지사 마소[36] 혼자 이를 믿지 않았고, 관료와 서리들이 술에 취해서 멋대로 망언을 한 것이라고 여겼다.

그때 수행했던 병졸들을 모두 형틀에 묶었고 또 앞으로 관련 관리들을 탄핵하고자 하였다. 같이 갔던 사람들은 두려워하며 각기 흩어졌다.

다음 날 마소는 스스로 그곳에 가서 살펴보았다. 병풍 위 종이에는 화살 구멍이 분명히 뚫려 있었다. 사람들에게 방문을 열라고 명하여 열쇠를 이미 열었는데, 문은 처음처럼 다시 굳게 닫혔다.

건장한 병졸들을 불러 힘껏 문짝을 밀게 하였지만 문은 굳게 닫힌 채 열리지 않았다. 잠시 후 대들보 사이에서 큰소리가 들렸는데, 마소를 꾸짖길,

"네가 어찌 감히 나에게 이럴 수 있느냐? 설마 성자현[37] 현위 때 네가 저지른 일을 기억 못하는가?"

마소는 급히 뛰어나왔고 이후로 감히 이곳을 다시 들어가는 자가 아무도 없었다. 사호참군인 내지소는 과연 공부시랑[38]이 되었고, 왕심언은 반열이 대부의 자리에 이르러 내주[39]지사가 되어 75세에 죽었다.

(왕공명이 한 이야기다. 내주지사는 그의 큰할아버지다. 나머지는 모두 과

---

36 馬玿(?~1113): 자는 中玉이며 淮南西路 無爲軍 廬江縣(현 안휘성 合肥市 廬江縣) 사람이다. 京東路轉運判官 · 潞州지사를 거쳐 朝請大夫로서 兩浙路提點刑獄을 역임하였다.

37 星子縣: 江南東路 江州 星子縣(현 강서성 구강시 廬山市).

38 工部侍郎: 상서성 6부 가운데 하나인 공부의 차관으로 元豐 3년(1080) 관제개혁 이후 종3품이었다.

39 萊州: 京東東路 萊州(현 산동성 烟台市 萊州市).

이견을지 【二】

거에 급제하였다. 『괄이지』[40]에도 이 일을 기록하고 있는데 심히 생략되어 있

다. 왕심언을 왕비로 잘못 기록하고 있고, 다른 것도 모두 같지 않다.)

---

40 『括異志』: 張師正(1017~?)이 지은 10권의 지괴소설로서 『이견지』와 마찬가지로
奇聞異事와 인과응보에 관한 고사가 주를 이룬다. 장사정은 자가 不疑이며 治平 3
년(1066)에 辰州지사를, 熙寧 10년(1077)에 鼎州지사를 지냈다.

　　成都人承信郎王祖德, 紹興三十一年來臨安, 得監邛州作院. 旣之官矣, 聞虞幷甫以兵部尙書宣諭陝西, 卽求四川制置司檄, 以稟議爲名, 往秦州上謁. 未及用, 以歲六月客死于秦. 虞公遣卒護其柩, 且先以訊報其家. 王氏卽日發喪哭, 設位於堂, 旣而柩至.

　　蜀人風俗重中元節, 率以前兩日祀先, 列葷饌以供, 及節日, 則詣佛寺爲盂蘭盆齋. 唯王氏以有服, 但用望日就几筵辦祭, 正行禮未竟, 一卒抱胡牀從外入, 汗流徹體, 曰: "作院受性太急, 自秦州兼程歸, 凡四晝夜抵此, 將至矣." 俄而六人荷一轎至, 亦皆有悴色. 轎中人徑升于堂, 據東榻坐, 乃祖德也. 呼其妻語曰: "欲歸甚久, 爲虞尙書苦留, 近方得脫, 行役不勝倦. 傳聞人以我爲死, 欲壞我生計, 爾當已信之."

　　妻曰: "向接虞公書, 報君沒於秦, 靈輀前日已至, 何爲爾?" 始笑曰: "汝勿怖, 吾實死矣. 吾聞家中議賣宅, 宅乃祖業也, 安得貨? 吾所寶黃筌·郭熙山水·李成寒林, 凡十軸, 聞已持出議價, 吾下世幾何時, 未至窮乏, 何忍遽如是? 吾思家甚切, 無由可歸, 今日以中元節, 冥府給假, 故得暫來, 然亦不能久." 又呼所愛婢子, 恩意周盡. 是時一家如癡, 不能辨生死. 忽靑煙從地起, 跬步不相識, 煙止, 寂無所見. 關壽卿者孫館于夾街之居, 見戶外擾擾, 亟往視之, 已滅矣.

　　승신랑인 성도부[41] 사람 왕조덕은 소흥 31년(1161)에 임안부에 왔다가 다시 공주[42]의 작원[43]을 감독하는 일을 맡게 되었다. 부임한 뒤

41　成都府: 成都府路 成都府(현 사천성 成都市).
42　邛州: 成都府路 邛州(현 사천성 成都市 邛崍縣).

자가 병보인 병부상서 우윤문이 섬서선무사가 되어 사천제치사에 지원을 요청하는 공문을 보내왔다. 이에 보고를 명분삼아 진주[44]로 가서 우윤문을 찾아뵙고자 하였다. 하지만 그해 6월 채 보고하기도 전에 진주에서 객사하였다. 우윤문은 병졸을 보내 그의 영구를 호송하게 하고 먼저 편지를 보내 그의 집에 알리게 하였다. 왕씨 집안은 즉시 발상하여 통곡하였으며 방 안에 신위를 모셨는데, 얼마 후 영구가 도착하였다.

사천 사람들의 풍속에는 중원절을 중시하였는데, 모두 이틀 전부터 선조에게 제사를 지내고 오신채를 섞은 음식[45]을 진설하여 올렸으며 중원절 당일에는 절에 가서 우란분재[46]를 지냈다. 오직 왕씨네만 상을 당해 그냥 보름날 제사상을 차리고 제사를 모셨는데, 제례를 다 마치기 직전에 한 병졸이 접이식 의자를 메고 밖에서 뛰어 들어오더

---

43 作院: 무기를 비롯한 각종 수공업 제품을 만드는 工場을 뜻한다. 왕조덕처럼 州의 작원을 관리하는 監當官은 監作院이라고 하였다. 紹興 2년(1132), 고종은 임안부에 별도의 作院을 설치하여 무기와 갑옷을 만들게 하고 工部尙書와 시랑이 주관하게 하고, 郞官이 열흘에 한 번씩 점검하게 하였다.

44 秦州: 秦鳳路 秦州(현 감숙성 天水市 秦州區).

45 葷饌: 고기류나 파와 마늘처럼 자극적인 五辛菜를 넣은 음식을 말한다. 통상 不淨한 음식이라 하여 제사 때나 喪期에는 꺼리는 풍습이 있으나 음력 7월 15일 중원절에는 오히려 훈채로 醮祭를 지낸다. 그것은 중원절은 '亡魂日' 또는 鬼節이라고 하여 저승의 모든 귀신과 혼령이 세상에 나오는 날이므로 이들을 위로하기 위해 각종 술과 음식, 과일을 차려 놓고 醮祭를 지내기 때문이다.

46 盂蘭盆齋: 죄업으로 인해 사후에 저승의 餓鬼道에서 거꾸로 매달려 굶주림에 시달리는 조상을 구하기 위해 후손들이 승려를 공양하는 복을 쌓는 데서 유래하였다. 우란분이란 '거꾸로 매달려 있다'는 산스크리트어 'ullamana'에서 나온 말이며, 우란분재는 흔히 백중이라 부르는 음력 7월 15일에 사찰에서 거행하는 공양 행사를 가리킨다. 유가가 강조하는 효도에 대응하기 위해 불교 교단에서 각별히 강조하였으며, 도가의 중원절과 날짜가 같아 점차 구분이 없어졌다.

니 온몸에 땀을 흘리며 말하길,

"감작원께서 성격이 너무 급하시어 진주에서 길을 재촉하여 돌아오셨습니다. 무릇 나흘 밤낮을 달려 이곳으로 오셨는데 곧 도착하십니다."

잠시 후 여섯 명이 메고 있는 수레가 도착하였는데, 모두 기진맥진한 모습이었다. 수레 가운데 앉아 있던 사람이 곧바로 방으로 올라와 동쪽 침상에 앉았는데 바로 왕조덕이었다. 그는 아내를 불러 말하길,

"오래전부터 집으로 돌아오고자 하였지만 우윤문 상서가 기필코 만류하여 근자에 돼서야 빠져나올 수 있었소. 돌아오는 길이 매우 피곤합디다. 말을 듣자 하니 내가 죽은 것을 이용해 사람들이 재산을 빼앗으려고 한다는데 당신은 이미 그들의 말을 믿고 있을거요."

아내가 대답하길,

"접때 우윤문 상서께서 편지를 보내와 당신이 진주에서 돌아가셨다고 알려 주었습니다. 영구를 모신 상여도 전날 이미 도착하였는데 어찌 된 것인지요?"

왕조덕은 비로소 웃으며 말하길,

"당신은 무서워하지 마시오. 나는 실제로 죽었다오. 내가 듣기로 식구들이 이 집을 팔려고 논의하고 있다는데, 이 집은 조상께서 물려주신 것이니 어찌 팔 수 있겠소? 또 내가 소중히 보존하고 있던 황전[47]과

---

47 黃筌(903?~965): 자는 要叔이며 사천 成都사람이다. 前蜀의 畵院待詔를 지냈고, 後蜀에서 檢校戶部尙書 겸 御史大夫가 되었다. 북송 건국 후 도화원에 속하였고 太子左贊善大夫가 되었다. 인물화와 산수화에 뛰어났고 불화와 신선 및 花竹翎毛에 뛰어났다. 그의 화조화는 명료한 윤곽선을 사용하고 색채가 풍부한 鉤勒塡彩 화법의 장식적인 그림으로 유명해 黃氏體로 일컬어졌다. 담백한 분위기의 南唐

곽희[48]의 산수화, 이성[49]의 한림도 등 모두 열 점 정도 되는 그림을 이미 내다 팔려고 값을 논하고 있다고 들었소. 내가 죽은 지 얼마 되지도 않았고 아직 먹고살기 힘들지도 않은데, 어찌 그리 성급하오? 나는 집 생각이 아주 절박했지만 돌아올 수 있는 핑계가 없었소. 마침 오늘이 중원절이라 명부에서 휴가를 주어 이렇게 잠시 올 수 있었다오. 그러나 오래 머무를 수는 없소."

그는 또 총애하던 하녀를 불렀는데, 그녀를 생각하는 마음이 매우 세심하였다. 이때 집안사람들은 모두 멍해졌고, 왕조덕이 살았는지 죽었는지 분간도 할 수 없었다. 갑자기 푸른 연기가 땅에서 솟아오르더니 반 발짝도 안 되는 거리의 옆 사람도 보이지 않게 되었다. 연기가 멈추고, 고요한 가운데 왕조덕이 사라졌다. 자가 수경인 관기손이 바로 옆 골목에 살고 있었는데, 문밖에서 웅성거리는 것을 보고 급히 와서 보았지만 이미 사라지고 없었다.

徐熙와 함께 '黃徐'로 불리며, 오대와 송대 화조화의 양대 유파를 형성하였다.

48 郭熙(1023~1085?): 자는 淳夫이며 京西北路 孟州 溫縣(현 하남성 焦作市 溫縣) 사람이다. 熙寧 1년(1068)에 御書院藝學으로 들어가 후에 翰林待詔가 되었다. 李成의 평원·寒林산수, 范寬·關仝의 산수 등을 결합하여 웅위한 구도와 세밀함이 조화를 이룬 북방산수화의 전형을 이룩하였다. 아들 郭思가 정리한 곽희의 화론인『林泉高致』는 산수화의 기본형식인 三遠, 즉 高遠·深遠·平遠에 대한 이론이 잘 정립되어 있다.

49 李成(919~967): 자는 咸熙이며 당 종실의 후예로서 長安(현 섬서성 서안시) 사람이다. 淡墨으로 煙林·寒林平遠을 웅대하면서도 간결하게 그려 선비의 고원한 이상과 기개를 표현하였다. 산과 돌을 卷雲皴으로, 寒林을 蟹爪皴으로 그리는 창의성과 함께 화북산수화 양식에 큰 영향을 주었고, 郭熙에게 계승되어 이곽파라고도 불렸다.

彭州人蘇彥質爲蜀州錄事參軍, 有女年八九歲, 因戲于牀隅, 視地上小穴通明, 探之以管, 陷焉. 走報其父, 持長竿測之, 其深至竿杪不能極. 及取出, 有敗絳帛挂于上, 大異之, 呼役夫斸其地, 踰丈許, 得枯骸一軀, 首足皆備, 卽殮而葬諸原. 明日, 忽有好女子遊于室中, 家人逼而問之, 輒避入壁罅, 終莫得致詰.

是時郡有陳愈秀才者, 從閩中來, 善相人, 且能以道術卻鬼魅, 召使視之. 俄一婦人至, 曰: "妾本漢州段家女, 許適同郡唐氏. 將嫁矣, 而唐氏以吾家倹貧, 竟負元約. 旣不得復嫁, 遂賣身爲此州費錄曹妾. 不幸以顏色見寵於主人, 爲主母生瘞于地下, 閱數年矣, 非蘇公改葬, 當爲滯魄. 但初出土時, 役者不細謹, 鉏妾脛骨欲斷, 今不能行, 不得已留此, 非有他也." 陳曰: "欲去何難? 吾爲汝計." 取紙翦成人形, 曰: "用以馱汝." 乃笑謝而退. 是夜, 彥質嫂夢一僕夫背負此女來, 再拜辭去. (二事皆黃仲秉說.)

팽주[50] 사람 소언질은 촉주[51] 녹사참군사였는데, 8~9세 되는 딸이 있었다. 딸이 평상 끝에서 놀다가 땅바닥의 작은 구멍이 환한 것을 보고 대나무 관을 넣어 쑤셔 보았는데 안으로 빠지고 말았다. 달려가 아버지에게 말하자 소언질은 긴 장대를 가져와 깊이를 재 보았다. 그 깊이는 장대로도 끝까지 닿을 수 없었다. 이에 장대를 꺼내 보니 해

---

50 彭州: 成都府路 彭州(현 사천성 成都市 彭州市).
51 蜀州: 成都府路 蜀州(현 사천성 成都市 崇州市).

진 붉은색 비단 조각이 그 위에 걸려 있었다.

아주 기이한 일이라 여기고 일꾼들을 불러 그 땅을 파 보라고 하였다. 1장 조금 넘게 팠을 때 오래된 해골 한 구가 나왔는데, 머리부터 발끝까지 모두 온전하였다. 곧 염을 하여 언덕에 묻어 주었다. 이튿날 갑자기 한 아름다운 여자가 방을 돌아다니고 있었는데, 집안사람들이 쫓아가 누구냐고 묻자 벽의 틈새로 들어가 피해 다니며 끝내 물어볼 수가 없었다.

이때 촉주에 수재 진유라는 자가 있었는데, 낭중[52]에서 왔다. 관상을 잘 보았고, 또 도술을 가지고 귀신을 잘 쫓을 수 있어 소언질은 그를 불러와 보게 하였다. 잠시 후 그 여자가 나타났는데 말하길,

"저는 본래 한주[53] 단씨 집안의 여식으로 같은 주의 당씨 집에 시집가기로 되어 있었습니다. 막 혼례를 치르고자 하는데, 당씨가 저희 집이 갑자기 가난해졌다고 하여 원래의 혼약을 깼습니다. 다시 다른 곳으로 시집갈 수도 없어 결국 몸값을 받고 이곳 팽주에 사는 녹사참군사 비씨의 첩이 되었습니다. 저는 용모가 예뻐 주인어른의 총애를 받았지만 불행하게도 주인마님에 의해 산 채로 땅에 묻히게 되었습니다. 여러 해가 지났는데, 소공께서 다시 묻어 주시지 않았다면 계속 억울한 혼으로 남아 있었겠지요. 다만 당시 땅에서 나올 때 일꾼들이 좀 세심하지 못하여 호미가 저의 정강이뼈에 닿아 부러지려고 하여 지금 걸을 수가 없어 부득이 이곳에 머물고 있습니다. 다른 뜻은 없습니다."

---

52 閬中: 利州路 閬州(현 사천성 南充市 閬中市).
53 漢州: 成都府路 漢州(현 사천성 廣漢市).

진유가 말하길,

"떠나려 한다면 무엇이 어렵겠느냐? 내가 너를 위해 방법을 생각해 보겠다."

그는 종이를 잘라 사람 모양으로 만들고 말하길,

"이것으로 너를 업으라고 하겠다."

그녀는 웃으며 감사하다고 말하고 물러났다. 이날 밤 소언질의 부인은 꿈을 꾸었는데, 한 노복이 그 여자를 등에 업고 와서 거듭 인사를 올리고 떠났다.(위의 두 일화는 황중병이 한 이야기다.)

食黃顙魚不可服荊芥, 食蜜不可食鮓, 食河豚不可服風藥, 皆信而有
證. 吳人魏幾道志在妻家啖黃魚羹罷, 采荊芥和茶而飮, 少焉足底奇
痒, 上徹心肺, 跣走行沙中, 馳宕如狂, 足皮皆破欲裂. 急求解毒藥餌
之, 幾兩日乃止.

韶州月華寺側民家設僧供, 新蜜方熟, 羣僧飽食之. 別院長老兩人,
還至半道, 遇村虛賣鮓, 不能忍饞, 買食, 盡半斤, 是夕皆死. 李怫郞中
過常州, 王子雲絺爲郡, 招之晨餐, 辦河豚爲饌. 李以素不食, 遣歸餉
其妻, 妻方平明服藥, 不以爲慮, 啜之甚美, 卽時口鼻流血而絶. 李未
終席, 訃音至矣.(前一事魏幾道·中一事月華長老悟宗·後一事王日嚴說.)

황상어[54]를 먹고 나서 형개[55]를 먹어서는 안 된다. 꿀을 먹은 후에
는 생선 젓갈[56]을 먹으면 안 된다. 복어[57]를 먹고 중풍 약을 복용해서
는 안 된다. 이는 모두 믿을 만한 이야기로 다 증거가 있다.

자가 기도인 소주[58] 사람 위지는 처가에서 황상어 갱[59]을 먹은 후

54　黃顙魚: 우리말로 동자개라고도 하지만 통상 빠가사리로 알려졌다.
55　荊芥: 꿀풀과에 속하는 일년생 초본식물로, 약재로 쓰인다. 肺經·肝經에 좋으며,
　　땀이 나게 하고 어혈을 없앤다. 탕약은 해열, 땀 분비, 혈액 순환, 소화, 항균에 좋
　　다.
56　鮓: 생선으로 만든 젓갈을 뜻한다.
57　河豚: 참복과에 딸린 바닷물고기의 통칭이며, 내장에 독이 있다.
58　吳: 兩浙路 蘇州(현 강소성 蘇州市). 춘추전국시대의 吳나라에서 유래한 지명으로
　　후한 말 建安 1년(196)에 孫策이 '吳侯'에, 黃初 2년(221)에 孫權이 吳王에 봉해졌
　　고, 黃龍 1년(229)에 손권이 칭제하면서 국호를 吳로 하여 장강 하류지역 또는 蘇

형개를 꺾어다 차와 함께 마셨다.

조금 후 발끝이 가렵기 시작하더니 위로 심장과 폐까지 영향이 있었다. 맨발로 모래밭을 걸었고, 미친 사람처럼 막 뛰어다녔다. 발의 피부가 모두 벗겨지고 갈라졌다. 급히 해독약을 구하여 먹으니 이틀이 지나자 비로소 가라앉았다.

소주[60] 월화사[61] 옆에 민가에서 승려들에게 공양을 하였는데, 새로 채취한 꿀이 한참 맛있어서 여러 스님들은 배불리 먹었다. 다른 절에서 온 장로 승려 두 사람이 돌아가던 중 마을 시장에서 젓갈 파는 것을 보고 식탐을 참지 못해 사 먹었는데, 먹은 양이 무려 반 근이나 되었다. 이날 저녁 둘 다 사망하였다.

낭중 이불이 상주를 지나는 길이었는데, 자가 자운인 상주지사 왕진[62]이 그를 불러 조찬을 대접하였다.

왕진이 복어를 요리하여 반찬으로 내었다. 이불은 본래 복어를 잘 먹지 않아 사람을 보내 숙소로 가져가서 아내에게 먹으라고 하였다. 아내는 그때 매일 아침 약을 먹었는데, 생각해 보지도 않고 복어를 아주 맛있게 먹었다.

하지만 먹자마자 곧장 입과 코에서 피가 흐르더니 숨이 끊어졌다.

州 지역을 뜻하는 용어로 정착되었다. 江表라고도 한다.
59 羹: 죽과 같은 걸쭉한 탕이다.
60 韶州: 廣南東路 韶州(현 광동성 韶關市).
61 月華寺: 광동성 韶關市 曲江區 烏石鎮의 北江 강변에 있는 사찰이다. 天監 연간 (505~519)에 창건되었다.
62 王縉(1073~1159): 자는 子雲이며 兩浙路 杭州 桐廬縣(현 절강성 杭州市 桐廬縣) 사람이다. 英州·滁州·虔州·溫州지사를 거쳐 監察御史·殿中侍御史·右司諫 등을 지냈다. 鄺瓊반란 처리 문제로 강등되어 常州지사로 나갔고, 秦檜를 비판하여 파직되었다.

이불은 아직 아침 식사 자리를 마치지도 않았는데 아내가 죽었다는 소식을 접하였다.(제일 앞의 일화는 위기도가, 가운데 것은 월화사의 노스님 오종이, 마지막 일화는 왕일엄이 한 이야기다.)

저　자_ **홍 매(洪 邁)**

홍매洪邁(1123~1202)는 남송南宋 시기 사람으로 자가 경로景廬이고 호는 용재容齋·
야처野處이며, 강남동로江南東路 요주饒州 파양현鄱陽縣(지금의 강서성 上饒市 鄱陽縣)
사람이다. 아버지는 예부상서禮部尙書를 지낸 홍호洪皓(1088~1155)로, 금조에 사신으
로 갔다가 15년간 억류 생활을 마치고 돌아와『송막기문松漠紀聞』을 편찬한 바 있으
며, 형 홍괄洪适(1117~1184)과 홍준洪遵(1120~1174) 역시 모두 송조의 재상과 부재
상의 자리에 올랐다. 후대 사람들은 이렇듯 활약이 뛰어난 홍씨 네 부자父子를 두고
'사홍四洪'이라 일컬었다.

홍매는 소흥紹興 15년(1145) 진사가 되어 관직에 올랐고, 금조에 사신으로 다녀온
바 있다. 일찍이 길주吉州지사, 감주贛州지사, 무주婺州지사 등을 역임하였고, 순희淳
熙 13년(1186)에는 한림학사翰林學士가 되었다. 이후 영종寧宗 시기 단명전학사端明殿學
士에 오른 후 관직에서 물러났다. 만년에는 향리에 머물면서 저술에 전념했으며, 남
긴 저술로는『이견지』외에『용재수필容齋隨筆』과『야처유고野處類稿』및『사기법어
史記法語』등이 있다.

역주자_ **유원준(兪垣濬, Yoo WonJoon)**

경희대학교 사학과를 졸업하고, 대만 중국문화대학 사학과에서 석사 및 박사 학위
를 받았다. 현재 경희대학교 사학과 교수로 재직 중이다.
저서로는『북송 전기 태호 유역 부세 연구北宋前期太湖流域賦稅之硏究』(중국문화대학출
판부, 1988), 역서로는『중국문화의 시스템론적 해석』(천지, 1994) 등이 있으며, 이
외에 송대 경제사·사회사·군사사 방면 다수의 논문이 있다.

역주자_ **최해별(崔해별, Choi HaeByoul)**

이화여자대학교 사학과를 졸업하고, 중국 북경대학 역사학과에서 석사 및 박사 학
위를 받았다. 현 이화여자대학교 사학과 조교수로 재직 중이다.
저서로는『송대 사법 속의 검시 문화』(세창출판사, 2019), 역서로는『공주의 죽음 ─
우리가 모르는 3-7세기 중국 법률 이야기』(프라하, 2013)가 있으며, 이 외에 송대 법
제사·사회사·의학사 방면 다수의 논문이 있다.